현대문학 교수 350명이 뽑은

2018 올해의
문제소설

한국현대소설학회 엮음

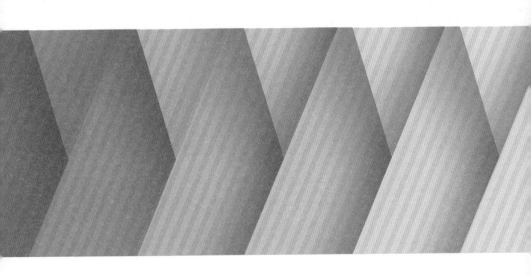

푸른사상
PRUNSASANG

2018 올해의
문제소설

초판 1쇄 발행 · 2018년 2월 20일
개정판 1쇄 발행 · 2020년 8월 10일

엮은이 · 한국현대소설학회
펴낸이 · 한봉숙
펴낸곳 · 푸른사상사

주간 · 맹문재 | 편집 · 지순이 | 교정 · 김수란
등록 · 1999년 7월 8일 제2-2876호
주소 · 경기도 파주시 회동길 337-16 푸른사상사
대표전화 · 031) 955-9111(2) | 팩시밀리 · 031) 955-9114
이메일 · prun21c@hanmail.net / prunsasang@naver.com
홈페이지 · http://www.prun21c.com

ⓒ 한국현대소설학회, 2018

ISBN 979-11-308-1667-8 03810

값 15,900원

2018 올해의
문제소설

한국현대소설학회 엮음

『2018 올해의 문제소설』을 발간하며

『2018년 올해의 문제소설』을 발간한다. 한국현대소설학회는 1994년부터 해마다 동명의 선집을 발간함으로써 우리 소설이 거둔 성과와 의의를 꾸준히 정리해왔다. 이러한 작업을 통해 당대 소설의 전반적 윤곽이 드러날 수 있었고 미래의 소설사 연구를 위한 바탕이 마련될 수 있었다. 아울러 전문 연구자들이 엄선한 소설을 해설과 함께 소개함으로써 소설 독자의 수준 향상과 저변 확대에 기여해왔다.

『2018년 올해의 문제소설』에 수록될 소설의 선정 작업도 예년과 마찬가지의 방식으로 진행되었다. 대상 기간은 2016년 10월부터 2017년 9월까지였으며 그 기간 동안 주요 문예지에 발표된 중·단편 소설이 모두 검토되었다. 다수의 박사급 연구자들로 구성된 위원회에서 수차에 걸친 독회와 세미나를 진행하여 후보작을 추렸으며 본 학회의 편집위원들이 그 후보작들을 검토하여 선집에 수록될 작품을 최종적으로 결정하였다. 그 작품들은 다음과 같다.

권여선, 「손톱」, 『문학과사회』, 2017.봄.

김금희, 「오직 한 사람의 차지」, 『문학과사회』, 2017.봄.

김연수, 「저녁이면 마냥 걸었다」, 『문학3』, 2017.5.

박민정, 「바비의 분위기」, 『문학과 사회』, 2017.여름.

박형서, 「외톨이」, 『문학동네』, 2017.봄.

안보윤, 「여진」, 『자음과모음』, 2017.여름.

임성순, 「몰 : mall : 沒」, 『Littor』, 2017.4.

임솔아, 「병원」, 『문학3』, 2017.1.

임현, 「그들의 이해관계」, 『문장웹진』, 2017.3.

최은영, 「그 여름」, 『21세기문학』, 2016.겨울.

최진영, 「막차」, 『문예중앙』, 2017.여름.

— 작가명 가나다순

이상의 작품들은 소설이 당대 현실과 밀접한 관련 속에 존재하면서 그 현실을 반영한다는 지극히 당연한 사실을 새삼 확인해준다. 불의의 사고로 고통스러워하는 사람들의 사연을 전하는 작품들은 세월호 사건이 여전히 소설적 사유와 형상화의 주요 거점이 되고 있다는 의미로 이해된다. 「저녁이면 마냥 걸었다」는 수학여행 중에 난 교통사고로 아들을 잃은 어머니가 슬픔과 분노를 넘어 용서에 이르는 10년의 세월에 대해 이야기한다. 「그들의 이해관계」의 주인공은 고속도로에서 벌어진 연쇄 추돌 사고로 아내가 사망하자 인과적 관련 속에서 그 불행을 이해해보려 하지만 번번이 실패한다. 아내가 사고 버스의 승객이 되는 우연이 어째서 벌어졌는지, 그 사고의 원인은 무엇이고 누구에게 책임이 있는지, 그는 묻고 또 묻는다. 「몰 : mall : 沒」에서는 삼풍백화점 붕괴 사고 당시 벌어졌던 사후 처리 과정이 고발된다. 사고 현장의 잔해들을 쓰레기 처리장으로 운반하여 부려놓고서 일용 노동자들로 하여금 그것들을 뒤져 시신을 찾도록 했다는 것이다. 「외톨이」는 한 사내의 처절하고도 장렬한 복수극을 펼쳐 보인다. 아내가 익사한 바다에 복수하겠다고 온 세상의 바다를 말려버리려 하는 사내의 집념은 그의 슬픔과 분노의 크기가 어느 정도인가를 짐작케 한다. 「막차」는 뺑소니 교통사고를 둘러싼 문제를 거론한다. 목격자의 외면이 뺑소니 피해자를 죽음에 이르도록 방치할 수 있으며 그러한 무관심이 세상에 만연할 경우 누구나 그 피해자가 될 수 있다고 한다. 「여진」은 아이들이 일으킨 층간 소음이 빌미가 되어 조부모가 살해당한 사건을 전하면서 조부모를 죽게 한 원인 제공자라는 사회적 낙인을 아이들에게 찍는 것이 과연 적절한지에 대해 묻는다. 아이들은 그들이 낸 소음의 결과를 의도하지 않았고 예견할 수도 없었기 때문이다.

경제적 수익이 최우선시되고 부의 규모로 사람의 가치가 매겨지는 세태 속에서 삶의 의미와 자기 정체성에 대한 질문이 마땅히 제기될 수밖에 없다. 「손톱」은 아무리 열심히 일해도 미래가 막막하기만 한 삶에 대해 이야기한다. 불어나는 대출 이자와 인상되는 월세를 절약과 저축으로 따라잡기에는 역부족이기에 소희가 바라는 미래가 실현될 가망은 전혀 없어 보인다. 「병원」의 유림은 의료보험 수혜자가 될 목적으로 정신병자 진단을 받으려 한다. 병원비가 면제된다면 자신이 정신병자로 규정되어도 무방하다고 그녀는 판단한 것이다. 「오직 한 사람의 차지」에는 출판사를 운영하다가 파산한 인물이 등장한다. 좋은 인문학 서적을 내는 일이 그에게 가치 있는 일이긴 하지만 세속적 이해관계에 부합하지 못한 것이다. 「바비의 분위기」는 덕후 같은 한 인물을 중심으로 가상과 현실에 걸쳐 있는 삶의 의미에 대해 질문한다. 「그 여름」은 동성애를 소재로 삼았다. 이제 동성애는 소설의 소재로서 이채를 띠기 어렵다. 그만큼 그 소재가 익숙하다는 것이다. 「그 여름」은 인물의 내밀한 정서를 섬세하게 재현해내며, 특유의 개성을 통해 동성애의 소재로부터 예견될 수 있는 진부함에서 벗어나고 있다.

　해마다 수많은 소설들이 지면에 발표되고 이런저런 명목으로 발간되는 선집도 여러 종이 된다. 『올해의 문제소설』은 현대소설을 연구하는 학자들이 학문적인 입장에서 작품을 추리고 그 가치를 가늠한다는 점에서 여타의 선집들과 뚜렷하게 구별되는 차별성을 지닌다. 이 책을 통해 우리 소설의 현주소가 온전히 드러나기를 기대한다.

7

책머리에

2018년 1월
한국현대소설학회 『2018 올해의 문제소설』 기획위원회

차례

8

차례

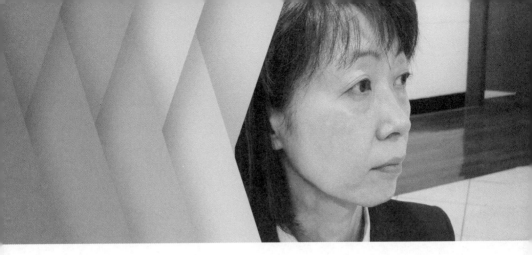

손톱

권여선

—

1996년 장편소설 『푸르른 틈새』로 등단.
소설집으로 『처녀치마』 『분홍 리본의 시절』 『내 정원의 붉은 열매』
『비자나무숲』 『안녕 주정뱅이』, 장편소설로 『레가토』 『토우의 집』 등이 있음.

손톱

엄마 전화 좀 받아 무슨 일 있어 나랑 얘기 좀 해 얘기를 해야 무슨 일 있는지 내가 알지 돈은 괜찮아 누구 꼬득임에 빠져서 날렸으면 어때 엄마가 다 써버렸으면 어때 부득기한 사정이 있었다고 생각하께 그게 나도 돈 벌고 엄마도 돈 벌고 둘이 벌으니까 금방 갚으면 되잖아 나는 괜찮은데 엄마 소희는 아직 어리잖아 애 처럼잖아 인제 중학교에도 가야 되잖아 엄마 소희가 기다려 이 문자 보면 꼭 연락해

소희는 일어나서 눈도 못 뜬 채 보일러를 온수로 바꾸었다. 좁은 욕실에서 머리를 감고 나와 수건으로 털어 말리고 데운 우유에 시리얼을 부어 죽처럼 떠먹었다. 어젯밤에 통근버스를 타고 올 때 라디오 일기예보에서 내일은 올겨울 들어 처음으로 낮에도 영하권에 머무는 추운 날씨가 될 거라고 했다. 휴대전화를 보니 '오전 7시 10분 영하 5도 대체로 흐림'이라고 떴다. 머리를 다 말리고 나가면 늦는다. 출근에 늦는 게 아니라 첫 통근버스에. 소희는 버스가 좋다. 통근버스는 소희의 가장 큰 기쁨, 가장 큰 사치다.

파카 안에 긴 머리칼을 집어넣고 비니를 눌러쓰고 그 위에 파카에 달

린 모자를 덧썼다. 장갑을 끼기 전에 잠시 오른손 엄지손톱을 들여다보았다. 흉하다…… 약을 먹고 약을 발라도 낫질 않는다. 목도리를 친친 감고 문을 열고 옥상으로 나서자 바람이 매섭게 몰아쳤다. 장갑 낀 손으로 철제 난간을 잡고 실외 계단을 타닥타닥 내려갔다. 목도리를 누르고 빠른 걸음으로 전철역을 향해 걸었다. 옮긴 게 잘한 건가, 잘한 거야. 잘한 건가, 잘한 거지.

소희는 3주 전에 서울 외곽 너머에 있는 S쇼핑테마파크 매장으로 옮겼다. 이전에 근무하던 매장에서는 한 달에 160만 원을 받았지만 지금 매장에서는 170만 원을 받기로 했다. 10만 원이 올랐다고 마냥 좋지만은 않은 게, 이전 매장은 출근에 50분밖에 안 걸렸지만 지금은 한 시간 30분이나 걸린다. 출퇴근 합치면 하루에 한 시간 20분이 더 걸린다. 시급으로 따지면 8천 원이 넘는다. 8천 원만 잡아도 한 달에 24만 원, 쉬는 날 나흘 빼면 20만 8천 원이다. 세상에 어느 직장도 출퇴근 시간을 시급으로 쳐주는 덴 없지만 그래도 출퇴근이 너무 오래 걸리니 따져보지 않을 수 없고 따져보면 그렇다는 얘기다. 20만 8천 원이라는. 식대는 여기가 한 끼 2천 원으로 이전 매장보다 천 원이 싸다. 일주일에 화수목 사흘은 한 끼를 먹고 금토일 사흘은 두 끼를 먹으니 하루 평균 천 5백 원이 이득이지만 그래도 8천 원보다야. 8천 원의 시간을 길거리에 흘려버리는 거보다야. 지금 매장으로 옮길 때는 출퇴근이 얼마나 걸리든 돈을 더 받는 게 무조건 낫다고 생각했다. 막상 다녀보니 꼭 그렇지만은 않았다. 특히 이른 아침에 눈을 뜰 때. 전철을 타고 오래 갈 때. 그래도 여긴 전철역에서 쇼핑테마파크까지 운행하는 통근버스가 있다. 물론 통근버스비를 내지만 소희는 그 돈이 아깝지 않다. 첫 통근버스를 타면 앉아서 갈 수 있고, 운이 좋으면 창가 자리에 앉을 수도 있다. 그러면 아침 햇살 강물이 반짝반짝 따뜻하다. 어디 소풍 가는 것 같다.

지하철 출구 근처에서 누군가 뛰기 시작하자 사람들 걸음이 덩달아 빨라졌다. 소희도 뛰었다. 소희는 초등학교 때 달리기 선수였다. 백 미터 달리기에서 웬만한 남자애들보다 빨랐다. 개찰구를 통과할 때 열차가 도착한다는 방송이 들렸다. 두 계단씩 뛰어 내려가 5-6 차량 번호 앞에 줄을 섰다. 초등학교 5학년 때 체육 선생이 소희에게 육상을 해보면 어떻겠냐고 물었다. 그 말을 전하자 엄마는 안 된다고 했다. 왜? 아니 그거 하려면 돈이 얼마나 많이 드는데? 어디 훈련 가고, 신발 사 신고, 그게 다 돈이다, 돈. 스크린도어와 열차 문이 열리고 사람들이 내렸다. 등 뒤에서 누군가 마구 밀어대는 느낌을 받으며 소희는 열차에 올랐다. 체육 선생은 여러 번 소희를 불러 같은 얘기를 했다. 열심히 훈련해서 대회 나가서 상 받고 그러면 다 지원해주는 데가 있다고, 학교나 체육회 같은 데서 책임져준다고. 그런 말을 전하자 엄마는 코웃음을 쳤다. 왜 또? 아니 그때까진 어쩌고? 그때라니…… 언제? 언젠 언제야, 상 받을 때까지지. 또 상 못 받으면 그때 가선 어쩌고? 그땐 딱히 아쉽거나 서운하지 않았는데 요즘엔 가끔 육상을 했더라면 어땠을까 소희는 생각한다. 아무 생각 없이 죽자고 빨리 달리기만 하면 되는 일이었는데, 그렇게 해서 큰 대회에서 상을 받게 되었다면 어땠을까. 엄마는 몰라도 언니는 내 곁을 안 떠나지 않았을까.

열차가 역에 정차할 때마다 내리는 사람은 없고 타는 사람만 많다. 역과 역 사이, 꾸역꾸역, 누군가의 손아귀에 꾹 쥐여진 모양으로 서서 열다섯 개 역을 가야 한다. 전철을 타고 앉아서 가본 게 언제였나. 소희는 갑자기 오른손 엄지손톱에 찌르는 듯한 통증을 느끼고 장갑 낀 검지로 장갑 낀 엄지를 살살 비볐다. 그렇다고 통증이 없어지는 건 아닌데 그저 버릇이 그렇게 들었다. 언제인지 몰라도 대낮에 전철을 타고 앉아서 갔던 기억이 났다. 그러다 기습적으로 차창 안으로 쏟아져 들어온 눈부시게 화사한 햇빛을 보았던 기억도. 열차는 한강을 건너고 있었나 보다. 강의 물결과 건물 유리가 찬란하게 빛나고 있었는데, 빛나는 건물 안에 하루 종일 갇혀 지내는 소희가 그 시간에 전철에 앉아 그런 햇빛을 본 적이 있을 리 없었다. 꿈이었나.

아니었다. 첫 통근버스로 갈아타고 S쇼핑테마파크로 향할 때 차창으로 쏟아지는 아침 햇살을 보고서야 소희는 생각났다. 그날이었네, 그날이었어. 그게 벌써 넉 달도 더 전이다. 대학병원 응급실에서 처치를 받고 집으로 돌아가던 길이었다. 그날 소희는 찌르는 듯 따스한 빛, 강물이며 건물이며 만물이 스스로 빛나게 하는 빛, 무차별하면서 공평하고 무심하면서 전능한 빛을 보았다. 눈이 부셔 눈물이 고였지. 열차가 다시 어두운 터널 속으로 들어갔을 때에야 눈에서 눈물이 떨어졌다. 손톱 절반 가까이를 부러뜨리고서야 맛볼 수 있었던 한낮의 햇빛은 그토록 짧고 강렬했다. 소희는 강변을 달리는 통근버스 차창에 바짝 붙어 앉아 아침 햇살에 반짝이는 강물을 본다. 버스가 좋은데, 소희는 버스가 슬프다. 그러니까 슬픈 건 버스가 아니라 햇빛인데, 슬프면서 좋은 거, 그런 게 왜 있는지 소희는 알지 못한다.

그니까 올여름 8월 초쯤, 이전 매장에 근무할 때였다. 반품 체크를 하는 날이라 아침부터 바빴다. 같이 박스 정리를 하던 민경 언니가 말했다. 학교와 알바, 둘 다는 아무래도 무리인 것 같아. 민경 언니는 경기도 어디 대학에 다닌다고 했다. 둘 다는 무리죠, 라고 소희는 대꾸했다. 너무 힘들어서 둘 중 하나는 그만둬야 할 거 같아. 너무 힘들면 하나는 그만두세요. 소희 말에 민경이 피식 웃었다.

으응, 안 그래도 엄마랑 그 문제로 상의했거든.

순간 소희는 박스를 들어 올리려다 말고 멈췄다. 방금 민경 언니가 뭐라고 그랬지? 낯선 기척을 느낀 토끼처럼 귀가 쫑긋 섰다.

힘들어도 엄마가 이번 학기까지만 마치고 휴학하래. 그래야……

소희는 더 이상 민경의 말을 듣고 있지 않았다. 아니, 스펙이니 취업이니 하는 말은 들렸지만 아무 뜻도 없는 주문처럼 들렸다. 딱딱한 껍질 속에 갇힌 느낌, 바삭하게 구워지는 과자처럼 겉은 점점 검고 단단해지는데 속은 끓는 시럽처럼 뜨거운 핏물이 휘도는 느낌, 겉과 속이 분리된 느낌이었다. 소희는 온몸의 기운을 모아 스포츠화 상자가 가득 든 박스 사이로 손을 휙 밀어 넣었다. 그리고 박스를 들어 올리는 대신 아하하 소리를 내며 주저앉았다. 입에서 용처럼 뿜어져 나오는 가스의 열기를 느낄 수 있었다. 박스 사이에서 천천히 손을 뺐을 때 길고 가느다란 비명이 민경 언니의 입에서 튀어나왔다. 박스 아래에 튀어나와 있던 굵은 고정쇠가 소희의 오른손 엄지손톱에 박히면서 푹 뚫고 나와 손톱 절반이 뒤로 꺾이고 살이 찢겼다. 아하하…… 끔찍한 통증과 함께 기괴하게 발딱 뒤집혀 있던 손톱의 모양을 소희는 잊지 못한다. 잊을 수 없다. 아하하…… 아하하…….

그날 왜 그랬냐 하면 그때 소희는 달아오르다 달아오르다 끝내 퍽 금이 가야만 했던 상태였으니까. 뿜어낼 구멍이 절실할 때, 그러니 손톱이든 어디든 와삭 깨지고 퍽퍽 터졌어야 할 때였다. 아하하…… 웃겨 죽을 뻔했지. 엄마랑 뭘 했다고? 상의? 엄마랑 상의를 해? 아하하…… 민경 언니가 소희를 그렇게 웃겼으므로 소희는 박스 밑으로 급하게, 온 힘을 다해 손을 집어넣었던 거고, 터졌던 거고 아직도 아물지 않는 거고.

첫 통근버스는 8시 45분에 S쇼핑테마파크 4A주차장에 도착했다. 드넓은 주차장은 아직 텅 비어 있다. 소희는 혼란스럽다. 그러니까 그때 그게, 설마 그게…… 그거였나? 상…… 의…… 상…… 의…… 읊조려볼수록 이상한 말이었다. 상…… 의…… 그런 것도 상의라고 할 수 있나. 엄마에게 육상에 대해 물어본 거, 그게 소희가 엄마와 뭔가를 상의한 거였나. 진로라든가 미래라든가 그런 걸 상의…… 한 거였나. 그런 것도 상의라고 할 수 있나. 텅 빈 주차장, 텅 빈 방, 그것도 주차장이고 방이고 하다면, 텅 비어도, 내용도 없고 주고받는 것도 없고 아무것도 없어도, 그게 상의긴 상의였나. 소희랑 엄마랑 상의한 거…….

그딴 게 무슨, 하고 장갑을 끼려다 소희는 다시 오른손 엄지손톱을 들여다본다. 염증으로 부어올랐던 살덩이가 딱딱하게 굳으면서 표면에 잿빛 각질이 비늘처럼 겹겹이 덮였다. 손톱 절반이 떨어져나간 자리에 징그러운 벌레처럼 거무죽죽한 혹이 남았다. 흉하다……. 민경 언니도 그랬다. 여자애 손톱이 그게 뭐니. 병원 좀 다시 가보든가. 여자는 얼굴 다음이 손인데. 그래서 병원에 가긴 갔다. 상처에 세균이 침투한 걸 방치해서 이렇게 된 거라고, 두어 달은 약을 먹고 약을 바르며 상태를 지켜보자고 의사는 말했다. 손톱 주변에 신경이 몰려 있어 외과 수술은 가급적 안 하는 편이 좋다고도 했다. 두 달 넘게 약을 먹고 바르는데도 전혀 나아지지 않는다. 다음 주에 병원 진료가 잡혀 있다. 그전에 기적처럼 혹이 떨어지고 새살이 돋을지, 소희는 알 수 없다.

오늘도 매니저는 소희에게 아쉬운 소리를 했다. 진수 씨가 또 못 나온다고 했다. 또요? 그래, 또! 그래서 소희가 오늘 야간 근무를 혼자 보고 다음 주 화요일 오전 근무를 빼주면 어떻겠냐고 물었다. 소희는 그러겠다고, 오늘 야간 근무를 혼자 보고 다음 주 화요일엔 오후에 출근하겠다고 했다. 매니저는 고맙다면서, 남자가 돼서 진짜 맨날 왜 그러나 몰라, 하고 툴툴댔다. 남자가 돼서 진짜…… 소희는 중얼거리다 만다.

진수는 이 스포츠 용품 매장에 하나뿐인 남자 직원이다. 점장 부부와 매니저, 여직원 수연 성은 소희, 그리고 진수, 이렇게 매장에서 일한다. 제일 어린 소희가, 온 지 한 달도 안 된 소희가 매장에서 판매 실적이 제일 높다. 고객을 응대하는 특별한 노하우가 있는 것도 아니고 말솜씨가 뛰어나거나 상품 설명을 잘하는 편도 아니었으므로 같이 일하게 된 직원들은 왜 그런 결과가 나왔는지 이해할 수 없었다. 처음 며칠은 우연이려니 운이 좋아 그러려니 하다, 계속 그런 결과가 나오자 잠시 의아해하다, 나중에는 말솜씨가 뛰어나거나 상품 설명을 잘하는 편이 아니라서, 아, 그래서 잘 파는 애, 라는 걸 알게 되었다. 그러니까 소희는 고객들이 대하기에 어리고 편하고 만만하기도 했지만, 무엇보다 고객이 뭐라고 하면 어쩜 그렇게 앵무새처럼 그 말을 그대로 따라 하는지, 그래서 잘 파는 애였다. 자기 주장이란 게 없고 애가 아주 '무나아안하다'고, 무색무취하다고, 그것도 재주라면 재주라고 매니저는 말했다. 그렇게 무의미하고 무가치하고 무존재하다는 것도 재주라면 재주라는 식으로 직원들은 이해했다.

소희와 달리 진수는 판매 실적도 꼴찌, 출근율도 꼴찌, 월급도 꼴찌였지만 인기는 좋았다. 성격이 싹싹하기도 하고 여직원들이 많은 매장이어서 그렇기도 했다. 다들 그가 오래 다니지 못할까 봐 근심했다. 하지만 소희는 진수 씨 별로다. 하루 종일 종알종알, 남자가 돼서 진짜……

소희는 아빠를 기억하지 못하지만 언니 얘기로 아빠는 착한 사람, 말이 없는 사람이었다고 했다. 착한 건 몰라도 말이 없었다는 건 소희 마음에 들었다. 아빠는 소희가 세 살 때 밤낚시를 갔다 사고를 당했다고 했다. 갯벌에 물이 들어오는데 아빠 혼자만 뒤처져 빠져나오지 못했다. 같이 간 사람들이 도와주려고 했지만 못 도와줬다고 했다. 갯벌이란 그런 곳, 아무리 구해주고 싶어도, 바로 저만치에서, 사람이 가슴까지, 목까지, 코와 이마까지 꼬록꼬록 빨려들어가는 걸 빤히 보면서도 전혀 손쓸 수 없는 곳이라고 했다. 다 언니가 해준 얘기였다. 그러면서 언니는 정작 자기 아빠에 대해서는 아무것도 기억하지 못했다. 그건 엄마가 얘기해줘야 하는데 엄마는 본희 아빠에 대해서도 소희 아빠에 대해서도 입을 다물었다.

엄마는 늘 일을 다녔지만 자주 다치거나 사고를 당하거나 아프거나 해서 쉬는 날이 많았다. 팔이 부러지고 뜨거운 물에 데고 귀가 곪고 발목이 삐고 아픈 허리가 도졌다. 언니는 엄마가 못된 사람, 말이 없는 사람이 되어간다고 했다. 말이 없는데 착한지 못된지 언니가 어떻게 알 수 있나. 생각해보니 실은 언니도 몰랐던 거다. 엄마가 얼마나 못된 사람이 되어갔는지를. 그러니 당했던 거고.

엄마가 사라진 건 소희가 초등학교 6학년 겨울방학을 맞던 날이었다. 집에 왔을 때 엄마는 없었다. 당시에 엄마는 식당 일을 하고 있었는데 소희가 오기 전에 식당으로 출근하는 일이 잦았다. 감자탕집인지 보쌈집인지 둘 다 하는 집인지 이미 다른 집으로 옮겼는지, 어쨌든 말을 안 해서 잘 모르지만 옷에 밴 냄새로 봐서 식당은 식당이었다. 밤에 퇴근한 언니가 엄마는, 하고 물었을 때 아직, 했던가 몰라, 했던가. 다음 날 아침에 언니가 어젯밤에 엄마가 또 안 들어왔다고 했을 때도 놀라는 대신, 그럼 오늘은 일찍 들어오겠네, 했다. 갑자기 후다닥 옷장 문과 화장대 서랍을 열어본 언니가 소리를 꽥 지르고 주저앉았다. 이 여자가 진짜!

그때 소희네는 이사를 앞두고 있었는데 엄마는 그렇게 집을 나가 돌아오지 않았다. 작별 인사는커녕 아무 신호도 낌새도 없이 휙 사라졌다. 엄마가 새로 이사 갈 집 보증금에 보탠다고 언니가 열 달 동안 저금한 7백만 원과 언니 이름으로 대출받은 천만 원을 들고 내뺐다는 건 나중에 알았다. 그리고 더 나중에야 소희는 곰곰이 생각하다, 아주 없지는 않았다고, 그러니까 그게 낌새라면 낌새였다는 걸 알았다. 이사라든가 보증금이라든가 대출이라든가 그런 거. 그러니까 올 6월에 언니가 이사라든가 보증금이라든가 대출이라든가 그런 얘기를 했을 때 소희는 낌새를 챘어야 했다. 언니도 내빼려는구나.

그러니까 8년 전 스물한 살, 지금 소희 나이였던 언니도 소희처럼 들떴던 거다. 아무 생각 없이 대출도 받고 저금한 돈도 선뜻 내주고 한 거

보면. 엄마가 새로 이사 갈 집은 반지하도 아니고 방도 두 개라 안방은 엄마와 소희가 쓰고 언니 방은 따로 내주겠다고 했다니까. 또 본희 니가 정 그렇게 자신만만하다니까 말인데 고양이도 한 마리 키우든가, 했다니까. 언니도 소희에게 똑같이 새로 이사 갈 집은 반지하도 옥탑도 아니고 방도 두 개고 욕실도 크니까 이번에는 꼭 고양이를 키우자고 했으니까. 소희가 쉬는 날 같이 새로 이사 갈 집을 보러 가기로 해놓고는 휙 사라졌으니까. 언니가 며칠째 돌아오지 않던 방, 그것도 방이라고 할 수 있나. 그 무서운 바닥과 벽과 천장과 텅 빈 공간도 방…… 이라고 할 수 있나. 상의 한마디 없이…… 그럴 수 있나.

야근과 뒷정리를 마친 소희는 4A주차장에서 마지막 통근버스를 기다린다. 밤이라 춥다. 휴대전화를 켜니 '오후 10시 6분 영하 10도 대체로 흐림'이라고 뜬다. 첫 통근버스는 앉아서 오지만 끝 통근버스는 앉아서 못 간다. 그래도 따뜻하다. 전철도 이 시간에는 덜 붐비니, 나쁜 점 하나, 좋은 점 하나다. 전철이나 통근버스에서 서서 갈 때 소희는 종종 돈 계산을 한다. 오늘 얼마를 썼는지, 이번 달에 얼마를 쓰게 될지. 그러면 시간이 빨리 간다. 돈 계산을 하고 가계부를 쓸 때에만 소희는 살아 있는 것 같다. 뭔가 벅차오르다 금세 풀이 죽고 갑자기 조급증이 났다 울렁거렸다 종잡을 수 없는 흥분 상태에 사로잡힌다. 이번 달 월급 170만 원을 받으면, 받으면…….

갚을 것 갚고 낼 것 내고 뺄 것 빼면 소희 손에 남는 돈은 50만 원 정도다. 본희가 들고 튄 대출금 천만 원과 지금 사는 옥탑방 보증금으로 대출받은 5백만 원, 합계 천 5백만 원이 앞으로 소희가 갚아야 할 빚이다. 대출상환금이 매달 47만 원 나가고, 옥탑방 월세가 40만 원 나간다. 교통비와 회사 식대를 합치면 20만 원, 통신료와 공과금과 건강보험료 합이 13만 원. 170만 원에서 이걸 다 빼면 딱 50만 원 남는다. 이전 매장에서 160만 원 받을 때도 매달 20만 원씩 저금했으니까 이번 달부터는 30만 원씩 저금해야 한다. 그러면 20만 원 남는데…… 아니, 소희는 당황해서 눈을 깜박거린다. 겨울이라 난방을 하니까 2만 원 더 든다. 그러면 18만 원 남는다. 18만 원으로 한 달을 먹고살려면…… 소희는 주먹을 꼭 쥔다. 아무리 빡빡해도 저금은 절대 줄일 수 없다. 저금은 소희의 목숨줄이다. 빨리빨리 저금해서 대출 원금을 갚지 않으면 소희는 5년 동안 꼼짝없이 매달 47만 원씩을 저축은행에 갖다 바쳐야 한다. 소희는 수없이 계산하고 또 계산해봤다.

결과는 두 배, 두 배라는 거다. 천 5백만 원을 빌렸는데 최종적으로 갚는 돈은 2천 8백만 원이 넘는다. 그것도 5년 뒤에 한꺼번에 갚는 게 아니라 매달 꼬박꼬박 갚는 식으로 그렇다. 매달 그만큼씩 꼬박꼬박 5년 동안 적금을 부으면 3천만 원 정도 된다. 그러니 두 배, 두 배라는 거다. 저금을 하지 않고 다 써버리면 빌린 돈의 딱 두 배를 갚아야 한다는 거. 그래서 소희에겐 계획이 다 있다. 마지막으로 대출받은 옥탑방 보증금, 이자가 제일 센 그 5백만 원부터 갚아야 한다. 7월부터 11월까지 소희는 매달 20만 원씩 모아 백만 원을 만들어놓았다. 이번 달에 30만 원을 보태면 130만 원, 내년에도 꾸준히 매달 30만 원씩 모으면 연말까지 490만 원. 어떻게든 10만 원을 보태 5백만 원을 갚으면, 내후년부터는 매달 47만 원이 아니라 31만 원씩만 상환하면 된다. 남는 17만 원을 저금에 보태 매달 47만 원씩 모으면 1년 안에 또 5백만 원을 갚을 수 있고, 그러면 상환액이 16만 원 줄어드니까 그걸 보태서 또 매달 63만 원씩 저금하면 8개월 만에 마지막 5백만 원까지 깨끗이 다 갚을 수 있다.

그러면 소희는 빚 없는 사람이 된다. 그때부터는 대출상환금 47만 원을 더해 매달 77만 원씩 모을 수 있는데 월급이 올라서 80만 원씩 적금을 든다 치면 1년에 거의 천만 원…… 갑자기 소희는 풀썩 몸을 뒤친다. 그 생각을 못 했다. 소희는 관자놀이를 톡톡 친다. 빚 갚는 데만 정신이 팔려 지꾸 그 생각을 까먹는다. 방…… 방이 있다. 그 사이에 옥탑방 계약 기간이 끝난다. 보증금이 오르거나 월세가 오르면 빚 갚는 건 그만큼 늦어진다. 보증금이나 월세를 올려주면서 빚을 다 갚으려면 얼마나 걸릴까. 마음이 바쁘다. 집에 가서 찬찬히 계산해봐야겠다. 그러나 계약 기간이 끝날 때마다 그때그때 주인이 월세나 보증금을 얼마나 올릴지, 소희는 알 수 없다. 그러니 계산할 수 없다. 언제 빚을 다 갚을 수 있을지.

전철역 근처 '24시간 짜장 짬뽕'이라고 적힌 2층 간판을 올려다보며 소희는 잠시 망설인다. 추우니까 집에 가기 전에 짬뽕 한 그릇을 사 먹고 가고 싶다. 기왕이면 곱빼기로 먹고 싶다. 어느새 소희는 좁은 계단을 올라간다. 계단에서부터 풍겨오던 기름진 중국 음식 냄새가 2층 문을 열고 들어서는 순간 진하게 몰려왔다. 조그만 가게인 줄 알았는데 넓은 홀이 탕수육이나 쟁반짜장을 시켜놓고 술을 먹는 손님들로 떠들썩했다. 앞치마를 입은 여자가 다가왔다.

몇 분이세……?

소희는 얼른 집게손가락을 세웠다.

혼자?

네, 혼자요.

그럼 여기.

소희는 여자가 가리킨 1인용 자리에 앉았다.

주문은 뭘로다?

주문은요, 짬뽕 곱빼기, 맵게요. 아주 맵게요.

6천 원이고 선불이에요.

선불이에요? 근데…… 곱빼기면 5천 5백 원 아니에요?

소희가 메뉴판을 가리키며 묻자 여자가 역시 메뉴판을 가리키며 맵게 추가하면 5백 원이라고 말했다. 모든 메뉴 아래에 빨간 고추가 그려져 있고 그 옆에 조그맣게 5백 냥이라고 적혀 있었다.

5백 원이나요?

여자가 앞치마 주머니에서 계산지를 꺼내 표시를 하고는 큰 인심 쓰듯이 말했다.

여기는 매운맛 소스를 안 쓰고 청양고추 유기농으로 맛을 내거든.

청양고추요?

그러니까 다만 5백 원이라도 안 받으면 장사가 안 된다고.

장사가 안 될지 어떨지는 알 수 없지만 6천 원이면 찌개용 돼지고기 한 근을 살 수 있다. 곱빼기도 말고 맵게도 말고 그냥 4천 5백 원짜리 짬뽕을 먹을까 하다 소희는 자리에서 일어났다.

다음에 올게요.

그럼, 그러든지, 하더니 여자는 아니, 그럴 거면 빨리빨리 결정을 져야지, 젊은 사람이 어째 매가리가 없이, 하고는 계산지를 구겨 쓰레기통에 던져 넣었다. 계단을 내려오면서 소희는, 매가리가 없이, 매가리가 없이, 하고 중얼거려보지만 그게 무슨 말인지 모른다. 말귀를 못 알아듣는다는 말인가. 민경 언니는 언젠가 소희에게 대화는 서로 주고받는 건데 너랑은 대화가 안 돼, 대화가, 그랬다. 아니, 소희는 언니랑은 대화가 잘됐다. 말귀도 잘 알아듣고 언니가 시키면 시키는 대로 했다. 근데 그게…… 대화가 아니었나. 주고받는 게 아니었나. 상의도 아니고 대화도 아니고 아무것도 아니었나.

지난 6월에 본희는 소희가 저금한 돈 천 5백만 원과 소희 이름으로 대출받은 천만 원을 가지고 사라졌다. 엄마랑 수법이 똑같았지만, 그래도 소희는, 아직도 소희는, 엄마랑 언니는 다르다고 생각한다. 언니는 그럴 만한 사정이 있었을 거라고, 다시 돌아올 거라고 믿는다.

엄마가 집 나가고 열흘쯤 지났을 땐가, 소희가 텔레비전을 보고 있는

데 본희가 현관에서 신을 신으며 잠깐 나갔다 오겠다고 했다.

잠깐 어디?

친구네.

친구 누구?

소희가 눈을 맞추려 했지만 본희는 돌아보지 않았다.

늦으면 친구네서 자고 올지도 몰라. 기다리지 말고 자.

돌아서 나가는 본희가 멘 가방이 이상하게 커 보여 소희는 자리에서 벌떡 일어났다. 가만히 서 있다가 갑자기 현관문을 열고 맨발로 뛰어나가 계단을 올라가는 본희 뒷모습에 대고 외쳤다.

언니야, 올 거지?

본희는 멈춰 섰지만 돌아보지 않았다. 소희는 묻고 또 물었다.

언니야, 한 밤 자고 올 거지? 내일 올 거지? 다시 올 거지? 꼭 올 거지?

본희는 말없이 계단을 올라갔다.

한참 있다가, 몇 년은 지난 거 같은데 몇 시간쯤밖에 안 지난 한밤중에 언니가 문자를 했다. 소희는 언니가 올 때까지 휴대전화를 손에 꼭 쥐고 문자를 보고 또 보았다. 그러지 않으면 문자가 감쪽같이 날아갈 것 같았다.

삼겹살 사가지고 가께 라면 끓여먹지 말고 기다려

그날 언니가 돌아왔으니까, 엄마가 보증금 3백만 원도 다 까먹고 월세까지 밀려놓은 깡통 반지하 방에 언니가 와줬으니까, 아빠도 다른데 소희랑 8년을 같이 살아줬으니까, 그러니까 그깟 돈 2천 5백만 원은 언니가 다 가져도 된다. 다 써버려도 된다. 언니는 올 거니까. 그때처럼 한참 있다가, 몇 년은 지난 거 같은데 몇 달쯤밖에 안 지나서 삼겹살이든 뭐든

사가지고 올 거니까, 언니는 엄마랑 다르니까, 언니는 한 번 다시 와줬으니까, 이번에도 꼭 다시 와줄 거니까, 소희는 믿고 기다린다.

엄마 소희 인제 중학생 됐어 소희가 밥도 하고 국도 잘 끓여 나도 열심히 돈 벌고 있으니까 엄마 그냥 전화만 받아 통화만 하는 건 괜찮잖아 엄마가 어디 있는지 뭐하는지 그거라도 알자 내가 뭐라 안 하께 나 중학교 때 집 나간 거 기억나 엄마 그게 내가 어려서 속이 좁아서 가출하고 엄마 힘들게 했어 소희도 아파가지고 번가라가며 속 썩여서 미안해 인제 우리가 철 좀 들었으니까 앞으로 그런 일 없도록 하께 엄마 말대로 인간적 수양도 발전시키고 노력하께 그니까 엄마가 인제 오기만 하면 돼 제발 전화 좀 받아

갑자기 매니저가 소희에게 그거 왜 안 신어, 하고 물었다.

그거…… 요?

소희는 눈을 깜박였다.

저번에 운동화 준 거, 그거 왜 안 신냐고.

아, 그거요?

매니저는 일주일 전 본사에서 50퍼센트 할인가에 직원들에게 지급한 신상품 스포츠화에 대해 말하고 있었다. 소희는 그걸 받자마자 중고 매매 사이트에 올렸다. 박스도 뜯지 않은 신상이라 좋은 가격에 팔 수 있었다. 그래서 어제 짬뽕도 사 먹을 생각이 들었던 건데…… 그거…… 이제 없는데……

그거…… 꼭 신어야 돼요?

그럼 신어야지. 신고 일하라고 준 건데. 내일부턴 꼭 신어.

소희는 엉겁결에 언니, 언니 줬는데, 했다.

뭐? 언니? 매니저가 인상을 썼다. 그 비싼 걸 왜 언닐 줘? 기껏 본사

에서 신고 일하라고, 광고도 되고 하니까 특별히 특별가에 준 건데. 근데 자기 언니가 다 있었어?

언니 있어요.

소희는 언니가 지방에 있다고, 지방에서 직장 다닌다고 했다.

달란다고 그걸 주냐? 도로 달라고 해봐.

소희가 아무 말도 하지 않자 매니저가 혀를 찼다.

넌 애가 진짜 생각이 없나 보다.

아니, 소희는 생각 있다. 언니를 팔아서 거짓말을 한 건 좀 그렇지만, 그래도 잘했다고 생각한다. 잘했다는 생각이 있다. 언니도 잘했다고 생각할 거라는 생각도 있다. 언니는 늘 돈 얘기를 할 때면 작은 눈을 크게 뜨고 말했다. 뭐든 한 방에 되는 건 없어, 소희야. 한 푼 두 푼 차근차근, 응? 그렇게 한 푼 두 푼 모으는 거라고 돈은. 인제 언니 말 명심해. 한 푼 두 푼 차근차근, 응? 운동화는 한 푼 두 푼도 아니고 무려 16만 원이나 받고 팔아 7만 원을 남겼다. 어젯밤 곱빼기 아니고 맵게 아니고 그냥 짬뽕으로라도 먹으려던 건 한 푼 두 푼, 아예 안 먹고 집에 가서 라면 끓여 먹은 건 아홉 푼 열 푼. 그렇게 차근차근 모으는 거라고 돈은, 언니가 말했다. 소희는 생각도 있고 말귀도 잘 알아듣고 매가리, 그것도 있다. 매가리는 힘이라는 뜻이다. 소희는 힘이 세다. 매가리 있다.

한가한 시간에 진수 씨가 종알종알 떠들기 시작한다. 내가 창고에서 손님 물건 받아 왔는데 다른 손님이 계속 컴플레인을 제기하는 거예요. 자기 물건 안 가져왔다고. 그래서 내가 정중하게 얘기했지. 손님, 이분이 먼저 오셨으니까 잠시만 기다려주세요. 가끔 그렇게 성질 급하고 남의 말 안 듣고 그런 손님이 있다는 걸 아니까, 이해하니까, 함부로 말하지도 않고 정중하게, 불쾌하지 않게, 잠시만 기다려달라고 했다고. 그런데 자기가 먼저 왔다고 말도 안 되는 소리를 하는 거예요. 그러니까 먼저 온 손님이 어이가 없어서 쳐다보더라고. 내가 또 이런 상황을 알잖아. 잘못하면 싸움 난다고. 그래서 정중하게, 아닙니다 손님, 이분이 먼저 오셨어요, 교통 정리를 했지. 잠시만 기다려달라고, 몇 번이나 정중하게, 목소리 하나도 안 높이고, 냉정하게. 요게 중요한 거거든요. 냉정하게. 괜히 쩔쩔매고 벌벌 기고 그러면 부작용으로 돌아오는 경우가 많다는 걸 경험으로 아니까. 역효과 난다는 걸 아니까. 우리도 사람이기 때문에 그러면 또 마음이 상하잖아요. 그런데 이 손님이 무조건으로 빡빡 우기는 거야. 자기가 먼저 왔다고. 그니까 먼저 온 손님이 열 받아서 제가 먼저 왔거든요 이렇게 딱 한마디 하더라고. 이러니까 또 상황이 재밌어졌잖아. 이럴 땐 무조건 가만히 있어야 한다고. 그럴 수밖에 없어. 왜 그러냐 하면 만약에 내가 그때 끼어들었으면……

진수 씨는 왜 맨날 여직원들을 모아놓고 이런 쓸데없는 얘기를 하는지, 여직원 언니들은 또 왜 맨날 저런 진수 씨 얘기를 재미있게 듣는 척하는지 소희는 모른다. 그러면서 소희도 낫지 않는 엄지손톱을 만지작거리면서, 거칠고 기분 나쁜 이물감을 참으면서, 내일 병원에 가봐야 할지 말지 생각하면서 진수 씨 얘기를 듣고 있다. 넌 애가 진짜 생각이 없나…… 그런가…….

소희가 일주일에 하루 쉬는 날은 월요일이다. 화수목 사흘은 아침 9시부터 저녁 7시까지 일하고, 금토일 사흘은 아침 9시부터 밤 10시까지 일한다. 일찍 끝나는 화수목에는 길이 막혀 퇴근 시간이 두 시간 가까이 걸린다. 8시쯤 집에 와서 저녁을 지어 먹고 씻는다. 소희는 텔레비전을 보지 않는다. 시청료를 내지 않으려면 텔레비전 자체가 없어야 한다고 해서 이사 오자마자 낡은 텔레비전을 없앴다. 소희는 자기 전까지 인터넷만 한다. 매일 출석 체크를 하면 포인트를 적립해주는 사이트만도 열한 군데 가입해 있다. 할인 정보가 실시간으로 올라오는 카페와 중고 매매 사이트 들을 돌아다니다 보면 시간이 훌쩍 간다. 빈값 쿠폰의 유효 기간을 확인하고, 장바구니에 휴지와 세제를 가격 맞춰 넣어놓고, 주말쯤에 화장품 사이트에서 적립한 포인트로 겨울 로션을 살 것을 잊지 않도록 메모하고, 자정이 넘어 5분 동안만 가능한 휴대전화 로또 앱을 찍고 잔다. 밤 10시까지 일하는 주말 사흘 동안엔 밤 11시 반에 집에 들어와 호빵 하나 먹고 급하게 출석 체크와 포인트 적립만 하고 잠자리에 들어 아침 7시에 일어나 씻고 나가는 것 말고는 아무것도 할 수가 없다. 그러니 쉬는 날에 빨래도 하고 청소도 하고 장도 봐놓고, 은행 볼일도 보고, 예약해놓은 병원에도 가고, 무엇보다 부동산과 휴대전화 매장에 가야 한다. 새로 보러 다닐 집과 휴대전화 매장 건물을 생각하면 소희는 가슴이 뛴다. 햇빛과 따뜻함, 통근버스만큼 좋다.

여자는 얼굴 다음이 손이라니까, 소희는 아침에 시리얼을 먹고 예약해놓은 병원에 갔다. 약 먹고 약 바르고 두 달이 넘었는데 왜 낫지 않느냐고 소희는 조심조심 묻는다. 의사는 이게 덧들면 그렇게 빨리 잘 안 낫는다고, 그러게 왜 바로바로 치료를 안 받고 응, 이렇게 만들었냐고, 소희를 보더니 택배 일 하신다고 했나, 하고 물었다. 소희는 S쇼핑테마파크에서 일한다고 대답했다. 의사는 코를 훌쩍거리더니, 그럼 일단 오늘은 냉동 치료를 좀 해보자고 했다.

냉동 치료요?

의사는 뭘 적으면서 응응 하더니 좀 아플 거라고 했다.

냉동 치료가 아파요?

치료받을 때도 좀 아프지만, 의사는 다 적었는지 고개를 들고 또 코를 훌쩍거리더니, 사나흘은 아플 거니까, 진물도 날 거니까, 진통제 처방을 해주겠다고 했다. 그때 하지 않겠다고 했어야 했다. 운동화 판 돈 중에 2만 원은 난방비에 보태고 5만 원은 저금에 보태려고 했는데, 그래서 이

번 달엔 35만 원을 저금하려고 했는데 얼어 죽을 냉동 치료로 7만 원이 순식간에 날아갔다. 접수처에서 돈을 내는데 간호사가 3주 후 오늘로 예약 잡을게요, 했다. 소희가 멀뚱멀뚱하자, 3주 간격을 두고 적어도 대여섯 번은 꾸준히 냉동 치료를 받아야 한다고 했다.

병원을 나오는 내내 소희는 조금씩 불안해지고 신경이 곤두선다. 얼굴이 붉어지고 눈가가 이글이글 달아오른다. 뭔가 또 퍽 터질 것만 같다. 언니가 사라졌을 때도, 손톱이 깨졌을 때도, 소희는 이렇게 뭔가로 가득 차서 터질 것 같았다. 무섭다. 소희를 이렇게 두면 안 되는데, 이렇게 혼자 놔두면 안 되는데. 도대체 나보고 어쩌라고? 내가 어쨌다고? 내가 뭐? 내가 뭘? 뭘? 뭘?

소희는 작은 소리로 외치며 걷는다.

내가 뭘? 뭘? 뭘?

소리가 점점 커지면서 말끝이 날카롭게 솟구친다.

내가 뭘? 뭘? 뭘?

새해가 되면 소희는 스물두 살이 된다. 옥탑방 계약은 소희가 스물셋 스물다섯 스물일곱이 되는 6월마다 돌아온다. 2년마다 보증금을 5백만 원씩만 올려도 대출금 갚는 건 두 배로 늦어지고 월세를 올려도 마찬가지다. 처음 계획대로 갚는다 해도 스물네 살 여름에나 다 갚을 수 있는데, 그 두 배가 걸리면 스물일곱, 여덟 살이나 되어야 한다. 그때까지 이렇게 살아야 하나…… 20만 원으로 한 달을…… 치약도 휴지도 생리대도 아껴 쓰고, 아침엔 우유와 시리얼, 밤엔 호빵이나 식빵, 계란 한 판 사서 한 달을 먹고, 일주일에 한 번 제일 싼 찌개용 돼지고기를 사고, 늘 두부와 콩나물, 김치를 아껴 먹고 깍두기를 담가 먹으며, 친구도 못 만나고 친구도 못 만들고. 10원 100원 포인트를 쌓으며, 스물일곱, 스물여덟 살까지, 병원비 7만 원 가지고 이렇게, 아니 대여섯 번이면 35만 원에서 42만 원, ……다시 안 온다, 다시…….

소희는 어느새 빌딩 쇼윈도 앞에 바짝 붙어 서 있다. 티끌 하나 없이 깨끗이 닦인 유리 너머로 외제 자동차들이 손에 잡힐 듯 반짝거린다.

내가 어쨌다고? 내가 뭘, 뭘, 뭘? 뭘? 뭘? 뭘?

소희는 다친 개처럼 유리에 대고 짖었다. 뭘, 뭘, 뭘, 외칠 때마다 유리에 김이 서렸다. 매장 안에서 남자 직원이 소희를 유심히 지켜보고 있다. 진수 씨를 닮았다. 온몸이 엄지손톱의 혹처럼 얼었다 녹으면서 뜨겁고 흐물흐물한 살덩어리가 된 것 같았다. 갯벌에 쑤욱 빠진 것도 같았다. 이대로 유리에 철썩 들러붙어버릴까. 직원이 이쪽으로 천천히 걸어오는 걸 보면서 소희는 엄지손톱에서 거즈를 떼어냈다. 손톱 없어도 된다. 엄마 없이도 살았고 언니 없이도 사는데 그깟 손톱 없어도 된다. 됐다 뭘, 됐다고, 안 와도 된다고, 도와줄 것도 아니면서 오지 말라고. 소희는 혹에 끈끈하게 고인 약과 피와 진물을 유리에 꾹 눌러 비비고 쏜살같이 달아났다. 소희 마음속에도 흉한 혹이 돋아났다. 다신 안 와. 다신 안 온다고. 언니…… 안 온다고. 언니 그년…… 안 와도 된다고. 영영 오지 말라고.

엄마 니가 사람이냐 혼자만 잘 먹고 잘 살려고 얼마나 준비를 했냐 그게 언제부터 했냐 얼마 동안 했냐 인제 내가 가만히 있을 줄 아냐 무슨 수를 써도 내가 내 돈 돌려받고 만다 엄마 니가 대출 그거만 사기 친 게 아니고 집도 보증금 그렇게 빼먹고 폰도 싹 다 바꾸고 그러고도 니가 엄마냐 내가 어떻게 사는지 아냐 이 나쁜 년아 내가 미치겠다 소희년땜에 이러지도 저러지도 못하고 내가 아직도 빚 갚고 있다고 쌍년아 인제 나도 막 나갈 거라고 막막 살 거라고

소희는 124-15번지 101호 내부를 샅샅이 살펴보았다. 가전제품과 옷장이 완벽하게 빌트인된 신축 빌라는 보고만 있어도 저절로 웃음이 났다. 손톱의 통증도 못 느낄 만큼 좋은 집. 그래서 자꾸 이 동네 저 동네

다니며 찾아보고 싶게 만드는 집. 이 집은 보증금 1억에 월세 30만 원이라고 했다. 꼼꼼히 살피는 소희를 흡족하게 지켜보던 중개사 남자가 물었다.

학생 혼자 살 거예요?

소희는 언니랑 둘이 살 거라고 했다.

아, 언니랑 자매분 두 분이 사시려고? 그럼 이 집이 딱이네 딱이야.

참, 소희가 물었다. 고양이 있는데 키워도 되죠?

아 뭐 되지. 될 거야.

전화를 건 중개사 남자는 마침 주인 할머니가 계신다며, 2층에 사시는데 잠깐 내려오신다네, 일이 잘되려니까 말야, 하며 활짝 웃었다. 붉은 털모자를 쓴 작은 할머니가 계단을 내려왔다.

여기 이 학생이 언니랑 둘이 살 거라는데, 젊은 아가씨 둘이니 얼마나 좋아. 새집인데 집도 깨끗이 쓸 거고 아가씨들이라 말썽도 안 피울 거고. 근데 강아지 키워도 되냐고 하는데요?

아니, 고양이요, 하고 소희가 정정했다.

응, 고양이, 고양이 키워도 되죠? 1층이니까 뭐.

주차하고 애완은 안 돼!

주인 할머니가 말했다.

주차는 됐고요, 에이, 아가씨들 고양이 쪼끄만 거, 새끼 고양이 하나 키우는 거까지 안 된다고 하는 건 좀 그렇다. 1층인데.

주인 할머니가 고개를 빠르게 흔들고 집게손가락을 치켜세워 흔들며 안 돼, 안 돼, 했다.

내가 세를 한두 번 줘본 사람이야? 지난번에 저쪽 빌라 139 다시 08, 203호. 그 집에 개 키우던 애들 이사 나가고 보니까 온 집 안 천지가 개털이야. 거기 설치해논 냉장고 안에서까지 개털이 나왔다고.

중개사가 요즘 젊은 사람들 다 개나 고양이 키운다고, 안 키우는 세입

자 찾기가 더 힘들다고, 현관 앞 1층 집이니 괜찮지 않느냐고 중언부언
하자 주인 할머니가 딱 잘랐다.

이봐, 집주인이 안 된다는데! 집주인이 안 된다는데 무슨 딴소리야?

주인 할머니는 2층으로 올라가고 중개사와 소희는 빌라 밖으로 나왔
다. 중개사는 아이고, 집주인이 안 된다네, 집주인이, 하고 킬킬 웃더니,
사실 이 집이 거품이 좀 꼈어, 누가 이런 델 1억에 30이나 내고 들어와
사냐며 다른 집을 보러 가자고 했다. 거긴 주인이 같이 안 살아서 고양이
를 키워도 될 거라고 했다. 소희는 오늘은 너무 추워서 나중에 언니랑 같
이 오겠다고 했다. 중개사가 아쉬워하며 그럼 휴대전화 번호 좀, 해서 소
희는 언니의 예전 휴대전화 번호를 불러주고 혹시라도 중개사가 당장 그
번호로 확인이라도 할까 봐 급히 돌아섰다. 이제 다시 이 동네 근처로는
셋집을 보러 못 온다.

휴대전화 매장까지 걸어가는 동안 소희는 너무 춥다. 배도 고프다. 그
래서 뛴다. 계획대로 스물일곱, 여덟에 대출금을 갚고, 보증금 천만 원
정도, 깔고 앉는다면, 그래서 그때부터, 매년 천만 원씩, 모을 수 있다면,
서른여섯, 일곱쯤에, 1억을, 모은다면, 그렇게 내년부터, 15년 넘게, 죽
을힘을 다해 달려, 헉헉, 1억을 움켜쥐고, 124 다시, 15번지, 101호에 도
착하면, 저 대추 같은 할머니는, 만약 살아 있다면, 또 고개를 흔들고, 집
게손가락을 치켜세워 흔들고, 안 돼, 안 돼, 하겠지, 그땐 얼마를, 1억 5
천, 헉, 2억, 그땐 도대체 얼마를, 헉, 얼마를, 부를까……

소희는 가로수 아래 멈춰 서서 숨을 몰아쉰다. 소희는 정말 진수 씨 싫
은데 가끔 그가 떠들어댄 말 중에 어떤 말이 떠오르기도 한다. 우리도 사
람이기 때문에, 같은 말…… 우리도 사람이기 때문에 그러면 또 마음이
상하잖아요…… 소희도 사람이기 때문에…… 스물일곱, 여덟까지……
서른다섯, 여섯까지…… 그러면…… 또…… 마음이…….

3층 건물 전체가 휴대전화 매장인 이곳은, 1층은 주차장, 2층은 판매 센터, 3층은 AS센터다. 2층에는 창가에 일렬로 인터넷을 할 수 있는 컴퓨터가 있고 중앙에는 사각의 탁자와 의자가 질서정연하게 놓여 있다. 3층에는 중앙 벽면에 대형 텔레비전이 있고 주위에 색색의 길쭉한 젤리 모양의 의자들, 창가에는 소파와 원탁이 있다. 2층은 사무실 같고 3층은 카페 같다. 어느 곳이나 넓고 환하고 따뜻하고, 차와 커피를 공짜로 먹을 수 있고, 작은 대바구니에 사탕이 가득하다.

소희는 2층에서 사탕을 한 줌 주머니에 넣고 까 먹으며 인터넷을 하다 3층으로 올라가 믹스커피를 마시며 텔레비전을 본다. 장난삼아 대기표를 뽑아 들고 앉아 자기 차례가 되기를 기다리기도 한다. 번호가 불리면 무엇에라도 당첨된 듯 작은 기쁨이 찾아온다. 207번 손님 6번 창구로 오십시오. 소희는 긴장된 얼굴로 6번 창구 직원이 자기를 얼마나 기다려주는지 마음을 졸이며 지켜본다. 208번 손님……으로 너무 빨리 넘어가면 작은 실망이 찾아온다. 다시 대기표를 뽑아 들고 사탕을 먹으며 작은 기쁨, 작은 실망을 맛본다.

소희는 나지막한 원탁이 놓인 창가 소파에 앉아 여행 잡지를 펼쳤다. 어떤 잡지든 요리나 음식에 관련된 내용을 제일 먼저 찾아 읽는다. 한 번도 들어본 적 없고 먹어본 적 없는 음식이라도, 언젠가 먹어보게 될 때 그 맛을 잘 느끼려면 이름과 재료와 요리법을 미리 알아두는 게 좋다고 소희는 생각한다.

누군가 맞은편 소파에 앉았다. 원탁 위에 뭔가를 내려놓는 소리, 가볍게 씨근거리며 숨을 쉬는 소리가 들렸다. 예순, 일흔, 어쩌면 그보다 더 나이가 들었을지도 모를 할머니다. 소희는 할머니들 나이를 도무지 짐작할 수가 없다. 손질되지 않은 머리, 갈색 털목도리에 낡은 베이지색 오버코트, 나이는 몰라도 고객의 등급은 잘 알아보는 소희 눈에 딱 봐도 가난

하고 길 곳 없는 할머니다. 할머니도 소희에게서 그런 눈치를 채고 우리
는 닮은꼴 뭐 그런 생각으로 스스럼없이 맞은편에 앉은 건 아닐까 소희
는 생각한다. 원탁 위에 놓인 핑크빛 가방은 때가 타고 가죽 결이 일어나
거의 잿빛으로 보이는데, 그것마저 원래는 예쁜 분홍 손톱이 있어야 할
자리에 돋아 있는 소희의 거무죽죽한 혹을 닮았다. 할머니는 그 흉측한
가방에서 부채 모양으로 접힌 작고 빨간 경전을 꺼내 한 쪽씩 펼쳐가며
읽었다. 소희는 오른손 엄지손톱이 안 보이도록 감춘다.

소희는 잡지에 실린 주상절리 사진을 뚫어져라 보다 휴대전화를 꺼내
사진을 찍고 메모 창을 열었다. 언니가 돌아오면 같이 놀러 갈 곳, 놀러
가서 사 먹을 음식 등을 빼곡히 기록해둔 휴대전화 메모창에 새로운 문
서를 만들고 제목을 '주상절리'라고 찍는다. 사진을 첨부하고 내용을 적
는다. '언니야 소희가 오늘 잡지에서 본 건데 이걸 주상절리라고 한대.
멋있고 신기하지? 언제 우리 같이 이거 보러 가자. 바닷가에 있는데 갯
벌이 없어서 안 위험할 거야. 우리 꼭 기차 타고 배 타고 주상절리 보러
가자.' 아까는 왜 언니가 다시 안 올 거라고 생각했는지, 욕까지 하고, 왜
오지 말라고 했는지, 소희는 의아하고 미안하다.

할머니가 주머니에서 뭔가를 꺼내 부스럭거리더니 쪽쪽 소리를 내며
먹는다. 소희는 자기 주머니 속에 들어 있는 것과 똑같은, 낱개 포장된
사탕일 거라고 짐작한다. 할머니는 으으으 아으응 하는 신음이 섞인 혼
잣말을 중얼거리기도 한다. 소리도 작고 사탕을 물어 무슨 소린지 알아
들을 수 없다. 어느 순간 바람이 휘익 일더니 할머니가 불현듯 일어나 가
버렸다. 그 속도가 어찌나 빠른지 소희가 고개를 들어보니 베이지색 코
트 자락이 기둥 너머로 사라지는 중이다. 육상을 하셨나, 소희는 히죽 웃
는다. 그것도 닮았네.

기침 소리에 고개를 들어보니 어느새 맞은편에 할머니가 돌아와 있다.

소희의 시선을 느낀 할머니는 보란 듯이 손에 들고 있던 껌의 껍질을 벗겨 입에 넣고 씹었다. 소희는 잡지를 보면서 흘끔흘끔 할머니를 보았다. 할머니는 목을 한번 긁고 주변을 휘 돌아보더니 갑자기 주머니에서 껌을 꺼내 소희 코앞에 내밀었다. 소희가 고개를 흔들자, 저기 많아, 했다.

어디요?

저기, 달라면 줘.

할머니가 턱으로 안내 데스크에 서 있는 제복을 입은 안내원을 가리켰다. 소희는 자기가 졌다는 걸, 할머니가 더 전문가라는 걸 인정한다.

고맙습니다.

소희는 공손히 껌을 받아 껍질을 벗겨 입에 넣었다.

손이 왜 그래?

다쳤어요.

조심해야지.

네.

껌을 씹으며 소희는 여행 잡지를 보고 할머니는 병풍 모양의 경전을 본다. 소희가 고개를 들자 할머니도 고개를 들었다. 소희가 희미하게 웃자 할머니의 얼굴 주름도 조금 옆으로 움직였다. 저건 할머니가 웃는 거다. 대화가 안 된다 매가리가 없다 무나아안하다 생각이 없다, 그런 말 대신 조심해야지, 하고 말해준 사람이 웃는 거. 또 고개를 들자 이번에는 할머니가 껌 씹는 박자에 맞춰 고개를 까딱거리고 있다. 소희는 할머니가 없는데, 꼭 없는 할머니와 마주 앉아 기차를 타고 가는 것 같다. 275번 손님 3번 창구로 오십시오, 276번 손님 7번 창구로 오십시오, 하는 소리도 도착할 역 이름을 알려주는 방송 같다. 문득 소희는 새처럼 목을 빼고 어디까지 왔나 확인하듯 창밖의 거리를 내려다본다. 할머니가 아흐어하 소리를 내며 하품을 한다. 그건 아직 멀었다, 소희야, 하는 말 같다.

진통제 기운이 떨어졌는지 손톱이 쿡쿡 쑤신다. 약을 먹고 장을 보고 집에 돌아가 밥도 짓고 국도 끓여야 히는데 소희는 가만히 앉아 있다. 어디서 내릴지 어느 역에서 헤어질지 소희는 알지 못한다. 슬프면서 좋은 거, 그런 게 왜 있는지 소희는 모른다. 밖은 어두워지고 휴일이 지나가는데 소희는 조금만, 조금만, 하며 앉아 있다.

언젠가 올지 모르는,
어쩌면 끝내 오지 않을지도 모르는

최성윤 상지대학교 특성화기초학부 조교수

고진감래라는 옛말이 있다. 고생 끝에 낙이 온다고 한다. 그래서 젊어 고생은 사서라도 한단다. 지금 고생을 하고 있는 젊은이들에게 희망과 용기를 주는 말들이다. 그런데 그 희망이라는 게 '좋은' 것 같지만 따지고 보면 '슬픈' 말이다. 오죽하면 희망고문이라는 말이 생겼겠나. 희망은 잠시, 아주 잠시 사람을 노곤하게 만들어 어제까지의 고생을 잊게 만드는, 차창 밖에서 밀려들어오는 햇빛과도 같다. 그래서 누군가에게는 사치이고, '고진감래'는 말 그대로 '옛말'일 뿐이다.

손톱이 아파본 사람들은 안다. 손가락 끝으로 맥박이 뛸 때마다 신경이 곤두서고, 단지 잠시만이라도 덤덤히 잊고 지나가기조차 어렵다. 다행스럽게도 심하게 깨졌던 손톱이 아물어 다시 자라는 수도 있다. 기억조차 나지 않는 언제부터인가는 고통을 잊고 살기도 한다. 그러나 심하게 다쳤던 손톱은 다시 자라더라도 흉한 모습으로 남기 일쑤다. 고통은 사라졌지만 그 기억은 평생 남는 것이다.

독자에 따라 다를 수 있겠지만, '슬프면서 좋은 것'이란 무엇인지, '손톱'이 의미하는 것이 과연 무엇인지를 스스로 묻고 답하는 과정이 이 소설, 권여선의 「손톱」을 읽는 독법의 근간을 이루게 될 것 같다. 이 두 가지를 어떻게 해석하느냐에 따라 작품과 작가에 대한 독자의 시선은 엇갈리게 될 것이다. 그리고 이는 결국, 당황스럽게도, 소설을 읽은 독자 자신의 세계관이나 현실 인식의 태도를 고스란히 드러내는 일일지 모른다.

소희는 이제 스물한 살이다. 시간과 돈을 쪼개가며 아낄 줄 알고 그저 열심히 일만 하는 청년이다. 그런데 역시 산다는 것은 만만치 않다. 4개월 전에 손톱을 다쳤다. 6개월 전에 언니가 집을 나갔고, 8년 전에는 엄마가 집을 나갔다. 소희가 기억하지는 못하지만, 18년 전에는 아버지가 죽었다.

세 살 때 죽은 아버지야 모르는 사람이라고 치고, 소희는 가족으로부터 두 번이나 버려졌다. 원래 가족이라야 셋밖에 없었으므로 혼자 남았다. 나중에 어떻게 되었는지는 모르겠지만 엄마는 두 딸을 버리고 혼자 나갔고, 언니는 동생을 버리고 혼자 나갔다. 소희는 버리고 뛰쳐나갈 가족도 없다.

그렇게 보면 이 소설은 '청년 세대의 좌절'이니, '가족 붕괴의 세태'니 하는 현대 한국사회의 우울한 단면을 그린 것이라고, 간단히 설명될 수 있겠다. 하지만 그렇게 식상하고 거친 개념으로 한정짓기 어려울 만큼 작품은 정교하게 직조되어 있다.

소희가 손톱을 다친 것은 이전 직장 동료 민경과 이야기를 주고받으며 작업하는 중에 일어난 일이다. 민경이나 소희나 같은 직장에서 일하고 있고, 아직 어리거나 젊다는 점에서는 비슷한 처지이다. 하지만 민경에게는 엄마가 있다. 어떻게 살면 좋을지 막막하더라도 최소한 기대거나 의논할 상대가 있는 것이다. 소희에게는 엄마가 없다. 한때 있었던 엄마와 상의라는 것을 해본 기억도 없다.

> 아하하…… 웃겨 죽을 뻔했지. 엄마랑 뭘 했다고? 상의? 엄마랑 상의를 해? 아하하…… 민경 언니가 소희를 그렇게 웃겼으므로 소희는 박스 밑으로 급하게, 온 힘을 다해 손을 집어넣었던 거고, 터졌던 거고 아직도 아물지 않는 거고. (16쪽)

손톱은 손가락 끝을 덮어 보호하는 역할을 한다고 믿어진다는 점에서 소희에게 엄마나 언니 같은 존재이다. 그 믿음이 얼마나 헛된 것이었는지는 손톱이 깨진 순간 확인된다. 소희의 든든한 울타리가 되어주었어야 할, 아닌 줄 알면서도 굳이 그렇게 믿고 싶었던 것일지도 모를 가족이 어처구니없이 깨진 순간 그것은 더 이상 믿음직한 보호막이 아니라 극심한 고통을 안겨주는 상처나 흉한 혹으로 남는다.

그 흔한 상의라는 것조차 한 번 해본 적이 없는 엄마보다는 그래도 언니가 나을 줄 알았는데, 언니도 소희를 배신했다. 그것도 엄마와 똑같은 수법으로, 스물한 살 때 엄마에게 당한 일을 스물한 살이 된 동생에게 저지른 것이다. 이제 막 성인이 되어 돈을 벌고 미래를 꿈꿀 수 있게 된 그 시점에 바로 그 설레는 마음에 지울 수 없는 상처를 안겼다.

'돈은 안 쓰는 것이다'라는 개그맨의 말이 유행어가 되는가 하면 반대편에서는 'YOLO'의 외침이 당연한 듯 기세를 올리는 세상에서 우리는 산다. 처지는 달라도 꾸는 꿈은 비슷한 사람들이다. 단칸방에서 방이 두 개나 있는 집으로 이사를 하리라는 들뜬 기대가 본희와 소희로 하여금

방심의 빌미를 주었다. 바뀐 공간에서 이제는 제대로 된 삶을 살아보리라는 꿈이다. 배신당한 사람의 입장에서는 함께 꾼 꿈이었을 텐데, 배신하는 사람의 입장은 달랐던 것이다.

아무튼 소희에게는 소소하게나마 '등쳐먹을' 딸도, 동생도 없다. 고독하고 신산한 생활만이 남았다. 그러나 소희는 여전히 꿈을 꾼다. 반지하나 옥탑의 단칸방이 아니라 방이 두 개쯤 있는 그럴듯한 집에서 살고 싶다. 그런데 무엇보다 애틋한 것은, 엄마는 몰라도 언니와는 함께, 덤으로 고양이도 한 마리쯤 데리고 살고 싶어 한다는 점이다.

그 꿈을 이룰 때까지 소희는 매일 밤 계산을 할 것이다. 이번 달의 월급과, 아끼고 아껴서 남기고 저축할 돈과, 그 돈이 쌓여서 보증금 비슷하게 되는 데 걸릴 시간을 헤아릴 것이다. 그렇게 단칸방을 탈출하고 꿈꾸던 공간으로 이주할 그날까지 "뭔가 벅차오르다 금세 풀이 죽고 갑자기 조급증이 났다 울렁거렸다 종잡을 수 없는 흥분 상태에 사로잡히기"를 반복할 것이다.

이 지긋지긋한 단칸방의 고독한 삶을 끝내려면 남기는 돈은 늘려야 하고, 소요될 시간은 줄여야 한다. 우선은 원죄처럼 안고 시작한 빚을 청산하는 것부터가 문제다. 이 지난한 과정에는 여러 가지 변수가 있을 것이다. 집주인이 보증금을 올릴지 모른다는 예상은 소희도 미리부터 하고 있지만, 가끔은 공짜로 받은 운동화를 팔아 7만 원이나 되는 거금을 남기기도 하고, 또 가끔은 낫지도 않는 손톱을 치료한답시고 같은 금액을 날리기도 하는 것이다.

그러나 어찌됐든 소희라면, 이 길고 고통스러운 터널을 뚜벅뚜벅 계속해서 걸어갈 것 같다. 그것이 스물네 살 여름이든, 스물일곱이나 여덟 살 때든, 서른여섯이나 일곱 살 때든 간에…… 혹은 그 두 배의 시간이 걸려서라도.

그 '언젠가'에 이를 때까지의 숨 막히는 과정 속에서 소희를 잠깐씩 위로해주는 것이 통근버스이고, 차창 너머의 햇살이고, 셋집을 보러 다니는 일이고, 휴대전화 매장에 가는 일이다. 휴대전화 매장에 앉아 공짜 커피와 주전부리를 즐기며 잡지 속의 음식 레시피와 가볼 만한 여행지를 기록하는 일들이다.

그것들이 말하자면 '슬프면서 좋은' 것이다. 분명 좋은 것들인데, 아직은 소희에게 허락된 것이 아니라서 슬프다. 쇼윈도 속의 외제차처럼 구경할 수는 있어도 가질 수는 없는 것들이다. 언젠가는 가질 수 있을지도 모르니까, 그런데 그게 언제인지는 모르니까 실은 '좋으면서 슬픈' 것이다.

게다가 소희는 그것을 혼자서 누리고 싶은 것이 아니다. 소희가 꿈꾸는 집에 방 두 개가 필요한 것은 언니가 함께 살아야 하기 때문이다. 그게 진짜 따뜻함이다. 언젠가 맛볼지도 모를 음식과 언젠가 가볼지도 모를 주상절리는 언니와 함께 누려야 할 것들이다. 그런데 '빚을 갚고 돈을 모아 좋은 셋집을 얻는 언젠가'보다 '언니가 돌아올 언젠가'가 더 막막해서 또 슬프다.

소설의 결말 부분에 등장하는 할머니의 모습은 그래서 매우 의미심장하다. 휴대전화 매장에서 남몰래 공짜 여유를 즐기는 방법을 아는 두 사람은 쉽게 공감대를 형성해낸다. 커피와 사탕뿐 아니라 공짜 껌도 있다는, 자신만의 고급 정보를 아낌없이 공유하기도 한다. 무엇보다 할머니는 소희를 향해 웃으며, "대화가 안 된다 매가리가 없다 무나아안하다 생각이 없다, 그런 말 대신 조심해야지, 하고 말해준 사람"이다.

텅 빈 방, 텅 빈 주차장처럼 텅 비어 있던 소희의 마음속에 할머니는 잠시나마 같이 있어주는 사람으로서의 특별한 의미를 가진다. 그 진짜 따뜻함마저 잠시 동안만 허락된 것이니 진짜 슬프면서 좋은 것이다. 하지만 이 장면을 '없는 자들의 연대의식' 따위의 긍정적 가능성으로 금방 바꾸어 이해하는 것은 섣부르다.

> 소희는 할머니가 없는데, 꼭 없는 할머니와 마주 앉아 기차를 타고 가는 것 같다. 275번 손님 3번 창구로 오십시오, 276번 손님 7번 창구로 오십시오, 하는 소리도 도착할 역 이름을 알려주는 방송 같다. 문득 소희는 새처럼 목을 빼고 어디까지 왔나 확인하듯 창밖의 거리를 내려다본다. 할머니가 아흐 어하 소리를 내며 하품을 한다. 그건 아직 멀었다, 소희야, 하는 말 같다. (35쪽)

문제는 소희가 이 "가난하고 갈 곳 없는" 할머니를 자신과 닮았다고 인식한다는 점이다. 할머니는 소희의 손톱이 있던 자리에 돋아난 혹처럼 잿빛으로 변한 핑크빛 가방을 들고 있고, 육상 선수가 될 뻔한 소희처럼 걸음이 빠르다. 어쩌면 소희처럼 시간을 아끼고 공짜를 누리고 푼돈을 모으면서 평생을 살았을지도 모르는 일이다.

할머니의 모습을 바라보며 '아직 멀었다'는 발화되지 않은 말을 굳이 새겨듣는 소희는 어떤 심정이었을까. 어서 집으로 돌아가야 하는데 조금이라도 더 헤어짐을 미루려 할 만큼 그 따뜻함이 좋았던 것일까. 자신과 꼭 닮은 저 할머니에게서 미래의 제 모습을 보았던 건 아닐까.

소희의 손가락이 언제 나아서 찌르는 듯한 고통이 사라질지 모르겠다. 일그러진 채로나마 손톱이 다시 덮여서 언제부터 조금씩 자랄 수 있을지도통 모르겠다. 어쩌면 영영 그러지 못할 것 같은 생각도 드는 것이다. 아무리 보아도 '좋지만 슬픈 것'들을 '슬프면서 좋은 것'으로 바꾸어 말할 줄 아는 소희가, 그리고 이 작품이 대견하면서도 애틋하다.

오직 한 사람의 차지

김금희

—

2009년 『한국일보』 신춘문예로 등단. 소설집으로 『센티멘털도 하루 이틀』 『너무 한낮의 연애』가 있음. 신동엽문학상, 젊은작가상 대상, 현대문학상 수상.

오직 한 사람의 차지

몇 해 전 출판 마케팅 강의를 들으면서 가장 인상적이었던 얘기는 세상에는 이상한 천 명의 독자가 있어서 무슨 책을 내든 그만큼은 팔린다는 것이었다. 그 말을 한 사람은 『메모리얼—기억하는 습관』이라는 책을 내서 그 당시 꽤 성공한 출판사 사장이었는데, 지금 생각해보면 강의 준비를 제대로 안 했는지 잡다한 경험담으로 시간을 때우곤 했다. 그러다 마지막 수업이 되자 자못 진지한 얼굴로 지금까지 자기가 한 얘기는 다 잊으라고 했다. 12만 원이나 내고 들은 강의 내용을 잊으라니 말이 되는 소린가, 했는데 그는 출판 노하우를 전하기란 사실 불가능에 가깝다고 말을 이었다.

"1인 출판을 하려는 여러분은 독학자들입니다. 이제 여러분은 차가운 책상머리에 앉아 고독하게 세계를 해석하는 소수의 선지자들과 양서를 내고 그것을 알아보는 이상한 천 명의 독자들과 지성을 매개로 연대하는 것입니다."

천 명이라면 인쇄기 한 번 돌린 값도 안 나오는 판매량이지만 그래도 그 얘기는 용기를 불어넣어주었고, 낸 책이 연달아 실패하는 가운데에서도 나는 이상한 천 명의 독자들을 망망대해의 북극성처럼 여기며 3년을 버렸다. 하지만 거기까지였다.

"얼마만큼인 줄 알아?"

와이프인 기는 작은방 문을 열어 안을 가리키며 다시 말했다.

"이 방에 가득 쌓일 만큼 닭갈비를 팔아야 하는 돈을 네가 탕진한 거라구!"

기의 계산법은 이랬다. 기의 아버지, 그러니까 나의 장인은 고양시 외곽에서 닭갈빗집을 하는데 온갖 매체들이 소개한 유명 맛집이었다. 철판이 아니라 숯불에 직접 굽고 2백 그램 1인분에 만 천 원이었다. 기가 가리킨 작은방은 10평방미터쯤 되고 거기에 2백 그램짜리 닭고기를 쌓아 올리면, 물론 닭고기는 표면이 단단하지 않아서 서로의 무게에 짓눌리기도 하겠지만 아무튼 닭고기가 척척척척 서로 눌려가며 얹히는 게 아니고 분명한 경도를 지닌다고 치면 딱 그만큼의 금액이라는 것이었다. 나는 문과라서 계산에 약하고 길게 이야기해봤자 손해니까 그냥 기를 잡아끌면서 책이랑 닭이랑 같니, 하고 말했다.

"뭐가 달라?"

기는 아예 시비조였다.

"너 직업에 귀천 두니? 너도 책 팔자고 나섰던 건데 못 팔면 그게 후진 거야. 어디서 닭을 깔봐, 닭을. 네가 닭을 아니? 숯불닭갈비에 대해서 아냐고, 네가. 우리 아빠와 닭의 노고를 아느냐고."

세상에는 돈 빌리는 많은 남자들이 있고 나도 신혼집을 마련할 때나, 출판사를 시작할 때 은행 이자가 무서워 처가에서 빌렸지만 좋은 선택은 아니었다. 일상 곳곳에서 문제를 일으켰으니까. 기는 째째한 편이 아니고 장인도 돈 문제를 노골적으로 언급하거나—적어도 출판사가 그렇게 되기 전까지는—은근히라도 부담을 주지는 않았지만 문제는 나 자신이었다. 뭔가 자발적인 복종과 협조의 상태가 되곤 했다. 어쩐지 더 자주 농담하고 쇼핑에 따라가고 기가 좋아하는 많은 것들—벤 폴즈 파이브나

김사월, 라이딩과 곤약조림, 심즈 플레이 등에 협조석이 됐다. 몸이 부수어져라 협조했다. 기는 언제나 집이 청결하게 유지되기를 바랐기 때문에 청소도 자주 했다. 백색 가전과 백색 벽지, 백색 가구와 백색 침구류 등으로 꾸며져 어딘가 창백한 느낌의 집이 더 창백한 인상을 가지도록 기는 청소했다. 욕실 청소만 하더라도 노즐이 있는 욕실용 스팀 청소기를 사서 타일까지 문지르고 나서야 기는 활달해져 식사할까? 했다. 채소밥은 어때? 그리고 에이드를 만들자!

"기 말이지. 내가 잘 키웠어. 아주 잘 자라주었지."

결혼 전 인사를 하러 갔을 때 장인은 거나하게 취해 창고 옆으로 나를 부르더니 담배를 권했다. 끊었다고 하자 장인은 안경이 밀려 올라갈 정도로 입꼬리를 올리며 흐뭇해했다.

"그랬겠지. 기가 싫어하니까 그랬을 거야. 하지만 자네랑 나랑 둘만 있으니까 남자끼리니까 괜찮아. 피워도 돼."

그때는 여름이라서 개구리와 풀벌레 들이 입을 모아 합창하고 있었다. 그 소리는 나는 것이 아니라 구르는 것처럼 들렸다. 소리가 나는 것이 몸체와 바깥 사이의 단순한 진동 과정이라면 구르는 건 동력도 필요하고 공감각적이고 사건적이어서 전자가 자연의 문제라면 후자는 천체의 문제 같았다. 당시에는 기와의 결혼이 그렇게 느껴졌다. 일곱 살 때 피아노 학원의 여자친구에게 좋아해, 하고 속삭이며 시작된 수십 번의 연애를 정리하고 일부일처제의 거대한 질서로 편입되는 것이었다. 가족과 가족이 합쳐지고 돈과 돈이, 서로의 미래와 미래가 뒤섞여 사건적인 융합이 발생하는 것이었다. 그 첫발을 내디딘 여름을 기념하기 위해 환희에 찬 개구리, 풀벌레 들이 떽떽떽떽 굴러대는 것이고. 나는 9시가 넘었는데도 주차장으로 끊임없이 들어서는 자동차 헤드라이트와 눈 맞췄다. 근처에 아웃렛 매장이 생기면서 식당은 더 호황을 맞았다.

"피우라니까, 남자끼리는 괜찮아."

"괜찮습니다."

"이 친구 아주 기 눈치를 엄청 본다. 자, 어서."

장인은 급기야는 큼지막한 손으로 내 팔뚝을 잡으며 담배를 쥐여주려 했다.

"괜찮은데요, 진짜."

"아, 안 보여. 가게 안에서는 안 보인다니까. 무슨 남자가 그렇게 배짱이 없어."

"아뇨, 정말, 괜찮다니까요."

나는 나도 모르게 담배를 쳐서 떨어뜨렸고 어색한 침묵이 장인과 나 사이에 흘렀다. 그 잠깐을 개구리와 풀벌레 들이 떽떽떽떽 메웠다.

"할아버지가 폐암으로 돌아가셨거든요."

"그랬나? 거 무서운 병이지."

"삼촌도."

"삼촌도 그랬나?"

"이주일도 그렇지 않았습니까?"

"그랬지, 확실히 그랬지."

장인은 허리를 숙여 담배를 줍다가 그래, 몸에도 좋지 않은 이것, 하면서 수풀로 던졌다. 잠깐 소리가 잦아들다가 이어졌다. 그사이 기가 나와서 "둘이 뭐 해?" 하고 소리쳤고 나는 "야, 별 봐라, 쏟아질 것 같아!" 하고 하늘을 가리켰다.

그 이메일을 받은 건 출판사를 정리하고 나서도 한참 후의 일이었다. 그때 나는 친구가 만든 인터넷 매체에서 운영자로 일하고 있었다. 필자를 섭외하고 인문 콘텐츠를 기획하며 종종 책 리뷰를 직접 쓰기도 하는 일이었다. 딱히 돈이 되지 않았지만 포털 쪽의 인수 제안이 오면서 회사가 활기를 띠었을 때였다. '냄내'라는 아이디를 쓰는 그 사람은 자기가 내

출판사에서 냈던 두 권의 책을 가지고 있는데 교환하고 싶다고 했다. 독자가 말한 책은『곰의 자서전』이라는 생태 관련 서적과, 록 스타 지미 헨드릭스의 기타를 다룬 문화비평서인『오직 한 사람의 차지』였다. 파본 교환 요구라도 나는 반가운 마음이 앞섰다. 정말 책은 수많은 우연과 필연을 거쳐 누군가의 손에 가 닿는구나 싶었다. 그렇게 누군가는 3만 6천 원의 돈을 지불하고 그 책을 사서 책장에 꽂아두고 한동안은 읽지 못하다가 어느 날 페이지를 넘기며 진리를 탐구해나가는데, 페이지가 백면이거나 해서 여정이 멈춰버리는 것이다. 그러면 속상했겠지, 김이 샜겠지, 얼마든지 교환해줄 수 있었다.

비록 망해버렸어도 나는 책의 물성이 지닌 아우라에 무심했던 인간은 아니었다. 적어도 폐지상에 팔아버리지는 않았다. 그렇게 책들이 기계 속으로 들어가 곤죽이 되어 사라지고 마는 것은 상상만으로도 언짢은 일이었으니까. 하지만 기는 남은 책들을 절대 집 안에 두고 싶어 하지 않았다. 먼지다듬이라는 단어를 인터넷에 검색해 보여주며 고개를 저었다. 먼지다듬이는 책에 기식하는 자웅동체의 벌레로 습도가 높은 곳의 종이류, 책, 가구 틈에 살며 박멸이 불가능하다. 기는 불가능이라는 단어를 손톱으로 톡톡 쳤다. 나도 먼지다듬이를 원하지는 않았다. 하지만 그렇다고 돈도 없는데 컨테이너 보관 서비스를 쓸 수도 없었다. 한강에 나가싹 다 소각해야 하나, 그러면 소각은 공짜인가, 미리 구청에 허가를 받거나 아니면 수수료를 내야 하지 않나 등등으로 생각의 가지가 뻗어나가는데 기가 명쾌하게 대안을 제시했다.

"아빠 식당에 보관해. 거기 안 쓰는 대형 냉동고가 있으니까 책이 햇빛에 상하거나 하지도 않을 거야."

"그런 냉동고가 왜 있지?"

나는 아무런 뜻 없이 물었다.

"왜 있긴, 아빠가 봉천동에서 고기 뷔페 할 때 들여놨던 거지."

기의 말에 가시가 표표히 섰다.

"고기 뷔페도 하셨구나."

"그것만 한 줄 알아? 우리 아빠가 고생을 얼마나 많이 했는데? 지금 성공했다고 내내 인생이 그랬는 줄 알아?"

"알지, 고생이 많으셨지."

"너는 그래도 우리 집이라도 잘살지. 아빠는 자수성가했어. 혼자 다 이뤘단 말이야."

이야기가 그쯤 되니 나는 견딜 수가 없어졌다.

"말이 좀 그렇다. 속악하잖아."

"속한데 악하기까지 하면 다 갖췄네. 추하네."

"그렇지."

"아주 삼박자네, 되게 미안하네."

책은 기가 강의를 나가는 날 옮기기로 했다. 운전을 못하는 기는 고양까지 가기가 버거워서 늘 내가 모는 차를 타려 했는데 먼지다듬이가 득시글할지도 모를 책 더미를 옮긴다고 하자 혼자 다녀오라고 했다. 고양으로 가는 날은 고독했다. 대학에서 자리 잡기 위해 이리저리 눈치 보며 아등바등하느니 살아 있는 교양과 인문의 세계에서 자정의 부엉이처럼 깨어 있자고 벌인 일이었다. 신생 출판사에 원고를 줄 국내 저자는 없으니까 우선 외서에 집중해서 밤낮으로 아마존 사이트를 들락거렸고, 에이전시에서 던져주는 카탈로그들을 성경처럼 읽으며 버텨온 시간이었다. 하지만 강사가 말한 천 명의 이상한 독자마저 나타나지 않고 이렇게 냉동고로 책들을 옮기는 신세가 된 것이었다.

장인은 식당에서 일하다 말고 나와, 사륜구동 차에서 끝도 없이 옮겨지는 양장과 반양장, 무선 제본의 책들을 흥미로운 듯 바라보았다. 식당이 번창하는 요즘에도 장인은 여전히 목장갑을 끼고 닭을 구웠다. 숯불을 쓰니까 조금만 방심해도 타버려서 신경을 써야 하는 음식이었다. 장인의 숯불닭갈비에는 집중과 타이밍과 숙련된 기술이 필요했다. 장인은 좀 쉬었다 하는 게 어떠냐고 말했지만 나는 이미 강변북로를 달리면서 기분이 가라앉았고 하늘이 꾸물꾸물한 것으로 보아서 언제든 비—나 눈—같은 것이 와서 마음을 망쳐놓을 듯했기 때문에 일손을 멈추지 않았다. 허리가 뻐근하고 어깨가 쑤셨지만 차와 냉동고를 오가며 전력을 다했다. 장인은 멀찍이 서 있다가 와서 트렁크에서 떨어진 책을 주웠다. 『곰의 자서전』이었다.

"곰이 자서전…… 아차 내가 생각을 못 했네. 기가 막힌 아이디어가 생각났는데 자네한테 진작 말했으면 됐을걸."

뭐가 그렇게 안타까운지 장인은 혀까지 츳츳츳 찼다. 무슨 일이냐고 형식적으로라도 묻지 않을 수 없었다.

"우리 계모임이 있잖아. '생활의 장인'에 나온 사장들 모임. 코엑스에서 그때 한류문화교류전에도 나가고 도쿄랑 베이징도 갔다 오고. 우리가."

"네, 그러셨잖아요. 무슨 약인가도 사다 주시고."

그 말을 하자 장인은 약간 쑥스러운 듯 얼굴을 붉혔다. 그건 정체를 알 수 없는 한약재로 만든 중국산 발기부전 치료제였다. 장인은 자기가 사지 않고 회원 누가 장난삼아 줬다고 다시 설명했다. 장인이 나에게 그걸 몰래 건네준 사실을 알게 된 기가 장인에게 무섭게 화를 냈을 때 한 변명과 같았다. 장인이 문득 기는 아직 아이 생각이 없지, 물었다.

"전혀요. 장인어른은 손주가 고프세요?"

"고프지, 나도 나이가 육십이 넘어가는데 그런데 기는 공부도 더 해야 하고 자네도 아직 자리를 못 잡았고 요즘에는 기술이 좋아서 마흔에도 낳으니까 아직 여유가 없는 건 아니지."

기는 마흔이 되어도 출산에 의지를 보일 것 같지 않았다. 하지만 그건 기와 장인 간의 문제고 앞으로 6년은 지나야 하는 일이니까 나는 굳이 말을 보태지는 않았다.

"우리 '생활의 장인' 사람들 다 자서전 하나씩은 쓰고 싶어 해. 그런 눈물겨운 자수성가 스토리랑 대박집 성공 노하우를 섞어서 쓰면 사람들 심금도 울리고 장사도 되고 내가 왜 그 생각을 진작 못 했을까."

나는 매가리가 탁 풀리는 느낌이었다. 뭔가 집에서부터 팽팽하게 당겨졌던 신경줄이 강변북로에서부터 자유로를 거쳐 고양의 이곳까지 견디다 견디다 더는 장력을 이기지 못하고 부덕부덕 뜯기기 시작해 땡 끊어진 기분이었다.

"음식점 사장님들 자서전이요?"

"응 그래, 만들면 여기 식당에도 보기 좋게 진열해서 손님들 다 보게 하고."

"그런 거는 안 되고요."

"아 왜 안 돼? 팔린다구, 백 퍼센트 팔려."

"아뇨, 제 출판사에서는 그런 건 안 냅니다."

나는 목장갑을 벗어서 탈탈 털었다. 일을 시작하자마자 장인이 준 것이었는데 이왕이면 새것으로 주지 쓰던 걸 줘서 그을음이 이미 새카맣게 묻어 있었다. 그런 데다 몇 년 묵은 냉동고 먼지와 책 먼지까지 합쳐지니까 장갑은 참 복합적으로 더러워졌다. 빨기 전까지는 구제가 안 될 것 같았다.

"왜 안 되나? 곰 자서전도 내면서, 왜, 뭐……."

장인이 말을 더듬자 나는 일이 잘못 돌아간다는 것을 깨달았다. 수습을 해야겠는데 무슨 말을 해야 가능할 것인가. 우리는 이미 어떤 모욕을 주고받았고 나는 장인이 빌려준 돈, 10평방미터 방을 가득 채워야 할 만큼의 닭갈비를 팔아야 하는 돈을 갚지 못했는데. 그 뒤로도 기는 계산에 열중해 닭갈비가 아니라 닭으로 환산하면 정말 끔찍할 정도야, 라고 말하곤 했다. 6천 5백 마리라구! 닭갈비 그만큼을 얻기 위해서는 닭이 6천 5백 마리나 필요해.

그렇게 살아 있는 것의 몸체를 빌려 말하니 실감이 크게 오기는 했다. 나는 옷방으로 쓰는 그 희고 작은 방이 조그마한 부리와 깃털과 모래주머니와 주름이 자글자글한 닭발을 가진 통통하고 체온이 있는 닭 6천 5백 마리로 채워지는 상상을 했다. 더 괴로운 건 그런 상상이 미각을 자극한다는 것이었다. 그러니까 날갯죽지를 생각하면 종종 기가 양념해서 오븐에 굽는 그 요리의 기름지고 야들야들한 맛이 떠올랐고, 닭과 닭을 차곡차곡 쌓아 올리기 위해 접어둔 다리를 생각하면 베트남산 고춧가루를 넣어서 맵게, 아주 맵게 구운 닭발의 쫄깃함이 떠오르면서 불쾌해졌다. 나는 출판사를 하기 위해 돈을 빌렸다가 갚지 못한 채무자에 불과했는데 그런 말을 들으니 난폭한 포식자가 된 기분이었다. 양서의 출간과 닭의 몰살을 연관 짓는 기의 기묘한 상상은 그렇게 이상한 스트레스를 주었다.

하지만 일단은 기분이 상한 장인을 어떻게 달랠까 고민했다. 다행히 기가 전화를 걸어왔고 나와 장인이 차례로 통화했다. 그 잠깐 덕에 우리의 갈등은 표면 아래로 잠겼고 나는 최대한 빨리 『곰의 자서전』을 장인의 눈앞에서 치우는 데 전념했다. 제목만 그렇지 거기에는 곰이 스스로를 설명한 말이라고는 단 한 줄도 없었다. 곰은 그저 어우어어욱억컹컹할 뿐이고 반평생을 북미 산악 지대에서 곰을 연구한 과학자가 거기에 자신의 논리와 정서를 이입해, 그날 밤 곰들은 훈풍을 앞세워 들이닥친 봄의 군대 앞에서 기분이 좋아 보였다, 라고 쓰는 식이었다. 나는 캐나다 불곰 네 마리가 동면에서 깨어나 산등성이를 오가며 봄을 축복하는 것을 전율과 감동 속에서 지켜보았다. 그들은 긴 시간 견뎌야 했던 겨울의 엄혹함에 대해서는 모르는 체했다. 다가올 행복으로 충만한 순간에 그런 과거는 무용하다는 듯이. 그러니까 헤어진 이유는 망각한 채 다시 만나 서로의 품으로 파고드는 순진한 기쁨의 연인들처럼.

"내가 강화에 땅을 봐났다는 거 자네 아나?"

저녁 손님들로 식당이 서서히 붐비기 시작하자 장인이 자리에서 일어났다. 이미 눈으로는 주방 아주머니들이 실수 없이 피크타임을 준비하는지 살피고 있었다.

"전에는 안면도였잖아요."

"거기는 너무 멀더라고. 운전도 못 하는데 기가 거기까지 어떻게 와?"

"그렇죠. 안면도는 힘들죠."

"강화에 집을 지을 건데 문 앞에다 트리를 세울 거야. 왜 미국 보면 엄청나게 큰 나무로 장식을 하잖아. 북미산 잣나무 한 3미터짜리를 세워서 저기 동네 입구에서부터 기가 볼 수 있게 할 거네. 아, 나를 기다리는구나, 아빠가 저기 있다, 이럴 거라고. 그러려고 해, 내가."

장인은 자기중심적인 편이라 모든 것이 원하는 대로 착착 진행되지 않으면 불같이 화를 냈다. 돌아가신 엄마를 그렇게 괴롭혔다며 기는 장인을 미워하기도—물론 드러내지는 않고—했는데, 과연 트리를 세우면 보상이 될까 모르겠지만 기라면 의외의 지점에서 지극한 평정의 계기를 찾아내기도 하니까 그럴 수도 있겠다 싶었다. 말을 마친 장인은 식당으로 들어갔고 내가 책들을 냉동고 안에 다 넣고 돌아가기 위해 인사하자 멀찍이서 마치 곰처럼 앞발을 들어 보이고는 능숙하게 숯불을 올렸다.

독자를 만나기로 한 장소는 홍대 인근의 북카페였다. 그는 자기가 항상 카페에 있고, 워낙 장소가 넓어서 차 한 잔쯤 시키지 않아도 잠깐 볼일을 볼 수 있다며 거기로 오라고 했다. 용건만 간단히 해결하려는 '쿨함'이 느껴졌다. 다행히 카페는 회사에서 가까웠다. 50여 평은 되어 보였고 'ㄷ'자 모양 서가에는 세계문학전집과 동서양의 고전을 원전 번역한 인문예술서 시리즈가 빼곡히 꽂혀 있었다. 서가는 천장까지 이어져 있어서 사다리를 타지 않고는 저 위에 있는 책들을 내릴 방법은 없어 보였다.

나는 미리 들은 대로 『곰의 자서전』과 『오직 한 사람의 차지』가 놓인 테이블을 발견하고 다가갔다. 거기에는 체스 입문서인 『체스왕은 나의 것』과 『배우자! 타로점』, 조류 관련서인 『앵무새 언어의 쉽고 빠른 이해』, 보드게임 책인 『젠가 정복자』 등도 있었다. 우리 책을 읽는 독자라면 인문과 교양에 확실한 취향이 있을 줄 알았던 나는 그 일관성 없는 독서에 약간 실망했다. 경칩도 지났는데 독자는 아직 추운지 알록달록한 옷을 여러 겹 껴입은 차림이었다. 마침 그런 책 제목을 봐서 그런지 몸을 최대한 부풀린 금강앵무새처럼 보였다. 우리는 소극적으로 인사를 나눴고 그가 책을 내밀었다. 그런데 원하는 것은 교환이 아니라 환불이었다.

"트랜스레이션, 번역 안 좋아서 평생 걸릴 것 같아서요."

영어 발음이 유창했는데 한국말은 서툴러 보였다. 당황스러웠지만 외국에서 살다 와서 물정을 모를 수도 있으니까 화를 내고 싶지는 않았다. 그래서 책이 멀쩡하고 단지 단순 변심의 경우라면 일주일 안에는 와야 환불된다고 설명했다. 아, 하고 그가 탄성을 냈다. 잘 몰랐구나 싶으면서도 외국의 서점은 그렇게 쉽게 환불해주는지 의문이 들었다. 우리의 경우는 일단 사 가면 웬만해서는 돌이키기가 힘이 드는데. 아주 힘들지, 얼마나 들춰 봤든, 얼마만큼의 애정과 소유욕이 남아 있든 되돌릴 수가 없어, 불가능해.

"알지만, 이런 말 있어요."

그 독자—낸내는 휴대전화를 꺼내 캡처 이미지를 보여주었다. 지금은 도메인 계약 기간이 지나서 폐쇄되었을 출판사 홈페이지에 있던 소개 글이었다. "출판사 '상태와 본질'은 번역 집단 '무국적의 말'과 함께 외서 번역의 새 지평을 열어갑니다. 독자 분들의 질책을 환영하며 무한한 책임을 지겠습니다." 그 페이지를 대체 어떻게 발견했나 물었더니 구글링했다고 답했다. 내 이메일 주소도 그렇게 알게 됐다고 했다. 나는 그때의 책임과 환영이 어떠한 경우에라도 책을 환불해주겠다는 뜻은 아니었다고 설명했다. 그것은 어디까지나 자유롭고 우호적인 의견 교환을 통한 책임이다. 그러니까 비물질적인 말의 보상인 것이다. 낸내는 나를 가만히 주시하면서 중간중간 태블릿PC로 무언가를 검색해 수첩에 메모했다. 얼핏 보니 모두 한자어들이었다. 그는 교환학생 프로그램이나 어학연수를 하러 한국으로 온 해외동포처럼 보였는데, 말은 해도 이해의 과정에는 스위스산 에멘탈 치즈처럼 구멍이 숭숭 뚫려 있는 것 같았다. 단어 뜻을 내게 직접 안 물어보는 걸 보면 자존심이 센 친구였다. 나는 한국말을 들을 때마다 낸내의 머릿속에서 낙엽처럼 버석거릴 불가해를 떠올리면서 최대한 친절하기 위해 노력했고 핵심 단어들은 영어로도 써봤지만 차가운 반응이었다.

"돈은 안 쓴다 이거잖아요. 공짜로 얘기는 하지만."

낸내는 자기 주머니에 손을 넣었다가 빼면서 엄지와 검지손가락을 비벼 지폐를 만지는 시늉을 냈다. 손톱은 길었고 검정이라고 해야 할지, 죽은 보라라고 해야 할지 모를 색으로 두껍게 칠해져 있었다. 외양만으로 본다면 낸내는 짧은 머리에, 점퍼와 티셔츠, 청바지 차림의 톰보이 스타일이었지만 손톱은 달랐다. 뭐랄까, 그 손톱만은 원치 않게 늙어버린 여자들의 형상을 하고 있었다. 폐업 신고까지 한 마당에 무슨 생각으로 여기까지 와서 사후 서비스를 하고 있나, 나는 기운이 빠졌다. 파본을 교환해달라는 줄 알고 식당까지 가서 책을 챙겨온 게 지난 주말이었다. 기는 나의 그런 감상적인 성격이 문제라고 했다. 인생이란 열기구와 같아서 감상을 얼마나 재빨리 버리느냐에 따라 안정된 기류를 탈 수 있다고. 아무것도 잃으려 하지 않으면 뭘 얻겠어, 하고 충고했다.

"영수증은 있으시겠지요?"

나는 그만 피곤해졌다. 두 권을 합치면 3만 6천 원인데 가난한 교환학생에게 준다고 내 삶이 망가지는 것도 아니지 않은가. 하지만 그는 없다고 했다.

"그러면 내가 독자님이 얼마를 주고 구입했는지 어떻게 압니까? 책은 이렇게 저렇게 할인도 되고 헌책방에서 후려쳐서 샀을 수도 있는데.”

그러자 그도 뭔가를 골똘히 생각했다. 나는 타이밍을 놓치지 않고 영수증이 없으면 어쩔 수 없다고, 증빙을 못 하면 여기서 입씨름을 할 필요도 없다고 강조했다. 증빙, 낸내는 단어를 소리 내서 발음하더니 검색했고 마침내 그렇네요, 하고 수긍했다.

카페를 나오면서 나는 한국말도 모르는 여자가 왜 저런 생태 서적과 문화비평서를 골랐을까 생각했다. 장인처럼 자서전이라는 말에 착각한 건가. “오직 한 사람의 차지”라고 표지에 기타와 악보가 그려져 있으니까 음악책인 줄 안 건가. 그 책은 록의 분화와 증식, 반전, 히피, 소비자주의, 비트세대 같은 개념들이 수두룩한, 사실 한국인이라도 읽으면서 그 난해한 숲 속을 배고픈 불곰처럼 헤매야 하는 그런 책이었다. 나는 그렇게 녹록지 않은 지성과 인문의 세계를 두드렸던 출간 목록을 떠올리며 자부심에 젖었다. 하지만 어느 해장국집 앞을 지나며 진하고 매콤한 국물 냄새를 맡자 배가 고프면서 서서히 힘이 빠졌다. 출판사를 더 운영하지 못한 데 대한 회한이 몰려왔다. 포털에 회사가 인수되면 나는 어떻게 되는 것인가. 인터넷 업계에서 서른일곱은 적지 않은 나이일 텐데 과연 내 자리는 있는 건가.

나는 식당으로 들어가 뼈다귀해장국을 하나 시키고 침울하게 자리에 앉았다.

“이거 가져가요. 그럼. 스웨덴으로 돌아갈 거라서 필요가 없어요. 화물 오버 차지도 그렇고.”

고개를 돌렸더니 아까의 그 낸내였다. 지금 내 뒤를 밟아서 여기까지 온 건가. 비행기를 타고 스웨덴—이제 알게 된 그의 거주국—으로 갈 때 그 몇 푼 더 내야 하는 운송료가 아까워서 내게 책을 넘기려고. 그렇게 생각하자 견딜 수 없어졌다.

“그럼 버리세요.”

나는 해장국을 빠르게 퍼먹었다. 뜨거워서 어흐어흐 하고 공기를 삼켜 자꾸 혀를 식혀야 했다. 하지만 낸내는 버리는 건 안 된다고 했다. 헌책 방에 가서 팔라니까 그냥 낸 사람이 다시 가져가면 되잖아요, 하고 도리 어 목소리를 높였다.

"이게 양장이고 비교적 신간이라 헌책방에 팔면 3천 원은 받아요, 3천 원은. 3천 원은 받는다니까."

나는 갑자기 울컥해져서 말을 멈췄다. 속에서 뭔가 묵직하고 뜨끈한 것이 올라왔으나 평소처럼 억지로 내리눌렀다. 그러니까 욕실에 들어간 기가 면도 후 세면대에 남은 내 짧은 수염을 젖은 휴지로 콕콕 찍어 들고 나오며 "이것 봐, 이것, 와 이것 보라고!" 할 때 치밀어오르는 것, 학교에 서 회식을 마친 기가 만취 상태로 귀가해 옷을 벗다 말다 하면서 누구 말 이야, 임용이 되었다고, 제주도라도 그게 어디야. 어디냐고, 할 때 "아니 야, 제주도는 멀지, 너무 멀지, 장인어른은 어떻게 하라고" 하면서 "양말 은 그래도 벗어야지, 아니, 단추를 풀어야지 그러다가는 옷이 다 찢어지 지" 하고 말려야 할 때 치밀어오르는 것. 그리고 어느 날 아침 커피를 마 시던 기가 문득 정색을 하며 너 그때 바람피운 거였지, 하고 묻고 내 대 답도 기다리지 않고 안 들켰으니까 넘어간다, 들키면 이 집은 내 거야, 넌 서재의 저 책이나 용달에 실어서 사라져, 할 때의 급체한 느낌 같은 것. 하지만 누르니까 평소처럼 내려갔고 나는 생각을 바꿔 낸내가 건넨 책을 묵묵히 수거했다.

금세 갈 것 같던 낸내는 옆 테이블에 가방을 내려놓고 앉았다. 그리고 해장국을 시켰다. 외국인도 해장국을 먹나, 외국인에게 이 정도는 너무 맵지 않나 싶었는데 아니었다. 땀까지 흘리는 나와 달리, 낸내는 여전한 포커페이스를 유지하며 한 그릇을 싹 비웠다. 밥은 서로 다른 자리에서 먹었지만 식당에서 나와 지하철역까지는 같이 걸었다. 헤어질 때쯤 낸내 가 사실 그 책은 자신이 산 게 아니라고 털어놓았다. 선물받았다는 것이었다. 낸내는 뭔가를 더 실명하려나가 말을 멈추고는 "환영과 책임, 감사" 하고 인사인지 평가인지 모를 말을 남긴 뒤 개찰구로 들어갔다.

집으로 와서 나는 기가 잠든 후에 다시 책들을 펼쳐보았다. 이제 보니 흐릿하게 줄이 그어져 있고 메모도 되어 있었다. 이런 책을 환불하려 했다니. 메모는 『오직 한 사람의 차지』 에필로그에 가장 많았는데 거기서 저자는 이렇게 말하고 있었다. 생각해보면 스물일곱 살에 약물 중독으로 세상을 떠난 헨드릭스의 손에는 아무 기타도 들려 있지 않았다. 열다섯 살에 아버지가 선물한 5달러짜리 어쿠스틱 기타로 시작된 헨드릭스의 기타는 왼손잡이였던 그 스스로의 타고남을 뒤집는 역전의 대상으로, 화형되어 없어지거나 신체의 일부와 단속적으로 접촉하여 그 둘의 맞부딪침으로 소리를 만들어내는 기이한 대상으로 전화되었다. 1969년에 열린 우드스톡 페스티벌에서의 기타는 더욱 특별했다. 뉴욕 근교의 어느 농장에서 펼쳐진 그 히피와 자유로운 섹스와 불법 약물의 트라이앵글 속에서 헨드릭스의 기타는 가장 분절되고 분노에 찬 미국 국가를 연주했다. 소음의 개간지나 양철의 여물통이나 헛간의 똥들 사이에서 그 펜더 스트라토캐스터는 머지않아 우리를 뒤덮을 세상을 암시했다. 그러니까 모든 것이 잦아들 것임을, 꽁무니를 뺄 것임을, 우리가 외치는 자유와 프리섹스와 해방을 빨아들일 거대한 흡입구가 나타나 모두가 매시트포테이토처럼 갈려버릴 것임을 말하는 전자기타의 음이었다. 그렇게 해서 헨드릭스가 사망 후 어떤 기타도 없이 두 손을 그저 손끼리만 맞잡은 상태로 시애틀의 레이크뷰 묘지에 묻히고 마침내 그의 기타들이 다시 아버지의 손으로 넘어가 경매 최고가를 갱신할 때 1969년 우드스톡 페스티벌의 관중이었던 베트남 참전 해병의 이 말은 지독한 고별사가 되는 것이었다. 우리는 더러워진 모포 속에서 야생의 소리를 들으며 밤을 보내다가 아침이면 처음 보는 누군가와 키스하고는 했어요. 하지만 주소나 번호를 교환하지는 않았죠. 어차피 아무도 편지하지 않을 것인데 그런 교환이 왜 필요하겠어요!

그리고 봄이 흐르는 동안 나는 홍대의 카페에서 낸내를 종종 만났다. 어디 가면 으레 누군가 있다는 건 대단히 의미심장했다. 스무디나 프라푸치노가 먹고 싶어서, 안부가 궁금해서, 전철을 타려다가 밥을 먹으러 가다가 퇴근을 하다가 혹은 회사에서 진 빠지는 일이 있거나 비가 오거나 흐릴 때 등등의 날들에 그곳으로 찾아갔다. 우리는 어딘가 잘 통한다고 생각했는데 그건 자기 세계에 대한 충만과 고독, 그리고 왠지 모를 열패감이 뒤섞인 이상한 동질감이었다.

알고 보니 낸내는 강습자와 교습자를 연결하는 중개 사이트에 등록해 아르바이트를 하고 있었다. 스웨덴어와 영어를 쓰면서 다양한 취미 생활을 강습하는 일이었다. 물론 스웨덴어를 원하는 사람은 여태껏 한 명도 없었다. 낸내가 취미 활동을 강의에 넣는 이유는 그런 시장 상황에서 비영어권 출신 강사라는 핸디캡을 보완하기 위해서였다. 수강생의 그 다양한 취미를 어떻게 다 맞추냐고 했더니 자기는 인텔리전트한 편이라 책을 약간만 읽으면 강습 정도는 할 수 있다고 했다. 사실이라면 대단한 독학자였다.

수업은 역시 그 북카페에서 진행됐다. 대부분 십대 여자애들이었는데 그때만은 그들의 생기 있고 발랄하고 뭔가 어수선한 활기가 낸내에게도 옮겨가는 듯했다. 카드를 섞거나 블록을 조립하거나 컬러링북을 채우면서 낸내는 고무줄로 묶은 꽁지머리가 흔들리도록 웃었다. 북유럽 음악처럼 음울하고 스산하던 평소 분위기와는 달랐다. 그런데 출국한다더니 왜 긴 시간 동안 여기 있는 것인가. 정말 그렇게 독학으로 잡다한 분야들을 섭렵할 수 있는가. 책은 누구에게 선물받았고 그때 왜 그렇게 처리하지 못해 곤란해했는가. 어떤 과거의 날들을 보냈고 요즘 무슨 생각을 하는

가, 정말 떠날 건가. 그렇다면 그것으로 끝인 건가.

낸내를 만날수록 내게는 그런 질문들이 떠올랐고 그때마다 기 생각이
났다. 그런 의문들은 감상적인 것이고 기의 동력으로 겨우 꾸려나가는
우리의 결혼 생활을 아슬아슬하게 만드는 일이었다. 하지만 그 궁금함
은 이미 일상에 깊은 자국을 내고 있었다. 그것은 낸내를 만나러 갈 때마
다 깊어져 구덩이가 되더니 스산한 바람이 통하고 원주가 넓은, 마침내
곰 한 마리는 넉넉히 살 만한 굴의 형태로 바뀌었다. 나는 그것을 사랑이
라거나 속되게는 바람이 났다는 식으로 받아들이고 싶진 않았지만 침대
에 누워 천장을 보고 있으면 문득 혼자 있고 싶어지면서 기에게서 좀 떨
어지게 몸을 돌렸던 게 사실이었다. 하지만 그렇다고 그 순간에 그 여자,
낸내가 똑 떨어지게 그리웠던 것도 아니었다. 어쩌면 내게는 그렇게 몸
을 눕게 할 굴이 있다는 것, 어딘가에 그런 것이 있다는 감각만이 중요했
는지도 몰랐다.

결국 나는 스웨덴어 강습까지 낸내에게 받았다. 설산과 푸른 하늘, 그
리고 이케아의 나라였을 뿐인 스웨덴은 갑자기 반드시 알아야 하고 배워
야 하는 곳이 되었다. 마지막 날에는 5월인데도 기온이 29도까지 올라갔
다. 우리는 그늘이 한 줌 얹어진 공원의 벤치에서 아이스크림을 먹었다.
수업이 있을 때마다 낸내는 스웨덴 록밴드 이름인 '켄트(Kent)'가 써 있는
티셔츠를 입었는데 그날도 그랬다. 드레스 코드를 맞추는 것도 강습자로
서의 의무라고 했다. 그런 연출까지 왜 필요해요, 하고 묻자 낸내는 연출
이 어때서요, 하고 대답했다. 그런 것도 다 부지런하고 노력하는 사람이
하는 거예요. 분홍색과 코발트블루 투톤으로 염색해 오로라처럼 다채롭
게 물이 빠진 그 머리카락을 한번 만져보고 싶다고도 생각했다. 근육도
없고 신경세포도 없어서 만졌는지도 잘 모르고 그 순간이 지나고 나면
손이 닿았다는 사실조차 아득해질 잠깐의 부딪침 같은 거라면 괜찮지 않
을까.

"거기는 잘살지 않아요? 이렇게까지 아등바등 안 해도 되지 않아요?"

"그렇죠. 맥도날드 알바만 해도 시급이 2만 원이 넘는데."

"그런데 뭘 왜 그렇게 열심히 알바를 해요?"

"여기는 한국이잖아요."

"갈 거잖아요."

"그건 아직 잘 몰라요. 누굴 다시 만날지도 모르고."

낸내는 켄트 티셔츠에 손을 닦으며 피식 웃었다. 나는 평소에도 궁금했던 스웨덴-한국어 사전에 검색해도 나오지 않던 '낸내'가 스웨덴어로 무슨 말이냐고 물었다.

"그거 한국말인데, 스웨덴어 아니고."

낸내는 한동안 아이스크림만 할짝댔다. 건물들을 허물고 지하철을 내면서 만든 인공의 숲길로는 자동차와 오토바이 들의 소음이 끊임없이 끼어들었다. 공원 끝까지 산책로들이 아주 반듯하게 나 있었지만 그 일관된 형태는 도리어 이곳이 언젠가는 동일한 이유로 사라질지 모른다는 회의감을 불러일으켰다. 낸내는 다 먹은 아이스크림 스틱을 아무 데나 던져버리면서, 자기는 아주 어려서부터 엄마에게 회초리로 맞곤 했는데 그때 '맴매'라는 엄마 말이 '낸내'라고 들렸다고 했다.

"맴매는 원래 하나도 안 무서운 말이잖아요."

"다들 그러죠, 나는 아니었지만."

낸내는 자리에서 일어서며 좀 있으면 비가 올 거라고 했다. 유럽인인 자기는 비가 와도 그냥 맞고 다니지만 그쪽은 우산이 있어야 할 거라고. 아니면 적어도 우산이 필요한 사람처럼 걷게 될 거라고.

집으로 가는 전철에서 나는 그러면 낸내는 본명이 뭘까 생각했다. 물어봐도 알려주지 않고 우리 관계는 호칭도 애매한데 계속 이렇게 불러도 되는가. 그때 나를 구글링으로 찾았다는 말이 떠올랐다. 이메일 주소와 '낸내'라는 아이디로 열심히 검색해본 뒤 나는 그가 7, 8년 전부터 꾸준히 사고 팔았던 전자기타와 청소기와 청바지 같은 중고 거래 사이트의 기록을 찾아냈다. 어느 영화사에 스태프로 지원하는 게시판 글과 어학원의 레벨 테스트에 대한 문의 글도. 최지은이라는 이름으로 공연의 프리뷰를 신청하며 자신을 광양에 사는 누구라고 소개한 페이지도, '켄트' 팬 클럽에 남긴 장황한 리뷰의 글도.

　이후 여름날은 고요하고 느리게 지나갔다. 포털로의 인수는 흐지부지 되었고 기도 지원한 대학의 모든 자리가 물 건너가면서 집안 분위기는 더 좋지 않았다. 여름이면 어떻게든 여행 계획을 짜던 기는 올해는 교토나 다녀올까 묻다가 에이 말자, 했다. 기는 우울해했다. 장성이라는, 평생 한 번 가본 적도 없는 지방까지 원서를 들고 갔다가 기 선생은 애는 낳을 생각이 있나, 한동안은 학과 일을 전담하다시피 해야 하는데 당장 출산휴가 내고 그러면 곤란한데, 같은 말을 듣고는 올라와 더욱 우울해했다. 어차피 출산 계획은 없지만 그렇게 말하니 자기가 번식장의 무슨 애완종 같은 것이 된 기분이었다고 했다. 에이 그렇게 생각하면 심하지, 라고 하자 기는 심하지, 그래 심하다고 할 줄 알았어, 라고 중얼거렸다. 그리고 무릎 위에 자기 머리를 얹고 울면서 그런데 더 화가 나는 건 뭔지 알아, 물었다. 그런데도 내가 그 대학의 전화를 기다린다는 거야.
　어느 밤에는 갑자기 나를 끌어안으면서 우리 아이 낳을까, 하고 묻기도 했다. 나는 아이를 원하지 않았고 기도 마찬가지라고 생각했는데, 기가 그렇게 말할 때마다 어린 낸내의 손등이나 팔뚝을 회초리로 때렸다는 그 여자가 생각났다. 물론 기는 그런 부모가 될 리가 없고 어떻게든 강화 전원주택의 3미터짜리 북미산 트리를 갖게 될 사람이었다. 기가 갖게 된다면 나도 갖게 되고 우리가 낳을지 않을지 모를 아이도 갖게 되는 것이었다. 하지만 그 안정된 비행의 기분에만 몰두하려 해도 불현듯 마음이 엉망이 되면서 뭔가 서글프고 허무해졌다.

　나와 낸내가 재회한 건 며칠 뒤였다. 그 공원에서였는데 만나자마자 낸내는 책을 돌려달라고 했다.

　"무슨 책?"

　"내가 맡긴 책이요."

　그때 분명히 내게 책들을 떠넘기며 마음대로 처분하라는 식이었던 것 같은데 이제는 '맡긴'이라는 표현을 쓰고 있었다. 책이 서울에 없다고 하자 낸내는 약간은 초조하게 그러면 언제 자기가 '돌려받을'수 있느냐고 물었다. 그 책을 선물한 사람과 재회하게 되었다면서. 사실 최근에는 기도 고양에 가는 데 시들했기 때문에 언제가 될지 몰랐다. 그리고 내가 왜 책을 갖다 줘야 한단 말인가. 누구 좋으라고 무엇을 위해서. 나는 그러면 어렵겠네요, 하며 돌아섰지만 걸으면 걸을수록 내가 그렇게 누군가에게서 멀어지고 있다는 것이 똑똑히 느껴졌다. 내 뒤통수가 길어지고 길어져 긴 꼬리를 가진 연처럼 길어져 바람을 타고 있는 것 같았다. 그렇게 벌어지는 간격이 눈으로 보인다면, 연의 얼레가 풀리고 풀리듯 멀어짐이 물리적으로 측정이 된다면 남은 사람에게는 그것 역시 특별한 상처가 되겠구나 싶었다. 그래, 그렇다면 정체가 뭔지나 알자 싶은 생각이 왈칵 하는 미움과 함께 들었고 나는 다시 돌아와 지금 가지러 가겠느냐고 물었다. 차를 같이 타고 가면서 나는 교환학생이에요, 뭐예요, 광양이 집이고 스웨덴은 간 적도 없지, 하고 따져 물을 말을 끊임없이 떠올렸다. 하지만 낸내는 마치 드라이브를 하는 사람처럼 창밖이나 구경하더니 도로 이정표를 가리켰다.

　"개성이라네요. 그건 한국에 없는 도시 아닌가."

　"그렇죠, 거짓말이지. 아무나 못 가는데 저렇게 적어놓고."

　말문을 연 김에 지금껏 날 속인 것에 대한 책임을 물어야겠다고 벼르고 있을 때 낸내는 그렇지는 않아요, 라고 했다. 저렇게 개성이라고 써놓으니까 정말 갈 수 있을 것 같잖아요, 그 방향으로 달리고 있는 동안에는 다 거기로 가는 사람이라고 믿을 수도 있을 것 같지 않아요. 고양에 도착했을 때는 주변 상가도 다 닫고 어둠뿐이었다. 식당에 같이 갈 수는 없고 어떻게 할까 고민하는데 낸내가 편의점을 가리키며 차를 세웠다. 자기는 여기서 기다리겠다고 했다.

장인이 창고를 열어주었지만 하필이면 형광등이 나가 있었다. 나는 손전등으로 냉동고 안을 비추며 찾다가 곧 포기했다. 그러기에는 그 안이 너무 넓었다.

"이 냉동고 작동이 되나요?"

내가 소리 쳐서 물었다.

"어―, 그럴 거야."

먼 데서 장인이 대답했다. 전원을 꽂자 냉동고는 웅웅, 하는 소리를 내면서 켜졌고 불이 들어왔다. 나는 이 한여름에 손까지 곱아가며 책을 뒤졌다. 습기가 차면 책들이 썩지 않나 하는 생각에 마음이 급해졌다. 빛을 좇아 냉동고로 날아드는 날벌레들도 문제였다. 나는 그 환희에 찬 여름 벌레들과 엄청난 기세로 쏟아지는 영하 15도의 찬바람과 싸우느라 기진맥진해졌는데 그때 장인이 다시 와서 이 사람, 냉동 기능을 끄라구, 하면서 스위치 하나를 내려주었다.

책을 찾고 나서도 나는 식당을 곧장 빠져나가지는 못했다. 주차장 파라솔 아래 앉아 장인과 잠깐이라도 대화를 나누어야 했다. 숯불을 정리했는지 장인의 머리 위에는 재가 떨어져 있었다. 때 아닌 흰 눈이 내려앉은 것 같았다. 그렇게 겨울이 갑자기 온다면 모든 것이 정지될 것이었다. 그러면 올해도 어김없이 들려오는 저 동력의 풀벌레 소리도 멈추고 식당으로 손님들도 오지 못하고 수입도 멈추고 우울한 기는 더 우울하고 낸내도 기다리는 누구와 재회하지 못한 채 독학자의 생활을 이어가야 한다. 하지만 그런 일은 일어나지 않아서 여전히 여름은 여름이고 나방은 춤추고 숯은 숨을 골랐다가 쉬었다가 고르고 그러는 동안 붉은 불씨들이 날아가고 닭은 구워지고 그것은 1인분에 만 천 원으로 환산되고 나는 여전히 빚을 지면서 살고 있었다. 어쩌면 원래 산다는 것이 그런 걸까. 전혀 상관없을 것 같은 천체의 무엇인가에까지 계속 빚을 지고 가늠도 못할 잘못들도 하면서 사는 것일까.

장인은 언젠가 그날처럼 담배를 꺼냈지만 권하지 않고 혼자 피웠다. 그리고 계속해서 장모와 기에 대한 추억을 늘어놓았다. 그 옛날 청평이나 경포대해수욕장으로 갔던 여름휴가며, 기가 가장 먼저 읽은 한글이 '나비의 상실'이었다는 일. 장모가 자주 가던 의상실 간판의 상호를 어린 기가 그렇게 띄어서 읽었다는 말이었다. 앞으로의 어떤 고독한 삶을 예감이라도 하듯이. 나는 장모가 죽은 후에도 장인에게 여러 애인과 동거인 들이 있었던 것으로 아는데 오늘은 왜 이렇게 약한 소리를 하는가 생각했다. 근 10년 동안에는 장모의 기일에도 납골당을 찾아가지 않아 기가 이를 갈고 있는데. 이윽고 장인의 넋두리가 잠깐 멈춘 틈을 타서 나는 작별 인사를 했고, 내리막길을 달린 끝에 편의점 의자에 여전히 앉아 있는 낸내를 발견했다. 낸내는 무슨 책인가를 읽고 있다가 자동차 헤드라이트가 눈부신지 잠깐 눈을 감았다.

*

그 많은 책을 장인에게 부탁하고도 나는 정작 그것이 처리되는 현장에는 있지 못했다. 감기를 핑계로 가지 않았다. 나 대신 기가 그사이 익힌 운전 실력으로 고양으로 가서 장인을 돕고 왔다. 장인은 그것이 훨훨 잘 탔다는 말을 전해주었다. 냉동고를 한동안 열어 건조시켜달라는 내 당부를 장인은 까마득히 잊어버렸고 그렇게 해서 밀폐되어 있던 책들은 젖고 썩어버렸다. 이제는 폐지상에 팔려야 팔 수도 없었다.

한동안 버리는 삶, 소유하지 않는 삶, 미니멀한 삶에 관한 책과 다큐를 보던 기는 집을 팔고 8년간의 결혼 생활로 비대해진 살림들을 정리하고 더 작은 집으로 옮겨 가자고 했다. 그렇게 해서 남는 돈으로는 아빠 돈을 갚고 생활비로도 쓰자고. 더 이상 대학 자리에 연연해하지 않겠다는 게 기의 결심이었다.

"원래 교수가 목표는 아니었어."

기는 덤덤하게 말했다. 올라탄 자전거에서 내리지 못했던 것뿐이라고. 우리가 집 판 돈으로 만든 변제액—전체는 아니고 일부—을 송금한 날, 장인은 닭이 아니라 옆 가게에서 사 온 장어를 직접 구워주었다. 그러고는 살 수 있겠니, 너네 그렇게 고정 수입 없이도 살 수 있겠어, 걱정하다가 그래도 그 돈이 봄이면 짓게 될 강화 집의 지붕과 테라스 정도는 될 수 있겠다며 치하했다. 그리고 그 이야기—3미터나 되는 트리를 세울 원대한 계획에 대해서 기에게 선물하듯 들려주었다. 기는 별 감흥 없이 듣고 있더니 "헛돈 쓰지 마, 아빠"라고 했다.

그날 돌아오는 길에는 밤안개가 꼈다. 교통사고로 장모를 잃은 기는 차를 무서워했고 그래서 핸들을 잡지 못했던 것인데 그 안갯길을 무섭게 주시하며 운전했다. 마치 자기 자신만 이 공간에 있는 것처럼 다른 모든 힘의 간섭을 무화시키며, 차와 나와 그것을 이끄는 동력에만 관심을 갖는 물아일체의 집중력이었다. 밖은 캄캄하고 차들은 최대한 멀찍이 떨어져 간격을 유지했다. 그 사이를 대기 중에 은은하게 떠 있어 무게와 부피와 높이를 가늠할 수 없는 안개가 메웠다. 나는 장인이 주는 뭔지는 몰라도 남자에게 그렇게 좋다는 정체불명의 과실주를 받아 마신 터라 곯아떨어졌는데 비몽사몽간에 기가 말하는 걸 들었다. 뭐야 저 차들을 좀 봐, 저렇게 다들 안개등을 켜고 가니까 꼭 별빛 같잖아. 이런 속도로 가다가는 집까지 두 시간은 걸려야 할 것 같은데 이 곡예 운전이 대체 어떻게 끝날지도 모르는데 기는 그렇게 말했다. 마치 동면을 지속해야 겨우 살아남을 수 있던 시절은 다 잊은 봄날의 곰들처럼, 아니면 우리가 완전히 차지할 수 있는 것이란 오직 상실뿐이라는 것을 일찍이 알아버린 세상의 흔한 아이들처럼.

* 소설의 제목은 『더 기타리스트』(정일서 지음, 어바웃어북, 2013)의 '지미 헨드릭스' 장에서 착안했다.

오직 한 사람의 차지 　김금희

벌써 잊었거나 너무 일찍 알아버린

노태훈 문학평론가

　　김금희의 단편을 읽고 나면 소설이 할 수 있는 일은 결국 인간이라는 존재를 깊이 들여다보고, 그 인간이 살아가는 생이 어떤 모습일지를 그려내는 것 정도가 아닐까 생각하게 된다. 이것은 소박하다거나 단순하다는 의미가 아니라 오히려 김금희가 소설의 역할을 정확하게 이해하면서 그 최대치를 이끌어내고 있다는 점에서 그렇다. 특히 단편소설에서 요구되는 '찰나의 미학'은 이 작가가 그려내는 날카로우면서도 깊이 있는 삶의 단면들을 통해 여실히 증명된다. 「오직 한 사람의 차지」는 그 작품 자체로 단편소설의 미덕을 보여주는 수작이지만 작가 김금희의 이력에 있어서도 꽤 주목할 만한 작품이라 생각된다. 『센티멘털도 하루 이틀』(창비, 2014)의 감각과 『너무 한낮의 연애』(문학동네, 2016)의 세계가 만나 '김금희'라는 작가만이 형성할 수 있는 어떤 정서를 풍부하게 보여주고 있기 때문이다.

　　이 소설을 관통하는 핵심어는 말할 것도 없이 '책'이다. 작가들이 대체로 그러하지만 김금희의 경우 더욱이 책과 떼려야 뗄 수 없는 삶을 살아왔고, 그 경험들이 고스란히 소설의 디테일로 살아나면서 무척 매력적인 이야기가 탄생했다. 단순히 읽고 쓰는 삶이 아니라 책이라는 물질을 기획하고 만들어내는 과정을 조망하고, 또 거기에서 끝내 실패하고 마는 인물의 내면을 담담하게 따라가고 있다는 점이 이 소설의 장점이라 할 수 있을 것이다.

그리고 또 하나의 핵심어는 '시간'일 것이다. 더 정확하게 이야기하면 과거의 기억이라고 해야 할지 모르겠다. 이 길지 않은 소설에서 우리는 무척 폭넓은 시간들을 경험하게 되는데 그것은 이 작품이 한 인물의 내력에 집중하는 것이 아니라 여러 인물들이 마주했던 삶의 국면들을 능숙하고 효율적으로 조망하기 때문이다. "이상한 천 명의 독자가 있어서 무슨 책을 내든 그만큼은 팔린다는" 이야기로 시작하는 이 소설은 독립출판사 "상태와 본질"을 차렸다가 지금은 망해버린, 그러나 여전히 책의 물성이 지닌 아우라"를 믿고 있는 '나'의 궤적을 따라간다. 그 궤적 속에서 '나'가 마주하는 인물들은 아내인 '기'와 '장인', 그리고 '낸내' 등이다. 당연하게도 그들은 각자 자신의 삶을 나름의 방식으로 살아내고 있고 그 배경에는 삶에 대한 가치관이 꽤 확고하게 자리 잡고 있다.

장인 : "아 왜 안 돼? 팔린다구, 백 퍼센트 팔려."

삶의 여러 풍파를 겪어가며 지금 경제적인 면에서 가장 성공적인 삶을 살고 있는 인물은 '장인'이다. 그는 자수성가 하였고 현재 운영 중인 닭갈비 사업이 큰 호황을 누리고 있으며 노후에 대한 계획도 나름대로 가지고 있다. 아내와 사별하여 현재 혼자 살고 있고, 탐탁지 않은 사위와 결혼한 딸이 아이마저 가지지 않겠다고 선언해 약간 불만스럽기는 하지만 대체로 안정적인 삶을 살고 있는 인물이다. 그러나 현재에 이르기까지 '장인'이 겪었던 삶의 굴곡은 꽤 가팔랐던 것 같다. 아내의 죽음은 갑작스러웠고 사업도 여러 차례 실패를 반복했다. 그에게는 경제적 성공이 삶의 첫 번째 목표였을 것이고, 가정을 돌보고 아내와 딸을 살뜰히 챙기는 일보다 어떻게 하면 더 '팔' 수 있을지에 대한 고민이 늘 앞서 있었을 것이다. 하지만 당연하게도 그에게 그 '성공'은 가족에 대한 최선의 '사랑'이었고, 그는 그것을 실천하기 위해 최선을 다했다고도 볼 수 있을 것이다. 결국 지금 그에게 남은 것은 자신에게 애증을 가진 딸과 노후를 영위할 수 있는 보금자리 정도인데, 이제 우리는 '장인'의 삶에 대해 무슨 말을 할 수 있을까. 강화에 지은 전원주택에 "3미터짜리 북미산 잣나무 트리"는 결국 세우지 못할지라도 그의 삶은 성공적이라고 할 수 있을까. 혹시 의외로 분명해 보이는 결핍과 여전히 안고 있는 외로움이 그의 삶을 조금씩 갉아먹어 가는 것은 아닐까.

기 : "원래 교수가 목표는 아니었어."

'기'는 대학에서 자리를 잡고자 하는, 그러나 기혼-여성이라는 차별의 굴레 안에서 계속해서 실패하는 인물이다. 누구와도 타협하지 않는 지적인 욕구와 지향을 가지고 있던 남편은 이제 생활에 무능력한 사람으로 여겨지고, 사랑이라는 케케묵은 감정은 이미 휘발되어 버린 지 오래다. 경력 단절에 대한 두려움과 스스로의 성취를 위해 아이를 낳지 않겠다고 늘 다짐하면서 삶의 자기 만족도를 높이려 애쓰는 '기'는 이 소설 속에서 가장 분투하는 인물일 것이다. 이 분투는 소설의 결말에 이르기까지 계속되는데, 이를테면 엄마를 교통사고로 잃어 운전을 무서워하다가 결국은 운전을 배우는 것, 미래가 더욱 불안정해진 상황에서 아버지에게 빌린 돈을 갚고 살림을 줄이는 것, 아이를 낳아볼까 고민하는 것, 또 이제는 교수라는 자리에 대한 일말의 기대를 접는 것 등은 '기'가 그토록 상처받고 절망하면서도 사실은 얼마나 단단하고 용감한 사람인지를 보여준다. 한편으로는 그 일련의 경험들이 '기'를 무척 변하게 만들었다고도 할 수 있을 것이고 이제 '기'는 세상과 타협하고 주변 사람들과 가벼운 화해를 나누면서 삶을 견딜 수 있는 사람이 되었다. 물론 '기'의 내면에 침잠해 있는 복합적인 애증과 예민한 열등감은 사라지지 않을 테지만.

> 낸내 : "연출이 어때서요. (…) 그런 것도 다 부지런하고 노력하는 사람이 하는 거예요."

'낸내'에 관해서는 가장 많은 서술이 할애되지만 실제 이 인물의 삶을 짐작하기란 쉽지 않다. '낸내'는 중고 거래를 꾸준히 하는 누군가일 수도 있고, 영화사의 스태프로 지원했다가 어학원의 레벨 테스트에 관해 문의한 누군가일 수도 있으며, 밴드 "켄트"를 좋아하는 광양에 사는 '최지은'일 수도 있다. 이 모든 누군가는 '낸내'일 수도 있고, '낸내'가 아닐 수도 있다. 정작 그에게 중요한 것은 그때그때 자신의 상황에 맞게 스스로를 '연출'해내는 일이다. 그 연출이 타인에게는 허위나 허풍, 위조나 사기의 이름을 단 거짓이라는 가면으로 여겨지더라도 '낸내'에게 그것은 최선을 다해 살고 있다는 증거가 된다. 허황된 꿈을 좇거나 불가능한 목표로 달려가는 누군가에게 사람들은 흔히 조소와 비난을 일삼지만 그렇게 계속되는 삶도 있는 것이라고, 도달할 수 없는 지명을 적어놓은 표지판도 그곳으로 향하고 있다는 일종의 '믿음'만 있다면 그것 자체로 의미가 있지 않겠냐고 '낸내'는 말하고 있다. 그 믿음의 기원에는 아마도 '맴매'라는 이름의 상처가 있는 것 같다. 아주 어릴 때부터 엄마의 폭력에 노출되었음을 고백하는 그에게 유년기 이후의 성장이 모종의 고통으로 점철되었음은 그가 스웨덴이라는 공간에—그것이 사실이든, 거짓이든—스스로를 놓아두고 있다는 것에서 어렴풋이 느낄 수 있다. 비를 그냥 맞아도 괜찮은 유럽인이 되어야만 견딜 수 있는, 그래야만 그 기억으로부터 조금 자유로워질 수 있는 그의 모습은 '낸내'라는 이름의 내력에서도 알 수 있듯 자신을 향한 억압을 똑바로 마주보고 이를 극복하겠다는 의지로도 읽힌다. 작품에서 특별한 언급은 없지만 '낸내'라는 말이 경상도에서는 아기들의 잠을 가리킨다는 점을 떠올리면 그가 머물고자 하는 공간은 순수하고 자유로운 동화의 세계에 가까운 것 같고, 어쩌면 '스웨덴'은 그렇게 '선택'되었는지도 모른다.

나 : "아뇨, 제 출판사에서는 그런 건 안 냅니다."

이제 우리는 이 세 사람 모두와 연루된, 그들과 관계하면서 스스로를 돌아보고 삶의 의미를 고민하는 '나'에게로 돌아가야겠다. '낸내'를 만나 '나'는 "자기 세계에 대한 충만과 고독, 그리고 왠지 모를 열패감이 뒤섞인 이상한 동질감"을 느끼는데 이 서술만큼 '나'를 정확하게 요약하기도 어려울 것 같다. 특히 '기'와의 관계에서 '나'는 유약하고 무책임하면서도 자기 고집과 주관을 끝내 버리지 못한다. '나'의 내면에 켜켜이 쌓인 열패감과 열등감은 시시때때로 공격적인 태도를 드러내다가도 또 곧바로 무기력한 모습으로 변하는데, 사실은 그가 거듭된 실패와 좌절 속에서 생각보다 훨씬 더 낙담해왔음을 짐작하게 한다.

김금희의 소설적 분위기는 한마디로 '회고'의 정서라고 할 수 있을 텐데, 이 소설에서도 모든 인물이 과거의 시간으로부터 여전히 지대한 영향을 받고 있음이 곳곳에서 드러나지만 특히 '나'의 경우 그가 곱씹어 들려주는 두 책에 관한 이야기가 공히 과거를 어떻게 기억할 것인가의 문제와 깊이 관련되어 있다는 점에서 주목할 수밖에 없을 것 같다. 지미 헨드릭스의 1969년 우드스톡 페스티벌의 이야기, 그리고 동면에서 깨어나 봄을 맞이하는 곰들의 모습은 삶의 문제가 결국은 오롯이 시간의 흐름에 달려 있음을 보여준다.

> 나는 캐나다 불곰 네 마리가 동면에서 깨어나 산등성이를 오가며 봄을 축복하는 것을 전율과 감동 속에서 지켜보았다. 그들은 긴 시간 견뎌야 했던 겨울의 엄혹함에 대해서는 모르는 체했다. 다가올 행복으로 충만한 순간에 그런 과거는 무용하다는 듯이. 그러니까 헤어진 이유는 망각한 채 다시 만나 서로의 품으로 파고드는 순진한 기쁨의 연인들처럼. (52쪽)

시간은 계속 흐르고 어떤 순간에 도달하면 우리는 그 감각에 온몸을 맡긴 채 과거를 잊어버린다는 것, 그러나 그 찰나의 순간이 지나가버리면 다시 우리를 지배하기 시작하는 것은 과거의 기억들이며 몇몇 일들은 자신의 삶에 인장으로 박혀 영원히 지워지지 않는다는 것. 이것이 삶의 불가항력적 속성일 것이다. 그런데 '나'가 보기에 이 속성을 그대로 드러내면서도 거기에 저항하는 사물이 '책'이고, '나'는 그것을 통해 "독학자"의 세계를 꿈꾸려고 한다. 자신이 어쩔 수 없이 맞닥뜨리는 현실의 경험들로 기억을 구성하는 것이 아니라 완전히 다른 시선으로 새로운 시공간의 기억을 형성할 수 있게 하는 일이 바로 책을 읽고, 쓰고, 또 만드는 일임을 깨달았기 때문일 것이다.

그러나 재고가 된 책 더미는 대형 냉동고로 들어가는 처지가 되고, 결국 냉동고 속에서 밀폐되어 썩어버렸으며, 끝내 모두 불태워진다. 마치 보후밀 흐라발의 『너무 시끄러운 고독』(문학동네, 2016)에서 압축기로 곤죽이 되는 책의 운명 같기도 한데, 이 소설과 달리 김금희는 '나'의 삶을 비극으로만 끝내지는 않는다. 김금희는 소설의 서두에서 '오직 한 사람의 차지'가 책을 가리키는 것처럼 서술하다가 말미에 이르러 그것이 결국 '상실'이라고 쓰면서, 우리 모두는 그것이 무엇이든 상실을 경험한 사람들이고 그 상실은 너무도 개별적이어서 오직 한 사람의 차지밖에는 될 수 없음을, "어쩌면 원래 산다는 것이 그런 걸까. 전혀 상관없을 것 같은 천체의 무엇인가에까지 계속 빚을 지고 가늠도 못 할 잘못들도 하면서 사는 것일까."라고 질문을 던지면서도 캄캄한 하늘에서 쏟아지는 별을 찾고, 안개가 가득한 도로 위에서 차량의 행렬을 보며 별빛 같다고 느끼는 것이, 그리하여 과거를 벌써 잊었거나 미래를 너무 일찍 알아버린 존재인 것처럼 살아가는 것이 인간임을, 이렇게 그려내고 있다.

저녁이면 마냥 걸었다

김연수

—

1994년 『작가세계』 신인문학상으로 등단.
소설집으로 『스무살』 『내가 아직 아이였을 때』 『나는 유령작가입니다』 『세계의 끝 여자친구』
『사월의 미, 칠월의 솔』, 장편소설로 『7번국도』 『꾿빠이, 이상』 『네가 누구든 얼마나 외롭든』
『밤은 노래한다』 『파도가 바다의 일이라면』 등이 있음.

저녁이면 마냥 걸었다

1

팔복서점에 대한 이야기를 들은 건 2주 전 화요일의 일이었다. 그간 우리들의 활동을 촬영해온 이진혁 씨가 〈마치 한번도 살아보지 못한 사람처럼〉이라는 사진전을 한다며 우리를 초대했기에 서촌에 있는 갤러리를 찾아갔다. 한옥을 리모델링해서 만든 곳이었는데, 조금 늦게 도착해보니 거기 앉아 막 저무는 하늘만 봐도 배가 부르겠다 싶은 마루 위에는 치즈와 과일을 얹은 카나페, 연어 오픈샌드위치, 와인과 주스 등등의 간소한 케이터링이 차려져 있었다. 헐렁한 카키그린색 셔츠를 입고 삐뚜름하게 서서 무슨 이야기인가를 한참 하던 이진혁 씨가 막 들어서는 우리 일행을 바라봤다. 우리가 자리를 잡자, 그는 무표정한 얼굴로 느릿느릿 음절을 끌어가며 사람들에게 방금까지 하고 있던 이야기, 그러니까 어떻게 해서 그런 전시 제목을 정했는지에 대한 이야기를 이어갔다. 그래서 나는 해운대 그랜드호텔 앞의 포장마차촌에 가면 바다 쪽 포장마차들은 갈매기라는 이름으로, 뭍 쪽 포장마차들은 오륙도라는 이름으로 불린다는 부분부터 들었다. 지난해 10월, 부산 벡스코에서 열린 국제사진페어에 참석하기 위해 이진혁 씨가 KTX를 탔다가 좌석에 비치된 잡지를 꺼내 읽었고, 거기 경주의 이모저모를 소개하는 특집 속에서 팔복서점에 관한 기사를 발견했다는 사정은 나중에야 알았다.

전에 한동네에 살면서 아이들 때문에 친해진 한 여자가 거기에 있는 콘도 회원권을 이용할 수 있다고 해서 각자 아이들을 데리고 해운대에 내려가 묵고 온 적이 있었다. 그때 아이들과 해변을 함께 걸으며 바라보던 달맞이고개의 휘황한 불빛이며, 어깨를 맞댄 젊은 연인들과 민소매 운동복 차림으로 조깅하던 외국인들이 무시로 지나가던 해안 산책로며, 쉼 없이 밀려왔다 밀려나던 파도와 그 너머 멀리 광안대교의 불빛들은 여전히 선명했건만 포장마차촌을 본 기억은 남아 있지 않았다. 아이와의 여행이었으니까 포장마차 같은 건 눈에 들어오지 않았는지도 모르겠다. 어쨌든 아이들이 같은 중학교에 다닐 때까지는 그녀와 꽤 친하게 지냈다. 그러다가 그녀의 친정어머니가 암에 걸리면서 이런저런 이유로 이사를 떠났고, 그후로 점점 연락이 뜸해지다가 결국에는 아예 소식이 끊어지고 말았다. 그건 마치 멀쩡하던 줄이 끊어지며 아끼던 연이 아득히 멀어지는 광경을 지켜보는 일과 비슷했다. 그럴 수밖에 없다는 사실을 납득하면서도 너무나 아쉬웠다. 그런 이야기를 들으면 사람들은 "네 쪽에서 더 자주 연락하지 그랬니?"라고들 말했지만, 나는 그렇게 생각하지 않는다. 관계라는 건 줄로 양쪽을 연결한 종이컵 전화기 같은 것이어서, 한쪽이 놓아버리면 다른 쪽이 아무리 줄을 당겨본들 계속 유지할 수 있는 팽팽함은 되살아나지 않는다.

그런 상념 속으로 한참 빠져들고 있다가 이진혁 씨가 갑자기 "더이상 견딜 수가 없어서 포장마차 자리를 박차고 숙소인 그랜드호텔까지 갔는데, 거기 들어가기가 무지하게 싫은 거예요. 그래서 서 있던 택시를 무작정 잡아탔습니다."라고 말하는 소리를 듣고 내가 이야기를 놓치고 있다는 사실을 깨달았다. 건성으로 내가 흘려들었던 이야기를 다시 더듬으면 다음과 같았다. 서울에서부터 여러 사람들이 함께 내려갔는데, 그중에는 강연자로 참가하는 어느 대학 영문학과 교수가 있었다. 그런데 푸짐한 안주에 도수가 낮은 소주가 여러 병 비워지자 이 사람이 금방 취해버려서는 이진혁 씨의 사진들을 두고 시비를 걸기 시작했다. 짧게 말하면, 유가족들은 잘못한 게 없느냐는 것이었다. 그건 자신의 사진과는 관련이 없는 이야기라고 이진혁 씨가 단칼에 잘랐지만, 그 교수는 못 들은 척 취한 목소리로 거듭해서 유가족들은 잘못한 게 없느냐, 유가족들은 정말 순수하냐고 목청을 높였다. 자신의 작업과 관련해서 그런 일을 여러 번 접한 이진혁 씨는 일어나지 않을 수도 있었던 사고로 가족을 잃은 사람들의 잘못에 대해서는 할 말이 없다고 대답했다. 그러자 그 교수는 자신은 그렇게 생각하지 않는다며, 정치 세력을 등에 업은 유가족의 잘못된 상황 판단이 아니었다면 그 사고가 이렇게까지 변질되지는 않았을 것이라고 주장했다. 그러면서 그 교수는 몇 마디를 더 했는데, 자신으로서는 도저히 받아들일 수 없는 종류의, 역겨운 이야기였다고만 이진혁 씨는 말했다. 그러므로 거기 모인 사람들은 그 교수가 무슨 말을 더 했는지는 알 수 없었지만, 그러면서도 무슨 말을 더 했는지 알 수 있을 것도 같았다.

그때부터 나는 귀를 기울였다. 부산역으로 가달라는 이진혁 씨의 말에 해운대를 빠져나온 택시는 아파트 단지를 따라 움직이기 시작했다. "지금 가면 서울행 기차가 있을까요?"라고 그가 묻자, 운전수는 디지털 시계를 한 번 바라보고는 고개를 갸우뚱거렸다. "이 시간이라면 막차 타기 어려울 텐데요." 핸드폰으로 검색해보니 밤 11시가 지나면 더 이상 서울행 기차가 없다고 나왔다. 순전히 호기심 때문이라고 설명하며, 그대로 서울까지 쭉 가면 요금이 얼마나 나올지 물어봤더니 운전수는 30만 원만 달라고 대답했다고 이진혁 씨가 말했다. 그렇게 조금 더 가다 보니 처음 출발지인 벡스코가 보이기 시작했고, 그는 운전수에게 다시 해운대로 차를 돌려달라고 말하려다가 그만뒀다. 다음 날 아침, 그 교수는 간밤의 일은 전혀 기억나지 않는다는 듯한 표정을 지을 텐데, 이진혁 씨에게는 그 얼굴을 볼 자신이 없었다. 그는 옆자리에 내려놓은 카메라 가방을 만졌다. 어디를 가든 그는 그 가방을 들고 다녔다. 그러고 보니 그 가방 안에는 기차에서 내릴 때 들고 온 잡지가 있었다. "경주까지는 얼맙니까?"라고 이진혁 씨가 물었다. "7, 8만 원 보시면 됩니다"라는 대답이 돌아왔다. 자동차는 벡스코 앞을 지나쳐 교차로에 섰다. "여기서 왼쪽으로 가면 부산역이고요, 오른쪽으로 가면 경주입니다." 좌회전 깜빡이를 넣으며 운전수가 말했다. 규칙적인 좌회전 깜빡이 소리 덕분에 운전수의 그 말에는 뭔가 운명적인 느낌이 있었다고 그가 말했다. 빰빰빰 빠암 같은, 운명 교향곡 같은 그런 느낌이었다고. 그 말에 우리는 좀 웃었다. 그럼 경주로 가달라고 했다고 이진혁 씨가 말했다. 그는 실내등을 켜고 잡지를 펼쳐 팔복서점의 주소를 확인했다. 내처 기사도 한 번 더 읽었다.

그러는 사이, 택시는 이내 강변으로 난 도로로 접어들었고, 얼마쯤 가다 보니 앞쪽 멀리 사고라도 난 것인지 앞서 가던 차들이 차례로 비상등을 깜빡이며 속도를 줄이기 시작했다. 택시는 가다 서다를 반복했다. 이제는 차를 되돌릴 수도 없다고 생각하자 오히려 마음이 편해졌고 졸음이 몰려왔다. 그쯤에서 그는 눈을 감았다. 이 말은 그때 택시 안에서 눈을 감았다는 얘기이기도 하고, 동시에 우리에게 말하면서 눈을 감았다는 뜻이기도 하다. 눈을 감은 그는 어떤 꿈, 그러니까 경주로 향하는 택시 안에서 깜빡 잠이 들었다가 꾸게 된 꿈에 대해 말하기 시작했다. 꿈속에서 그는 30대 중반으로 돌아가 있었다. 그는 한 여자를 만났는데, 그녀를 보는 순간, 어떤 섬광이 번쩍거리면서 앞으로 두 사람 사이에서 일어날 일들이 눈앞에 펼쳐졌다. 그녀에게 어떤 이야기들을 듣게 되는지, 둘은 어떤 도시를 가고 어떤 음식을 먹고 어떤 풍경을 보게 되는지, 어떻게 그녀를 처음 안게 되는지, 둘은 사랑하는지, 얼마나 사랑하는지, 그러는 동안 둘이서 함께 몇 개의 강을 건너고 몇 그루의 벚나무를 바라보며, 얼마나 뜨거운 여름들을 보낼지······.

그는 다시 눈을 떴다. 꿈속에서 "어떻게 이런 일이 가능하지?"라고 그녀에게 물었다고 이진혁 씨는 우리에게 말했다. 그랬더니 꿈속에서 그녀가 "지금 우리는 이미 살았던 인생을 다시 한 번 살고 있는 중이거든"이라고 대답했다고 그는 말했다. 이미 잡았던 손을, 이미 입맞췄던 입술을, 이미 안았던 몸을 다시 한 번 잡고 입맞추고 안는다면, 다시 한 번 그 인생을 살면서도 마치 한 번도 살아보지 못한 사람처럼, 그 손을 잡고 그 입술에 입맞추고 그 몸을 안는다면, 그렇다면 과연 어떤 기분일까요, 라고 말하며 이진혁 씨는 전시 제목에 얽힌 이야기를 끝냈고, 나는 몇 년 전 동네를 떠난 그 여자를 다시 생각했다. 한 번 더 그 인생을 살 수 있다면 과연 어떨까? 여름 환한 빛 아래, 어떤 사람은 곧 어머니를 잃을지도 모른다는 걱정 속에서 정든 동네를 떠나고, 어떤 사람은 창밖의 나무들을 바라보며 그녀를 동정한다면. 그 푸른 나무들 사이로 수업을 마친 아이가 돌아온다면. 마치 한 번도 살아보지 못한 사람처럼 다시 그 아이를 맞이할 수 있다면.

2

핸드폰의 지도 앱에서 팔복서점을 검색하면 이 서점이 경주의 대표적인 관광지인 대릉원 옆 포석로에 자리 잡은 것을 확인할 수 있다. 벚꽃이 만발한 4월의 대릉원이 젊은 화랑의 낯빛처럼 환하다면, 단풍이 물드는 가을의 대릉원은 현명한 군주가 격식에 맞게 차려입은 대례복처럼 단정하다. 야트막한 철제 울타리 너머로 사시사철 변하는 대릉원의 풍광을 지켜보는 포석로 단층건물들은 마치 태평성대의 백성들처럼 소박하고 평화롭다. 거기 인쇄사와 조경집과 세탁소와 복덕방과 점집 들 사이에 지난 사월부터 팔복서점이 터 잡기 시작했다. 원래 있던 철

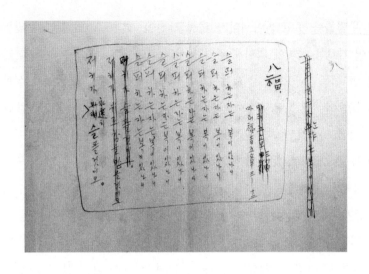

물점에서 물려받은 그대로의 나무 미닫이문을 열고 들어가면 제일 먼저 책들이
단정하게 꽂힌 서가들 사이 하얀 벽에 세로로 휘갈겨 쓴 시가 손님들 눈에 들어
왔다. 다들 주인이 직접 쓴 것이라고 짐작하겠지만……

이진혁 씨의 사진전을 보고 온 뒤, 나는 그가 봤다던 잡지가 자꾸 생
각나 잡지사에 과월호를 주문했다. 기사는 팔복서점의 주인 할머니인 서
지희 씨가 실크스크린으로 벽에 직접 인쇄한 윤동주의 육필 원고 사진과
함께 시작했다. 기사를 읽은 그 주의 토요일 오후, 나는 경주 팔복서점
앞 의자에 앉아 있었다. 서점 안에는 '책길' 모임에 온 사람들이 여기저기
흩어져 한가롭게 책을 읽고 있었다. '책길'이란 매주 토요일 오후, 팔복서
점에 모여 틈틈이 차도 마시고 얘기도 나누며 책을 읽은 뒤 해 질 무렵
대릉원과 계림을 거쳐 반월성까지 갔다가 서점으로 되돌아오는 독서 모
임이라고 기사에는 나와 있었다. 그래서 처음에 거기 앉을 때만 해도 나
도 기사를 다시 읽으려고 가방에서 잡지를 꺼냈더랬다. 이진혁 씨는 그
밤의 택시 안에서 팔복서점에 대한 기사를 떠올리고는 불현듯 황남동 일
대의 고분군이 보고 싶어 경주까지 갔다고 전시회장에서 말했다. 그리고

그 무덤들을 보고 돌아서다가 혹시 자신이 제대로 기억하는 게 맞는가 싶어 가로등 불빛에 의지해 거기 용서라는 단어가 나오는지 기사를 다시 한 번 정독했다고 했다. 나는 그 이야기가 좋았다. 어떤 남자가 심야의 가로등 아래에서 용서라는 단어가 나오는지 확인하기 위해 잡지를 꼼꼼히 읽어보는 장면. 하지만 나는 막상 잡지를 무릎에 펼쳐놓고서는 길 건너 봉긋하게 솟은 무덤만 하염없이 바라봤다.

　그렇게 앉아 있는데 "저건 천마총이에요" 하는 목소리가 들렸다. 어느 틈엔가 내 옆에 서지희 씨가 서 있었다. 돌아보니 그녀는 내 무릎에 놓인 잡지를 바라보고 있었다. "저게 천마총이군요"라고 내가 그녀의 말을 되뇌었다. 이내 무덤으로 시선을 돌리며 "하늘을 나는 말 그림이 나온 무덤이죠. 신라인들은 천마가 죽은 이를 태우고 승천하리라 믿었어요." 라고 말하더니 그녀는 "여기, 괜찮으세요?"라고 물었다. "무덤을 바라보는 게 이렇게 좋은 줄은 미처 몰랐네요"라고 내가 대답했다. "그래서 제가 이 자리를 구하려고 거짓말 안 하고 10년을 기다렸지요"라고 그녀가 말했다. 10년이 얼마나 긴 시간인지 나로서는 전혀 가늠되지 않았다. 그 일이 일어나고 난 뒤부터 시간은 제멋대로 흐르기 시작했으니까. 어떨 때는 시간이 그대로 멈춰 있는 듯했고, 어떨 때는 한평생이 눈 깜빡할 새에 지나간 것 같기도 했고, 또 어떨 때는 현기증이 날 정도로 과거로, 오로지 과거로만 치달았다. "배낭여행 와서는 이 풍광에 반해 매일 들판에 앉아 종일 고분군만 바라보던 독일 청년이 화제였던 적도 있었죠" 라고 서지희 씨가 말했다. "그 청년에게도 슬픈 일이 있었던 걸까요?"라고 내가 물었다. 그러자 그녀는 웃으며 "그게 아니라 그 독일 청년은 너무 아름다워서, 그 아름다움에 지칠 때까지 그 자리를 떠날 수 없었다네요"라고 말했다. "누군가의 무덤을 두고 아름답다니, 그래도 되나요?" 라고 내가 물었고 "그럼요, 그래도 됩니다"라고 그녀가 씩씩하게 대답했다. "원하는 만큼 보시다가 혹시 따뜻한 차 필요하시면 언제든지 안으로 들어오세요"라고 말한 뒤, 그녀는 서점 안으로 들어갔다.

서지희 씨를 만나면 묻고 싶은 게 있었는데, 차마 입이 떨어지지 않아 딴소리만 잔뜩 늘어놓은 셈이었다. 서울에서부터 마음속에 품고 온, 어떻게 그런 일을 겪고도 경주에서 살 생각을 할 수가 있었느냐는, 바로 그 질문. 나는 팔복서점에 관한 페이지를 찾아 펼쳤다. 용서라는 말은 기사 말미에 나왔다. "그 사고가 일어나고 알코올중독 상태로, 분노에 사로잡혀 10년을 보내셨다고 하셨는데, 그 분노를 어떻게 극복하셨나요?"라는 기자의 질문에 그녀는 "전 한 번도 다른 사람에게 분노한 적이 없었어요. 제가 참을 수 없었던 것은 바로 저 자신이었어요."라고 대답했다. "모든 건 그런 저를 용서하느냐, 용서하지 못하느냐의 문제였어요"라고. 그 10년 동안 그녀는 '가정(假定)의 지옥'에 갇혀 지냈다고 회상했다. 만약 그날 비가 내리지 않았다면 어땠을까? 경주행 수학여행 버스 기사가 내리막길에서 과속하지 않았다면? 아니, 아이가 문과가 아니라 이과를 선택했다면, 그래서 사고 직후 멈춰선 후미 버스에 탑승한 아이들과 같은 반이었다면? 아니, 아니, 빈말이었을지언정 수학여행 안가면 안 되겠느냐고 물었을 때 선뜻 그래, 이번에는 나도 안 갔으면 좋겠어, 라고 말했더라면? 가정의 지옥으로 흘러든 마음은 고통의 하구를 지나 마침내 죄책감의 바다에 이르렀다. 그 바다에서 모든 질문은 '너는 죽었는데 왜 나는 살아 있는가?'로 귀결됐다. 지금 나 역시 그 바다의 한복판에서 표류 중이다. 그 바다 위로 천 년 전의 푸른 무덤들이 마치 다도해의 섬들처럼 군데군데 솟아 있다.

"그래, 경주에 가보자고 결심하고 처음 내려왔을 때는 저도 아는 곳이라고는 불국사나 보문단지, 석굴암과 첨성대처럼 이름난 관광지뿐이었어요"라고, 드디어 저녁 산책에 나서기 전, 모인 사람들에게 서지희 씨가 말했다. "하루 정도 둘러보고 나니 허무해지더라고요. 기껏 이런 곳을 가겠다고 그런 일이 일어났나 싶기도 하구요. 그러다가 경주박물관을 구경하고 나와 기념품 가게에 가게 됐어요. 거기서 이런저런 책을 뒤적이는데 2월에 흰 개가 대궐 담 위로 올라왔다'라는, 『삼국유사』에 실린 한 구절이 눈에 들어오더라고요. 그 구절을 보니 신라의 옛 성터인 반월성에 가보고 싶어졌어요. 마침 근처이기도 했고요. 그래서 박물관을 나와 걸어가는데, 해가 뉘엿뉘엿 서쪽으로 넘어가고 있더군요. 왼쪽으로 난 언덕길을 따라 올라간 뒤 석빙고 쪽으로 향하는데, 석빙고 앞에 서 있던 사람들이 다 내 뒤쪽 하늘을 올려다보고 있더라고요. 그이들을 따라 고개를 돌렸다가 나도 소나무 숲 너머로 둥둥 떠오르는 보름달을 보게 된 거예요. 누런 종이를 오려 붙여놓은 듯한 보름달이 어찌나 비현실적으로 아름답던지. 그 달을 바라보는데 하얀 개가 짖어대던 그 시절, 반월성에 뜬 달도 지금 내가 바라보는 달과 똑같은 것이겠지, 라는 생각이 들더군요. 그러자 가슴이 벅차올랐어요. 그렇게 서서 보름달이 둥실 떠오르는 걸 바라보다가 관광객들이 버스로 돌아간다기에 저도 그 사람들을 따라갔어요. 올라온 길과는 달랐는데, 그게 바로 계림으로 내려가는 길이었어요. 이렇게 돌아서 저희도 이제 그쪽으로 가볼 텐데요, 멀리 보이는 첨성대를 등대 삼아 그 길을 걷노라면, 들판에 내려앉은 어스름 너머로 황남동 인가의 불빛들이 나지막이 반짝이는 것이 보입니다. 그쪽을 바라보며 계속 걸어가면 빈 들판에 옹기종기 모여 앉은 멀고 가까운 무덤들이 서로 겹쳐졌다 멀어지지요. 그 풍경을 바라보는데, 저도 모르게 눈물이 흐르더군요. 달은 천 년 전의 달과 똑같은데, 사람은 한번 헤어지고 나면 영영 다시 만나지 못하는구나, 하는 생각이 들어서요. 그렇게 걸어가는 발걸음에 따라 서로 겹쳐졌다 멀어지는 무덤들을 바라보며 어스름 속을 걷는데, 시원한 저녁 바람에 기분이 좋아져 하하하 호호호 서로 농담하고 웃는 관광객들 중에 내가 우는 걸 눈치챈 사람은 아무도 없더라고요. 그래서 좋았다는 거예요, 내 말은. 아무도 내가 우는 줄을 몰라서. 여러분들도 울고 싶으면 마음껏 우셔도 됩니다. 그 길을 그렇게 계속 걸었습니다. 여기 대릉원 주차장이 나올 때까지 계속 걸었어요. 그렇게 경주에 내려와 살게 됐지요. 그리고 밤이면 마냥 걸었습니다. 여기에서는 얼마든지 걸어도 좋으니까요." 여기까지 말하고 나서 서지희 씨는 "그럼 우리도 이제 걸어볼까요?"라고 물었다. 우리는 유치원생들처럼 입을 모아 "예"라고 대답하고는 그녀를 따라 저무는 들판을 향해 걷기 시작했다.

세월호 이후 도래한 슬픔의 공동체와
기억의 윤리

연남경 이화여자대학교 국어국문학과 교수

세월호는 하나의 사건이었다. 문인들은 세월호에 대한 글들을 앞다투어 발표했으며, 그중 박민규는 세월호를 "선박이 침몰한 '사고'이자 국가가 국민을 구조하지 않은 '사건'"[1]이라 선언했다. 2014년 4월 16일에 일어난 일을 '세월호 사건'이라 명명하는 이유에 대해서는 신형철의 명쾌한 설명을 참고해볼 수 있다. "사건은 '진실'과 관계하는, '대면'과 '응답'의 대상이다. 사건이 정말 사건이라면 그것은 진실을 산출한다. 진실이 정말 진실이라면 우리는 그 진실 이전으로 되돌아갈 수 없다. 그때 해야 할 일은 그 진실과 대면하고 거기에 응답하는 일이다."[2] 그러한 의미에서 사건 이후에 이어진 글들은 상실에 관한 이야기들이며, 진실을 대면하고 그에 응답하려는 시도들이다. 작가들의 윤리 감각은 첨예해졌고, 포스트4·16의 문학은 지금도 진행 중이다.

---

1 박민규, 「눈먼 자들의 국가」, 『눈먼 자들의 국가』, 문학동네, 2014, 56쪽.

2 신형철, 「책을 엮으며」, 위의 책, 229쪽.

김연수 작가 역시 산문「그러니 다시 한번 말해보시오, 테이레시아스여」(『문학동네』, 2014년 여름호)를 사고 직후 발표했다. 그는 세월호를 이성적으로 침착하게 협력하는 한, 비참하게 죽을 수밖에 없다는 진실을 보여준 사건으로 보고, 이는 경제성장이라는 분칠 속에 감춰둔 한국사회의 민낯일지도 모른다고 설명한다. 나아가 안일하게도 시간이 흐른다는 이유만으로 그 얼굴이 점점 더 나아지리라고 생각한 것이 부끄럽다 말한다.[3] 즉 세월호 사건을 통해 작가가 대면한 진실은 이렇다. 가만히 놔두면 인간은 나빠지며, 역사는 진보한다고 우리가 착각하는 한, 점점 나빠지는 이 세계를 만든 범인은 우리 자신일 수밖에 없다는 것이다. 특히 우리의 망각과 무지와 착각으로 선출한 권력이 낳은 사건이라는 점에서 진보의 착각에 빠져 안일한 일상을 영위한 우리 모두는 세월호의 연루자다. 그러므로 인간은 스스로 나아져야만 하며, 그를 위해 부단히 노력하는 존재가 되어야 한다. 김연수는 세월호를 지켜본 우리 모두에게 윤리적 감각을 회복하자 요청한다.

그해 연이어 발표된 단편소설「다만 한 사람을 기억하네」(『문학동네』, 2014년 겨울호)에서는 다만 한 사람을 기억하는 사소한 행위가 타인의 절망에 응답할 수도 있다는 것을 상상하며, 세상을 바꾸기 위해서는 잊지 않아야 한다고 말한다. "우리가 누군가를 기억하려고 애쓸 때, 이 우주는 조금이라도 바뀔 수 있을까?"라는 주인공 희진의 질문에서 작가가 제안하는 기억의 윤리가 발견된다. 이후 세월호 3주기를 맞아 사진가 홍진훤과 함께 펴낸 책『아무도 대답하지 않았다 다만 한 사람을 기억하네』(사월의눈, 2017년 4월 16일)에 3년 전 쓴「다만 한 사람을 기억하네」를

---

3   김연수,「그러니 다시 한번 말해보시오, 테이레시아스여」, 위의 책, 38~40쪽.

수정 없이 실은 이유는 기억의 윤리에 관한 작가의 확신을 견지한다는 의미일 것이다. 이처럼 세월호에 대한 작가의 충실성은 작품의 연속성으로 나타난다. 가령, 함께 단행본을 묶어낸 사진작가 홍진훤이 후속작 「저녁이면 마냥 걸었다」의 사진작가 이진혁으로 등장하고, 현실의 홍진훤이 수학여행지였던 제주도로 향했다면, 소설의 인물 이진혁이 운명적으로 도착한 수학여행지는 경주라는 식으로 현실과 허구가 뒤섞이며, 작가 자신의 글쓰기가 사건 이후 응답의 과정임을 노출한다.

사실 그는 세월호에 관한 소설을 써야겠다고 마음먹었지만, 잘 써지지 않을 거라고, 사건 이후 글쓰기의 무거움에 대해 고백한 바 있다. 그래서인지 얼마간의 침묵이 있고서야 「저녁이면 마냥 걸었다」(『문학3』, 2017년 2호)가 발표되었는데, 고민의 시간이 길었던 만큼 작품은 더욱 진솔해졌고 진실과 맞닿아 한층 깊은 울림을 전달한다. 「저녁이면 마냥 걸었다」는 사건 이후를 어떻게 살아가야 하는지에 관한 진지한 모색을 보여주는 소설이다. 이 작품에서는 세월호가 직접 언급되지만 않을 뿐, 유가족의 사고 이후의 삶이 그려져 있고 사건을 기억하려는 사람들의 노력이 담겨져 있다. 화자인 '나'도, 팔복서점의 주인 서지희 씨도, 독서모임 책길의 회원들도 사고로 가족을 잃은 사람들이다. 그렇기에 소설의 전반적인 정조는 상실감이다. 상실의 시대를 살아가는 이들은 '그런 일'을 겪고도 어떻게 살아갈 수 있는지 모를 정도의 삶을 산다. 서지희 씨는 알코올중독 상태로, 분노에 사로잡혀 10년을 보냈고, '나'는 이진혁 씨의 꿈 얘기나 문득 떠오른 한 여자에 대한 회상과 같은 것들을 모조리 아이와 연관 짓는다. 즉, 사고 이후 '나'는 잃은 아이에 대한 기억에서 벗어날 수가 없다. 그렇게 슬픔에 사로잡힌 이들이 운명적으로 경주의 팔복서점으로 모여든다.

단편소설보다 확연히 짧은 분량의 작품이지만, 서사가 단순하지는 않다. 화자인 '나'가 팔복서점에 도착해 저녁의 걷기 모임에 동참하기까지, 우선 사진작가 이진혁 씨의 사진전이 있었고, 거기에서 이진혁 씨의 부산 행사와 충동적인 경주 방문에 관해 듣게 된다. 그의 이야기를 통해 '나'는 팔복서점을 소개하는 잡지 기사를 접한다. 기사에서 팔복서점은 벽면에 실크스크린 기법으로 인쇄된 윤동주의 시 「八福」의 육필원고 사진과 더불어 소개되고, 소설 2부의 시작에 이미지로 제시된 「八福」은 이 소설을 관통하는 슬픔의 정서를 매우 적절하게 표상하고 있다. 이처럼 다소 복잡한, 혹은 긴밀하게 연결된 서사 구조는 실크스크린이라는 복제 기법과 조우한다. 서사를 통해 이진혁과 서지희, 윤동주, 책길 모임, '나'가 연결되고, 「八福」이 복제되어 널리 읽히면서 윤동주의 슬픔이 서로 연결된 사람들과 '나'에게로 전해온다.

"슬퍼하는 자는 복이 있나니"가 여덟 번 반복되고, 한 행을 띄우고 나서 "저히가 영원히 슬플 것이오"로 끝나는 윤동주의 「八福」은 슬픔에 무뎌지지 않고 여전히 슬퍼하는 것이 복이라 말한다. 부제인 마태복음 5장 3~12절에서도 알 수 있듯이, 이 시는 성경에 대한 암유(暗喩)인데, 예수가 성경에서 현실의 결핍들이 결국 복이 되어 "저희가 위로를 받을 것임이요"라 말한 것과는 달리,[4] 윤동주의 현실인식은 "저히가 영원히 슬플 것이오"라는 절대적 슬픔과 위로의 불가능성에 귀착된다. 특히 육필 원고이기에 남아 있는 "저희가 위로함을 받을 것이요"라 썼다 지운 흔적을 보건대, 시인에게 현실의 결핍은 넘어설 수 있는 것이 아니었다. 여덟 겹의 슬픔으로 반복될 뿐이며, 결국 영원한 슬픔에 도달한다. 그리고 신라

---

4   이상섭, 「윤동주의 '무서운' 아이러니」, 『새국어생활』, 14권 2호, 2004, 138~143쪽.

시대의 무덤 앞에 서점을 열면서 벽면에 이 시를 복제한 서지희 씨와 결국 그곳을 찾아낸 '나'의 마음도 윤동주의 슬픔과 절망에 맞닿아 있다.

팔복서점에 당도해 슬픔과 더불어 사는 삶을 온전히 받아들이기까지 이들의 마음은 '가정(假定)의 지옥'을 헤매었다. "만약 그날 비가 내리지 않았다면 어땠을까? 경주행 수학여행 버스 기사가 내리막길에서 과속하지 않았다면? 아니, 아이가 문과가 아니라 이과를 선택했다면, 그래서 사고 직후 멈춰선 후미 버스에 탑승한 아이들과 같은 반이었다면? 아니, 아니, 빈말이었을지언정 수학여행 안 가면 안 되겠느냐고 물었을 때 선뜻 그래, 이번에는 나도 안 갔으면 좋겠어, 라고 말했더라면?" 아이를 잃은 후 서지희 씨의 10년은 '가정의 지옥'을 거쳐 '죄책감의 바다'에 이르렀다고 한다. 그 바다에서 모든 가정은 "너는 죽었는데 왜 나는 살아 있는가?"로 귀결됐고, 화자인 '나' 또한 가정의 바다를 헤매고 있는 중이었다. '생존자 죄책감'은 외상 사건의 후유증이다. 불운 가운데 혼자 살아남았다는 것만으로, 심각한 양심의 가책을 느끼게 되며, 가족의 죽음을 겪는 것은 생존자에게 씻을 수 없는 트라우마를 안겨준다.[5] 그런 그들에게 "유가족은 정말 순수하냐"고 목청을 높이는 노교수와 세간의 폭력적인 시선은 지나치게 가혹하다.

대신 작가는 다른 가정(假定)을 시도해보는 것 같다. 작가가 이 작품을 씀으로써 아이를 잃은 슬픔을 가정해보았듯이, 세월호 이후의 우리들도 이 작품을 읽음으로써 유가족들과 다름없는 슬픔을 가정해보자는 것이다. 물론 아무리 가정해본다 한들 경험의 유일무이함과 슬픔의 단독성 때문에 진정한 이해나 온전한 공감은 애초에 불가능하다. 이러한 불가능

---

5 주디스 허먼, 『트라우마』, 최현정 옮김, 플래닛, 2007, 101~102쪽.

성을 겸허히 인정하더라도 불운한 그 사고는 기존의 질서와 이성적 대응의 실패를 보여주는 자리였다는 점에서, 어떤 논리도 '그 일'을 설명해내지 못한다면, 이제 이성의 힘이 아닌 감성의 방식에 의지해야 한다고 작가는 말하는 게 아닐까. 이 작품은 섣부른 위로 대신 어쩌면 우리의 슬픔이 될 수도 있었던 그들의 슬픔을 잊지 말고 함께하자 요청한다. 이렇듯 독자의 감성을 울리는 무언가로 충만한 작품의 마지막 구절은 특히 긴 여운을 남긴다.

> "그 풍경을 바라보는데, 저도 모르게 눈물이 흐르더군요. 달은 천 년 전의 달과 똑같은데, 사람은 한번 헤어지고 나면 영영 다시 만나지 못하는구나, 하는 생각이 들어서요. 그렇게 걸어가는 발걸음에 따라 서로 겹쳐졌다 멀어지는 무덤들을 바라보며 어스름 속을 걷는데, 시원한 저녁 바람에 기분이 좋아져 하하하 호호호 서로 농담하고 웃는 관광객들 중에 내가 우는 걸 눈치챈 사람은 아무도 없더라고요. 그래서 좋았다는 거예요, 내 말은. 아무도 내가 우는 줄을 몰라서. 여러분들도 울고 싶으면 마음껏 우셔도 됩니다. 그 길을 그렇게 계속 걸었습니다. 여기 대릉원 주차장이 나올 때까지 계속 걸었어요. 그렇게 경주에 내려와 살게 됐지요. 그리고 밤이면 마냥 걸었습니다. 여기에서는 얼마든지 걸어도 좋으니까요." 여기까지 말하고 나서 서지희 씨는 "그럼 우리도 이제 걸어볼까요?"라고 물었다. 우리는 유치원생들처럼 입을 모아 "예"라고 대답하고는 그녀를 따라 저무는 들판을 향해 걷기 시작했다. (118~119쪽)

10년 전 아이를 잃은 바로 그 장소, 사고 발생의 자리인 경주에서 산다는 것은 상처와 더불어 사는 삶이다. 사고 이후의 생이 죄책감의 바다에서 허우적대는 것이라면, 어차피 이전으로 되돌아갈 수도 잊을 수도 없다면, 슬픔과 함께하는 삶을 겸허하게 받아들이기로 한다. 천마총의 아름다움에 넋을 잃고 하염없이 쳐다보는 일, 저녁이면 마냥 걸으며 마음껏 우는 일, 이는 무덤(죽음)과 함께하는 삶이며, 상실한 대상을 영원히 기억하는 삶이다. 인용된 작품 말미에서는 '걷다'와 '울다'가 교차하며 반복되는데, 그 구절을 읽다 보면 어느덧 "여기에서는 얼마든지 걸어도 좋으니까요."라는 서지희 씨의 말이 "여기에서는 얼마든지 울어도 좋으니까요."로 들리게 된다.

이 작품은 영원히 슬픈 삶을 사는 사람들의 이야기지만, 다행히 소설의 마지막 문장은 그리 슬프지만은 않다. 영원히 슬픈 사람들이 서지희 씨를 유치원생들처럼 따라 걷기 시작하는 것으로 끝나는 작품의 결말에서는 어떤 온기가 느껴지기 때문이다. 아마도 혼자가 아니라서 그럴 것이다. 슬픈 사람들이지만, 함께이므로 외롭지 않아서일 것이다. 이처럼 「저녁이면 마냥 걸었다」는 세월호 이후의 우리 사회에 형성 중인 특별한 공동체에 관한 소설이다. 그것은 평생을 매일같이 울어도 지속되는 절대적 슬픔의 공동체이자, 그 사건과 희생자들을 영원히 잊지 못할 기억의 공동체이다. 그리고 이 모든 것을 함께하므로 외롭지도 쓸쓸하지도 않은 우정의 공동체이다. 그러니 언제든 동참해도 좋으리라. "예"라고 대답하고는 그들을 따라 걸어보자.

바비의 분위기

박민정

—

2009년 『작가세계』로 등단.
소설집으로 『유령이 신체를 얻을 때』 『아내들의 학교』가 있음.

바비의 분위기

오늘 그녀를 다시 만난 날이란다. 고작 이렇게 내 손에 쥐어질 거면서, 그 오랜 시간 동안 나를 힘들게 했다고 생각하니 기가 막혔지. 여기 그녀의 얼굴을 첨부한다. K-Bot.jpg

불시에 건물에서 쫓겨나 서성이는 신세가 된 학생들이 불만을 터뜨리기 시작했다. 자유열람실 대청소는 한참 동안 끝나지 않았다. 청소가 끝나기를 기다리는 학생들은 대학원 건물 앞 벤치와 흡연 구역에 쪼그려 앉거나 서서 책을 읽고 공부를 했다. 유미도 그 풍경의 일부가 되어 쫓기는 기분으로 책을 들여다봤다. 『New Media Literacy』. 제목과 조응하는 내용이 좀처럼 등장하지 않았다. 한 페이지도 제대로 읽지 못하고 반납할 책들을 매일같이 대출하는 중이었다. 발췌 인용할 대목만 급하게 핸드폰 카메라로 찍고 책을 덮기 일쑤였다. 제대로 된 공부라고 할 수 없었다. 이런 식으로 대충 들여다본 책이 백여 권에 육박했다. 최종 제출일까지 이틀밖에 남지 않았다. 유미는 자유열람실 재입장이 가능할 때까지 커피라도 마시며 숨을 고르면 좋겠다고 생각했다. 그러나 그럴 여유가 없었다.

지도교수는 그 대목을 고치지 않으면 더 이상 방어해줄 수 없다고 했다. 논문 심사가 끝난 지 한 달이 지났지만 수정은 거듭되었다. 심사위원으로 참여한 교수 셋 중 두 명이 유미의 원고에 난색을 표했다. 겸연쩍은 얼굴로 침묵을 지켰던 유일한 사람은 유미의 지도교수였다. 심사장은 그의 연구실이었다. 유미가 미리 마련해 간 커피를 세 사람 모두 입에 대지 않았다. 이거 지도교수가 책임져야 하는 거 아닙니까, 이 지경까지 끌고 왔다면. 유미를 제외한 모두가 웃음을 터뜨렸다. 유미는 막막했다. 통과 여부가 결정되는 심사였고 교수 세 명의 날인을 받아야 했다. 심사 대상자인 학생이 직접 준비해 가는 최종제출승인서가 가방에 있었다. 쉬는 시간을 가진 후 지도교수는 유미에게 그것을 꺼내보라고 했다. 그는 다른 교수들에게 손짓으로 날인을 요구했다. 둘은 마지못한 듯 도장을 꺼냈다. 교수들이 합의한 바 조건부 통과였다. 지도교수는 심사위원을 대표하여, 원고의 한 대목을 수정하는 조건으로 논문을 통과시키겠노라고 말했다. 최종 제출 전까지 수정된 원고를 가져와야만 비로소 통과가 완료되는 것이며, 그때까지 최종제출승인서는 심사위원장이 보관하겠다는 것이었다.

그 말을 들을 때 유미는 다 필요 없으니까 이제 그만두자고 대답하려 했다. 그러나 결국 오늘까지 이렇게 애달프게 원고를 수정하고 있었다. 교수들이 문제 삼은 대목, 이것을 결코 우리 과의 졸업논문 데이터베이스에 올릴 수 없다고 역설한 대목을 어떻게 제외하거나 변화시켜야 하는지 해답을 찾지 못한 채.

싸락눈이 흩날렸다. 학생들 사이에서 욕설이 터져 나왔다. 당장 행정실에 항의할 기세였다. 유미는 책에 내려앉는 눈을 손가락으로 살살 치우면서 다들 조용히 해주었으면 좋겠다고 생각했다. 생각과 더불어 곧장 자유열람실 조교가 나와 청소가 끝났으니 질서 있게 입장하라고 외치는 소리를 들었고, 일사불란하게 움직이는 학생들 틈에서 유미는 그 남자를 발견하고 흠칫 놀랐다. 한 이틀간 오지 않던 그였다. 그의 낡은 항공점퍼

위에도 비듬처럼 눈이 쌓였다. 언제나처럼 배낭을 멘 그는 웅크리며 대열의 일부에 자연스레 합류했다. 유미는 그의 눈에 띄지 않으려 애썼다. 어차피 곧 그의 눈에 띄고 말 것이었지만. 유미는 남자가 누군지 몰랐고, 다만 남자의 이름을 알았다.

그는 유미가 석사논문을 쓰기 시작한 학기 초부터 내내 유미 옆에 앉았다. 일부러 그럴 리는 없다고, 자신의 착각일지도 모른다고 생각한 적도 있었다. 처음에 유미는 분명 그렇게 생각했다. 당시 아직 늦여름이라 할 만한 계절이었고 그는 검정 피케 셔츠를 입고 있었다. 지저분한 여름 셔츠였다. 그걸 관찰해낼 수 있을 만큼 그는 유미와 가깝게 앉아 있었다. 콧김 내뿜는 소리가 거슬렸지만 공용 공간에서 침묵 이상의 고요를 요구할 수는 없는 노릇이었다.

그보다 더 정숙하지 못한 학생들은 얼마든지 있었다. 대학원생의 1/3을 차지하는 중국인 유학생들은 유별나게 튀는 행동을 일삼았다. 가끔 큰 소리로 전화를 받아 조교의 지적을 심심찮게 받을 뿐 아니라, 조교가 자리를 비운 틈을 타서 도시락과 간식거리를 펼쳐놓고 먹기도 했다. 좀처럼 글이 안 써질 때 유미는 누구라도 붙들고 따져 묻고 싶은 심정에 빠져, 태연히 식빵에 잼을 발라 먹으며 이어폰도 끼지 않고 예능 프로를 감상하는 여학생의 머리채를 잡아 흔들고 싶다고 생각했다. 자유열람실을 사유화하는 일부의 학생을 '중국인 유학생'이라고 싸잡을 수는 없는 노릇이었다. 그러나 유미가 본 그들 전부는 분명 '중국인'이었기에 자기를 사로잡았던 정념의 기원이 과연 편견에서 비롯된 것인지 아닌지 고민해야 했다. 한마디 하고자 마음먹고 여학생 가까이 다가섰을 때 컴퓨터 모니터에서 흘러나온 중국말이 논문학기 내내 머릿속에 맴돌았다. 어쩐지 아무 말도 못 하고 유미는 돌아섰었다. 유미가 본 그들이 전부 중국인들이었다 하더라도, '중국인 유학생들은 전부 공중 질서 의식이 없다'고 말할 수는 없었다. 그래서 유미는 나름대로 신중하게 발화했다. 가까운 친구들에게만. 유미가 선택하는 서두는 '높은 확률로'였다. 높은 확률로, 중국인 유학생이었다.

정말이지 높은 확률로 그 남자는 유미의 옆 좌석을 점거했다. 사실상 백 퍼센트였다. 자유열람실에는 지정 좌석이 없었다. 유미가 어디에 앉든 바로 옆 좌석이 비어 있는 경우엔 무조건 남자가 앉았다. 유미는 날마다 아침 일찍 등교해 자유열람실에 자리를 잡았고 남자는 오후에 입장했다. 유미가 오후 늦게부터 논문을 쓰기 시작한 날에는 멀리서부터 슬금슬금 움직여 굳이 유미 옆으로 자리를 옮겨오곤 했다. 유미는 그 사실을 인지했다. 논문 초고를 시작하고 한 달이 지나, 서론을 완성했을 무렵이었다. 이제 유미는 남자가 자신을 따라다니고 있다는 결론을 외면할 수 없었다. 그러나 그다지 중요한 사실은 아니었다. 남자는 유미에게 별다른 피해를 끼치지 않았다. 식빵을 처먹으며 예능 프로를 감상하던 여학생이 훨씬 더했다. 그는 단지 콧김을 소리 나게 뿜으면서 유미와 바짝 붙어 뭔가에 열중하다 돌아갈 뿐이었다. 그는 늘 유미보다 먼저 자유열람실을 나섰고, 귀가할 때 몇 번인가 주변을 살핀 적도 있었지만 유미의 뒤를 쫓았던 적은 없었다. 캠퍼스 주변은 밤늦게까지 밝았다. 어디서나 돗자리를 펴고 즐겁게 노는 학부생들로 가득했다. 위험하지 않았다. 그는 그렇게 학기 내내 유미의 옆자리에 온종일 붙어 있을 뿐이었다.

그는 몸을 바짝 움츠리며 질서 있게 줄을 서서 자유열람실에 입장했다. 날은 추웠고 남자 말고도 많은 학생들이 몸을 한껏 웅크리고 있었다. 그런데 유미는 남자를 다른 이들과 같은 학생이라고 생각할 수 없었다. 남자는 학생이 아니었다. 자유열람실은 이 학교 학생, 그중에서도 대학원생만이 이용할 수 있는 곳이었다. 그러나 학생증을 태그해서 출입해야 하는 것은 아니었기에 사정을 아는 누구든 마음만 먹으면 이용할 수 있는 곳이기도 했다. 복사, 스캔 서비스가 무료로 제공되었고 성능이 좋은 데스크톱 컴퓨터 수십 대가 있었다. 대부분의 학생들이 이곳에서 학위논문과 페이퍼를 작성했다. 유미는 교수가 부르면 바로 달려가서 연구 미팅을 해야 했고, 논문 작성에 필요한 서적이 끊임없이 필요했기에 학교가 아닌 다른 곳에서 논문을 쓸 수 없었다. 잠깐 자리를 비울 때는 개인 소지품을 두고 가도 되는 곳이었지만 유미는 도서관에 갈 때마다 남자를 의식하며 소지품을 모두 챙겼다. 쓰던 자료를 모두 백업해두고 전원을 내리는 일도 잊지 않았다.

남자는 유미가 조금도 두렵지 않았는지 부주의하게 자신이 보던 그대로, 동영상의 정지 버튼만 누르거나 메일 작성란을 열어둔 채 자리를 오래 비우곤 했다. 그는 물경 한 학기 동안 자유열람실에서 빈둥빈둥 놀고만 있었다. 이틀 후부터 유미는 자유열람실에 발길을 끊을 예정이었다. 학교 쪽으로는 고개도 두지 않겠노라 말하고 다니는 중이었다. 그 후에도 남자는 계속 나올 것인가. 유미는 궁금했고, 오빠 생각을 했다.

그런 시커멓게 혼자 다니는 남자들을 볼 때마다 오빠 생각이 났다.

보물섬이 폭발하던 날······.

언제 생각해봐도 믿어지지 않는 말이다. 유미가 열두 살이었을 때, 오빠가 열일곱 살이었을 때. 그해 오빠는 고등학교에 입학했다. 유미는 『수학의 정석』을 붙들고 끙끙대던 오빠에게 다가가 메모를 건넸다.

—오빠 내가 좋아하는 남자애 집 전화번호야. 전화 걸어서 걔가 받으면 이렇게 말해줘.

메모지에는 '너 5학년 3반 최종원 맞지? 너 김유미 알지? 걔를 어떻게 생각하고 있는지 말해라' 따위의 조잡한 각본이 적혀 있었다. 오빠는 메모를 읽은 후 피식 웃으며 관두라고 했다.

—어설픈 수작을 관둬라. 나는 이런 유치한 장난에 동조할 수 없다.

유미는 입을 삐죽이며 방에서 나왔고 냉장고에서 할머니가 얼려둔 요구르트를 꺼내 마셨다. 살얼음을 부수려고 요구르트 팩을 이리저리 흔들었다. 거실 구석 커다란 하우스 케이지 안에서 오빠가 키우던 햄스터들이 뽈뽈 돌아다녔다. 유미는 그걸 흘끗 봤다. 할머니 집에서는 할머니 냄새가 났다. 그날의 정황이 또렷하게 기억났다. 할머니 냄새와 오빠가 아끼던 햄스터들과 요구르트, 그리고 보물섬……

오빠는 큰아빠의 아들이었고, 유미의 유일한 사촌오빠였다. 큰아빠와 큰엄마는 오빠를 키우지 않았다. 유미가 기억하는 최초의 순간부터 오빠는 부모와 떨어져 할머니 집에 살았다. 큰집과 택시로 10분이 채 안 걸리는 옆 동네, 연립주택 2층에 있는 18평짜리 집이었다. 방 두 개에 거실 한 개. 그 집은 할머니 집이었고 오빠의 집이기도 했다. 반면 큰집은 마당이 있는 단독주택이었고, 큰아빠와 큰엄마, 유미보다 어린 사촌동생들이 살았다. 어쩐지 그때까지 유미는 일이 왜 그렇게 되었는지 의문을 전혀 품지 않았다. 여동생들과 오빠는 서로 만나지 않았고, 명절에 만나도 데면데면했으며, 차라리 유미와 오빠가 훨씬 친남매 같았다. 큰아빠는 오빠와 마주치면 인상 쓰고 혼내기만 했다. 유미가 있는데도 멍청한 놈이라고 욕하기 일쑤였다. 중학생이었을 때의 오빠는 공부를 못했다. 큰아빠가 물어물어 데리고 온 과외 선생에게 엄청난 금액을 지불했다고 했다. 오빠는 유미에게 이제 당분간 오지 마, 너랑 놀아줄 시간이 없어, 시무룩하게 말했다. 과외 선생에게 회초리로 종아리를 맞아가며 오빠는 고입 연합고사를 준비했다. 꼴찌만 안 하면 다 붙는다는 시험에 떨어질까 봐 그 고생을 했던 것이다. 큰아빠는 유미의 부모를 만날 때마다 자기 아들을 욕했다.

— 서울에서 인문계 고등학교 못 가는 애가 어디에 있다고 이런 유난을 떨어야 하는지.

그때나 지금이나, 당시 오빠가 왜 그렇게 공부를 못했었는지 유미는 까닭을 알고 있다.

또한 보물섬이 없었다면, 보물섬의 주인인 오빠가 없었다면 결국 철학과에 진학하지 않았을지도 모른다고 유미는 생각했다. 보물섬이 유미에게 미친 영향은 그만큼 깊었다.

유미는 할머니 냄새를 싫어했고 철없이 코를 틀어쥐기도 했지만 하루가 멀다 하고 그 집에 찾아갔다. 큰집이라 불렀던 곳에는 명절에만 갔지만, 할머니와 오빠가 살던 그 집은 열쇠까지 제 몫으로 만들어 갖고 있었다. 초등학교에 입학한 무렵부터 틈만 나면 혼자 시내버스를 타고 갔다. 중학생이었던 오빠는 유미를 보면 오른손을 제 뺨 가까이 올려붙이며 짤막하게 인사했다. 유미, 어서 와. 도수 높은 안경알 너머 조그만 눈동자를 맥없이 빙글빙글 굴리며. 유미는 그런 오빠를 이상하다고 생각하지 않았다. 오빠는 성인이 되어서까지 유미와 눈을 마주쳐본 적 없었다.

중학생인 오빠는 날마다 뭔가를 끊임없이 샀다. 유미가 갈 때마다 없던 물건이 생겨나 있었다. 그 방 네 벽면을 가득 메우고 있던 브로마이드, 셀 수 없는 만화책과 소설과 게임팩, 프라모델, 피규어 장난감과 용도를 알 수 없는 각종 전자기기. 유미는 구미가 당기는 대로 아무거나 꺼내봤다. 오빠와 밖에 나가서 놀아본 적은 없었다. 둘은 대화도 나누지 않고 방에 처박혀 게임하거나 각자 책을 읽었다. 할머니는 주로 마실 나가고 없었는데 늦게 돌아와 저녁밥을 챙겨줬고 식사를 마치면 유미 부모에게 전화를 걸어 그만 애를 데려가라고 소리를 질렀다. 유미의 부모는 사교육에 관심이 전혀 없었고, 외동딸을 떼어놓고 일을 다녔기 때문에 유미가 종종 오후 시간 동안 할머니 댁에 붙어 있는 걸 다행스럽게 여겼다. 보물섬이 폭발하던 날, 큰아빠는 유미의 부모에게 너희들도 애 간수를 똑바로 하라고 윽박질렀다. 몇 년간 오빠와 보냈던 오후가 그렇게 잘못한 일이 되어버릴 줄은 몰랐다. 유미의 오랜 오후는 그날 통째로 부정당했다.

오빠는 뭐든 들어주었고, 자기 물건을 건드려도 예민하게 굴지 않았기 때문에 유미는 그 방에서 노는 게 좋았다. 책을 읽다 심심하면 책상 서랍을 뒤졌다. 오빠는 신경도 쓰지 않았다. 유미는 아예 서랍을 들어내어 다리 사이에 끼고 앉아 하나하나 살펴봤다. 이건 뭔데, 지난번에는 없던 건데? 유미가 따져 물으면 오빠는 돌아보지도 않고 대답했다. 지난번에 용산에서 산 거야. 지난번에 코믹에서 산 거야. 갖고 싶으면 가져. 이런 식으로. 항상 그냥 가져, 했기 때문에 굳이 탐이 나지 않았고 유미는 다시 있던 자리에 잘 넣어두었다. 구석에 중학생 소년 방에 어울리지 않는 할머니의 자개장이 있었고, 그 위에 오빠가 아끼던 로봇들이 일렬 횡대로 반듯이 서 있었는데 해가 질 때면 그 부분부터 주황색으로 물들어 유미는 잠시 그 풍경을 멍하니 바라보곤 했다. 깃털을 펼친 공작새와 꽃사슴 자개가 빛을 받아 반짝거렸고 오빠가 직접 조립한 로봇 프라모델이 출격 준비 자세를 취하고 있었다. 유미는 오랫동안 그 풍경을 기억하게 된다. 이건 뭔가 세계 종말 같은 느낌이다. 유미는 생각했는데 오빠가 심드렁하니 대답하지 않을 게 뻔했기 때문에 입 밖에 내지는 않았다.

유미는 그 방을 보물섬이라고 불렀다.

정확히는 그렇게 규정지었고, 기억했다. 보물섬이 폭발한 날 이후 오빠와 유미는 그날에 대해 언급하지 않았다. 아마 '보물섬'이라는 말을 꺼내본 적도 없으리라고 유미는 생각했다. 아무 때나 서랍을 뒤지면 피자 배달 쿠폰이 우습게 쏟아져 나왔고, 오빠 나 이걸로 시켜 먹는다, 하고 키득거리면 그러라고 하는 오빠가 있던 방. 지난번에 읽은 만화 시리즈의 이어지는 편을 보기 위해 버스에서 내리자마자 좁은 골목을 달음박질로 통과했고 돌계단을 뛰어올라 초인종을 누르거나 문을 따고 들어가던 기억이 살아가는 내내 생생했다. 보물섬이 폭발한 후 그 집에 관한 기억은 끝났다. 그 집이 불타버린 것도 아니었는데.

그런가 하면 그 시절에 관해 유미에게는 다른 종류의 기억도 있었다.

유미와 함께 시장에서 햄스터를 사 들고 오던 오빠에게 거실에서 기다리던 큰아빠가 던진 말. 사내 자식이 학교에서 처맞고 다니는 거냐? 그것도 계집애들한테. 유미는 얼른 보물섬으로 피신했고 더 이상 듣지 않았다. 풀죽어 방에 들어온 오빠에게도 묻지 않았다. 어른들은 유미가 듣는 데서 말조심하지 않기가 매한가지였는데 오빠가 학교에서 따돌림당하고 맞기도 한다는 이야기도 그랬다. 오빠는 괴로운 교실을 버티고 있었고 그럴수록 자기만의 세계에 빠져들었다. 유미는 그런 오빠가 불쌍하다고도 생각했지만 오빠가 외로울수록 자신에게는 흥미로운 것들이 더 많이 생겨난다는 것도 알고 있었다. 오빠의 분신과 같았던 그것만 건드리지 않으면 유미는 뭐든 갖고 놀 수 있었다. 그 방에 있는 수많은 물건들을 만져보고 꺼내볼 수 있도록 해줬지만 오직 하나 허락하지 않은 것이 있었다. 오빠가 애지중지 아꼈던 486컴퓨터였다.

새로운 매체에는 새로운 언어가 필요하다, 그것이 이 특수한 매체 환경에서 생존하는 방식, 우리에게 요청되는 새로운 문해력이다.

유미는 물끄러미 모니터를 바라봤다. 논문 초록에 넣은 문장이었다. 초록까지 교수들이 관여하지는 않았으므로 그들이라면 절대 허용하지 않을 문장을 적어낼 수 있었다. 논문을 한마디로 요약하라면 결국 이렇게 요약해야 했다. 유미에게 다른 말은 중요하지 않았고 이 말만이 중요했다. 이 말을 하기 위해서 목차를 구성했고 소목차의 세부 내용을 만들었으며 수많은 참고문헌에서 이론적 토대를 빌렸다. 무엇보다 이 말을 증명하기 위해 유미로서는 목격하는 것만으로도 고통스러웠던 지난 논쟁을 따라갔다.

교수들은 처음에 조사 방법 자체를 받아들일 수 없다고 했다. 논쟁 과정을 스크린샷으로 수집한 방법이 문제였지만, 기존 졸업생의 논문 중 인터넷 토론을 그대로 캡처해서 매체 이론을 전개한 원고가 있었기 때문에 어떻게든 넘어갈 수 있었다. 비판커뮤니케이션학과는 철학과와 신문방송학과가 결합된 학과였고 두 학과의 상이한 특성을 모두 받아들여 교과과정을 구성했지만 학위를 수여해야 하는 시기에는 문제가 생겼다. 철학과 교수들과 신문방송학과 교수들 사이에 묘한 긴장이 흘렀고 인문 계열에 속하는 철학과와 사회과학 계열에 속하는 신문방송학과의 결코 화합할 수 없는 지점을 아프게 발견하곤 했다. 철학과 교수들은 줄곧 '우리들의 만남은 결국 불륜일 뿐이었나 봐, 미사리 시절의 달콤한 환상은 이젠 없어' 따위의 농담을 했고 학생들은 불쾌해했다. 신문방송학과 교수들은 도대체 통계를 쓰지 않고 어떻게 엄밀한 현장 조사를 할 수 있느냐며 어이없어하곤 했다. 그들이 말하는 '엄밀한 현장 조사'라는 말을 유미는 끝내 이해할 수 없을 것 같았다.

교수들은 아예 트위터라는 매체 특성 자체를 이해하지 못했다. 각 유저들이 자신의 의견을 말하는 방식을 지도교수에게 이해시키기 위해 유미는 몇 번이고 설명했다. 이를테면 트위터의 'RT', 재전송 기능은 다른 이의 의견을 그저 인용하는 것만으로도 의견이 제출되는 것처럼 보이는 특성을 가졌다. 지도교수는 트위터가 가진 고유의 매체 특성을 어려워했고, 끝내 심정적으로는 동의하지 못했다. 게다가 유저 개인이 참여하고 있는 논쟁 공간은 고정되어 있지 않았다. 그 자신이 직접 편집하고 구성한 타임라인도 수시로 바뀌었으며 그곳에서 얼마든지 이탈할 수도 있었다.

—이걸 공론장이라고 할 수 있나?

논쟁을 전수 조사하는 방식으로 각 유저의 타임라인을 밤새 캡처했던 유미는 헛웃음을 지었다. 스크린샷 그대로 논문에 쓸 수는 없었으므로 언론 기사에서 그러하듯 그것을 재구성해야 하는데 유미는 포토샵을 조금도 다룰 줄 몰랐다. 유미는 한글 창에서 트위터 화면을 재현하는 표를 만들어 대화 내용을 일일이 타이핑했다. 유미 자신이 주장하는바 '새로운 매체에 필요한 문해력'을 뒷받침하는 징후가 되어줄 중요한 사건이었으나, 그것을 다시 복기하는 것은 고통스러운 일이었고 역겨운 일이었다. 지도교수도 더러운 것이라도 본 듯 고개를 돌렸다. 마치 신성한 논문에 이런 말들이 날것으로 들어간다는 것 자체가 불쾌하다는 듯. 유미의 원고에는 규격에 맞춘 각주보다 본데없는 표가 더 많았다.

지도교수가 유미의 논문을 방어해주어야 하는 까닭은 사실 그 자신을 위한 것이었다. 지도교수는 유미에게 이런 위기는 너의 앞날을 위한 거름이 되리라는 진부한 표현을 사용했고, 석사논문을 쓰던 시절 자신 역시 학계의 완고함과 투쟁했노라고 술회했다. 그는 대부분 독일철학을 전공한 교수들 사이에서 프랑스철학을 공부했다는 점에서 이단아였고, 심지어 유학파도 아니라는 점에서 역시 그랬다. 그래서 선생님은 이겼고 여기까지 왔잖니, 그는 유미를 달래듯 말했다. 대학원에 비판커뮤니케이션학과가 신설될 때 유미를 설득해서 데리고 온 사람이 그 자신이기 때문에 지도교수는 유미를 지켜야 했다.

유미로서는 교수를 원망할 수는 없었다. 유미는 스스로 철학과의 교과과정에 한계를 느꼈고 매체 이론에 깊은 관심을 가졌으며 그래서 비판커뮤니케이션학과를 선택했다. 자신이 대학원에 진학할 무렵에 자신의 관심사를 충족해줄 수 있는 협동과정이 신설되었다는 점을 무척 다행스럽게 여겼다. 지도교수가 설득하지 않아도 이곳을 선택했을 것이다. 다만 유미가 선택할 수 없었던 것은 졸업에 관한 문제였다. 유미는 학위를 얻고자 하는 욕심이 없었다. 박사과정에 진학할 생각이 없었으므로 학위를 탐낼 리 없었다. 졸업을 한다 해도 여느 일반대학원 학생들처럼 시간강사 자리를 얻을 수도 없었다. 논문제안서를 공개하던 날 신문방송학과 교수들의 폭언을 듣고 유미는 논문을 쓰지 않겠노라고 했다. 애초에 자신에게는 학위를 얻고자 하는 미련이 없었노라고. 선생님 말대로 그저 원하는 공부를 했으니 자신으로서는 더 바랄 것이 없다고.

유미는 기회만 오면 그렇게 말했다.

논문을 반쯤 작성했을 때에도 여전히 그랬다. 그날, 지도교수는 유미에게 날 선 반응을 보였다.

　─선생님이 너에게 뭘 해줄 수 없다는 건 알고 있는데 계속 그렇게 엄살을 피워야겠니?

　유미는 울지 않으려고 했다. 여기서 울어버리면 그 말을 인정하게 되는 것 같아서. 교수의 말인즉슨 힘들게 졸업을 한다고 해도 별다른 현실적인 이득이 없으므로 학위에 미련이 없는 거냐는 직설적인 질문이었다. 달리 말하면 '별다른 걸 바라고 공부했던 거니?'와 같았다. 유미는 그런 오해를 받고 싶지 않았다. 그러나 대학원에 진학한 대다수 친구들이 교수의 잔심부름을 하며 버텨내는 까닭을 알고 있었다. 강의 자리를 얻거나 학계에 계속 발붙이기 위해 어떤 고생을 하며 살고 있는지. 지도교수의 말을 부정하면 다른 친구들마저 모욕하게 되는 것 같았다. 유미는 대답하지 못하고 울먹였다. 교수 앞에서는 말대답을 하기보다는 울어버리는 게 언제나 유리했지만 그날만큼은 굴욕감을 느꼈다.

　그날은 정말이지 한 줄도 쓰고 싶지 않았고 원고를 들여다보고 싶지도 않았다. 유미는 자유열람실 의자에 등을 기대고 멍하니 앉아 있었다. 공부를 계속하기로 결정했을 때 가졌던 순수한 마음과 그간 겪은 여러 가지 현실적인 문제를 차근차근 복기하고 있었다. 학기가 거듭될 때마다 느낀 뿌듯함과 희열, 지난 학기의 질문에 이번 학기가 답하고 그것이 다음 학기의 질문이 되던 과정. 자석에 철이 모여들듯 순식간에 수많은 질문이 수렴되던 순간을. 유미로서는 학위를 얻는 것보다 더욱 중요했던 전언. 우리는 더 이상 실천이성의 주체로서 언어의 주인이 될 수 없다. 우리에게는 새로운 언어가 필요하다.

　그때 남자가 콧김을 뿜으며 바짝 모니터 앞으로 다가앉았다.

　유미는 아랫입술을 깨물며 남자를 노려봤다. 남자가 유미에게 가까이 다가앉은 것이 아니라 모니터에 다가간 것임을 알고 있었지만. 유미는 남자가 학생이 아니라고 거의 확신하고 있었다. 그가 날마다 반나절 내내 축구 경기와 연예 뉴스를 감상하다 돌아간다는 것을 알았기 때문이었다. 그러면서도 그는 거의 하루도 빠짐없이 자유열람실에 출석했다. 유미가 화장실에 가거나 자판기를 이용하기 위해 자리에서 일어설 때면 그는 꼬박 몸을 움츠리며 유미를 의식하는 티를 냈다. 유미는 화가 났다. 그 순간에는 정말이지 참을 수 없이 화가 났다.

그러나 단지 조용히 따라다니기만 하는 남자에게 따져 물을 수도 없었다.

유미는 눈을 지그시 감으며 한숨을 길게 쉬었다. 차라리 오늘은 열람실에 오지 말았어야 했다, 몇 번이고 되뇌다 눈을 뜨니 남자가 보이지 않았다. 유미는 남자의 자리를 살펴봤다. 그새 남자는 가방을 정리해 자리를 비웠다. 남자의 평소 패턴에 비해 이른 귀가였다. 유미는 문득 남자가 사용하던 모니터 쪽으로 몸을 기울여 그것을 살펴봤다. 그날 남자는 그간 사석화한 채 자리를 오래 비울 때 그랬던 것처럼 작업 상태 그대로 두고 귀가해버렸다. 그날따라 자유열람실에는 조교도 없었고 한두 명 학생만이 드문드문 떨어져 앉아 있었다. 유미는 남자의 부주의함에 혀를 찼다. 동영상은 일시정지 상태였고 그가 들여다보던 웹브라우저가 잔뜩 열려 있었다. 유미는 동영상을 끄고 웹브라우저를 하나씩 열어보았다. 그는 심지어 개인 메일 계정으로 메일을 작성하다 말고 가버린 것이었다. '형 잘 지내요? 나는 뭐 그냥 그렇지, 언제나 똑같이 살고 있어, 답이 늦었네, 형 나 아직 여자 없어' 따위의 말들이 띄어쓰기가 엉망인 채로 박혀 있었다. 유미는 고개를 절레절레 흔들며 다른 웹브라우저를 눌러봤다. 유미는 잠시 숨을 골랐다. 그리고 남자가 사용하던 마우스에서 손을 가만히 뗐다.

그가 보던 웹페이지는 전부 구글이었고 검색결과는 하나같이 여자들의 사진이었다. 그저 '일반인', '길거리' 등의 검색어를 통해 펼쳐진 여자 사진들이거나, '아스카 키라라', '미즈나 레이', '마츠모토 리나', '아사다

오이시' 등 알 수 없는 조어를 통해 펼쳐진 여자 사진들이기도 했다. 남자의 열람실 이용 패턴이 언제나 일정했던 것처럼, 비슷한 검은 옷을 입고 와서 유미의 옆에 앉아 하루 종일 시간을 보내다가 유미보다 먼저 열람실을 나섰던 것처럼 남자의 검색 패턴도 그 나름의 일정한 체계 안에서 규칙적으로 작동되고 있는 것 같았다. 무엇을 검색해도 여자의 특정 신체 부위가 부각되는 사진이 나오도록 프로그래밍된 것일까.

유미는 정말이지 그날은 더 이상 아무 것도 하고 싶지 않았다. 집에 돌아가는 길에 유미는 오빠를 생각했다. 유미가 대학에 들어간 후 얼마 되지 않아 연락이 끊겼으므로 거의 10년째 오빠의 근황을 몰랐다. 유미와 오빠가 어린 시절 아무리 각별했다 한들 부모들끼리 의절하고 난 후에는 서로가 서로에게 아무런 의미가 없었다. 유미로서도 그때부터 오빠와 더이상 연락하고 싶지 않기도 했다. 아니, 오빠에게는 어떨지 몰라도 나에게는 아무런 의미가 없을 수는 없다, 유미는 생각했다. 사실 인정하고 싶지 않았지만 철학과에 온 것 자체가 오빠 때문이었으니까. 어쩌면 내가 처음 만난 대타자였으니까. 그러나 오빠가 지금 열람실의 그 남자와 별다르게 살고 있으리라는 확신이 좀처럼 들지 않았다. 아버지 형제가 의절한 후에도 사촌동생들의 결혼 소식을 전해 들었으므로, 오빠가 결혼이라도 했다면 이미 소식을 들었을 거였다. 오빠가 결혼하고 아이 낳고 남들처럼 살고 있지도 않을 것이고, 설령 그렇다 해도 그 남자와 얼마나 다를 것인가. 유미는 오빠를 잘 알았다. 살아오면서 가만히 여자들을 따라다니는 시커먼 남자들을 볼 때마다 오빠 생각을 했고, 그들을 경멸하는 마음과 동시에 연민하는 마음이 들어 곤란했다. 덩치가 산만 한 철없는 남동생을 둔 친구가 진심으로 털어놓았던 걱정처럼.

—이제는 이 새끼가 며칠 집에 안 들어오면 다른 게 걱정이 아니라 어디 집회 현장에서 용역 뛰고 있을까 봐 걱정돼.

해적질을 일삼는 오빠가 유미로서는 알 수 없는 세상에서 약탈해온 재미난 것들만 가득 모아다 놓은 보물섬. 유미는 그곳에서 처음 만화책을 봤고, 마음 졸이며 다음 편을 기다리는 시리즈물의 묘미를 알게 되었으며, 무엇보다 이야기가 끝날까 봐 아껴 읽는 즐거움, 독서의 즐거움을 알게 되었다. 뿐만 아니라 유미로서는 난생처음 벌거벗은 남녀가 뒤엉켜 있는 사진과 그림도 구경했고, 뜻을 짐작하기 어려웠던 번역투의 에로틱한 대사들을 잔뜩 알게 되었다. 그 말들이 전부 무엇을 의미하는 것이었는지는 대학에 온 이후에야 깨달을 수 있었다. 어린 시절 오빠가 유미 앞에서 내뱉지는 않았지만, 보물섬 말고 어디에서도 그런 말들을 들을 수 없었기 때문에 '오빠의 말들'로 기억되던 것들. 대학에 와서 수많은 오빠들을 만나다 보니 그것들은 자연스레 다시 들려오곤 했다. 유미는 유일한 사촌오빠이자 자신의 대타자로 사후적으로 규정지었던 오빠와의 기억을 아프게 떠올려야 했다.

그날 큰아빠는 보물섬에 불을 질렀다. 정확히는 오빠 물건에 불을 질렀던 것이지만 유미에게는 방이 통째로 타버린 것과 다름없었다. 오빠도 억울했겠지만 유미도 억울했다. 유미가 알기로 오빠는 고등학교에 입학한 후 정말 열심히 공부하고 있었다. 유미가 놀러 와도 같이 놀지 않고 책상에 틀어박혀 수학과 영어를 공부했다. 오랫동안 둘은 각자 놀았고 유미는 오빠가 뭘 하건 신경 쓰지 않고 방에 있는 물건들을 구경하고 책을 읽었기 때문에 달라진 것도 없었다. 그런데 큰아빠는 불같이 화를 내고 정말로 불을 질러버렸던 것이다. 이놈의 개자식이 고등학교에 가서도 달라진 게 없이 방구석에서 쓸데없는 짓만 한다면서. 그날을 떠올리면 유미는 오빠가 어지간히 멍청했다고도 생각한다. 사실 큰아빠는 아들에게 보물섬을 곧 폭발시키겠노라고 수없이 예고했다. 그날도 전화를 걸어 공부를 열심히 하고 있느냐고 물었고, 당장 그 방구석에 있는 쓸데없는 만화책과 게임기 같은 것을 갖다 버리지 않으면 가서 다 태워버리겠다고 소리쳤다고 했다. 오빠는 전화를 끊고 어깨를 으쓱해 보이더니 유미에게 이 방에서 뭐가 가장 좋았냐고 물었다. 유미는 방을 둘러보다 어린이 이데아문고 시리즈를 가리켰다. 오빠는 그중에서도 뭐, 하고 물었다. 유미는 시리즈 05번 『도노반의 뇌』를 골랐다. 그게 가장 좋았다기보다는 20권 중에 유일하게 다 읽지 못한 작품이기 때문이었다. 표지에 시뻘건 핏발이 선 눈알이 튀어나온 로봇이 그려져 있었기 때문에 무서워서 건드려보지 못하다가 겨우 읽기 시작한 소설이었다. 이데아가 무슨 말인지 당연히 몰랐고, 이런 이야기를 쓰는 작가는 정말이지 변태이자 미친 괴짜인가 보다, 유미는 생각했다. 오빠는 그럼 그 책을 너에게 주겠노라고 말했다. 그러더니 옷장에서 커다란 보이스카우트 캠핑 가방을 꺼내와 만화책과 소설책을 담기 시작했다. 자개장 위 로봇도 하나씩 비닐로 포장해 담았다. 오빠는 유미에게 그만 집에 가라고 했다. 무슨 짓을 꾸미려는 건지 몰라 불안해져 유미는 집에 가지 않고 오빠를 따라다녔다. 오빠는 이제 무시무시한 재앙이 닥칠지도 몰라, 시무룩하게 말하며 입꼬리를 내렸다. 오빠는 가방을 둘러메고 집을 나섰다. 유미는 따라갔다. 집 앞 놀이터로 간 오빠는 정글짐 뒤 우거진 장미 덤불 안에 캠핑 가방을 집어던졌다. 유미가 들고 있던 책을 물끄러미 보더니 오빠는 그것도 이리 줘봐, 했다. 유미는 고개를 저었다. 오빠는 그럼 간수 잘 하도록, 하고 비장하게 말했다.

현관문을 박차고 쳐들어오는 큰아빠를 보며 저것이 오빠가 말했던 재앙이구나, 유미는 생각했다. 큰아빠는 몽둥이를 들고 들어왔는데 처음에 유미는 그것이 사냥총인 줄 알고 정말 깜짝 놀랐다. 아버지 형제가 틈틈이 총기 소유 허가를 받아가며 주말마다 사냥을 즐기던 시절이었다. 유미는 큰아빠가 오빠를 쏴 죽이려는 줄 알고 소스라치게 놀랐다. 만약 큰아빠가 총을 쏘려고 하면 자신이 막아주겠다는 각오를 하고 유미는 방에 들어갔다. 이미 캠핑 가방으로 자신이 중요하다고 생각하는 물건들을 적당히 빼돌려놨기 때문인지, 막상 사냥꾼 아버지를 마주하고 나니 오금이 저려서 그런지 오빠는 미동도 하지 않고 서 있기만 했다. 큰아빠가 고함을 지르며 만화책을 찢고 장난감을 부수고 책상 서랍을 뒤집어엎는 난동을 부리는데도. 유미는 문지방에 올라서서 발을 동동 굴렀다. 큰아빠는 유미를 힐끗 보더니 유미가 안고 있던 책을 냅다 빼앗았다. 어디 이런 거지 같은 것도 책이랍시고 아주, 큰아빠는 오빠를 노려보며 뇌까렸다.

—이놈의 자식. 아버지가 진작 다 갖다 버리라고 했어, 안 했어?

그때 유미는 큰아빠 뒤에 숨어 오빠에게 지시했다. "잘못했다고 해, 빨리, 어서." 유미는 눈을 부라리며 조용히 말했다. 오빠는 유미의 말을 못 들은 척하며 눈을 내리깔았다. 유미는 발을 동동 굴렀다. 분에 못 이긴 큰아빠가 라이터를 꺼내 들고 있던 책에 불을 붙일 때 유미는 오빠를 때리며 지금이라도 무릎꿇고 빌라며 재촉했지만 오빠의 태도는 변함없었다. 유미는 속으로 오빠를 욕했다. 이 등신 새끼, 그냥 빌어, 잘못했다고 하라고. 오빠는 난리통에도 꼼짝 않고 그저 고개 숙인 채 가만히 서 있기만 했다.

그날에 대해 오빠와 이야기 나눈 적은 없었다. 그러나 훗날 유미는 어쩌면 그날 오빠는 자기 아버지가 비싼 컴퓨터만큼은 결코 건드리지 않으리라는 걸 알았기 때문에 그랬던 것은 아니었을까 짐작해보았다. 최신형 486컴퓨터는 무척 비싼 물건이었다. 분에 못 이겨 고함을 질러대며 여기저기 불을 놓던 큰아빠가 얄궂게도 컴퓨터 쪽으로는 다가가지도 않았다는 걸 유미도 알고 있었다. 오빠는 아주 어린 아이였을 때부터 비싼 컴퓨터를 갖고 있었고 몇 년에 한 번씩 최신 기종으로 바꿔 가졌다. 재혼하며 아들을 떼놓은 큰아빠가 아이를 달래는 유일한 수단이었던 것이다.

사실 보물섬의 모든 것은 그런 식으로 큰아빠가 조달한 것이나 다름없었다. 큰아빠는 사실상 아들을 방치하면서 자신의 죄책감마저 돈으로 해결하려 들었다. 오빠는 아주 어릴 적부터 지나치게 많은 용돈을 받았다.

돈은 많고 친구는 없었다. 대여점에서 마음에 드는 만화책이나 비디오를 발견하면 웃돈을 주고 사버렸고, 불법 수입된 해적판 잡지들도 PC통신에서 만난 형들에게 그런 식으로 얻었던 것이다.

그러나 오빠의 수집벽으로 형성된 독특한 감각은 곧 그의 인생에 커다란 선물을 안겨줬다. 오빠는 보물섬이 폭발한 지 얼마 되지 않아 국내 최고의 공학전문대학에서 개최한 로봇경시대회에서 1등상을 받게 되었다. 유미도 깜짝 놀랐다. 컴퓨터를 붙들고 날마다 노는 줄로만 알았던 오빠는 로봇 프로그래밍과 센서 개발에 몰두하고 있었던 것이다. 심사평에는 "우수한 프로그래밍과 더불어 독특한 미술적 감각이 높은 점수를 받았다"고 적혀 있다고 했다. 오빠는 입상과 동시에 로봇 영재가 되었고, 특기자 지원 자격을 부여받아 예비입학자로 선정되었다. 오빠가 로봇공학과 예비학교에 들어가기 며칠 전 큰집 마당에서 파티가 열렸다. 큰엄마와 여동생들과 오빠가 모두 한자리에 있는 풍경을 유미는 낯설게 쳐다봤다. 여동생들은 오빠에게 말도 걸지 않았고 큰엄마는 말없이 미소만 지었다. 큰아빠는 사냥해온 고기를 바비큐로 요리하며 연신 싱글벙글 웃었다. 쓸모없는 개자식이라고 욕할 땐 언제고, 유미는 속으로 생각했다. 누리끼리한 목장갑을 낀 손으로 고기를 집어다 먹으라고 권할 때 유미는 소스라치게 놀라며 도망갔다. 직접 사냥한 고기라는데 무슨 짐승의 고기인지 알 길 없었다. 유미는 말없이 고기를 받아먹는 오빠를 멀리서 지켜봤다. 로봇 영재가 되어 명문대에 입학하게 될 오빠. 지금껏 그랬던 대로 제멋대로 살 수 있을까? 벌써 저런 고깃점마저 거부하지 못하는데? 유미는 쓸쓸한 기분에 젖었다.

이제 유미는 알고 있다. 로봇 영재라는 한때의 영광은 결코 오빠의 인생을 행복하게 만들어주지 못했다는 것을. 오빠는 결국 로봇공학자가 되었지만, 그것이 그 모든 비극에 값할 만한 성공이었는지 회의가 들곤 했다. 보물섬에 처박혀 자기가 좋아하는 일에 몰두하던 소년은 대학 사회라는 진짜 세상에 던져져 그저 시커먼 남자가 되어버리고 말았다. 유미는 지금도 그날들을 생생하게 기억했다. 예비학교에 들어간 직후부터 영어를 못해서 무시당했던 오빠, 수재들이 모인 학교에서 좌절감에 젖어 몇 번이고 자기 목을 조르던 오빠를. 그러나 그렇다고 해서 오빠의 잘못을 용서받을 수 있나. 그가 불행했던 것이 사실이고 그의 좌절을 바로 옆에서 목격한 사람들이 있다고 해서.

오빠가 예비학교에 입학한 직후 할머니는 혼자 저녁식사를 하다 냉장고에 물을 가지러 가던 길에 쓰러져 영원히 일어나지 못했다. 큰아빠는 할머니 장례식장에서 줄담배를 피우며 그래도 저 상등신 같던 손주 녀석이, 얻다 쓸지 몰라 고민이었던 손주 녀석이 대학 가는 꼴은 보고 돌아가셔서 다행이란 말을 했다. 오빠는 소리 내지 않으려 애쓰며 서럽게 울었다. 오빠가 잘 돌봐달라고 신신당부했던 햄스터는 어느새 큰아빠가 치워버리고 없었다. 발인하던 날 오빠는 유미에게 '내 햄스터들은 어디로 갔을까?' 물었다. 유미는 바비큐가 되어버린 햄스터를 상상하고 눈을 질끈 감았다. 햄스터를 볼 때마다 큰아빠가 '저것들 키워봤자 어디 먹을 것도 없고'라는 말을 했던 게 기억났다. 할머니 집은 정리되었고 오빠의 짐은 유미 집으로 옮겨졌다. 오빠는 병역특례요원이 되기 전까지 서울에 올 때마다 유미 집에 다녀갔다. 대학생이 된 오빠는 어른스러워지기는커녕 몸만 자란 것 같았다. 오빠는 유미에게 이런저런 고민을 털어놓기 시작했다. 수강 신청을 해야 하는데 자신으로서는 뭐가 고민이고, 전부 영어로만 수업을 하니 알아들을 수가 없고, 학교 연구실은 자신과 맞지 않는다는 둥…… 고작 중학생인 유미로서는 알아들을 수 없는 이야기였다.

—오빠가 그런 이야기를 한다고 해도 중학생인 내가 해결해줄 수는 없는 거잖아?

유미의 말에 오빠는 고개를 끄덕이며 그건 그렇지, 쓸쓸하게 대답했다.

오빠가 대학에서 첫 여름방학을 맞았을 때, 유미는 처음으로 자기 소
유의 퍼스널 컴퓨터를 갖게 되었다. 방학 중에도 기숙사에 머물던 오빠
는 자신의 하드디스크 메모리를 가져와 유미의 컴퓨터에 그대로 옮겨주
었다. 문서 작성을 위한 프로그램과 영화나 음악을 감상할 수 있는 프로
그램 등을 깔아주었고, PC통신에 가입하는 방법과 동호회에서 활동하는
팁까지 알려주었다. 오빠는 유미가 보지 않는 틈을 타서 뭔가를 분주하
게 지웠다. 유미가 불쑥 다가가 그거 뭐야? 물었을 때 오빠는 화들짝 놀
랐다.

—너한테 필요한 것들만 정리한다고는 했는데 내가 실수로 못 지운
것들이 있어서.

유미는 그것들이 혹시 예전에 보물섬에 있었던 것과 같은 재미있는 콘
텐츠들이 아닐까 잠시 기대했다. 유미는 오빠에게 예전에 나에게 줬던
책의 제목이 뭐였는지 기억나냐고 물었다. 오빠는 이데아문고 시리즈를
검색하더니 핏발 선 눈알이 튀어나온 로봇이 그려져 있는 책 표지를 보
여주며 『도노반의 뇌』라고 말해주었다. 유미는 오빠가 유일하게 나에게
줬던 책인데 다시 구할 수 없겠느냐고 물었다. 오빠는 이미 절판된 시리
즈고 자기도 그때 힘들게 구했던 거라 어렵겠다고 말했다. 시무룩한 유
미에게 오빠는 원서라도 괜찮다면 구해주겠다고 했다.

—그런데 뭘 그렇게 지우고 있는 거야?

유미는 오빠가 지우려던 폴더를 가리켰다. 오빠는 볼록한 모니터를 감
싸 안았다. 유미는 오빠가 앉은 의자를 힘껏 걷어찼다. 화면에 낯선 여자
사진 수십 장이 떠 있었다. 유미는 할 말을 잃고 잠시 서 있었다.

—이게 뭔데? 오빠, 변태야?

오빠는 유미를 노려봤다.

—내가 좋아하는 사람이야. 너는 반에서 좋아하는 애 없냐?

유미는 기가 막혀 오빠를 빤히 바리봤다. 오빠는 입을 앙다물너니 다시 사진들을 지우기 시작했다. 유미는 그런 오빠가 꼴도 보기 싫어 방을 나섰다. 머릿속에 사진의 잔상이 남았다. 초록을 배경으로 환히 웃는 여자는 미인이었다. 하얀 셔츠와 청바지를 입고 웃고 있는 여자의 전신에서부터 콧잔등에 있는 커다란 점이 보일 정도로 가까이, 카메라 줌을 당겨 그녀의 모습을 찍은 것 같았다. 유미는 식탁에 앉아 곰곰이 생각하다 다시 방에 들어가 오빠에게 물었다.

—그 여자가 알아? 오빠가 사진 찍은 건?

—몰라. 아마도 모르겠지. 나는 그녀와 이야기를 나눠본 적도 없는걸.

유미는 오빠의 어깨를 잡아 흔들었다.

—이야기를 나눠보지도 않았는데 좋아한다고? 바보 아니야?

그날 밤 오빠는 갑자기 복통에 시달렸다. 얼굴이 새하얗게 질려 땀을 흘리는 오빠의 모습을 유미는 처음 봤다. 유미의 부모는 당황해 안절부절못하며 어서 응급실에 가자고 했다. 오빠는 한사코 거절했다. 기숙사에서도 이런 적 많아요. 저는 왜 그런지 잘 알고 있어요. 오빠는 마른입술을 달싹거리며 말했다. 작은아버지, 죄송합니다.

며칠 후 유미는 아버지 형제가 통화하는 소리를 엿듣게 되었다. 아버지는 한숨을 내쉬었다. 도대체 그게 뭐라고 그렇게까지…… 그냥 눈 딱 감고 이겨내면 되는 걸…….

유미는 그 말을 잊지 못했다.

—정 그러면 어쩔 수 없지. 내 여자라고 대자보를 붙이라고 해요.

대자보, 유미로서는 처음 듣는 말이었다. 유미는 PC통신에 접속해 대학생들의 커뮤니티에서 대자보라는 단어를 검색해보았다. 등록금 투쟁할 때, 시국선언을 할 때, 부당한 일을 당했을 때 걸어 붙이는 대형 게시물을 오빠가 왜 만든다는 말인가? 유미는 아버지에게 물어보았다.

—아빠, 오빠가 짝사랑하는 여자 때문에 대자보를 붙인다는 게 무슨

말이에요?

—그러게 말이다. 그 바보 같은 놈이 곧 졸업하고 결혼할 여자 때문에 병이 났다지 뭐냐. 안 되면 그거라도 해야지 어쩌겠냐.

유미는 충격을 받았다. 아버지에게 더 이상 물어봤자 소용없을 것 같았다. 유미는 오빠에게 거지 같은 짓을 그만두라고 단단히 경고해야겠다고 마음먹었다. 새 학기가 시작되기 전 주에 다니러 온 오빠에게 유미는 말을 걸었다.

—오빠, 좋아하는 여자 때문에 많이 힘들지?

오빠는 유미의 말에 놀란 듯 잠시 침묵하다 눈물을 흘리며 이야기를 시작했다. 그녀를 어떻게 알게 되었는지, 몇 번이고 주변을 통해 자신의 진심을 전달했으나 번번이 무시당했다는 이야기, 그녀의 약혼자가 보란 듯이 학교로 날마다 그녀를 만나러 온다는 이야기……. 오빠가 어찌나 서럽게 울던지 유미는 아무 말도 못 했다. 할머니 장례식장에서밖에 본 적 없는 모습이었다. 내 햄스터들은 어디로 갔을까? 쓸쓸하게 묻던 오빠의 모습을 유미는 기억하고 있었다. 그녀의 약혼자가 누구에게 보란 듯이 학교로 온다는 말이야? 오빠, 정신 차려. 그녀는 오빠에게 보란 듯이 살고 있는 게 아니야. 그냥 자기 인생을 살고 있는 거라고. 그런 말들을 해주고 싶었지만 유미는 아무 말도 할 수 없었다.

—아버지 말대로, 작은아버지 말대로 내가 병신 새끼라서 그런 거겠지. 그렇지?

오빠는 울먹였다. 선배들 말대로 특기자랍시고 들어와서 수업도 못 따라가고. 할 줄 아는 거라고는 호작질밖에 없는 병신이니까. 너도 그렇게 생각하지? 나는 누구에게도 사랑받을 수 없을 거야. 오빠는 눈물을 훔치며 말했다. 유미는 기가 막혀 아무 말도 하지 못했다.

몇 달 후 유미는 PC통신에서 난데없는 메시지를 받았다. '안녕, 유미? 오빠야. 잘 지내고 있니?' 유미는 답장했다. '아, 이걸로도 대화할 수 있는 거였네. 잘 있어? 다음 날 유미가 통신에 다시 접속했을 때 부재 중 메시지가 와 있었다.

'유미야, 엄청난 비밀을 알아버렸어. 그녀에 대해서. 나는 이제 그녀를 바비라고 부르기로 했어. 그녀의 아이디가 barbieboom이거든. 이제는 그녀를 생각해도 조금도 고통스럽지 않아. 그럴 만한 여자가 아니라는 걸 내가 알아버렸거든.'

얼마 후 유미 앞으로 우편물이 도착했다. 『Donovan's Brain』. 오빠가 구해주겠다고 약속한 책이었다. 첫 장에 짤막한 메시지도 적혀 있었다. '인공지능을 상상해봐. 그는 사람과 똑같이 생각하고 느끼지, 그래야 인공지능이니까. 그런데 어느 날 깨달아버린 거야. 등이 가렵다고 느꼈는데 자신에게는 긁을 등이 없다는 것을.' 유미는 영어사전을 끼고 다니며 책을 읽었다. 알 수 없는 오빠의 메시지도 함께 해독하며.

그녀를 생각해도 조금도 고통스럽지 않다는 것은 거짓말이거나 착각이었다. 오빠는 유미와 마지막으로 만나던 즈음까지, 그러니까 그로부터 4년 정도 흘렀을 무렵까지 그녀를 잊지 못했다. 때때로 스트레스성 복통에 시달리고 간혹 식음을 전폐하던 것까지 여전했다. 오빠는 그런 사실들을 유미에게 솔직히 털어놓았다. 어차피 내가 병신인 거 너는 다 아니까 숨기고 말고 할 것도 없지, 뇌까리면서. 유미는 매번 생각했다.

오빠, 남들이 들으면 거짓말인 줄 알겠다. 2D나 다름없는 상대를 짝사랑하면서, 이렇게 힘들어한다는 게 말이 돼?

유미는 아직 그 책을 갖고 있었다.

오빠의 메시지가 무슨 의미였는지도 이미 오래전부터 알고 있다.

그녀가 오빠의 인생에서 결코 2D 여자가 아니라는 것도.

마치 PC통신 시절에서부터 지금에 이르기까지 기술 발전이 조금도 이뤄지지 않았다는 듯, 오빠와 자신을 포함한 누구도 성장하지 않았다는 듯. 십수 년 세월을 뛰어넘어 그때처럼 난데없는 오빠의 메시지가 도착해 있었다. 논문 심사를 마치고 초록을 작성하던 무렵이었다.

오늘 그녀를 다시 만난 날이란다. 고작 이렇게 내 손에 쥐어질 거면서, 그 오랜 시간 동안 나를 힘들게 했다고 생각하니 기가 막혔지. 여기 그녀의 얼굴을 첨부한다. K-Bot.jpg

초록에서 가장 핵심적인 대목이라고 할 만한 문장은 메시지를 확인하고 얼마 지나지 않아 작성되었다. 새로운 매체에는 새로운 언어가 필요하다, 그것이 이 특수한 매체 환경에서 생존하는 방식, 우리에게 요청되는 새로운 문해력이다. 유미는 논문학기를 보내며 지도교수에게 몇 번이나 말했다. 인터넷의 혐오 발언이나 정치적 보수화 현상을 예전과 같은 방식으로 이해할 수는 없어요. 해석학적 전통에 의해 만들어진 근대 주체의 이미지는 이제 더 이상 유효하지 않다는 말입니다. 유저들은 이제 사이보그와도 같아요. 새로운 매체라는 기술의 종속변수로서 움직이고 있다고요. 지도교수는 유미가 원고 빼곡하게 캡처해 온 혐오 발언과 논쟁을 들여다보며 인상을 찌푸렸다.

─사실 내가 보기에 이것은 '외화'된 형태 같기도 한데. 매체의 문제라고 하기에는 애매하게 느껴지기도 한단 말이지? 내가 보기에는.

유미는 지도교수의 말과 함께 오빠의 메시지를 떠올렸다. 이미 논문은 완성되었고, 교수들이 아무리 트위터 타임라인 자체를 논문의 근거로 인정할 수 없다고 한들 유미로서는 어쩔 수 없었다. 이 시점에서는 '혐오 발언 생산은 주체가 매체의 종속변수임을 드러내는 징후'라는 대목을 설득력 있게 만들기 위해 참고문헌을 더욱 보충하는 수밖에 없었다. 유미는 오빠의 메시지를 잊으려고 애썼다.

내 사촌여동생, 유미야. 잘 지냈니. 곧 전시를 열 예정이란다. 너무 오래 걸렸지. 한동안 로봇 디자이너의 길을 외면하고 방황했단다. 더 이상 부모에게 폐를 끼치지 않는 인간으로 제몫을 다 하기 위해 노력해온 삶이랄까. 내 인생 목표는 오직 그것뿐이었단다. 유미 너도 기억하고 있겠지만 20대 내내 나는 나 자신의 연정조차 어쩌지 못해 부모에게 도움의 손길을 청하곤 했었지. 폭군 같던 아버지에게조차. 물론 후회하고 있단다. 사람의 마음은 결코 억지로 얻을 수 없다는 것을 이제 분명히 알고 있지. 오래전에 네가 했던 말을 기억하고 있다. '그 시간들은 오빠에게 선물과도 같은 시간이었어.' 로봇경시대회에서 수상했을 때 축하와 함께 네가 건넨 말이었다. 학교에서 따돌림당하고 부모로부터 버려진 내가 방구석에 처박혀서 로봇 디자이너의 꿈을 키워올 수 있었다는 뜻이었겠지. 그러나 유미 너도 이제는 알고 있겠지. 그런 시간들은 결코 선물이라 표현할 수 없지. 내가 그녀 때문에 고통받았던 오랜 시간이 결코 선물이 아니듯. 나는 서른 살이 다 되어서까지 그녀를 기다렸단다. 그녀에게 편지를 보내고 그녀의 집 앞에서 기다렸단다. 철저히 무시당했지만. 연구실 사람들은 이제 모리 마사히로의 '불쾌한 골짜기'는 폐기되었다고 이야기한단다. 로봇이 인간의 얼굴을 닮으면 언캐니한 공포를 느끼게 된다는 이론 말이지. 이미 너무 많은 여자들이 성형을 해서 얼굴을 조합하는 이 시대에 그게 무슨 의미이겠냐는 말이야. 너도 기억하니. 그녀도 결국 성형한 얼굴이었지. 그 사실을 알고도 그녀를 잊지 못했지만. 그녀의 얼굴을 닮은 로봇을 만들었단다. 우리 연구실 조교 기영의 이름을 따서 K-Bot이라고 이름 붙였지만, 그러나 나는 그녀를 바비라고 부르지. 이미 내가 사랑했던 여자의 얼굴이 프랑켄슈타인의 괴물과도 같은 얼굴이었다는 것을 나는 이제야 온전히 인정하지.

유미는 열람실 앞 벤치에 앉아 논문학기를 돌이켜봤다. 최종 제출일까지 이틀밖에 남지 않았다. 교수들에게 다시 검토를 받아 최종 승인을 얻어 논문을 제본하려면 시간이 빠듯했다. 그러나 오빠를 생각하니 자기 앞에 주어진 다급한 과업이 손에 잡히지 않았다. 왜 철학과를 떠나야겠느냐고 누군가 질문했을 때 유미는 '이론의 근거를 문헌이 아닌 현실에서 찾고 싶다'고 대답했었다. 현실은 징후로서 이론을 증명할 수 있다는 것을 유미는 얼마간 믿었고 대학원 생활은 그 현실에 대한 질문의 연속과 같았다. 그러나 어쩌면 자신이 질문을 잘못 던졌을 수도 있으며 질문을 바꿔 던져야 할지도 모른다고 유미는 생각하고 있었다. 자기가 세운 가장 중요한 전제가 틀렸을지도 모른다고 유미는 고통스럽게 인정했다.

오빠의 가장 큰 잘못에 대해 유미는 기억했다. 그녀의 PC통신 아이디를 해킹해서 그녀의 사적인 기록을 훔쳐보고, 졸업을 목전에 둔 그녀에 대한 악질적인 소문을 퍼뜨렸다는 걸 유미는 기억하고 있었다. 온통 수재들이라는 그 학교 학생들은 왜 고작 그런 소문 때문에 그녀를 비웃었다는 걸까. 부모에게 사정을 전해 들은 유미는 그렇게 생각했다. 믿기지 않지? 그런 걸로 사람을 매장할 수 없다는 건 너무 당연한 이야기인데……. 유미는 가장 가까운 친구에게 그 이야기를 하며 덧붙였다.

유미는 오빠가 보낸 사진을 열어봤다. 몸통이 없는 그녀가, 오래전 오빠가 다급하게 지우던 사진 폴더 속 아름다운 그녀가 아크릴판에 세워져 있었다. 분명 그녀를 닮았지만 그녀일 리 없는, 그녀의 얼굴을 모욕하는 그녀의 괴상한 얼굴이. 모리 마사히로의 불쾌한 골짜기를 운운하는 오빠의 말이 떠올라 유미는 괴로웠다. 그 순간에도 옆에 앉아 힐끔거리며 유미를 관찰하는 남자가 있었다.

새로운 언어가, 아니 언어가 깃들
새로운 장소가 필요하다

석형락 문학평론가, 공주대학교 강사

"이처럼 창공을 만드시고서, 물을 창공 아래에 있는 물과 창공 위에 있는 물로 나누시니, 그대로 되었다."(「창세기」 1 : 7) 「창세기」 1장은 하늘과 땅의 분리를 통해 세계가 창조되었음을 보여준다. 창조의 근본 원리는 '분리'이고, 그 토대는 하늘과 땅이라는 공간이다. 창조주는 이 공간에 새, 나무, 바다짐승, 그리고 인간을 채워 넣음으로써 구체적인 장소를 만든다. 이에 우리는 존재하는 모든 것은 장소를 전제한다고, 아니 존재하기 위해 장소를 창조한다고 말할 수 있다. 구체적인 장소는 존재가 머무는 토대로서 어떤 장소에 있는지, 그 장소를 무엇으로 채워나가는지가 존재의 정체성을 말해준다. 서사도 이와 다르지 않다. 거칠게 말해 새롭게 작성되는 모든 서사는 창조 서사의 반복과 변주에 다름없다. 그렇다면 「바비의 분위기」는 어떠할까. 이 단편의 중심인물은 유미와 사촌오빠(이하 오빠)다. 유미의 서사와 오빠의 서사에 유미와 자유열람실 남자, 오빠와 큰아빠, 오빠와 짝사랑 여자의 서사가 끼어든다. 그리고 이 모든 서사의 중심에 '보물섬'이라는 장소가 자리한다. 단편은 정물화나 풍경화를 그리기에 어울리지 않기에 인물화, 즉 누가 어떤 장소에 있고, 어떻게 장소를 채워나가는지를 그린다. 그러니 이 짧은 해설도 보물섬에서부터 시작하는 것이 좋겠다.

보물섬은 오빠의 정체성을 형성하는 동시에 부정하는 토대로 기능한다. 보물섬의 장소화는 창조 서사의 반복에 해당된다. 보물섬은 외부 세계, 즉 오빠를 때리고 따돌리는 세계와의 분리를 통해 구분되고, 오빠는 브로마이드, 만화책과 소설, 게임팩, 프라모델, 피규어 장난감 등 새롭고 낯선 것들로 채워 넣음으로써 공간을 장소로 만든다. 때문에 오빠가 보물섬을 만드는 과정은 자기구제의 성격을 띤다. 이 장소에서 오빠는 로봇 프로그래밍과 센서 개발에 몰두하고 이후 로봇 디자이너의 길을 걷게 된다. 하지만 아담과 이브가 에덴동산을 제 발로 걸어나간 것이 아니듯이, 오빠의 창조 서사는 근본적으로 아버지의 세계로부터의 추방에 기인한다. 따라서 보물섬의 빈 공간에는 불안이 도사리고 있으며, 오빠는 낯선 물건으로 방을 채움으로써 안정감을 찾게 된다. 이처럼 보물섬은 원초적 공간을 박탈당한 존재가 실존적 곤경을 극복하는 생존과 자기 형성의 드라마를 보여준다. 하지만 분리의 본질이 세계에 대한 저항에 있음에 비춰볼 때, 오빠가 사 온 물건들이 자신을 추방한 곳, 아버지의 세계를 지향하고 있다는 사실은 문제적이다. 보물섬에 채워진 물건들은 오빠의 존재를 지탱하기에 앞서 아버지의 분노, 달리 말해 자식에 대한 왜곡된 관심을 향해 있다. 역설적으로 물건들은 오빠가 아버지에 저항하지 않기 위해, 저항하는 제스처를 취한 결과물에 해당된다. 그러니 우리는 보물섬을 창조를 부정하는 창조의 장소, 존재 형성이 아닌 존재 소외의 장소라고 말할 수 있다.

나아가 보물섬이 큰아빠와 오빠가 공모하는 현장이라는 점에서 문제는 더욱 심각해진다. 큰아빠가 보물섬을 이유로 오빠에게 인상을 쓰고, 남이 보는 앞에서 욕을 하는 것은 공부 못하는 자식에 대한 아버지로서의 책임을 자식에게 떠넘기기 위해서다. 엇나가는 자식을 혼내고 욕해야지만 자식에 대한 아버지로서의 사랑을 남들에게 과시할 수 있다. 그러니 유미의 생각과는 달리 큰아빠는 말조심을 하지 않는 것이 아니라 애초에 말조심을 할 생각이 없었던 것이다. 때문에 큰아빠가 유미가 보는 앞에서, 유미 부모를 만날 때마다 자식 욕을 하는 것은 비겁하다. 오빠는 이 비겁한 아버지와 공모함으로써 아버지의 관심을 보상받는다. 오빠는 보물섬을 불태우는 아버지에게 반항하지 않으며, 잘못을 빌라는 유미의 말을 듣지도 않는다. 왜냐하면 '무시무시한 재앙'을 진작부터 기다리고 있었기 때문이다. 오빠는 용납할 수 없는 물건들을 사 들임으로써 아버지의 관심을 끌었고, 큰아빠는 그 물건들을 불태움으로써 부성애를 연출할 수 있었다. 이처럼 아버지의 세계로부터 추방된 존재가 장소화 과정을 통해 정체성을 형성하는 과정이 도리어 자기를 추방한 세계와의 공모였음이 드러난다.

다른 한편, 보물섬은 유미가 장소화 행위를 통해 주체로 거듭나는 토대로 기능한다. 오빠와 유미는 방 밖으로 나가지 않지만 그렇다고 방 안에서 대화를 나누지도 않는다. 보물섬 안에서 오빠와 유미는 철저히 분리되어 있다. 유미는 보물섬에 있는 물건들을 만지고, 읽고, 느끼면서 정체성을 형성하게 된다. 보물섬이 폭력적 세계와의 분리를 통해 형성된 오빠의 장소일 때, 유미는 이 장소 안에서 오빠와 자신을 분리하여 보물섬을 재(再)장소화한다. 오빠가 물건을 바깥 세계의 관심을 끄는 용도로 사용했다면, 유미는 물건과의 교감을 통해 바깥 세계로 시각을 넓힌다.

아담과 이브가 선악과를 먹는 잘못을 저지름으로써 분별력을 얻었듯이, 자기만의 장소를 만들고 스스로 사물을 채우는 행위는 폭력적 세계가 보기에 애초에 잘못된 일이다. 유미가 보물섬을 장소화하는 행위는 주체 형성이 기존 질서의 위반에서 비롯된다는 점을 보여준다. 큰아빠와 공모한 오빠가 재앙을 기다렸음에 비해 유미는 보물섬이 불타버리자 삶을 통째로 부정당하는 기분을 느끼게 된다. 이 기분이 보물섬의 진짜 주인이 오빠가 아니라 유미였음을 방증한다. 하지만 불타버린 보물섬은 자기 존재를 형성하는 장소가 저항해야 할 타자의 장소에서 비롯된다는 사실을, 결국 타자의 폭력에 의해 불타버릴 수밖에 없다는 트라우마를 유미에게 각인시킨다. 다시 말해 주체의 장소화 행위는 실패할 수밖에 없으며, 주체가 할 수 있는 유일한 길은 장소화 행위를 끊임없이 사유하고 지속하는 것뿐이다. 그렇다면 유미가 철학과에 진학하게 된 이유를, 논문 쓰기를 선택하게 된 이유를 어렵지 않게 짐작할 수 있다. 유미의 논문 쓰기는 불타버린 보물섬을 복구하려는 노력, 실패한 창조 서사를 다시 쓰는 행위다.

창조 서사가 실패할 수밖에 없으며 다시 쓰기가 반복될 수밖에 없다는 사실을, 유미와 자유열람실 남자(이하 남자)의 서사에서 확인할 수 있다. 창조 서사를 오빠가 반복하고 있다면, 오빠의 서사를 유미가 반복하고 있으며, 유미의 서사를 남자가 반복한다. 남자는 학생이 아니면서 자유열람실에 출입한다. 항상 유미의 옆 좌석에 앉아 컴퓨터로 축구 경기와 연예 뉴스를 감상한다. 구글에서 여성의 신체 이미지를 검색하고 사적인 내용이 담긴 전자메일을 열어둔 채 다닌다. 남자의 이러한 행위는 유미의 세계에서는 용납될 수 없다. 남자는 유미의 옆 좌석을 차지한 뒤 컴퓨터에 낯설고 용납할 수 없는 이미지들을 "나름의 일정한 체계 안에서 규칙적으로" 채운다. 유미는 사적인 내용이 담긴 웹브라우저를 열어 둔 채 다니는 남자의 부주의함이 거슬리지만, 사실 남자는 부주의하다기보다 용의주도하다. 마치 오빠가 보물섬에 물건들을 채워 넣은 것이 아버지에게 보이기 위해서인 것과 마찬가지로, 남자는 유미에게 보이기 위해 웹브라우저를 열어둔 것이다. 그런 측면에서 유미의 옆 좌석은 남자에게 일종의 보물섬인 셈이다. 남자가 유미를 의식하는 티를 내자 유미는 참을 수 없는 화가 나는데, 이 장면은 오빠가 아버지를 의식하여 용납할 수 없는 물건들로 보물섬을 채우자, 이를 보고 분노하는 큰아빠의 모습과 구조적으로 상동하다. 큰아빠와 오빠의 서사가 유미와 남자의 서사를 통해 재연된다. 그렇다면 유미가 남자를 경멸하면서도 연민하는 이유를 짐작할 수 있다. 오빠의 서사를 유미가 반복하고, 유미의 서사를 남자가 반복하고 있기 때문이다. 유미가 남자에게서 느끼는 연민의 실상은 자기연민이다. 어쩌면 유미는 남자를 통해 자기 자신을 떠올렸고, 그 사실을 은폐하기 위해 오빠를 떠올렸을지도 모른다. 논문에 대한 교수들의 지적이 있을 때마다 유미는 학위 욕심이 없다거나 논문을 쓰지 않겠다고 말하지만 결국 논문 쓰기를 멈추지 않는다. 더 바랄 것이 없다고 지속적으로 반복하여 언급하는 것은 사실 더 바랄 것이 있음을 의심하게 한다. 엄살을 피워야겠냐는 지도교수의 말에 유미가 울먹인 것은 세계로부터 분리되지 않으려는 몸짓에 다름없다.

하지만 끊임없이 부정하고, 울먹이고, 굴욕감을 느끼는 것이 유미가 주체, 곧 자기 장소를 끊임없이 찾아 헤매는 존재라는 사실을 방증한다. 이 부정과 울먹임, 굴욕감을 잊는 순간, 오빠처럼 사랑하는 사람을 보고도 더 이상 고통을 느끼지 못하는 존재로 전락한다. 큰아빠의 기대에 부응하여 입학한 대학에서, 오빠는 같은 학교 여자(이하 여자)를 좋아하게 된다. 여자에게서 무시당하고 스트레스성 복통에 시달린다. 결국 여자의 아이디를 해킹하여 사적인 기록을 훔쳐보고, 여자가 얼굴을 성형했음을 알게 된다. 오빠가 여자를 '그럴 만한 여자'가 아니라고 말한 것은 여자를 통해 자기를 보았기 때문이다. 프랑켄슈타인의 괴물과도 같은 여자의 얼굴은 프랑켄슈타인의 괴물과도 같은 삶을 사는 자신의 모습과 겹친다. 오로지 아버지에게 사랑받기 위한 삶을 살고, '병신 새끼', '할 줄 아는 거라고는 호작질밖에 없는 병신'이라는 타자의 말을 내면화하고, 결국 "나는 누구에게도 사랑받을 수 없을 거야"라는 타자의 목소리를 내는 삶, 이 삶은 타자의 말을 자기 삶에 덧대어 꿰맸다는 점에서 프랑켄슈타인의 삶이다. 오빠는 여자의 얼굴을 더 이상 사랑하지 않는다. 왜냐하면 오빠는 자신을 사랑하지 않기 때문이다. 그러니 오빠의 말을 듣고 유미는 아무 말도 하지 못한다. 오빠가 내뱉은 말에는 오빠 자신의 말이 없기 때문이다.

"새로운 매체에는 새로운 언어가 필요하다, 그것이 이 특수한 매체 환경에서 생존하는 방식, 우리에게 요청되는 새로운 문해력이다." 유미가 초록에 쓰려고 한 말, 유미에게는 유일하게 중요하지만 타자에게는 허용되지 않을 말이다. 이 말이 있을 장소를 마련하기 위해서 유미는 논문 쓰기를 택했다. 하지만 논문은 '목차', '소목차', '참고문헌'으로 구성된 타자의 공간이다. 마치 유미의 보물섬이 오빠의 보물섬과의 분리를 통해 창조되었듯이, 결국 새로운 언어가 깃들 장소는 기존 언어의 공간에서 파생될 수밖에 없다. 그러니 "주체가 매체의 종속변수임을" 부정하기 위해 새로운 언어가 깃들 장소를 찾아 끊임없이 찾아 헤매야 한다. 유미는 그 장소를 '초록'에서 찾은 듯하다. 부정적 세계와의 공모를 반성하고, 자신이 토대하는 전제마저도 의심하면서, 낡은 언어 안에서 새로운 언어의 장소를 끊임없이 창조하는 것, 유미의 글쓰기가 지속되기를 바란다.

외톨이

박형서

—

강원도 춘천에서 태어나 2000년 「현대문학」으로 등단.
한양대 국문과를 졸업하고 고려대에서 박사학위를 받았으며 현재 고려대 교수로 재직 중.
대산문학상, 오늘의젊은예술가상, 김유정문학상 등 수상.

외톨이

나는 이제 끝장이다, 라는 말을 남기고 한국을 떠난 뒤에 성범수의 삶은 오히려 만개한 것처럼 보인다. 에너지 사업으로 떼돈을 벌었고 첨단 연구소들이 주목하는 과학자가 되었으며 유럽 최고의 석학들과 교류했고 세계 전역을 여행했고 바하마의 호화로운 저택에서 살았다. 그리고 '대역전'으로 알려진 음모를 꾸몄다.

본디 그런 인생과 전혀 어울리지 않는 사람이었다. 성범수는 가난한 재봉사의 외아들로 태어났다. 어렸을 때부터 두뇌 회전이 빠르지 않은 데다 체력도 약했다. 타고난 표정은 또 어찌나 침울한지 가까이서 본 아가씨들이 어머, 하고 놀라기 일쑤였다. "얘 좀 기분 나쁘네."

그건 꽤 억울한 일인데, 왜냐하면 성범수가 원한 게 아니었기 때문이다. 누구도 성범수의 의견을 물어보지 않았다. 너를 지구인으로 낳아도 좋겠느냐, 가난한 재봉사 집안인데 괜찮겠느냐, 지능이 좀 떨어지고 몸도 허약한데 견딜 수 있겠느냐, 타고난 표정이 침울하여 가까이서 본 아가씨들이 글쎄……

미리 물어봤더라면 이 세상에 대역전 같은 건 오지 않았을 것이다. 사람들은 대대로 전해온 산천에 살며 진부한 평화를 누렸을 것이다. 상어나 가오리가 아직 바다를 헤엄쳤을 것이고 소금은 여전히 짰을 것이다. 미리 물어봤더라면, 성범수는 애당초 이따위 세상에 태어나지도 않았을 것이다.

일곱 살 때 부모가 한꺼번에 죽어서 유일한 혈육인 고모에게 맡겨졌다. 일이 잘못되려면 보통 이런 식으로 진행되는 법이다. 아이란 무릇 검소하게 길러야 한다고 믿는 데다가 몇몇 창피한 일로 빚까지 좀 지고 있던 고모는 성범수에게 '부러워하면 지는 거'라고 가르쳤다. 그래서 성범수는 일찌감치 기대를 딱 접었다. 그것은 의외로 티가 많이 나는 일이었다. 툭하면 남에게 얻어터져 피를 흘리곤 했다. 거지에게 신발을 빼앗기기도 했다. 길에서 구면의 개한테 물린 적도 있었다. 이 모든 사태가 성범수의 의사와 상관없이 이루어졌다. 아픈 건 알았으나 상처가 상처인 줄 몰랐다. 그늘에 앉아 뿌연 거리를 바라보면서 성범수는 신이 자신을 사랑하지 않는다고 생각했는데, 그건 옳은 판단이었다. 신은 성범수를 사랑하지 않았다. 사랑해본 적도 없고, 앞으로도 사랑할 계획이 없었다.

고등학교를 간신히 졸업한 성범수는 음식점에다 식재료를 납품하는 회사에 취직했다. 직급 피라미드의 최하층, 실적에 따라 커미션을 받는 계약직 영업사원이었다. 벌어들이는 돈이 매우 적었으나 별로 문제되지 않았다. 성범수는 먹고 싶은 음식도 없었고 입고 싶은 옷도 없었으며 보고 싶은 영화도 없었고 놀러 가고 싶은 여행지도 없었다. 남에게 잘 보일 생각도, 미래에 대한 기대도 없었다. 성범수는 단지 살아 있었다. 스스로에 대한 자존감과 회사 내에서의 평판은 일치했다. 그는 회사에 도움이 되지 않는 직원이었다. 외모 자체에서 집단 식중독이 연상되었고, 툭하면 초점이 사라진 눈으로 몰아지경에 빠져 자신뿐 아니라 남의 시간까지 허비하기 때문이었다. 일찌감치 해고되지 않은 건 순전히 그를 데리고 있는 것과 해고하는 것 사이에 비용 차이가 별로 나지 않는 탓이었다. 성범수 스스로도 그걸 알고 있었다. 그러나 불만을 갖지 않았다. 자기처럼

외톨이

또해요

허약하고 재수 없는 인간이 싸구려 양복에 싸어 은근슬쩍 복숨을 부지할 수 있다는 사실에 오히려 안심하는 쪽이었다. 그렇게 성범수는 지하철역 부근에서 흔히 마주칠 수 있는 지질한 인간으로서 심장이 없는 20대를 보냈다.

인생이 흥미롭게 바뀌게 된 계기는 중학교 동창인 한 여자와의 재회였다. 그녀는 중학교 시절에도 푸르스름한 실핏줄이 보일 정도로 마르고 턱이 뾰족했는데, 자라면서 점점 심해져 급기야는 이상 발육한 메뚜기 같아 보였다. 쉽게 말해 성범수나 여자나 무심코 지나치기 어려운 외모였다. 퇴근하는 사람들로 붐비는 광화문의 거리에서 여자가 먼저 말을 걸어왔다. 성범수는 그녀의 연락처를 받아 적었다. 그리고 뭔가 숨기는 게 있는 사람처럼 떠났다. 그날 밤 성범수는 예전의 여자 모습을 떠올려 보려 애썼다. 하지만 생각나는 게 별로 없었다. 당연한 일이었다. 둘 다 김치 냄새 취급을 받던 외톨이들이었다. 당시에 누구 냄새가 더 지독했는가는 중요하지 않다. 아무튼 십수 년이 지나 다른 쪽 냄새에게 저기요, 하고 말을 걸어온 건 여자였다.

때맞춰 성범수의 삶은 분주해지기 시작했다. 거래처가 빠르게 늘어났고 주문도 밀려들었다. 여러 음식점에서 식재료 주문을 받아 종류별로 공장에 발주하여 제때 납품하려면 이리저리 뛰어다닐 수밖에 없었다. 땀에 젖은 몸으로 기진맥진하여 퇴근하기 일쑤였는데, 그 와중에도 여자에 대한 생각은 머리에서 떠나지를 않았다. 어쩌면 너무 바빠서 그랬던 것인지 모른다. 몰아의 상태로 시간을 낭비하는 버릇은 사라졌다. 당장 마음이 어지러운 이유를 찾는 데만도 잠이 부족했다.

가슴 한편에 심장이 자라나고 있었다.

며칠 뒤 성범수는 여자에게 전화를 걸었다. 여자는 금방 나왔다. 함께 저녁을 먹은 후 성범수는 지구의 한가운데 못 박힌 채로 메뚜기가 저 멀리 걸어가는 걸 지켜보았다. 주말에 성범수가 다시 전화를 걸었다. 여자는 이번에도 금방 나왔다. 여자는 전화하면 금방 나오는 이상한 사람이었다. 둘은 거리를 걸었고 들꽃을 보았고 아이스크림을 사 먹었다. 아이스크림콘을 뿌리까지 맛있게 먹은 여자가 "나 지켜줄 거지?" 하고 물었다. 일이 잘못되려면 보통 이런 식으로 진행되는 법이다.

많은 게 바뀌었다. 무심코 지나치던 거리 풍경, 그저 탄수화물을 얻으려 섭취하던 음식, 괜히 피부만 익혔다 얼렸다 괴롭히던 사계의 변화가 전에 없던 감각으로 다가왔다. 마침내 세상에 한 자리 낀 기분이었다. 성범수는 여자와 늘 손을 잡고 걸었으며, 양손이 필요할 때가 오면 둘이 공평하게 한 손씩 갹출했다. 어느 날인가 성범수는 미얀마의 전설을 듣게 되었다. 바닷가 동굴에 금슬 좋은 박쥐 부부가 살았다. 둘 다 나이가 많아서 원하는 대로 변신할 수 있었는데, 낮이면 사람의 모습이 되어 손을 잡고 다정히 거닐곤 했다. 그러던 어느 하루, 어두컴컴한 폭풍에 휘말려 둘은 그만 서로의 손을 놓치고 말았다. 다음 날 간신히 정신을 차린 박쥐 남편은 박쥐 아내를 박쥐 아내는 박쥐 남편을 찾아 미친 듯이 헤매었다. 둘은 파도가 밀려난 해변에서 마주쳤다. 서로 힘껏 부둥켜안고는, 지난 하루를 따로 보낸 게 너무나도 분하고 원통하여 1년 동안 울었다.

성범수는 이 전설을 만나는 사람마다 들려주었다. 특히 '지난 하루를 따로 보낸 게 너무나도 분하고 원통하여 1년 동안' 부분을 좋아했다. 하지만 매번 듣는 이의 반응은 폭소를 터뜨리거나 혹은 어리둥절한 표정을 짓거나 둘 중 하나였다. 어느 쪽도 원하는 반응이 아니었으므로 성범수는 머쓱한 얼굴이 되어 시선을 비스듬히 돌리곤 했다, 마치 자기편을 찾는 듯이. 그러면 거기에 벌써 눈물이 그렁그렁 맺힌 여자가 메뚜기마냥 고개를 끄덕이고 있는 것이었다.

여자에게는 이렇다 할 성격이 없었고, 그래서 성범수는 여자가 중간쯤에 속하는 사람이라 생각했다. 반은 맞고 반은 틀렸다. 확실히 여자는 어느 한쪽으로 치우치는 법이 없어서, 가끔은 꽤 어정쩡해 보이기도 했다.

하지만 그건 한쪽으로 치우칠 때마다 반대편의 성정이 재빨리 끌어당겨 다시 중간으로 돌아왔기 때문이었다. 여자는 가운데 면모만으로 이루어진 게 아니라 양극단을 포함한 모든 면모를 깨알같이 지니고 있었다. 이를 알고 나자 성범수는 여자가 인류 전체인 것 같았다. 여자에게 사랑받는 건 인류 전체에게 사랑받는 것 같았다. 성범수는 세상이, 신이 자기를 사랑해주기로 입장을 바꾸었다고 생각했다. 실은 전혀 그렇지 않지만, 그리고 성범수도 머지않아 그 사실을 깨닫게 되겠지만, 당시에는 그렇게 착각할 여지가 있었다.

성범수는 기대할 줄 아는 남자가 되었다. 근사한 가정을 꾸미고 싶다, 여유가 있는 삶을 살고 싶다, 병원비를 걱정하지 않아도 될 만큼 돈을 벌고 싶다, 세상의 무시와 조롱으로부터 단단해지고 싶다, 가족과 함께 행복해지고 싶다, 나는 행복해지고 싶다, 행복하고 싶다…… 성범수는 매일 기대했고, 그 기대가 곧 충족되리라 기대했다. 여자와 결혼식을 올리고 난 얼마 후에는 제대로 된 월급을 받는 정규 사원이 되었다. 식재료 가격을 후려치는 실력이 날이 갈수록 섬세해졌다. 향수를 뿌렸고 저금을 했고 자주 웃었다. 그런 식으로 성장기에 잃어버렸던 무언가를 되찾기 위해 노력했다.

둘은 멋진 여름휴가를 그리느라 여러 주 동안 머리를 맞대었다. 배낭을 둘러메고 드디어 집을 나설 때에는 기대가 너무 커서 몸이 덜덜 떨려올 지경이었다. 여행 사흘째 날에 둘은 아름다운 산호초로 나가 스노클링을 했다. 수영이 서툰 성범수를 위해 아내가 계속 곁에서 맴돌아주었다. 갑자기 이안류가 발생해 둘을 바다절벽 쪽으로 밀어냈다. 당황한 성범수가 허우적거리며 사방을 둘러보았다. 아내가 안 보였다. 물속에 고개를 집어넣었다. 팔을 쭉 뻗은 채 경사면 너머로 가라앉는 희미한 형체가 있었다. 아내였다. 성범수가 죽을힘을 다해 자맥질을 하는 동안, 주위에 있던 외국인 몇이 도와주러 헤엄쳐 왔다. 그들은 수영을 매우 잘하는 사람들이었다. 조금 지나 하나둘 수면 위로 올라와 숨을 몰아쉬었다. 그리고 가라앉는 속도가 이상하게 빠르다며 큰 소리로 떠들었다. 흔한 현상임에도 불구하고, 그들 중 누구도 해저 급경사가 만들어내는 난류의 소용돌이를 경험해본 적이 없었다. 몇 분 후 성범수가 반쯤 익사한 상태로 혼자 떠올랐다. 폐를 크게 다쳐 숨을 제대로 못 쉬었다. 바다에서는 흔한 일이었다. 수색대가 사흘 동안 절벽 인근을 샅샅이 뒤져보았으나 끝내 아내의 시체를 찾지 못했다. 그 역시 바다에서는 흔한 일이었다.

성범수는 제 인생에 여름을 두 번 가졌다. 가을은 한 번밖에 없었다. 겨울도 한 번뿐이었고, 봄도 마찬가지로 딱 한 번뿐이었다. 성범수는 더 깊이, 더 오래 쫓아갔어야 했다. 그러지 못해 아내를 놓치고 말았다. 이제 더 이상 살아갈 이유가 없었다. 모든 조명이 한 번에 꺼졌다. 계절은 영원히 정지되었다. 성범수는 자신이 보기 좋게 농락당했음을 알았다. 신은 성범수를 사랑하지 않았다. 사랑해본 적도 없고, 앞으로도 영영 그럴 계획이 없었다.

대역전을 해석할 때 어떤 관점들은 특히 경계할 필요가 있다. 성범수의 생애에 기상천외한 낭만과 터무니없는 신비를 덧씌우는 경향이 그중 하나다. 그와 같은 덧씌움을 통해 성범수라는 인간의 타락이 몹시 예외적인 현상임을 주장하려는 노력은 인도주의적이지만, 대역전을 겪은 인류의 슬픔은 그런 기만에 조금도 위로받지 못한다. 모두들 알고 있다시피 사실은 정반대다. 우리는 모두 눈앞의 평화를 파괴할 절묘한 아이디어를 하나씩 품고 있다. 예나 지금이나 여기가 바로 지옥이다.

아무도 성범수에게 묻지 않았다. 누구인지, 무얼 원하는지, 어떻게 살 것인지 묻지 않았다. 기대하는 바가 없기 때문이었다. 그런 대접 속에서 자라온 성범수 역시 세상에 기대하는 게 없었다. 익숙해지다 보니 기대할 필요를 느끼지 못했다. 기대한다고 행복해지지 않았다. 기대하지 않아서 불안해지지도 않았다. 여자를 만나기 전까지 그랬다.

나는 이제 끝장이다, 라며 한국을 떠날 때의 성범수도 마찬가지였다. 여자와 함께 한 14개월 동안 성범수는 더 나은 사람이 되고자 꾸준히 애썼고, 실제로 꽤 성공했다. 그런데 모두 잃고서 예전의 어둠으로 돌아가는 건 순식간이었다. 아니, 그보다 훨씬 나쁜 곳으로 추락했다. 성범수는 아무것도 기대하지 않았다. 숨을 제대로 쉬는 것조차 기대하지 않았다.

한국을 떠나 내던져진 곳은 마카오였다. 그게 가장 쉽게 구할 수 있는 항공권이었다. 하지만 어디를 가야 상실감으로부터 멀어질 수 있단 말인가? 그런 곳은 세상에 없었다. 그러니 사실은 집을 떠날 필요도 없었던 셈이다. 숨을 쉴 때마다 망가진 폐에서 쉭쉭 소리가 났다. 성범수는 그만 끝내고 싶었다. 딱히 어떻게 하겠다고 결정해둔 건 아니었다. 구체적인 자살 계획까지 세우기에는 자신의 생이라는 게 너무나 보잘것없고 구질구질하기 때문이었다. 그냥 적당한 순간에 적당한 방식으로 죽어버릴 생각이었다. 그런데 무심코 들어간 도박장에서 가진 돈 전부를 걸었다가 크게 따버리자, 갑자기 정신이 번쩍 드는 것이었다. 행운을 가져다 준 숫자는 28, 아내가 제일 좋아하던 숫자였다.

평생 구경도 못 해본 돈이 눈앞에 쌓였다. 성범수는 허리를 곧게 폈다. 최고 3만 달러까지 걸 수 있는 룰렛 테이블이었다. 0부터 36까지의 숫자가 적힌 레이아웃을 물끄러미 보다가, 만 달러짜리 칩 세 개를 숫자 2에 스트레이트로 걸었다. 아내가 태어난 달이었다. 보기 드문 고액 베팅에 주위 사람들이 숨을 죽였다. 딜러가 긴장한 표정으로 구슬을 던졌다. 빙그르르 돌다가 홀에 들어갔다. 2, 이번에도 맞았다.

성범수는 입술을 깨물었다. 배당이 끝나길 기다려 이번엔 11에 걸었다. 아내의 생일이었다. 딜러가 구슬을 던졌다. 그리고 염력을 끌어모으려는 듯 휠을 노려보았다. 구슬이 핀에 부딪혀 사방으로 통통 튀다가 멈추었다. 영락없이 11번 홀이었다. 여기저기에서 탄식과 경탄이 터져 나왔다.

　배당금을 받자마자 31에 걸었다. 결혼기념일이었다. 사색이 된 딜러가 구슬을 힘껏 굴렸다. 관성에 따라 한동안 휠 트랙을 회전하던 구슬은 중력에 이끌려 아래로 떨어졌고, 핀에 부딪혀 이리저리 방향을 바꾸다 홀에 쏙 들어갔는데, 거기가 마음에 들지 않았던지 금방 뛰쳐나와 두 바퀴를 더 방황한 다음, 달려오는 핀에 서너 차례 얻어맞고 회전축을 토르르 가로질러 홀에 들어갔다가, 거기서도 가만히 있지 못하고 다시 한 번 슬그머니 기어 나와 바로 옆 홀에 들어앉았다.

　31이었다.

　더 이상은 베팅을 할 수 없었다. 벌어놓은 칩을 잃는 게 겁나서가 아니었다. 배포가 크건 작건, 그런 계산적인 사고는 평범한 일상에서나 가능한 법이다. 하루아침에 돌이킬 수 없이 가라앉은 남자는 그런 계산을 할 수가 없다. 성범수는 베팅뿐 아니라 다른 것, 이를테면 수백만 달러에 달하는 칩을 계산해본다거나 부러워하는 표정으로 축하해주는 사람들에게 감사의 미소를 짓는 일 따위도 할 수 없었다. 물론 이건 우연이고, 성범수에게는 우연을 이해할 만큼의 이성이 아직 남아 있었다. 그러나 네 번의 잇단 우연이 직조해낸 어떤 유혹은 막무가내로 성범수를 무대에 올려 세웠다. 암흑 속에서 작은 조명 하나가 켜지더니 *끝장*이라는 단어를 축어적으로 비추었다. 대역전은 그 순간에 잉태된 것이나 다름없었다.

　나흘 뒤 성범수는 두툼한 여행자수표를 들고 마카오를 떠나 영국으로 갔다. 런던 외곽의 허름한 아파트에 머물며 영어를 공부했다. 한 해 뒤에는 두 박스 분량의 물리학 책을 사들였다. 그 책으로 연구를 했는지 아니면 베개로 썼는지는 확실하지 않다. 중요한 건 그가 인터넷으로 검색했거나 문화센터에서 수강했거나 혹은 책의 형태로 사들였던 모든 물리학 지식보다 더 나은 결과가 생겨났다는 사실이다. 덴마크의 닐스 보어는 러더퍼드의 전자궤도 모형과 발머의 수소 스펙트럼에 관한 연구와 플랑크의 양자가설을 종합해 새로운 원자모형을 창안했다. 재봉사의 아들인 성범수는 러더퍼드와 발머와 플랑크의 이론을 이리저리 짜깁기하여 꼭 업소용 식자재 냉장고처럼 생긴 발전기를 고안했다. 플루오린을 액체 상태로 보관하기 위해 −200℃를 유지하는 강력 컴프레서와 두꺼운 구리 봄베, 플루오린을 산화악티늄 박막 위로 쏘아 보내는 미세 주사기, 접촉 단자에 모인 전기를 정제하는 변압기 따위가 어지럽게 들어찬 기계였다.

이 못생긴 발전기는 전기 발생의 원리에 관한 오랜 통념을 전복시켰다. 사업가와 정치가와 사기꾼들이 성범수와 흥정하려 몰려들었다. 모두들 이 새로운 발전기를 원했다. 그도 그럴 것이, 액화 플루오린 한 바가지면 대규모 반도체 공장이 필요로 하는 동력을 수백 년간 공급할 수 있기 때문이었다. 조작도 간단하고 장소의 구애도 받지 않았다. 변압기에 달린 보조 분배기가 컴프레서와 미세 주사기 등 발전에 필요한 초기 동력을 스스로 축전 및 송전했는데, 그러고도 전기가 남아돌아 쓸데없이 네온 입간판까지 종일 밝혔다. 전자기유도 작용에 근거해 기전력을 생산하는 고전 방식이 아니어서 열과 소음이 없고 고장도 적었다. 딱 하나 문제가 있다면, 이 플루오린이라는 게 매우 위험한 물질이라는 점이었다. 아무리 발전기 내부를 아르곤 기체로 가득 채웠다 해도 일단 플루오린이 봄베 밖으로 새기 시작하면 반도체고 뭐고 당장 도망쳐야 했다.

특허와 설계도는 고가에 팔렸다. 그러나 시제품으로 세 대가 만들어진 후 폐기되었다. 1년도 못 되어 훨씬 안정성이 높은 새로운 발전기가 등장했기 때문이다. 성범수의 플루오린-악티늄 발전기를 대체한 건 플루오린-수소 발전기였다. 그 역시 성범수 작품이었다.

이 과정에서 성범수는 전자의 성질과 흐름에 대해 감을 잡았고, 다음 단계로 넘어갈 자금도 모았다. 생의학자들이 나노나이프로 생명체의 DNA를 조작하듯 성범수가 전자의 에너지준위를 멋대로 조절할 수 있었던 건 파울리나 훈트 같은 이들의 선행 연구를 몰랐기 때문에 가능한 일이었다. 샹쿠르투아의 연구를 모른 채 뉴랜즈가 더 나은 논문을 썼고, 뉴랜즈의 논문을 모른 채 멘델레예프가 더 나은 결과를 내놓은 것과 같은 이치다. 원래 부모님 말씀 잘 듣고 공부 열심히 하는 모범생 중에서는 좀처럼 천재가 나오지 않는다.

유명인사가 된 성범수는 넉 달 후 호주로 건너가 멜버른대학교 물리화학연구소에 자리를 잡았다. 거기서 통 사람 보는 눈이 없는 과학자들과 교류하며 양자화학 분야의 지식을 쌓았다. 기초가 약하다 보니 성범수의 아이디어는 기상천외한 한편으로 매우 불안정했다. 성범수는 아인슈타인이 그랬듯 수학을 못했고, 그래서 아인슈타인이 그랬듯 수학에 능숙한 동료를 끌어들여야 했다. 한가락씩 하는 호주의 유능한 과학자들은 단지 새로운 관점을 보여준다는 이유만으로 성범수에게 많은 도움을 베풀었다. 만물의 실체를 추적하는 자연과학의 시대에서 가능성을 탐구하는 이론과학의 시대로 도약하던 학계의 분위기 역시 성범수에게 유리한 환경이었다. 그렇다고 전부 순조로웠던 건 아니어서, 적대적인 동료와 마주치거나 불리한 상황에 처하는 경우도 가끔 있었다. 그럴 때면 성범수는 피를 한 바가지씩 토했다. 아내를 잃은 날부터 성범수의 폐는 언제든 내킬 때마다 피를 한 바가지씩 토할 수 있었다. 그가 두 해를 못 채우고 쫓기다시피 연구소를 그만둔 이유는 능력에 대한 불신이나 인간적인 약점 때문이 아니라 카시미르 효과를 이용해 대량 살상 무기를 고안한다는 의심을 샀기 때문이다.

다음으로 둥지를 튼 곳은 베이징의 중국과학원이었다. 그곳에서 양성자와 중성자를 결합시키는 핵력에 관해 연구했다. 연구가 벽에 부딪칠 때마다 성범수는 자기 머리를 벽에 찧어 피떡을 묻혔는데, 얼마 안 가 그게 인턴 연구원들 사이에서 유행이 되었다. 성범수의 연구는 빠르게 진척되었으나 별로 주목받지 못했다. 핵력을 마이너스 수준으로 낮추는 게 도대체 무슨 의미가 있는지 알아챈 사람이 없기 때문이었다. 숨 쉴 때마다 쉭쉭 소리가 나는 성범수와 공동 연구를 하고 싶어 하는 연구원도 없었다. 날이 갈수록 성범수는 김치 냄새 취급을 받았다. 허벅지를 송곳으로 찌르는 새 유행에 밀려 머리에 피떡 묻히는 유행 또한 시들해졌다. 그에 더해 외국인 연구원에게 따라붙는 고급 정보 접근 제한까지 점점 강화되자, 시카고의 페르미연구소에서 제의가 온 김에 야반도주하다시피 미국으로 건너갔다.

모든 연구 환경이 전보다 나아졌다. 특히 페르미연구소가 운영하는 최고 수준의 과학자 네트워크를 마음껏 이용할 수 있었다. 성범수에게 많은 영감을 준 당시의 돌대가리들 중 셋은 노벨상까지 받은 병신들이었다. 일이 잘못되려면 보통 이런 식으로 진행되는 법이다. 성범수는 런던 시절에 러더퍼드와 발머와 플랑크의 이론을 가지고 그랬던 것처럼 페르미연구소의 과학자 네트워크를 통해 수집한 최신 정보들을 요래조래 오리고 붙이며 여태까지와 비교할 수 없는 속도로 자신의 연구를 확장해나갔다. 그러던 어느 날 성범수는 독일의 원로 과학자에게 편지를 써 자신의 최근 성과에 대한 논평을 요청했다. 독일 과학자는 보름 후 전화를 걸어와 넋이 나간 목소리로 말했다. "당신이 정말 만물의 섭리에 도달한 건지는 아직 잘 모르겠어요. 그러나 세상에서 가장 아름다운 공식을 만들어낸 건 틀림없습니다." 그리고 조금 뒤 말했다. "어서 이걸 발표합시다."

성범수는 그냥 쉭쉭거렸다. 슬그머니 전화를 끊고, 기라성 같은 과학자들이 우글거리는 구내식당에 들어가 박력 있게 피 한 바가지를 토했다. 성범수의 퇴직 신청은 페르미연구소와 국토안보부와 백악관 과학기술정책실 책임자의 재가를 거쳐 바로 승인되었다.

페르미연구소를 나온 성범수는 뉴욕으로 날아가 잭슨하이츠의 작은 공장에 개인 연구실을 마련했다. 전자기 상호작용을 통한 소립자 간의 척력 현상을 연구하는 데에는 많은 자금이 필요했다. 그냥 많은 정도가 아니라 엄청나게 많이 필요했다. 당시 성범수가 뉴욕 금시장에 내놓은 순금은 2.2톤에 달했는데, 평생에 세계 어디서든 사들이거나 선물받은 금이라고는 탈탈 털어보았자 결혼반지 하나에 지나지 않았으므로 2.2톤의 순금이란 전부 소립자 인력 도치 및 오비탈 결합 조작을 응용한 연금술로 빚어낸 것일 수밖에 없다. 긁어모으기로 작정한 자금의 규모를 감안하면 순금 2.2톤은 오히려 지나치게 적은 양이었다. 물질의 비밀에 대해 더 깊은 지식을 쌓은 성범수는 무겁고 운송이 불편한 금 대신에 우울의 순수 결정체인 블루 사파이어를 만들어, 그것도 일단 세숫대야만 한 크기로 하나 만들어두고는 의심받지 않도록 필요할 때마다 엿가위로 잘게 떼어 룩셈부르크의 피둥피둥한 보석상들에게 내다 팔았다. 이 무렵에 성범수는 이미 핵력을 진동 현상으로 파악하고 있었다. 달리 말하자면 소립자 가설과 초끈 가설이 연결되는 대통합 이론에 한 발 걸쳐둔 상태였다.

뉴욕 라과디아 공항에 인접한 잭슨하이츠 구역을 택한 건 두 가지 이유에서였다. 하나는 실험 장비들이 내는 굉음을 감추기 위해서였다. 성범수는 탈레스 이래로 상식이 된 전자유도의 물리적 방식을 화학적 방식으로 바꿔 발전기 소음을 제거한 바 있는데, 동종(同種) 페르미온 간의 좌표 교환 시간을 연장하는 데 필요한 고에너지 장비들은 무슨 제한이 그리도 많은지 작고 저렴하게 개량할 여지가 없었다. 다른 하나는 라과디아 공항을 통하여 원하는 지역에 쉽고 빠르게 다녀오기 위해서였다. 성범수는 연구를 하는 틈틈이 세계 전역으로 여행을 떠났고, 그곳의 바닷물을 작은 유리 시약병에 담아 왔다. 진동 패턴의 교집합을 확정하려면 최대한 많은 샘플이 필요하기 때문이었다. 바다마다 조성비는 비교적 일정하지만 염분은 제각각이다. 이를테면 발트해는 하천에서 흘러드는 담수의 양이 많고 낮은 기온 탓에 증발량이 적어 염분이 10psu 이하인 반면, 사정이 그와 반대인 홍해는 염분이 45psu나 된다. 신이 성범수를 농락한 장소는 필리핀의 보홀해이지만, 바다는 모두 서로 연결되어 있으니 실은 이놈이나 저놈이나 한통속이었다. 여행에서 돌아오면 성범수는 연구실에 틀어박혀 바닷물에서 마그네슘, 유황, 칼륨, 브롬 따위들을 추출한 후 소립자 단위로 끊어냈다. 물질의 그 유서 깊은 결합을 찢어발기며 성범수는 비 맞은 중처럼 중중거리곤 했다.

"봐라, 이게 바로 너희가 나한테 한 짓이다."

하지만 그것이 정말 복수였을까? 혹시 어느 달 밝은 밤에 산호 군락을 헤치고 가끔은 검보라색 성게에 발가락도 찔리면서 천천히 절벽 아래를 더듬어 내려가려던 게 아니었을까? 아무 저열한 감정 없이, 노인이 노화를 그저 받아들이듯, '네 배를 길게 찢을 테니 가만히 벌리고 있어봐'라고 말하려던 게 아닐까? '내 아내가 거기 있나 좀 보게.'

어느 쪽인지 아는 사람은 없다. 누구도 성범수에게 물어보지 않았다. 대역전이 닥치기 직전까지 다들 저 하고 싶은 말만 했다. 예전에 아내를 잃고 누더기 꼴이 되어 홀로 귀국했을 때, 고모와 직장 동료와 아내의 친구들이 기를 쓰고 병원까지 찾아와 아주 길고 동의할 수 없는 문장들을 늘어놓았다. 병원이 자기 것이 아니어서 성범수는 그들의 방문을 막지 못했다. 나흘 후 그럭저럭 발성(發聲)이 가능해진 상태로 퇴원하기 전, 성범수는 마지막으로 그들에게 한마디 건넸다. 깊은 숨을 몰아쉬며, 번지고 뭉개지는 저주파로 한 토막씩, 세 번에 걸쳐.

나는

이제

끝장이다

한국을 떠나 성범수가 살아간 시간은 대략 9년에 이른다. 그게 어떤 의미인지는 1200피트짜리 릴 테이프를 재생 속도에 맞춰 두 손으로 줄줄 뽑아내보면 알게 된다. 한 시간 후 이리저리 얽힌 진갈색 자기테이프가 당신 앞에 산더미처럼 쌓여 있을 것이다. 이제 다음 릴 테이프를 가져다 똑같이 하라. 이런 짓을 매일매일 18시간씩 9년 동안 하라. 성범수가 어떻게 살았는지 싫어도 알게 될 것이다.

성범수의 실제 9년에는 거기에다 혐오스러운 몇 가지를 더해야 한다. 영양실조로 치아 대부분을 잃었다. 당뇨 합병증 탓에 곪은 발가락 네 개를 니퍼로 직접 잘라내었고, 탈장 증세가 심해져 마지막 2년은 기저귀를 찬 채 살았다. 호주와 중국과 미국의 동료 과학자들은 성범수가 풍기는 악취에 은근히 골머리를 앓았는데, 그럴 수밖에 없는 일이었다. 성범수는 통째로 썩고 있었다. 잇몸이, 폐가, 발가락이, 똥구멍이, 똥구멍에서 삐져나온 직장이 썩어갔다. 눈과 귀에서 진물이 나오고 무릎관절과 폐와 내장이 염증을 일으켰다. 몸 안팎의 모든 부위에 박테리아와 바이러스와 또 가끔은 살구색 애벌레들이 제국을 건설해 서로 연합하고 전쟁하고 난리였다. 그러나 성범수는 9년 동안 어떠한 형태의 전문 진료도 받지 않았다. 벌어들인 돈은 전부 제일 요긴한 일에 썼다.

마지막 해의 3월 초에 터키 아나톨리아 고원에 있는 투즈 염호가 사라졌다. 목격자들의 말은 서로 달랐는데, 어떤 이는 엄청난 벼락이 호수 중앙부를 강타하면서 단숨에 증발시켰다고 진술했고 또 어떤 이는 거대한 토네이도가 불어와 물을 모두 빨아들였다고 주장했다. 그나마 비교적 일치하는 증언은 이 현상이 아주 짧은 동안에 이루어졌으며 호수가 감쪽같이 사라진 직후 비릿한 수증기가 고원 일대를 뒤덮었다는 정도였다. 염호를 구경하던 관광객과 가이드 등 서른 명가량이 사망했고, 실종자는 그 다섯 배였다. 폭발물 흔적이 발견되지 않았기 때문에 예외적인 자연현상으로밖에는 설명할 길이 없었다. 그로부터 두 달이 지난 5월 말에 중국 칭하이 성의 차카 염호가 사라졌다. 이번에도 목격자들의 말은 엇비슷했고 영문을 알지 못해 우왕좌왕하는 것 또한 투즈 염호의 경우와 같았다. 3주 후에는 카자흐스탄의 발하슈 염호에 유사한 현상이 발생했다.

다만 이번에는 전체가 아니라 78%만이 사라졌다. 나머지 22%는 열흘 뒤에 사라졌다.

이 열흘의 간격 덕분에 중국과 러시아의 정보 당국에서 아주 작은 실마리 하나를 찾아낼 수 있었다. 열흘 사이에 채취한 발하슈 염호의 물을 분석하여 생소하고 불안정한 구조의 물 분자를 발견한 것이다. 자연적으로는 결코 생겨날 수 없는 구조였다.

유럽 주도의 연합수사국이 조직되어 3월 초순의 투즈 염호, 5월 하순의 차카 염호, 6월 중순의 발하슈 염호를 상수로 배치한 방정식을 짰다. 현장에 방문한 사람들과 사건 당시 현장에 머물렀던 사람들의 목록을 만들고 물리화학 분야의 과학자 목록과 대조했다. 당연히 성범수의 이름은 등장하지 않았다. 매번 뒷골목에서 사들인 위조 여권으로 이동했고, 대규모 기체 팽창에서 몸을 피하기 위해 시간 차 기술을 사용했으며, 특히 자신의 과학적 성과를 논문으로 발표하지 않았기 때문이다. 베이징의 동료들이 노벨상을 받았건 말건 독일의 원로 과학자가 꿈의 대통합이론을 발표했건 말건 개의치 않았다. 일이 잘못되려면 보통 이런 식으로 진행되는 법이다. 연합수사국은 염호들의 증발이 인간 사회에서의 살인과 비슷하다는 점을 간과했고, 그래서 살인 사건을 조사할 때 반드시 염두에 두어야 할 결정적인 조건 하나를 빠뜨림으로써 석 달 넘도록 헛다리만 짚었다. 그건 바로 살해 동기, 즉 원한이었다.

실마리는 우연한 계기로 드러났다. 9월 중순 미연방 환경보호국의 한 관리가 고농도 황산 거래를 포착했다. 뉴욕 잭슨하이츠에 위치한 연구실이 구매한 것인데, 유해물질 취급 권한이 있긴 하지만 연구실 규모에 비해 아무래도 과도한 양이었다. 조사차 방문한 관리는 창고에 황산과 공업용 형석(螢石)이 함께 쌓여 있는 걸 보고 기겁하여 FBI에 신고했다. 황산과 형석은 플루오린, 다시 말해 대량의 자가발전에 필요한 물질들이었다. 다행히도 예전에 전자류(電子流)의 파동함수에 관해 서신을 교환하며 성범수에게 도움을 주었던 세계적인 병신 중 하나가 FBI의 전문가 네트워크에 자문역으로 속해 있었다. 그는 잭슨하이츠에서 수거해 온 여러 증거들, 특히 암염에 묻어 있던 탄화된 실리콘 부스러기를 면밀히 조사한 후 조심스러운 비약과 과감한 추론 끝에 성범수가 염호 증발에 관련되었을 가능성을 제기했다. 그가 제출한 세 쪽짜리 보고서에는 실리콘에서 발생한 미세진동이 염소이온의 전하이동 메커니즘을 공격함으로써 옥텟 규칙에 따라 안정화된 주위 물 분자 속 원자들에게 강한 척력을 부여한다는 내용이 담겨 있었다. 쉽게 말해 그 진동 실리콘이 바닷물을 산소와 수소로 찢어버린다는 얘기였다.

얼추 방향은 잡았으나, 이번에도 꽤 늦은 감이 있다. 성범수가 미국을 떠나 바하마로 옮겨간 건 그보다 한 달도 전인 8월 초순이었다. 위조 여권과 현금을 사용했기에 추적이 매우 어려웠다. 바하마의 부촌에 새로 매입한 거처는 수영장과 개인 선착장이 딸린 호화저택으로 침실만 열한 개에 달했는데, 널따란 정원에 아편 농장을 차려도 될 만큼 외부와 차단된 환경이었음에도 성범수는 지하의 연구실에만 틀어박혀 나오지 않았다. 그렇다고 해서 성범수가 세련된 스파이처럼 저를 숨기는 데 많은 공을 들였다는 증거는 없다. 사실은 그 반대였다. 건강이 급격히 악화됨에 따라 분별력을 잃은 성범수는 한때 교류했던 과학자들이 자신을 추적하지 못하도록 조심하는 데 별로 신경 쓰지 않았다. 위조 여권을 사용한 이유는 단지 한국 여권의 유효 기간이 만료되었기 때문이었다.

물론 계획을 세우고 자금을 마련하고 실행에 옮기는 그 모든 단계에 부조리한 정황이 아예 없던 건 아니어서 대역전 후에 창궐한 온갖 음모론의 중요한 근거가 되었다. 그러나 음모론자들이 단골로 들먹이는 사진들, 그 중에서도 베네수엘라 시몬볼리바르 국제공항의 CCTV에 찍힌 사진을 보면 그들의 주장이 매우 잘못된 전제를 깔고 있음을 알 수 있다. 음모론자들은 40대 초반의 성공한 젊은 악당 두목인 성범수가 임산부 ·

노약자 전용 패스트 트랙으로 안내받는 장면을 놓고 뒤가 든든하다는 증거라 주장한다. 하지만 사진 속의 남자는 아무리 예쁘게 봐줘도 '성공한 젊은 악당 두목'보다는 '비렁뱅이 독거노인'에 가까워 보인다. 한쪽 눈이 실명하여 눈동자 없이 흰자만 남았고, 탈모가 진행된 머리카락은 윤기 없는 잿빛인데다, 슬쩍 부딪치면 당장에 픽 쓰러져 숨이 끊어질 것처럼 아슬아슬한, 그래서 타인의 궁핍과 고통에 공감할 줄 아는 예의바른 인간이라면 금방 다른 곳으로 눈을 돌리게 만드는 비참한 행색이다. 만약 그 외관에서 오는 선입견을 조금 덜어내어 저기요, 하고 말을 걸어주었더라면 성범수는 뭔가를 숨기는 대신 '나는 성범수요. 저 빌어먹을 바다를 날려버리는 데 목숨을 걸었다오' 하고 지나치게 솔직히 털어놓았을 것이다. 누군가 말을 걸어주었다면, 그냥 한마디라도 걸어주었다면.

다시 CCTV에 잡힌 사진으로 돌아가 성범수의 멀어버린 왼쪽 눈이 응시하는 어느 한순간을 살펴보자. 베네수엘라를 방문할 당시, 그러니까 생의 마지막 해에 접어들 무렵 성범수는 매일 반복되는 악몽에 시달리고 있었다. 아내가 가라앉는 속도는 도무지 정상이 아니어서 눈 깜빡할 사이에 저 아래의 어둠으로 빨려드는 것 같았다. 도대체 무얼 했어야 하지? 내가 무얼 할 수 있었지? 속수무책으로 깨어나면 정말 미칠 것 같은 심정이 되어 아침까지 꺽꺽 울곤 했다. 성범수의 망가진 폐는 음산한 비명과 검붉은 피를 함께 뿜어냈다. 만약 아내가 말라리아로 죽었다면 성범수는 모기를 멸종시켰을 것이다. 만약에 아내가 칼에 찔려 죽었다면 철기 문화를 파괴했을 것이고, 높은 곳에서 떨어져 죽었다면 만유인력을 해체했을 것이다. 그게 도대체 가능한지 불가능한지 고민하고 따지는 대신에 일단 덤벼들어서는 죽을 때까지 시도했을 것이다. 그러지 않고서는, 그런 목표가 없이는 너무나도 분하고 원통하여 단 한순간도 호흡할 수 없었다. 성범수는 수천만 달러를 호가하는 바하마 리포드 케이의 호화로운 저택에서 곰팡이 핀 빵을 먹고 욕실의 수돗물을 마셨으며 반들반

들한 색색 광고전단으로 똥을 닦았다. 돈이 모자라서가 아니었다. 미각과 건강과 위생을 돌볼 만한 자존감 자체가 사라졌기 때문이었다. 성범수는 매일매일 이 막다른 골목에서 저 막다른 골목으로 뛰어다녔다. 한 손에는 막대기를 또 다른 손에는 돌멩이를 들고 바다에 달려드는 미치광이의 심정으로 9년이라는 시간을 버텨냈다.

10월에 들어서면서부터 성범수의 기력은 극도로 쇠하여 간단한 기계장치를 제작하는 데만도 일주일 이상을 끙끙거렸다. 그 간단한 기계장치란 비스무트 봄베 수십 개를 한날한시에 정확히 해체하여 안에 담긴 황갈색 진동 실리콘을 바닷물과 접촉시켜주는 디지털 타이머였다. 처음에는 그게 필요할 줄 몰랐다. 일단 퍼텐셜 장벽을 터널링한 소립자는 자신의 특수한 경험을 이웃 소립자에게 광속의 10%에 해당하는 속도로 전달한다. 따라서 오대양을 통째로 증발시키는 데 필요한 진동 실리콘의 이론적 임계질량은 소립자 한 개에 불과하고 실리콘을 운반할 비스무트 봄베도 하나면 충분하다. 성범수는 그 하나의 봄베를 목에 건 채 바닷속으로 들어가 직접 봉인을 풀 작정이었다. 그래야 한다고, 그게 마땅하다고 오랫동안 생각해왔다. 그러나 염호를 상대로 벌인 실험에서 예상보다 훨씬 다양한 변수들이 존재한다는 사실을 알게 되었다. 이를테면 파도에서 발생한 저주파가 실리콘의 진동 주파수를 왜곡시켜 일부 상쇄해버리는 때도 있고 지하수 용출 등의 영향으로 염소이온이 희박한 특정 지역도 있으며 또 가끔은 크게 무리를 지은 해양 생물이나 일몰 뒤 촉수를 내밀어 부들부들 떠는 산호 따위가 진동을 포집하여 전달하지 않는 경우도 있었다. 결국 가장 확실한 방법은 실리콘을 모든 대양 구석구석에, 그것도 동시에 노출시키는 것이었다. 성범수는 카자흐스탄 발하슈 염호를 비틀어 죽이는 과정에서 열흘의 시차를 두어 변수들에 따른 진동주파수 소실 현상을 관찰한 바 있었다. 그리고 가능한 악조건을 전부 대입했을 때 실리콘이 한 번에 증발시키는 해수의 양을 평균 7천만 km³로 추정했다.

지구에 존재하는 해수의 총량이 14억 km³ 정도이니 투입할 위치를 제대로 잡을 경우 약 20개의 실리콘이 필요한 것이다. 물론 그건 최소량이었다. 성범수는 실효 범위가 적어도 30% 이상씩 겹쳐지도록 넉넉히 계산했다.

10월의 마지막 날에 성범수는 문도 잠그지 않고 바하마 저택을 떠났다. 행낭 안에는 수십 개의 위조 여권과 세 종류의 화폐, 방문할 좌표가 빼곡히 표시된 세계 해양지도, 그리고 황갈색 진동 실리콘을 담은 초소형 비스무트 봄베 50개가 들어 있었다. 그것들을 모두 준비하는 데 9년이 걸렸다. 길고 고통스러운 시간이었다. 그리고 이제 마지막 여정이 남았다. 너덜거리는 무릎관절로 부지런히 나아갈 생각이었다. 다시는 돌아오지도, 어딘가에 머무르지도 않을 작정이었다.

대역전에서 살아남은 자들, 그리고 대역전 후에 태어난 이들은 성범수를 지독히 타락한 인간이 아닌 재앙 그 자체로 떠올린다. 영혼에 깊이 새겨진 참상을 더듬을 때 어떤 이들은 인간이 얼마나 보잘것없는 존재인지를 생각하고, 또 어떤 이들은 반대로 인간이 얼마나 놀라운 존재인지를 생각한다. 어느 쪽이든 우리를 두렵게 하는 건 마찬가지다.

성범수가 바하마의 은신처를 떠나 편도로 세계 여행을 시작한 건 10월 말이지만 연합수사국은 이미 한 달 전부터 총력을 기울여 그를 찾고 있었다. 성과가 전무했던 이유는 세 가지로 요약해볼 수 있다. 첫째, 엉뚱하게 커넥션을 조사하는 데 시간을 허비했다. 그렇지만 성범수는 특정 조직이나 정부를 위해 일하지 않았다. 뒤에서 지켜주는 단체도, 감시하는 집단도 없었다. 여자와 함께했던 14개월을 제외하면 성범수는 평생 외톨이였다. 둘째, 염호가 목표라고 착각했다. 그래서 아랄, 에어, 우유니, 판공초 같은 유명 염호의 상공에 정찰용 드론을 띄우고 인공위성까지 동원해 24시간 감시했다. 하지만 발하슈 이후로 성범수는 염호는커녕

식염수 근처에도 얼씬하지 않았다. 셋째, 지구에 정신병자가 너무 많았다. 시민들의 자발적인 협조를 기대하며 수사 내용 일부를 TV에 공개했더니 너도나도 자수를 해왔다. 많은 사람들이 초자연적인 재앙을 일으킬 수밖에 없었던 저마다의 곡진한 사연을 표정에 담고 연합수사국 문을 두드렸다. 어떤 이들은 언론에 공개된 성범수의 얼굴과 비슷하게 성형까지 했는데, 이러한 코카시안 성범수 알비노 성범수 여자 성범수를 돌려보내느라 연합수사국 인력의 절반이 식사도 제대로 못 할 지경이었다. 연합수사국은 12월이 다 되어서야 바하마 리포드 케이의 저택을 습격했다. 하지만 이때는 성범수가 이미 카나리아 한류가 흐르는 북대서양의 라팔마섬, 쿠릴 해류가 지나는 캄차카 반도, 북극해와 면한 엘즈미어섬, 해저 산맥으로 둘러싸인 베링해의 세인트폴섬, 적도 반류와 페루 해류가 교차하는 이사벨라섬을 비롯해 오대양의 구석구석을 들쑤시고 난 후였다. 일이 잘못되려면 보통 이런 식으로 진행되는 법이다.

저 어두컴컴한 겨울의 자정, 중국 공군이 50여 발의 테르밋 소이탄으로 푸저우시 중심부를 맹폭했다. 3,000℃에 달하는 고열이 솟아올라 곤히 잠든 진안구 일대를 시뻘겋게 달구었다. 엄청난 숫자의 푸저우 시민들은 영문도 모른 채 증발했고, 전설의 시인들이 거닐던 거리와 천 년을 견뎌온 석조 건물들은 걸쭉한 용암이 되어 진안강으로 흘러내려갔다. 중국 정부는 그 수증기, 그 먼지, 그 용암에 성범수와 저 알쏭달쏭한 찰흙 덩어리 또한 섞여 있으리라 확신했다.

불행히도 그렇지 않았다. 중국 정부가 믿었던 건 잘못된 첩보였다. 정작 그 시각에 성범수는 몰타의 호텔 침대에서 홀로 고통스럽게 몸부림치고 있었다. 발작과 경련이 두어 차례씩 지나가고 나자 몸의 수분이 죄다 빠져버린 듯한 느낌이었다. 이제 성범수의 몸은 마르고 말라서 더 마를 게 없었다. 그런 성범수를 약 올리기라도 하듯 탁자에 물이 한 컵 놓여 있었다. 맑고 차갑고 신선한 물이었다. 마시고 싶어 환장할 것 같았다.

하지만 거기까지 갈 힘이 있다면, 그 컵을 들어 목구멍에 흘려 넣을 힘이 남아 있다면 그 힘을 아끼고 아껴 밖으로 작업하러 나갔을 것이다. 아차, 하는 새 또 발작이 시작되었다. 턱에서부터 하반신으로 번져갔다. '여기까지'라는 체념과 맞서 싸우느라 너무 많은 기력을 빼앗겼다. 그래서 아무것도 없는데, 남은 게 하나도 없는데 경련은 고목처럼 시든 몸에서 자꾸 뭔가를 쥐어짜내는 것이었다. 아직 두 군데를 들르지 못했다. 활짝 열린 창문 너머로 옥빛 지중해가 찰랑거리고 있었다. 그 한가운데에 봄베를 찔러넣을 예정이었다. 이어 그리스의 낙소스섬으로 곧장 날아가 에게해에 같은 작업을 할 계획이었다. 리비아의 트리폴리 앞바다에 손을 써두긴 했지만, 끝까지 만전을 기하고 싶었다. 저 빌어먹을 신이 단 하루만이라도 딴전을 피워주었다면 기필코 그렇게 했을 것이다. 성범수는 죽음이 치렁치렁한 망토를 벗고 눈부신 알몸으로 침대에 올라와 자기 몸 위에 천천히 엎드리는 걸 보았다. 좀 안 그래줬으면 좋겠다고 생각했다. 코끝이 맞닿자 찌릿한 냉기가 흘러왔다. 심장은 저 내키는 대로 멎었다가 뛰었다가 지랄이었다. 눈알이 튀어나갈 정도로 고통스러웠다. 하지만 지난 9년의 결실을 직접 볼 수 없게 되었다는 좌절감만큼 고통스럽지는 않았다. 성범수는 신이 자기를 너무 막 대한다고 생각했는데, 그건 정확한 판단이었다. 신은 성범수를 사랑하지 않았다. 사랑해본 적도 없고, 이번 생이건 다음 생이건 그럴 계획이 없었다. 격렬한 고통과 갈증 속에서 두 은하 사이의 먼지처럼 쓸쓸히 소멸하도록 영영 내버려둘 따름이었다. 죽음과 완전히 겹쳐지기 직전, 성범수는 그간 척을 지고 살아온 신에게 한마디 건넸다. 깊은 숨을 몰아쉬며, 번지고 뭉개지는 저주파로 한 토막씩, 두 번에 걸쳐.

야

인마

수사관들이 들이닥쳤을 때에는 아직 체온도 가시지 않은 상태였다.

많은 사실이 드러났다. 비스무트 봄베는 총 50개가 제작되었다. 47군데의 바다에 투입될 예정이었으며, 실제로는 총 45군데에 투입되었다. 남은 다섯 개의 봄베에서 디지털 타이머를 분리해 조사해보았더니 모두 한날한시를 가리키고 있었다. 약 120시간 후였다.

120시간 안에 오대양을 뒤져 새끼손가락 크기의 봄베 45개를 몽땅 회수하는 건 당연히 불가능한 일이었다. 연합수사국은 세계 각국에 비상사태 발령을 권고했다. 긴가민가하면서도 대부분의 정부가 권고를 따랐다. 즉시 핵발전소 가동을 중단했다. 해안과 접한 도시의 거주민들을 내륙으로 대피시켰고, 크기가 작거나 최고도가 해발 80미터 이하인 섬에는 강제 소개령을 내렸다. 선박의 운항을 금지시켰으며 바다를 지나는 항공편도 모두 취소했다. 캐나다는 만약에 대비하자는 과학기술혁신위원회(STIC)의 제안을 받아들여 북태평양의 해수 3,000톤을 퍼서 브리티시컬럼비아 내륙으로 운송했다. 일본도 종합과학기술회의(CSTP)의 주도로 비슷한 사업을 검토했으나 내륙이 없어 흐지부지되었다.

연합수사국 본부의 실험실에서 과학자들이 아크릴 창 너머를 지켜보았다. 노란색과 분홍색의 아름다운 산화 피막에 싸인 비스무트 봄베가 거기 있었다. 몰타에서 수거해 온 다섯 개 중 하나였다. 시간이 다 되자, 작은 볼링 핀처럼 생긴 봄베의 위쪽 타이머에서 소리가 났다.

띠릿.

하방에 실금이 가더니 봄베 귀퉁이가 허물어져 내리며 속에 든 실리콘 덩어리 일부가 드러났다. 불길한 황갈색이었다.

그게 끝이었다. 별일 없었다. 아니,

잠깐.

무슨 일이 생겼다.

발밑에서 진동이 느껴졌다. 강도가 점점 세졌다. 과학자들은 자세를 낮추고 흔들리는 건물 밖으로 뛰쳐나왔다. 주차장에 모인 이들 중에서 누군가가 고함을 쳤다. 벌써 여러 명이 한 방향을 가리키는 중이었다.

그 평야 수백 킬로미터 너머에 북대서양이 있었다.

두 세계가 격렬히 충돌했다. 한쪽은 김치 냄새 나는 외톨이 한 명이었다. 다른 한쪽은 장엄한 바다였다. 충돌의 대가로 전자는 외롭게 죽었고, 후자는 영영 반편이가 되었다. 이게 과연 공평한 결과인지는 함부로 단언하기 어렵다.

첫 두 시간 동안 행정력이 유지되었던 나라는 몽골과 차드, 파라과이 등 바다와 멀리 떨어져 살아온 10여 개국에 불과했다. 중국이나 러시아, 브라질, 캐나다처럼 영토가 광대한 나라들도 그럭저럭 살아남았다. 나머지 모든 땅은 처참한 피해를 입었다. 14억 km³의 염수가 동시에 기체로 팽창해 상승하는 과정에서 해안 지대의 상당 부분이 덩달아 허공으로 솟구쳤다. 특히 필리핀과 일본, 인도네시아, 카리브 연안의 섬들은 기반암 위쪽 토양이 전부 뜯겨나가면서 극심한 피해를 입었다. 칠레와 소말리아, 노르웨이, 포르투갈처럼 면적 대비 긴 해안선을 가진 나라들도 회복할 수 없이 궤멸되었다.

그러나 시간이 지나자 피해는 결국 비슷해지기 시작했다. 갈기갈기 찢긴 채 상승기류를 타고 올라가던 소립자들이 성층권에 이르러 진동의 척력을 잃고 원자로 분자로 급격히 응축되며 두꺼운 얼음층을 형성했다. 그 얼음층 덕분에 지구 밖으로 유출되는 물과 염류가 20% 안팎에서 억제되었으나, 또 바로 그 얼음층 때문에 태양열 복사와 지열 대류와 지구의 자전과 달의 인력 등 여러 힘이 격렬하게 충돌하여 원시 지구 그대로의 혹독한 뇌우를 일으켰다. 40일 동안 세계 전역에 반쯤 얼어붙은 소금 비가 쏟아져 온갖 형태의 문명을 덮고 할퀴고 쓸어갔다. 육지를 뒤덮은 바다의 잔해는 오랫동안 쓰레기와 뒤엉켜 거대한 진창을 형성했다. 춥고 어두운 다섯 달이 지나자 겨우 대륙의 해안선 형태가 잡혔고, 열 달이 지나면서 지면의 물이 걷히기 시작했다. 마른 땅이 드디어 모습을 드러낸 건 대역전 후 한 해가 다 되어서였다. 기근과 전염병이 가장 약한 이들을 먼저 쓰러뜨렸으며, 비린내 진동하는 유독성 안개와 폐허 위를 유령처럼 둥실둥실 떠다니는 수만 개의 적황색 구전(球電)과 행복했던 지난날의 추억을 떠올릴 때 느껴지는 슬픔이 그 다음으로 약한 이들을 쓰러뜨렸다. 그러나 7억에 달하는 인류는 끝까지 살아남아 가족과 이웃의 주검을 마른 땅에 묻어주었다.

바다는 머지않아 깊고 푸른 본래의 모습을 회복했다. 다만 겉으로 보기에 그럴 뿐이었다. 예전처럼 짜지 않았다. 어딘가 밍밍해서, 소금을 넣는다는 걸 실수로 미원을 넣어버린 맛 같았다. 조금 기다리면 원래대로 돌아오겠지, 했으나 3년이 지나고 5년이 지나도 여전히 간이 맞지 않았다. 심지어는 실험실에서 과거 바닷물의 조성비를 참고해 똑같이 만들어 보아도 마찬가지였다. 그러나 맛이 그렇다는 것이지 희한하게도 염도 자체는 전과 똑같았다. 이 미스터리는 염소이온의 진동 패턴이 대역전 이후로 바뀌어버렸다는 사실이 밝혀지면서 덩달아 풀렸다. 성범수는 바닷물 속의 수소와 산소에 상호 척력을 부여하려고 진동 실리콘을 통해 염소의 전하이동 메커니즘을 교란시킨 바 있는데, 바닷물이 지구 전체로 비산하는 과정에서 이 교란된 염소이온이 애꿎은 육지의 염소이온까지 죄다 오염시킨 것이었다. 짠맛이 전자의 행방에 따라 달라진다는 오래된 상식을 깜빡하고 그동안 다들 엉뚱한 이유만 찾아다녔던 셈이다.

급한 일이 산더미고 또 짠맛은 건강의 적이라지만 오래 지녀왔던 무언가를 영영 잃어버린다는 건 아무래도 슬픈 일이었다. 다행히 아직 희망이 3,000톤이나 남아 있었다. 마음씨 고운 캐나다 정부는 브리티시컬럼비아 내륙에 저장해둔 옛 바닷물 중에서 2,000톤을 시설과 인력이 있는 다른 국가와 똑같이 나눈 후 어떻게 복원할 수 있을지 공동으로 연구했다. 하지만 이런저런 탓에 3년에 걸친 모든 연구가 수포로 돌아갔다. 별

수 없이 더 나은 아이디어가 나올 때까지 기다리기로 했는데, 문제는 시간이 마냥 인류의 편은 아니라는 사실이었다. 탱크에 저장해둔 1,000톤의 옛 바닷물이 하루가 다르게 썩어갔던 것이다. 썩어버린 희망은 희망이 아니라서, 캐나다 정부는 고심 끝에 앨버타의 캘거리에 거대한 지하냉동실을 만들어 1,000톤 전부를 꽁꽁 얼려두었다. 그 과정에서 외부의염소이온과 접촉하지 않도록 각별히 유난을 떨었음은 새삼 언급할 필요도 없다. 재미있는 건, 짠맛을 과거로 만들어버린 성범수가 한편으로는짠맛의 미래 또한 밝히고 있다는 점이다. 캘거리의 지하 냉동실이 필요로 하는 엄청난 동력은 네 대의 플루오린-수소 발전기가 사이좋게 공급한다. 이모저모를 따져봐도 그보다 나은 발전기가 없다.

새로 출현한 바다에서는 더 이상 상어나 가오리를 보지 못한다. 그들은 모두 상승기류에 실려 우주로 튕겨나갔거나 혹은 얼음층을 들이받고추락했다. 요행히 해저에 납작 엎드려 상승기류로부터는 벗어났다 치더라도 아직까지 살아남았을 리 없다. 명태도 도다리도 사라졌다. 오징어도 해파리도 말미잘도 떠났다. 그 대신 미원에 적응한 쏘가리, 메기, 가물치, 그리고 돼지를 닮은 괴생물체 따위가 이리저리 헤엄쳐 다닌다.

살아남은 사람들은 신화 속의 악마를 떠올리듯 성범수의 이름을 기억한다. 세월이 지나면 이 느슨한 직유는 보다 단단한 은유가 될 것이다. 성범수가 악마라는 단어를 완전히 대체할 날도 언젠가는 올 것이다. 성범수가 이를 크게 비통해할 것 같지는 않다. 성범수는 생전에도 그보다나은 대접을 받지 못했다.

여전히 음모론을 주장하는 어떤 이들은 묻는다. 성범수는 본디 혼자서도 그럭저럭 잘 살아가지 않았는가. 자존감도 낮고 기대도 없던 사람이지 않았는가. 왜 원래의 모습으로 돌아가지 않았는가.

그건 인간이 어떤 존재인지 몰라서 하는 소리다. 성범수는 돌아갈 수없었다. 이전 시대에 북극해를 유영했던 혹등고래처럼, 눈 깜빡할 새

원래 있던 자리보다 훨씬 어두침침한 절벽 밑바닥으로 처박혔다. 둥실 떠올랐던 기억은 곱게 사라지지 않는다. 만남과 헤어짐을 겪을 때마다 누구나 조금씩 멸망해간다. 설령 아무리 짧더라도, 설령 그것이 아무리 사소하더라도.

옛날 미얀마라 불리던 나라의 바닷가 동굴에 금슬 좋은 박쥐 부부가 살았다. 둘 다 나이가 많아서 원하는 대로 변신할 수 있었는데, 낮이면 사람의 형체가 되어 손을 잡고 다정히 거닐곤 했다. 그러던 어느 하루, 어두컴컴한 폭풍에 휘말려 둘은 그만 서로의 손을 놓치고 말았다. 다음 날 간신히 정신을 차린 박쥐 남편은 박쥐 아내를 박쥐 아내는 박쥐 남편을 찾아 미친 듯이 헤매었다. 둘은 파도가 밀려난 해변에서 마주쳤다. 서로 힘껏 부둥켜안고는, 지난 하루를 따로 보낸 게 너무나도 분하고 원통하여 1년 동안 울었다.

성범수는 이 전설을 만나는 사람마다 들려주었다. 특히 '지난 하루를 따로 보낸 게 너무나도 분하고 원통하여 1년 동안' 부분을 좋아했다. 하지만 매번 듣는 이의 반응은 폭소를 터뜨리거나 혹은 어리둥절한 표정을 짓거나 둘 중 하나였다. 어느 쪽도 원하는 반응이 아니었으므로 성범수는 머쓱한 얼굴이 되어 시선을 비스듬히 돌리곤 했다, 마치 자기편을 찾는 듯이.

그러면 눈물이 그렁그렁 맺힌 아내가 틀림없이 거기 있어 메뚜기마냥 고개를 끄덕이는 것이었다.

외톨이의 윤리

이경재 숭실대학교 국어국문학과 교수

박형서의 「외톨이」(『문학동네』, 2017년 봄호)는 조금 시간이 지나기는
했지만 같은 작가가 쓴 「자정의 픽션」(『문예중앙』, 2010년 겨울호)을 떠
올리게 하는 작품이다. 「자정의 픽션」도 부부관계를 중심으로 한 작품인
데, 학원 강사인 남편은 온종일 마트 종업원으로 고생하고 귀가한 아내
의 편안한 잠을 위하여 이야기를 만들어낸다. 그 이야기는 냉장고에 들
어 있는 멸치들이 변기를 통하여 바다로 간다는 공상에 바탕한 것이었
다. 「자정의 픽션」에서는 아내를 위한 판타지가 작품의 내화(內話)로서만
존재했다면, 「외톨이」에서는 아내를 위해 세상을 파멸시키려는 한 인간
의 판타지가 전지구적 규모로 펼쳐진다.

「외톨이」의 성범수는 인간의 모든 불행이 요령 있게 압축된 존재이다.
가난한 재봉사의 외아들로 태어난 성범수는 두뇌도 체력도 모자라며 심
지어는 표정도 "애 좀 기분 나쁘네"라는 말이 절로 나오게 할 정도로 침
울하다. 일곱 살 때 부모가 동시에 죽자 유일한 혈육인 고모에게 맡겨지

며, 고등학교를 간신히 졸업한 후에는 계약직 영업사원이 된다. 유일한 보호자인 고모는 "부러워하면 지는 거"라는 가르침을 남겼고, 성범수는 일찌감치 "기대"를 접고 살아왔다. "남에게 잘 보일 생각도, 미래에 대한 기대"도 없는 성범수는 "단지 살아 있"을 뿐이었던 것이다. 성범수는 조에(zoē, 생물학적 사실로서의 삶)로서는 분명 살아 있지만, 비오스(bios, 고유한 삶의 방식이나 가치)로서는 죽어 있다고 말할 수도 있다. 더욱 문제적인 것은 성범수 스스로도 비오스로서의 삶을 기대(욕망)하지 않는다는 점이다. 그렇기에 성범수는 죽은 것도 아니고 산 것도 아닌 존재이며, 인간인 동시에 비인(非人)이다.

아내와의 만남은 성범수에게 극적인 변화를 가져온다. 성범수가 아내와 만난 일은 바디우(Alain Badiou)적 의미의 '사건'이다. 이것은 예수님을 믿는 사람들을 박해할 공문을 가지고 다메섹으로 가던 바울이 예수님을 만남으로써 거룩한 사도로 변신한 '사건'에 맞먹는다. 성범수는 아내를 만난 이후 완전히 변한다. 아내를 만나고서 성범수는 "마침내 세상에 한자리 낀 기분"을 느낀다. 성범수는 아내를 "인류 전체"로 느끼다가 나중에는 "신이 자기를 사랑해주기로 입장을 바꾸었다"고 생각한다. 실제로 여자는 성범수에게 온전한 생명을 부여해주었다는 점에서 분명 신(神)이었던 것이다. 성범수는 이제 "기대할 줄 아는 남자"가 된다. 근사한 가정을, 병원비를 걱정하지 않을 만큼의 돈을, 단단한 정신을, 행복을 기대(욕망)하게 된 것이다. 그것은 자기라는 하나의 고유한 주체를 인식하게 된 일이기도 하다.

성범수가 아내와 나눈 마음을 이해하기 위해서는 두 번이나 반복해서 등장하는 미얀마의 전설과 이에 대한 성범수의 반응을 살펴볼 필요가 있다. 미얀마의 전설 속에서 금슬 좋은 박쥐 부부는 어느 날 폭풍에 휘말려 서로 헤어지게 된다. 둘은 파도가 밀려난 해변에서 하루 만에 다시 만나지만, 지난 하루를 따로 보낸 게 너무나도 분하고 원통하여 1년 동안 운다. 성범수는 특히 "지난 하루를 따로 보낸 게 너무나도 분하고 원통하여 1년 동안 울었다"는 부분을 좋아하여 만나는 사람마다 이 전설을 들려준다. 전설 속의 박쥐 부부나 성범수 부부는 1년 동안의 울음에 맞먹는 하루를 보냈던 것이다. 이 전설을 사람들에게 말해주어도, 그들은 폭소를 터뜨리거나 혹은 어리둥절한 표정을 지을 뿐이지만, 오직 아내만은 성범수에게 고개를 끄덕인다. 이처럼 성범수에게 아내는 바울이 다메섹으로 가던 길에 만난 예수님처럼 절대적인 존재이다.

그러나 아내와의 그 소중한 시간은 고작 14개월에 머물고 만다. 성범수는 아내와 여름 휴가로 바다에 가 스노클링을 하다가 이안류(離岸流)를 만나 아내를 잃어버리는 것이다. 이 순간 성범수는 "이제 더 이상 살아갈 이유가 없"게 되었다고 느낀다. 아내의 존재로 인해 온전한 인간이 된 성범수는 이제 다시 비인(非人)으로 돌아간다. 그러나 아내라는 존재를 통해 인간이 된 경험을 했기에, 성범수가 경험하는 고통과 어둠은 예전의 것보다 더욱 짙을 수밖에 없다. 성범수는 마카오로 떠나서 "적당한 순간에 적당한 방식으로 죽어"버리기로 작정한다.

무심코 돌아간 마카오의 도박장에서 수백만 달러의 돈을 따면서 죽음은 유예되기 시작한다. 이후 성범수는 런던으로 가서 물리학을 혼자 공부한다. 그 결과 전기 발생의 원리에 관한 오랜 통념을 전복시키는 발전기를 고안하고, 세계의 유명 연구소에 자리를 잡고, 석학들과 교류하게 된다. 과학 지식을 이용하여 뉴욕 금시장에 2.2톤의 순금을 내놓기도 하는 성범수는 "소립자 가설과 초끈 가설이 연결되는" "만물의 섭리에 도달"하는 중이었던 것이다. 나중에 밝혀지듯이, 이 모든 활동은 '대역전'

을 위한 것이었다.

'대역전'이란 나중 성범수가 실제로 행한 일로서, 과학 지식을 이용하여 아내를 가져간 바닷물을 모두 사라지게 하는 것이다. "아내가 말라리아로 죽었다면 성범수는 모기를 멸종시켰을 것이다. 만약에 아내가 칼에 찔려 죽었다면 철기 문화를 파괴했을 것이고, 높은 곳에서 떨어져 죽었다면 만유인력을 해체했을 것이다."라는 말에서 알 수 있듯이, 대역전은 아내를 데려간 바다를 향한 복수에 해당한다. 성범수에게는 오직 이 복수라는 목표 외에 다른 삶의 이유는 존재하지 않는다. 아내의 죽음 이후 성범수의 삶은 오직 대역전에만 초점이 맞추어져 있었던 것이다. 그렇기에 성범수는 백만장자가 되고 세계적으로 인정받는 과학자가 되었어도 곰팡이 핀 빵을 먹고 욕실의 수돗물을 마신다. 대역전을 준비하며 보낸 9년 동안 성범수의 몸은 "통째로 썩고 있었"다. "잇몸이, 폐가, 발가락이, 똥구멍이, 똥구멍에서 삐져나온 직장이 썩어갔"던 것이다. 이 와중에도 성범수는 어떤 형태의 진료도 받지 않으며, 벌어들인 돈은 모두 대역전을 위한 요긴한 일에 사용한다.

대역전은 신으로부터 버림받은 왜소한 피조물이 스스로 신이 되는 것을 의미한다. 성범수는 고작 인간이면서도, 인간의 타락을 벌주기 위해 신이 대홍수를 일으킨 것에 버금가게 바닷물을 모두 없애려는 것이다. 성범수의 행위가 신에 대한 도전이라는 것은, 몰타의 호텔 침대에서 죽기 직전에 "그간 척을 지고 살아온 신"에게, 성범수가 "야 인마"라고 말하는 것에서도 분명하게 드러난다. 찌질한 외톨이 성범수가 신과 대적할 수 있었던 것은 바로 아내와의 만남이라는 '사건'이 있었기 때문이다. 사람들은 "성범수는 본디 혼자서도 그럭저럭 잘 살아가지 않았는가. 자존감도 낮고 기대도 없던 사람이지 않았는가. 왜 원래의 모습으로 돌아가지 않았는가.”라고 이야기한다. 그러나 아내와의 만남은 성범수의 이전과 이후 사이에 심연을 만들어놓은 ‘사건’이었기에, 성범수는 돌아가지 않은 것이 아니라 “돌아갈 수 없었”던 것이다. ‘사건’에의 충실성(fidelity)으로 윤리를 설명한 알랭 바디우의 말대로라면 성범수는 분명 윤리적 주체라고 부를 수 있다.

「외톨이」는 한 비인(非人)이 한 여인으로 인해 인간이 되고, 그 여인이 죽자 그 여인의 복수를 위해 자신의 모든 것을 바친다는 그야말로 숭고한 사랑의 이야기이다. 사랑을 성욕이나 낭만 등과 관련된 골방의 유희가 아니라 타인을 온전하게 인간으로 실현시키는 윤리적 행위로 이해할 수 있다면, 한 여인을 위해 자신의 전존재를 건 성범수의 복수는 참된 윤리적 행위로 의미를 부여할 수도 있다. 성범수의 대역전이라는 행위의 의도만을 따진다면 그는 누구보다 숭고한 인간인 것이다. 성범수는 자신이 경험한 사건에의 충실성으로 말미암아 고작 외톨이에서 일약 신의 경지로까지 고양되었다.

그러나 그 대역전의 결과를 보았을 때도 우리는 똑같은 말을 할 수 있을까? 대역전으로 14억 km^3의 염수가 동시에 기체로 팽창해 상승하자 그 부수 현상으로 해안 지대의 상당 부분이 허공으로 솟구친다. 나아가 그 증발의 영향으로 세계 전역에 40일 동안 반쯤 얼어붙은 소금비가 쏟아져 온갖 형태의 문명을 덮고 할퀴고 쓸어간다. 그 결과 오직 7억의 인구만이 지구상에 살아남는다. 몇 년 후에 바다는 본래의 모습을 되찾지만, 이제 더 이상 짠맛은 사라진 “영영 반편이”가 되어버린다. 이제 살아남은 사람들은 “신화 속의 악마”를 떠올리듯 성범수의 이름을 기억한다.

여기서 우리는 다메섹으로 가던 길에 바울이 들은 예수님의 목소리가 지닌 의미에도 초점을 맞추어볼 필요가 있다. 이것은 성범수가 아내와 나눈 사랑의 의미에도 관심을 기울일 필요가 있다는 말이기도 하다. 성범수의 아내는 중학교 동창이었으며, 성범수와 마찬가지로 "김치 냄새 취급을 받던 외톨이"였다. 아내는 성범수에게 먼저 말을 걸어주고, 성범수가 전화를 걸면 금방 나와주었을 뿐이다. 그러나 정말 중요한 것은, 다음의 인용문에 드러난 것처럼 아내는 성범수에게 "누구인지, 무얼 원하는지, 어떻게 살 것인지"를 물어준 유일한 인간이었다는 사실이다.

> 아무도 성범수에게 묻지 않았다. 누구인지, 무얼 원하는지, 어떻게 살 것인지 묻지 않았다. 기대하는 바가 없기 때문이었다. 그런 대접 속에서 자라온 성범수 역시 세상에 기대하는 게 없었다. 익숙해지다 보니 기대할 필요를 느끼지 못했다. 기대한다고 행복해지지 않았다. 기대하지 않아서 불안해지지도 않았다. 여자를 만나기 전까지 그랬다. (165쪽)

위의 인용문은, 성범수가 아내의 작은 관심으로 인해 처음으로 기대(욕망)하는 인간이 될 수 있었다는 것을 보여준다. 성범수가 진정한 사도 바울이 되기 위해서는 아내 그 자체는 물론이고, 그 메시지에도 관심을 기울여야 했을 것이다. 아내가 성범수에게 전한 메시지는 결코 인간의 파멸을 불러오는 대역전과 같은 행위일 수는 없기 때문이다. 이와 관련해 성범수가 백만장자가 되고 과학 지식을 쌓아 신의 경지에 다가가는 과정이 성범수의 처절한 몰락과 병행한다는 사실도 잊어서는 안된다.

작가는 성범수에 대한 독자의 아이러니적 시선을 유도하는 장치를 노골적으로 작품 속에 배치해놓고 있다. 「외톨이」는 서사의 큰 줄기에 관

작품 해설 외톨이의 운명

여하지는 않지만, 이야기가 현실적으로 느껴지게 하는 디테일을 통해서 현실효과(reality-effect)를 창출하는 일에 거의 무관심하다. 정확하게 말하자면 그러한 현실효과를 적극적으로 무시하고 나아가 조롱한다. 이를테면 성범수는 무려 네 번의 베팅이 연달아 성공하는 바람에 마카오의 도박장에서 백만장자가 된다. 또한 성범수는 자신에게 "많은 영감을 준 당시의 돌대가리들 중 셋은 노벨상까지 받은 병신들이었다."고 스스럼없이 생각할 정도의 뛰어난 과학자가 되는데, 그가 과학 지식을 처음 쌓은 것은 "인터넷으로 검색했거나 문화센터에서 수강했거나" 등의 방법으로 설명된다. 이외에도 성범수가 전자의 에너지준위를 멋대로 조절할 수 있었던 건 파울리나 훈트 같은 이들의 선행 연구를 몰랐기 때문에 가능한 일이었다."처럼 현실효과와는 배치되는 부분이 박형서의 「외톨이」에는 가득하다. 서사의 큰 줄기만 따라간다면 성범수는 아내의 복수를 위해 스스로 신이 된 윤리의 화신이지만, 사소한 디테일들에 주목한다면 누구도 성범수와 그의 행위를 진지하게 바라볼 수 없는 것이다.

이처럼 성범수의 대역전이 가져온 구체적인 결과와 작가가 치밀하게 계획한 것으로 보이는 현실효과의 무시는 성범수라는 인간을 통해 사사화(私事化)된 '사건'에의 충실성이 가져올 비윤리의 극단도 제시한다. 이와 관련해 서술자가 직접 나서서 "대역전을 해석할 때 어떤 관점들은 특히 경계할 필요가 있다."며 "성범수의 생애에 기상천외한 낭만과 터무니없는 신화를 덧씌우는 경향이 그중 하나다."라고 말하는 것은 곱씹어볼 필요가 있다. 그러한 덧씌움을 통해 "대역전을 겪은 인류의 슬픔"은 "조금도 위로받지 못"하기 때문이다. 박형서의 「외톨이」는 섬세하고 진지하게 성찰되지 못한 '사건'에의 집착이 때로는 그 '사건'

의 참된 의미를 배반하기도 한다는 점을 SF적 요소와 차가운 유머로
다루고 있는 올해의 문제작이다.

여진

안보윤

—

2005년 장편소설 『악어떼가 나왔다』로 문학동네작가상을 수상하며 등단.
장편소설 『오즈의 닥터』 『사소한 문제들』 『우선 멈춤』 『모르는 척』 『알마의 숲』,
단편집 『비교적 안녕한 당신의 하루』가 있음. 자음과모음문학상과 이상문학상 우수상 수상.

여진

1

기억이 안 납니다.

남자는 말했다.

미안합니다. 정말로 기억이, 안 납니다.

남자가 손을 들어 코밑을 훔쳤다. 수갑 때문에 딸려 올라온 다른 손이 오그라든 채 허공에 떠 있었다. 남자는 태연한 얼굴로, 코를 훔치려면 으레 한 손은 떠 있어야 한다는 듯 느리게 움직였다. 허공에 뜬 손이 오그라든 건 붕대 때문이었다. 검지와 중지에서 시작해 엄지 두덩을 꽉 눌러 묶은 붕대가 남자의 손목까지 이어졌다. 붕대 끝에 튀어나온 손가락 마디가 붉었다. 남자의 변호사가 방청석을 흘끗 바라보고는 남자에게 뭐라 속삭였다. 남자는 두 손을 내려 무릎 위에 두었다.

먹구름이 하늘을 뒤덮고 있었다. 가로수마다 여름내 자란 잎사귀들을 한 자루씩 이고 있었다. 새 떼의 흔적이나 낮게 나는 항공기 그림자 같은 것이 거리를 스쳤다. 그러니까, 그늘에 가려진 것이라면 얼마든지 있었다. 보도블록에 흘러내린 그림자가 입간판을, 트럭을, 육교를 차례로 집어삼켰다. 최종적으로는 검고 두꺼운 그늘 외에 어떤 것도 거리에 남지 않았다. 남자는 자신의 기억 역시 그러하다고 주장하고 있었다. 고백해야 하는 것이 무엇이든, 그것은 불규칙하고 무성의한 그늘 속에 숨어 있다고.

　남자는 대체로 무표정했다. 재판이 진행되는 내내 담담한 얼굴로 몸의 각도를 일정하게 유지하려 애썼다. 고개를 들지도 완전히 숙이지도 않은, 앞에 선 사람에게 이마와 콧잔등은 보이되 하관은 보이지 않는 각도였다. 입꼬리에 그림자가 달라붙어 남자는 침울해 보였다. 내리깐 눈 아래가 푸르스름해 병약해 보였다. 달아오른 텅 빈 정수리가 비루해 보였다. 남자는 적당한 각도를 변호사에게 배우기라도 한 것처럼 자리에 꼭 맞는 꼴로 멈춰 있었다. 기억이, 안 납니다. 미안합니다. 두서없이 되뇌는 쉰 목소리 때문에 남자는 심지어 반성하고 있는 것처럼 보이기도 했다.

　개자식.

　소년은 흠칫 놀라 오른쪽을 바라보았다.

　소년의 오른쪽엔 엄마가, 왼쪽엔 아빠가 앉아 있었다. 욕설이 들려온 게 왼쪽이 아니라는 사실에 소년은 침을 삼켰다. 아빠의 욕설은 익숙했다. 소년의 아빠는 운전할 때나 야구 경기를 관람할 때, 뉴스를 볼 때 추임새를 넣듯 거친 말을 쏟아내곤 했다. 제한속도를 과도하게 잘 지키는 운전자에게는 꼼꼼하게 성별을 따져 욕했고, 실수를 연발하는 운동선수에게는 신체 부위를 골라 비난을 퍼부었다. 엄마는 그렇지 않았다. 소년의 엄마는 말을 함부로 하는 사람이 아니었다. 부득이하게 누군가와 말다툼을 해야 할 때에도 꼬박꼬박 경어를 썼고, 아무도 듣지 않는 곳에서 아무 말이나 내뱉는 버릇도 없었다. 말마디를 정확히 구분해 한 글자씩 신중하게 발음하는 엄마의 화법을 소년은 지루하게도 자랑스럽게도 여겨왔다.

그러나 지금 소년의 오른쪽에 앉아 최선을 다해 남자를 노려보고 있는 엄마는 어떻게 해도 낯설었다. 소년의 부모는 거울 속에 삼켜진 것처럼 정반대의 모습을 보이고 있었다. 소년의 아빠는 너무 오래 생각하느라 머릿속의 단어가 모두 녹아버린 사람 같았다. 소년의 엄마는 혀 위에 단어를 올려놓기 무섭게 밖으로 뱉어버렸다. 재판이 진행되는 내내 소년의 엄마는, 운전대를 잡고 고속도로를 달리던 과거의 아빠처럼 수시로 분개하고 큰 소리로 헐떡였다. 남자의 변호사가 판사에게 정신감정소견서를 제출하자, 소년의 엄마는 더 이상 참지 못하고 자리에서 일어나 외쳤다.

아닙니다, 판사님. 그건 개자식이에요. 미친놈이 아니라 개자식입니다, 판사님!

소년의 아빠는 엄마를 말리는 대신 소년의 손을 꽉 쥐었다.

소년은 재판이 진행되는 내내 머리를 숙이고 있었다. 간혹 얼굴을 들어 올렸다가도 누가 볼세라 무릎 사이로 머리를 처박았다. 도드라진 날갯죽지가 소년을 앙상하고 깨지기 쉬운 무엇으로 보이게끔 만들었다. 그건 뒷자리에 고모와 나란히 앉은 누나 역시 마찬가지였다. 소년의 누나는 마른 수수깡 같은 몸을 배를 심하게 앓는 사람처럼 구부리고 있었다. 고모가 상체를 흔들 때마다 소년의 누나가 구깃구깃 쪼그라들었다. 소년의 엄마처럼 고모 역시 사나운 얼굴이었다. 소년이 이해하지 못할 말들과 소년의 누나가 들어서는 안 될 말들이 난무했으나 누구 하나 이들의 귀를 막아주지 않았다.

한 가지…….

변론과 반론이 거듭되던 어느 시점이었다. 남자가 천천히 입을 뗐다.

기억나는 게, 한 가지…….

어느새 자리를 옮긴 남자가 방청석에 등을 보이고 앉아 있었다. 완만

하게 구부러진 어깨와 누런 목덜미가 방청석에 앉은 여느 사람들처럼 평범했다. 윗집에 사는 70대 노부부를 과도로 스물세 차례나 찔러 살해한 범인이란 흔적은 어디에도 없었다. 남자는 손을 씻고 머리를 감고 옷을 갈아입은 것만으로 그날과 멀어졌다. 손톱과 수염을 깎고 붕대를 싸매는 것만으로 새날을 맞이했다. 불리한 기억은 모조리 그늘 아래 쑤셔 넣었으므로, 사물에 새겨진 기억이 남자의 것보다 훨씬 선명하고 날카로웠다. 때문에 재판은 사물의 흔적을 더듬어 남자의 행적을 짜맞추는 식으로 진행되었다.

남자는 7월 16일 오후 7시경, 자신의 집에서 나와 비상계단을 타고 위층으로 올라갔다. 초인종을 누를 때까지 남자는 경고의 말을 하고 싶었을 뿐 위해를 가할 생각은 없었다고 진술했다(이후 남자는 '경고'에서 '부탁'으로 말을 바꾸었다가 진술을 번복해 기억이 안 난다는 입장을 고수했다). 윗집 노부부는 의심 없이 현관문을 열었다(평소 왕래가 있었느냐는 질문에 남자는 '아랫집입니다'라고만 했을 뿐인데 문이 열렸노라고 답변했다. 이 부분의 진술은 번복하지 않았다). 남자는 노부부를 거칠게 밀어붙이며 집 안으로 들어갔다. 떠밀린 노인이 거실에 넘어졌다. 넘어지지 않은 노인은 주방으로 도망쳤다. 노부부의 집 구조가 남자의 집 구조와 똑같았으므로, 남자는 머뭇대는 일 없이 노인을 쫓았다. 보폭이 넓고 힘찬 발자국이 거실 바닥에 찍혀 남자의 동선을 증명했다. 싱크대 안쪽에 걸려 있던 과도를 꺼낸 사람은 노인이었으나 그것에 찔린 사람 역시 노인이었다. 노인은 목에 중상을 입은 채 쓰러졌다. 다음부터 이어지는 남자의 발자국에는 피가 흥건했다. 남자는 과도를 움켜쥐고 거실로 가, 경찰에 신고 중인 또 다른 노인을 스물두 차례 찔렀다. 남자의 움직임은 여기서 급격히 산만해졌다. 첫 번째 살인이 날렵하고 정확하게 이루어진 데 비해 두 번째 살인은 엉성하기 그지없었다. 다른 인격을 덮어쓴 것처럼 남자는 돌연 서툰 행동으로 또 다른 노인을 공격했다. 급소를 전부 빗맞혔고 여러 차례 칼을 놓쳤다. 노인의 늑골에 걸린 칼끝이 2밀리미터가량 부러졌다. 체액에 젖은 칼 손잡이가 남자의 손에서 미끄러졌다. 중지와 검지가 칼날에 찢어지고 엄지손가락은 골절됐다. 마침 노부부의 집에 동치미를 가지러 왔던 며느리가 현장을 목격했다. 단 한 차례 목을 찔렸을 뿐인 노인은 그 자리에서 죽었다. 스물두 곳이나 자상을 입은 노인은 세 차례의 수술 후 일주일을 버티다 죽었다.

소년은 이 모든 걸 재판장에서 들었다. 잔혹한 내용에 고통스러워하느라 소년의 부모는 소년과 소년의 누나를 법정에서 내보낼 타이밍을 놓쳤다. 검사가 들끓는 목소리로 '잔악무도하고' '파렴치하며' '비인간적인' '엽기적' 행위임을 강조할 때마다 어린 남매는 몸을 떨었다.

검사는 사건 개요를 설명하는 데 수십 장의 현장 사진을 활용했다. 2천 4백만 화소에 광각 렌즈로 촬영된 죽음은 지나치게 정교해서, 남매가 굳이 목격하지 않아도 좋을 부분까지 친절하게 복원해냈다. 소년은 문이 활짝 열린 채 기울어진 싱크대와 그 안에 차곡차곡 정돈된 냄비와 프라이팬을 보았다. 사과식초와 간장, 용도를 알 수 없는 유리 뚜껑, 찬장 벽에 기대 세워진 강판 두 개와 밀대. 사물은 친근했으나 그 위에 끼얹어진 죽음은 기이하고 낯설었다.

너무 시끄러워서.

남자가 말했다.

시끄러워서 도무지 견딜 수가 없었다는 게…… 그게, 기억납니다. 그 애들이, 쿵쿵대고 뛰어다니고 쇠공 같은 걸 집어 던지고, 종일 제 머리통을 밟고 다니는 것처럼 소리가, 도무지 견딜 수가 없어서 아아 정말…… 죽여버릴까 하고…… 그랬습니다. 그 애들만, 그 소리만 아니었어도 저는……

벌떡 일어나려는 엄마를 소년의 아빠가 저지했다. 재빨리 뻗어 나온 긴 팔이 소년을 가로질러 소년의 엄마를 눌러 앉혔다. 짓누른 손이나 짓눌린 손이나 같은 정도로 차가웠다.

소년은 순간적으로 팽개쳐진 자신의 손을 바라보았다. 손톱과 손톱 밑 살점이 한계에 다다를 때까지 뜯겨 있는 손이었다. 물어뜯은 흔적 그대로 곪거나 붓거나 검게 죽은 손끝이 남의 것처럼 생소했다. 재판장에 오기 전까지 소년의 손은 열 손가락 모두 반창고로 감겨 있었다. 소년의 엄마는 소년을 꾸짖는 기색도 없이 약을 바르고 반창고를 감아주었다. 이제 그러면 안 돼. 나직이 말해놓고 소년의 엄마는 바닥을 오래 내려다보았다. 붕대와 소독약과 면봉 같은 것들이 어지러이 널려 있었다. 소년의 엄마가 말없이 방으로 들어갔다. 소년은 반창고가 떨어지지 않게 조심하며 끝이 뭉툭한 가위와 소독약을 구급상자에 챙겨 넣었다.

피가 흐리게 밴 반창고는 지금, 방청석 바닥에 엉망으로 버려져 있었다. 소년은 재판장에 있는 남자와 마주친 뒤, 정확히는 남자의 손에 감긴 붕대를 발견한 뒤 반창고를 죄다 풀어버렸다. 살점이 떨어져나간 부위에서 진물이 솟았다. **그 애들.** 소년이 속삭였다. **그 애들, 그 애들만 아니었다면.**

소년은 그들이 누구를 뜻하는지 알고 있었다. 시끄럽게 뛰어다니고 쿵쿵대며 쇠공을 집어 던졌다는 애들, 70대 노부부를 죽음에 이르게 만든 그 애들이 누구인지. 알 수밖에 없었다. 노부부의 장례식장에서, 학교에서, 길거리 상점에서 마주친 모든 사람들이 소년에게 알려주었다. 사람들은 경이로울 만큼 상냥한 태도로 그 애들의 등을 쓰다듬었다. 상점가를 걸어가면 갓 튀긴 핫도그나 아이스크림 같은 걸 그 애들 손에 쥐어주었다. 학교 복도에서 마주친 선생님은 자애로운 표정으로 고개를 끄덕였다. 어른들처럼 능숙하지 못한 아이들은 차라리 입을 다물었다.

아니야.

그 애들의 친구들은 자주 머리를 흔들며 말했다.

아무것도 아니야, 엄마가 말하지 말랬어.

소년은 동그랗게 몸을 말았다. 숨겨지지 않는 팔다리를 가슴 쪽으로 힘껏 끌어당겼다. 몸통이 가늘고 다리가 많은 벌레가 파고드는 것처럼 손톱 밑이 간지럽고 쓰라렸다. 소년은 손가락 끝을 청바지의 거친 면에 문질렀다. 더 이상 물어뜯을 수도, 내버려둘 수도 없는 손가락을 여기저기 문질러대는 것만이 지금 소년이 할 수 있는 일의 전부였다.

2

어머님이 해주시는 밥은 참 맛있어요.

소년의 엄마는 자주 그렇게 말했다.

어딜 다녀봐도 어머님이 하신 게무침만큼 간이 똑 떨어지는 게 없어요.

그게 뭐라고 호들갑은.

저는 암만해도 간이 안 맞아요. 양념 쓰임새도 모르겠고.

그거는 익혀야지. 양념이, 빠짐없이 제 곳에 쓰여야 맛이 나는 거지.

그럼요, 어머님. 뭐든 쓰일 곳이 딱 정해져 있더라고요.

암만.

그러니까요, 어머님.

그래.

이제 그러지 마세요. 그러시면 안 돼요.

소년의 조모가 게무침 그릇을 자신의 앞으로 끌어갔다. 속이 꽉 찬 게 몸통을 골라 손가락으로 밀어 살을 짜내고, 그 살들을 밥그릇마다 부지 런히 날랐다. 소년의 밥그릇과 소년 누나 밥그릇과 소년의 엄마 밥그릇까지 빠짐없이. 소년의 엄마는 잘 발라진 게살을 양념을 떠다 쓱쓱 비벼 먹으며 어머님 또요, 또 주세요, 어머님, 했다.

아범은 이 맛있는 걸 못 먹어요, 맨날 일만 하느라.

너도 할 일이 있을 텐데 주말마다 오느라 애쓰지 않아도 된다.

싫어요, 어머님. 여기 아님 제가 어디서 밥을 먹나요.

애들 데리고 오가기도 힘들 텐데.

애들은 여기서 노는 걸 더 좋아해요. 그보다 꼬막을 사러 나갈까요? 아범이 요즘 입맛 없다고 밥을 통 안 먹어요. 그럴 땐 어머님 꼬막무침이 최고거든요.

어느새 밥그릇을 비웠는지 소년의 엄마가 그릇을 챙겨 일어났다. 상에 수북이 쌓인, 쭉정이만 남은 게 껍질을 정리하는 손이 재빨랐다. 소년은 바쁘게 움직이는 엄마를 바라보았다. 조부모의 집에만 오면 엄마는 말이 많아지고 어리광이 심해지고 움직임이 커졌다. 조모를 졸졸 따라다니며 굴전이나 오이소박이가 먹고 싶다고 졸랐고 조모가 하는 일마다 어이구 어이구 치켜세우기 바빴다. 어머나, 저 화분걸이를 어머님이 만드신 거예요? 저도 하나 만들어주세요. 물통 손잡이에 이거 뭐예요? 레이스뜨기로 이런 걸 다 만들 수 있어요? 저도요, 저도 주세요. 소년의 집에는 화분이 없었다. 직수정수기를 설치해두었으므로 물통을 쓸 일도 없었다. 그럼에도 소년의 엄마는 조모가 한 모든 것에 감탄하고 일일이 탐을 냈다.

엄마가 엄마가 아닌 것 같아. 조모에게 딱 붙어 있는 엄마를 가리키며 소년의 누나가 속삭였다. 엄마가, 우리 또래가 된 것 같아. 먹고 싶은 거 해달라고 떼쓰고 보채고, 이상하지? 그치? 소년은 고개를 끄덕였다.

사실 소년의 눈에는 안방에 앉아 손바닥만 한 책을 들여다보며 종일 혼자 바둑을 두는 조부가 더 이상해 보였다. 조부는 숨도 아껴 쉬며 바둑판을 채워 넣다가 어느 순간 흑돌을 내려놓고는 아아, 깊게 탄성을 내질렀다. 그렇지, 그렇지, 홀로 추임새를 넣으며 손에 쥔 돌들을 와그락대기도 했다. 할아버지도 이상하지 않아? 소년이 묻자 소년의 누나는, 너도 게임할 때 저래, 하고 톡 내뱉었다.

그러면 안 되는 거랬잖아.

뭐가?

엄마가, 다른 사람 귀찮게 하면 안 되는 거라고 그랬잖아.

꼬막무침과 깻잎을 잔뜩 싸들고 집으로 돌아가면서 소년의 누나가 물었다. 묻고 싶은 것을 참느라 여러 번 움켜쥔 치맛단이 꼬깃꼬깃해져 있었다.

스스로 할 수 있는 건 다른 사람한테 해달라고 하면 안 돼, 엄마. 엄마도 밥 할 줄 알잖아. 할머니 피곤해. 귀찮게 하면 안 돼.

귀찮게 해도 돼, 할머니는.

왜?

할머니는 자꾸 귀찮게 해드려야 해. 자꾸 뭘 해달라고 하고, 어디든 같이 가자고 해야 해. 그래야 할머니가 우울해지질 않아.

할머니 우울해?

할머니는 본인이 세상에서 제일 쓸모없는 존재라고 생각하셔. 그게 뭐냐면, 할머니가, 아무도 자기를 필요로 하지 않는다고 생각하는 거야. 할머니는 아주 오랫동안 일을 해오셨잖아? 그런데 작년에 갑자기 그만두시곤 혼자 쓸쓸한 생각을 너무 많이 하셨어. 일을 할 수 없게 된 걸 보니 나는 아무짝에도 쓸모가 없나 봐, 이런 식으로 말이야. 우리가 자꾸 알려드려야 해. 할머니가 얼마나 소중한 사람인지, 할머니밖에 할 수 없는 일이 얼마나 많은지. 자꾸 알려드려야 저번 같은 일이 안 생겨.

저번?

……그런 게 있어.

구급차?

누나와 엄마의 대화를 잠자코 듣고 있던 소년이 끼어들었다. 소년의 엄마 얼굴이 험악해졌다.

한낮의 구급차 소동은 소년의 누나가 모르는 것이었다. 소년의 학교 수업은 오후 1시에 끝났고, 소년의 누나는 방과후 학습과 영어 학원까지 끝낸 뒤 오후 5시에나 집에 돌아왔다. 소년은 전화를 받은 엄마의 얼굴이 지점토를 마구 치댔을 때처럼 뭉개지는 걸 혼자 목격했다. 그럼 지금 구급차 타고 가는 길이세요? 아버님, 진정하시고, 어느 병원으로 가는지를 물어보세요. 제가 당장 그리로 갈게요. 소년이 들은 대사는 그게 전부였다.

소년은 동네 놀이방에 맡겨져 자신보다 훨씬 어린아이들이 주먹만 한 블록을 빨거나 목적 없이 바닥을 뒹구는 걸 구경했다. 간식으로 계란과자와 요거트를 먹고, 시리즈를 거의 외우다시피 한 애니메이션을 다섯 편쯤 보도록 엄마는 돌아오지 않았다.

이건 비밀이야. 해가 완전히 기운 뒤에야 놀이방에 도착한 엄마가 소년에게 점퍼를 입히며 말했다. 아빠한테도 누나한테도 비밀이야, 알았지? 소년은 비밀을 지켰다.

날이 더워지기 시작하자 조부모는 웬만해선 잘 움직이지 않았다. 겨드랑과 종아리가 훤히 드러나는 모시옷을 입고 느릿느릿 집 안을 오갔다. 조부는 에어컨이 설치된 거실로 바둑판을 옮겨왔다. 기보책 아랫부분이 손에 쥐었던 모양 그대로 땀에 젖어 우그러들었다. 실내온도는 늘 25도에 맞춰져 있었으나 달궈진 유리창으로 가차 없이 내리꽂히는 햇빛 때문에 금세 땀이 솟았다. 조부와 조모 중 어느 한쪽이 보이지 않아 방으로 들어가보면 대나무자리 위에 반듯하게 누워 코를 골고 있었다. 조부모는 교대하듯 잠들었다 깨기를 반복했다. 소년과 소년의 누나는 엄마가 당부한 대로 조모를 살폈다.

할머니는 자고 있어.

소년의 엄마가 전화를 걸어 물을 때마다 남매는 성실히 대답했다.

할아버지는 땀이 아주 많이 났어.

할머니는 언제부터 주무셔?

아까, 한 시간 전쯤부터.

그럼 가서, 할머니 손바닥 간질여봐.

손바닥? 왜?

아무튼. 얼른 가서 해봐. 간질였는데 안 움직이면 살짝 꼬집어도 돼. 할머니가 주먹을 쥐거나 손가락을 움직이면 괜찮은 거야. 발바닥도 괜찮아. 얼른 가서 해.

남매는 조모 손바닥을 이쑤시개로 콕콕 찍었다. 왜 그러냐? 조모가 잠이 깨어 물으면 배가 고프다거나 심심하다는 이유를 댔다. 그러면 조모는 양푼에 밀가루를 담아 남매에게 건네주었다. 소년이 밀가루를 주무르는 동안 소년의 누나가 약간의 소금과 물과 계란을 양푼에 넣었다. 반죽이 어느 정도 뭉쳐지면 조모가 밀대로 넓게 밀어 착착 접은 뒤, 비스듬히 누인 칼날로 썰어냈다. 칼국수 면은 때론 푸석푸석하고 때론 딱딱했다.

남매가 나란히 강판을 앞에 두고 앉을 때도 있었다. 조모는 강판 두 개와 감자 두 알을 내준 뒤 분주히 움직였다. 감자전을 부쳐주기 위해서였다. 소년과 소년의 누나는 동글동글 미끄러지는 감자를 움켜쥐다시피 해 강판에 갈았다. 손이 다칠까 봐 절반까지만 갈 수 있었다. 소년의 누나는 반듯하게 갈린 자신의 감자와 사선으로 길어진 소년의 감자를 나란히 세워두고 웃었다. 흰 종지에 간장을 따르는 건 소년의 몫이었고 그 위에 식초를 딱 세 방울 떨어뜨리는 건 누나의 몫이었다.

여름이 되면서 소년의 아빠가 운영하는 가전 센터는 눈코 뜰 새 없이 바빠졌다. 소년의 아빠가 에어컨을 설치하러 다니는 사이 엄마가 센터를 지켰다. 조부모의 집에는 소년과 소년의 누나만이 남겨지는 경우가 많앉다. 한가롭고 평온했으나 지루한 날들이었다. 남매는 텔레비전을 보고 가져간 만화책을 읽고 아이스크림 막대를 집요하게 씹으며 뒹굴거렸다.

일요일이 우유통에 빠진 기분이야. 그것도 흰 우유. 아무것도 안 탄.

동물원 가고 싶어. 호랑이가 짖는 거 볼래.

호랑이는 우는 거야. 어흥 하고.

그럼, 우는 거 볼래.

동물원 호랑이는 안 울어, 바보야. 갇혀 있잖아.

갇혀 있으면 안 울어?

안 울어. 우리도 안 울잖아.

소년의 누나가 시큰둥한 목소리를 냈다.

조부모의 집에서 할 수 있는 일이란 소소한 것들뿐이었다. 손가락 축구나 실뜨기, 빙고게임처럼 하기 전과 하고 난 후의 온도차가 크지 않은 놀이, 거듭할수록 무료함이 배가 되는 놀이들이 그러했다. 뭘 하지. 뭘 할까. 뭘 하고 싶은데? 글쎄. 하릴없는 질문들이 오갔다. 오늘은 뭘 하고 놀지. 소년이 묻자 소파에 배를 딱 붙이고 있던 소년의 누나가 몸을 일으켰다.

도도두두 놀이를 하자.

그게 뭔데?

도도두두. 술래잡기 놀이.

소년의 누나가 재빨리 덧붙였다.

도망치는 사람이 도도, 따라잡는 사람이 두두야.

놀이의 규칙은 간단했다. 도망치는 사람은 도도도도, 앞꿈치만으로 땅을 디뎌 도망친다. 뒤쫓는 사람은 두두두두, 뒤꿈치만으로 땅을 디뎌 쫓아간다.

이건 사실 무시무시한 놀이야. 저주받았거든.

저주?

그래, 저주. 이건 무려 66년 전부터 유행했던 놀이인데, 지금까지 이 놀이를 하고 다리가 부러진 사람이 무려 6백 명이 넘는대. 학교에서 도도두두를 하면 선생님한테 끌려가서 엄청나게 혼나거든. 그게 다 저주 때문이야.

학교에선 원래 술래잡기 하면 안 돼.

그게 아냐, 바보야. 우리 학교에서도 몰래 하다가 저주받은 사람이 있어서 그래. 이건 비밀인데, 도도를 했던 5학년 언니 발가락이 일곱 개나 부러졌대. 화장실도 못 가서 병원에 세 달이나 입원해 있었는데도 아직까지 절뚝거리면서 걷는대. 뛰는 건 절대 못하고 피구랑 뜀틀도 당연히 금지. 거기다 더 무시무시한 건, 두두를 했던 사람이야. 두두를 66번 하게 되면 틀림없이 인대인가 그게 끊어진대. 그러면 아예 걸어다닐 수가 없다는 거야. 병원에 몇 년을 있어도 안 낫는대. 무섭지?

하나도 안 무서운데.

그래? 그럼 해봐. 저주받아서 발가락이 전부 부러져도 난 몰라.

소년의 누나가 도도도도 도망쳤다.

소년이 두두두두 쫓았다.

소년의 누나가 두두두두 쫓아오면 소년은 누군가에게 발뒤꿈치를 베어 먹힌 것처럼 종아리에 바짝 힘을 주고 달아났다. 도도는 쉽게 고꾸라졌고 두두는 수시로 엉덩방아를 찧었다. 술래잡기일 뿐인데 저주라는 단어 때문인지 묘한 긴장감이 돌았다. 소년과 소년의 누나는 경쟁하듯 달리고 바닥을 뒹굴었다. 한참을 놀다 보면 발바닥의 움푹 파인 곳이 쩌릿거리며 아팠다. 남매는 발을 주무르고, 서로의 땀 냄새와 발 냄새를 조물거린 손바닥으로 서로를 위협하고 쫓고 도망쳤다. 그러다 문득 멈춰 서서 이마를 맞대고는, 곧 저주받게 될 거야, 은밀하게 서로에게 속삭였다.

애들이 너를 닮았다.

조모는 저녁이 되어서야 남매를 데리러 온 소년의 엄마에게 말했다.

구김살 하나 없이 밝고 건강하고 활기차고. 애들 노는 걸 보고 있으면 내가 다 신이 난다.

조부모 집에 들어서자마자 에어컨 필터를 점검하고 있던 소년의 아빠가 옆에 서서 에어컨 내부를 들여다보고 있는 소년의 머리통을 쓰다듬었다. 어머님이랑 아버님이 돌봐주셔서 그래요. 두 분 안 계시면 저희가 어떻게 마음 편히 일을 나갈 수 있겠어요. 소년의 엄마가 누나의 머리통을 쓰다듬다 흠칫 놀랐다.

에어컨 진짜 고장 났나 봐, 애 머리가 땀으로 흠뻑 젖었어.

소년의 아빠는 아닌데, 괜찮은데, 하며 에어컨을 다시 만졌다. 소년은 길게 뻗은 아빠의 팔 밑으로 비집고 들어가 아빠와 마주 섰다. 따뜻한 숨이 정수리에 쏟아졌다. 담배 냄새와 청양고추 냄새가 희미하게 배어 있는 숨이었다. 그것은 잘 움직이지 않고 금세 우울해지는 조부모의 숨과 달리 힘차고 친밀했다.

조부모의 집은 차분했으나 수시로 적막과 연결되었다. 회색 페인트가 두껍게 덧칠된 것 같은, 굵고 강건한 형태의 침묵이었다. 소년의 조모는 태엽 풀린 인형처럼 수시로 느려지다 우뚝 멈췄다. 텅 빈 냄비 안을 질리지도 않고 몇십 분씩 들여다보거나, 욕조에 물을 가득 받아놓고 마냥 서 있기도 했다. 물놀이를 해도 되나요? 소년의 누나가 물으면 그제야 뒷걸음질 치며 고개를 끄덕였다. 그럼. 조모는 안도한 듯도, 아쉬운 듯도 한 목소리로 대답했다. 그럼, 되고말고.

소년과 소년의 누나는 미지근해진 물을 서로의 몸에 끼얹으며 놀았다. 욕실에서 나올 때는 마개를 뽑아 모든 물을 흘려버렸다. 아예 욕조 마개를 숨겨버린 일도 있었다.

조모는 베란다에 놓인 화분에서 화초 뿌리가 드러날 때까지 흙을 파냈다. 깨진 그릇이나 계란껍질 같은 걸 신발장 가득 쟁여두기도 했다. 남매가 너무 작아진 연필과 다 쓴 스케치북 같은 걸 버리려고 하면 예민하게 반응했다. 그래서, 이젠 쓸모가 없어졌다는 기야? 실컷 부려먹고 이제 와서? 조모가 소리칠 때마다 소년과 소년의 누나는 숨을 참았다. 조모가 대나무자리 위에서 코를 골기 시작할 즈음에야 서로의 가슴팍을 두드려 숨을 깨웠다. 무슨 일이 벌어지든 조부는 바둑돌을 쥔 채 꿈쩍도 하지 않았다.

소년은 에어컨 필터를 뜯어내는 아빠 품으로 몸을 밀어붙였다. 가슴께에 귀를 붙이고 옆구리를 끌어안았다. 필터를 청소하는 손길이 눈에 띄게 느려졌으나 소년의 아빠는 소년을 밀쳐내지 않았다. 소년은 아빠의 작업복에 뺨을 붙인 채 주방을 살폈다. 말끔한 차림새의 조모가 저녁식사 준비를 하고 있었다. 흐트러진 머리칼도 형형한 눈빛도 꽉 쥔 주먹도 거기엔 없었다. 종일 쫓고 쫓긴 발바닥에 열이 올랐다. 누나도 마찬가지인지 엄마에게 몸을 바짝 붙인 채 발가락을 꼼지락대고 있었다.

오늘도 잘, 했니?

소년의 엄마가 몰래 물었다. 소년의 누나는 가자미에 간장을 끼얹고 있는 조모를 보았다. 에어컨 냉매가스를 확인하러 베란다로 나간 아빠와 그 옆에 쪼그려 앉은 소년도 보았다.

술래잡기는 이제 지겨워.

그런 거 말고 할머니 말이야. 오늘 괜찮으셨어?

할머니는 도도야.

그게 뭔데?

우리는 두두. 그런데 엄마.

소년의 누나가 옷자락 솔기를 매만졌다. 단단하게 감침질된 단 끝이 매만질 때마다 조금씩 느슨해졌다.

그건 사실 무시무시한 놀이야. 두두를 66번 하게 되면······.

그래그래, 재미있게 놀았네. 아무튼 내일도 할머니 잘 지켜드려야 해. 엄만 너희만 믿을게.

소년이 누나를 돌아보았다. 조모가 가자미찜과 무조림을 넓은 그릇에 옮겨 담았다. 실외기까지 점검을 마친 소년의 아빠가 거실로 돌아왔다. 바둑판을 물끄러미 들여다보던 아빠가 돌 하나를 옮겨놓자 조부가 아아, 하고 탄성을 자아냈다. 명이나물 장아찌를 돌돌 말아 입에 넣은 소년의 엄마는 이제 막 호들갑을 시작하려는 참이었다. 소년의 누나는 입을 다 물었다. 빠져나온 실을 힘주어 잡아당기자 단 끝이 순식간에 풀렸다. 얇은 천의 솔기까지 일직선으로 터져나가는 데는 수 초도 걸리지 않았다.

이제는 쓸모없어진 실가닥이 손 안에 있었다. 소년의 누나는 그것을 이리저리 살폈다. 옷의 형체를 잡아주고 있던 것이라 하기에 한 줄의 실은 지나치게 얇고 흐늘흐늘했다. 이런 거였구나, 고작. 소년의 누나는 소년에게 그것을 건넸다. 소년은 실을 돌돌 말아 쓰레기통에 버렸다.

3

그 애들. 소년이 속삭였다. **그 애들, 그 애들만 아니었다면.**

가슴속에 펼쳐져 있던 우산대 같은 것이 가차 없이 부러져 나갔다. 소년은 살갗이 벌어져 다시금 피가 스며 나오기 시작하는 손가락을 문질렀다. 청바지에 흐린 핏자국이 남았다. 저주를 받게 될 거야. 소년과 소년의 누나 목소리가 되돌아오고 있었다. 이건 사실 무시무시한 놀이야. 저주받았거든. 우리도 곧, 저주받게 될 거야.

소년은 도도와 두두의 횟수를 헤아려보았다. 어느 쪽도 기억나지 않았다. 누나는 66번이라고 했지만, 그보다 훨씬 많이 해버리면 저주가 다른 사람들까지 삼켜버리는지도 몰랐다. 소년은 사실 매번, 매 순간 두려웠다. 도도를 쫓을 때마다 두려웠다. 두두에게 쫓길 때마다 배꼽 근처가 꽉 조여질 만큼 두려웠다. 달리다가 고꾸라졌을 때, 쥐가 난 다리에 감각이 사라졌을 때, 두 번째 세 번째 발가락이 서로 다른 방향으로 꺾어졌을 때도 전부 두려웠다. 무서웠다.

그렇지만.

소년은 고목처럼 딱딱하던 조모의 발가락을 떠올렸다. 그 어떤 두려움의 순간도 조모의 발가락을 간지른 뒤 반응을 기다릴 때만큼 숨 막히진 않았다. 욕조 가득 담긴 물을 응시하고 있는 조모의 눈동자만큼 공포스럽진 않았다. 흙이 잔뜩 묻은 손으로 뺨을 문지르며, 베란다 너머 까마득한 허공을 바라보는 조모의 뒷모습만큼 끔찍하진 않았다.

조모는 남매 중 누구의 동의도 없이 수시로 도도가 되어 놀이에 끼어들었다. 발가락으로 위태위태하게 서서, 언제든 고꾸라질 준비가 되어 있는 도도. 소년과 소년의 누나는 필사적으로 도도를 붙들었다. 놀이를 시작했든 아니든 상관없었다. 조부모의 집에 머무는 내내 남매는 매분 매초 두두였다. 그러니 남매가 두두 역할을 맡은 횟수는 자신들이 헤아리는 것보다 훨씬 더 많은 횟수일 수밖에 없었다.

거짓말! 다 거짓말이야!

소년의 고모가 분개한 목소리로 외쳤다. 소년의 부모가 자신들의 뒷자리, 소년의 누나와 고모가 함께 앉아 있는 자리를 향해 몸을 틀었다. 증언 중인 남자를 제외한 대부분의 사람들이 같은 방향으로 시선을 돌렸다.

거긴 노인 둘이 사는 집이야, 관절이 안 좋아 잘 걷지도 못하는 노인네들이었다고! 애들이 종일 뛰어? 쇠공을 던져? 이 애들이?

소년의 고모가 무언가를 와락 잡아끌었다.

팔죽지를 우악스레 움켜쥐고 일으킨 통에 소년의 누나는 다 쓴 케첩통같이 찌그러져 있었다. 힘껏 쥐어짜내져 안에 아무것도 남지 않은 것처럼, 가늘고 허약한 팔다리가 고모가 흔드는 대로 나부꼈다. 목과 팔과 가슴이 탈각탈각 소리를 내며 서로를 밀쳐냈다. 애를 괴롭히지 말아요. 누군가 꽉 눌린 목소리를 냈다. 그 애를, 놔줘요.

자, 똑바로 봐. 이렇게 비쩍 마른 애가 뭘 어떻게 했다고? 당신이 내 부모를 처참하게 살해할 만큼의 소리를, 고작 이런 애가, 이렇게 작은 애가 낼 수 있다는 거야?

그만둬요.

여진이 너, 뛰어봐.

고모가 소년의 누나를 거칠게 떠밀었다.

자, 저기까지, 저기 판사석까지 뛰어봐. 천둥소리가 나나 지진이 일어나나 직접 확인해보게, 뛰어! 뛰어보라고! 당장 뛰지 못해?

그만하란 말이야!

소년의 엄마가 고모에게서 누나를 빼앗아 안았다. 강마른 몸이 엄마의 팔에 채 담기지 못하고 밑으로 줄줄 흘러내렸다. 소년은 의자 등받이에 뺨을 기댄 채 주저앉은 누나를 바라보았다. 저주야. 소년의 누나가 입술을 달싹였다. 소년의 아빠가 의자를 뛰어넘어 누나를 부축했다. 고모는 여전히 격앙된 목소리로 무언가를 소리치고 있었다. 판사의 목소리와 발자국 소리가 어지럽게 얽혔다. 소년의 부모는 그제야 남매를 끌어안고 재판장 밖으로 나갔다. 그러나 모든 것이 너무 늦어버린 뒤였다.

재판은 지지부진 이어졌다. 가해자와 피해자가 분명하고 사건의 인과관계가 명확했음에도 처벌 과정은 길고 지난했다. 남자는 계속 어딘가가 아프다며 서류를 제출했다. 환청과 환각, 심각한 불안 증세, 공황장애, 해리성 인격장애의 징후, 불면, 조현병의 전형적인 증세들, 양극성장애의 가능성. 피해망상, 과민성대장증후군, 선택적 함묵증.

그러니까 어떤 증세도 확실한 게 없다는 거잖아.

거듭되는 병명들에 소년의 엄마가 날 선 목소리를 냈다.

일상생활이 불가능할 정도로 심각한 불안 증세라고? 이게 범인이 할 소리야? 그럼 우리는, 우리 생활은 안정적이고 일상적이어서? 여기 휘말린 우리 애들은 어쩌고. 그 빌어먹을 현장을 직접 목격한 나는 지금 제정신일까 봐?

누나 올 시간 됐어. 진정해.

진정하게 됐어? 당신 누나도 똑같아. 사람이 어쩜 그래? 자기 애 아니라고 재판장에서 그렇게 막무가내로…….

그만하자.

소년의 아빠가 테이블 위에 검은 상자를 올려놓았다. 둔탁하면서도 공허한 소리가 울렸다. 소년은 검은 상자가 절반은 차고 절반은 비어 있다는 사실을 알고 있었다. 절반을 채운 건 앨범과 표창장, 이발사 자격증과 전역증처럼 낯선 물건들이었다. 도장이 하나도 찍히지 않은 낡은 여권과 패물, 오래된 수첩과 결혼식 사진도 있었다. 앨범에 정리하지 않고 고무줄로만 묶어놓은 사진 다발도 여남은 개나 되었다.

소년의 부모는 사설 청소업체에 전화를 걸어 조부모의 집 정리를 부탁했다. 범죄피해자지원센터에서 해주는 경우가 있다고 들었으나 절차가 복잡하고 진행이 느렸다. 더디고 숨 막히는 건 재판만으로 충분했다. 범죄현장특수청소업체는 조부모의 집 물건을 모두 정리해서 버리고, 핏자국을 지우기 위해 마루와 벽지를 전부 뜯어내고, 집 전체를 꼼꼼히 소독한 뒤 유품 상자 하나를 만들어왔다. 그리고 그것이 지금, 테이블 위에 놓여 있었다.

소년의 부모는 유품을 나누기 위해 고모를 기다리고 있었다. 재판 이후 남매가 고모를 만나는 것은 처음이었다. 소년의 누나는 아침부터 마른 덩굴처럼 단단히 비틀려 이불 속에서 나오지 않았다. 소년의 부모는 사진 다발을 꺼내 누나를 불러냈다. 소년과 소년의 누나가 지금보다 다섯 뼘쯤 더 작던 시절의 사진들이 상자 안에 가득했다.

소년의 부모는 남매에게 조부모 사진을 몇 장 고르게 했다. 이후 남는 것은 모두 소각할 작정이었다. 누군가의 죽음을 받아들이는 것은 감정이 하는 일이 아니었다. 소각과 소거를 거듭해나가는 절차에서 체념하듯 얻어지는 무감각에 불과했다. 나아지는 것도 지워지는 것도 아닌, 다만 가려지는 것. 그나마 소년의 부모는 그조차도 하지 못한 채 재판에 매달리고 있었다.

소년과 소년의 누나는 대부분 빈집에 둘만 있었다. 이전과 같지도 다르지도 않은 생활이었다. 특별한 일과가 없다는 점은 이전과 같았다. 바둑판 앞에 앉아 손에 쥔 돌들을 왈각대는 조부와 뭔가를 굽거나 끓이거나 멈춰 있는 조모가 없다는 점은 이전과 달랐다. 소년의 누나는 방과후 학습과 학원을 그만두었다. 소년은 가을부터 다니기로 했던 태권도 학원 등록을 뒤로 미뤘다. 앞으로 어떤 것들을 그만두고 어느만큼 보류해야 할지 알 수 없었다. 소년의 부모는 자세한 설명 없이 나중에, 라고만 말했다. 나중에. 소년과 소년의 누나는 고개를 끄덕였다.

소년과 소년의 누나는 서로에게 몸을 기대고 앉아 아무것도 하지 않았다. 한 명이 잠들면 다른 한 명이 손바닥이나 발바닥을 간질였다. 재판과 관계된 일로 부모는 바빴고, 아빠의 가전 센터는 석 달 넘게 문을 닫은 상태였다.

도도두두에 대해 소년은 한마디도 하지 않았다. 저주에 대해 소년의 누나 역시 말을 꺼내지 않았다. 차가운 우유에 시리얼을 말아 먹고 학교에 갈 땐 마스크를 착용했다. 미세먼지 때문이라고 소년의 부모는 말했으나 남매는 교실 안에서도 마스크를 벗지 않았다. 그를 지적하는 선생은 없었다. 학교가 끝나면 곧장 집으로 돌아왔다. 예전처럼 슈퍼에 들러 장난감이 들어 있는 계란 모양 초콜릿을 사먹거나, 문구점에서 카드를 고르는 데 시간을 쓰지 않았다. 적어도 **그 애들**은 그러면 안 됐다. 안 될 것만 같았다.

집에 돌아온 뒤에도 보이지 않는 마스크가 남매의 입을 눌러 막았다. 남매는 작은 목소리로 이야기하고 아주 조금씩만 음식을 먹었다. 소년은 몸을 낮추고 살금살금 걸었다. 소년의 누나는 거의 움직이지 않았다.

소년의 부모는 밤늦게 돌아와 지친 기색으로 돌아누워 잠을 잤다. 소년의 아빠는 소주를 한 병 마신 뒤 거실 소파에서 그대로 잠들기도 했다. 소년의 엄마는 식탁을 행주로 훔치거나 빨래를 널면서 중얼중얼 뭔가를 뇌까렸다. 터무니없이 무거운 침묵이 그들 주변을 맴돌았다. 소년과 소년의 누나는 박제처럼 방 귀퉁이에 놓였다. 그들은 더 이상 움직이지 않았고 말하지 않았다. 그래야 했다.

소년의 누나는 새 학기가 시작된 뒤에도 학교에 가지 않았다. 침대 위에, 도롱이 벌레처럼 이불을 돌돌 감고 누워 한나절을 보냈다. 소년의 엄마가 누나에게 학교에 가지 않는 이유에 대해 물었다. 누나는 대답하지 않았다. 소년의 누나는 책을 읽고 그림을 그리고 텔레비전을 보고 종일 무언가를 끄적였다. 거실에 나올 때에도 이불을 안고 나와 팔다리가 삐져나오지 않도록 몸을 돌돌 싸맸다.

춥니?

소년의 엄마가 물었다.

아니. 그냥.

그냥?

허전해서.

소년의 엄마는 집을 나설 때마다 누나를 꼼꼼히 살폈다. 현관 쪽으로 소년을 가만히 불러내서는 손을 꽉 잡고 말했다. 누나를, 잘 살펴봐. 엄만 너만 믿을게. 소년은 슬그머니 손을 뺐다.

검은 상자가 집에 도착한 건 단풍이 한층 짙어질 무렵이었다. 능선을 타고 번지는 알록달록한 색들을 소년과 소년의 누나는 텔레비전 화면으로 봤다. 소년의 누나는 동그랗게 벌어진 이불 틈새로 얼굴을 반만 내놓고 있었다. 대관령이니 소백산이니 하는 이름들이 어쩐지 익숙했다. 조부모와 관련된 기억이 있는 듯해 소년이 물었다.

우리 저기 간 적 있어?

없어.

아닌데. 가본 거 같은데.

안 갔어. 가자고만 했지. 엄마가, 할아버지 관절 좋아지면, 할머니 기분 좋아지면 다 같이 놀러 가자고 그랬어.

갔으면 좋았겠다.

갔어도 똑같았을 거야.

뭐가?

할머니도. 할아버지도.

할아버진 거기서도 바둑 뒀을까.

계곡 바위 같은 데서 두지 않았을까.

폭포 밑에서도 뒀을 거야. 이렇게, 이렇게 하고는.

소년이 양팔을 길게 폈다. 한 손엔 기보를, 다른 손엔 바둑돌을 든 것처럼 힘을 잔뜩 주어 손가락을 구부렸다. 손가락을 움직일 때마다 입으로 왈각왈각 바둑돌 부딪치는 소리를 냈다. 정말 그랬겠다. 소년의 누나가 작게 웃었다. 이불 속에 파묻힐 것처럼 희미한 웃음이었다.

웃는구나.

소년의 고모가 말했다.

웃는구나. 너희는.

소년의 고모가 소년을 물끄러미 바라보며 말했다.

웃기도 하는구나. 아주 잘, 웃네.

소년의 고모가 누나를 바라보며 말했다.

누나가 붙든 이불 끝이 부들부들 떨렸다. 어느 틈에 들어섰는지 거실 가장자리에 우뚝 선 고모는 가시가 수북하게 돋친 고슴도치 같았다. 어깨에 두른 검은 숄 때문에 몸집이 한층 더 거대해 보였다. 걸음을 뗄 때마다 검은 가시들이 후둑후둑 떨어졌다. 소년과 소년의 누나가 작게 몸을 옹송그리고 서로에게 몸 반쪽을 꽉 붙였다. 다가선 고모의 손이 누나 뺨에 가 닿았다. 소년은 어째서인지 제 뺨에 닿은 것처럼 그 손을 생생하게 느낄 수 있었다. 손이라기보다 차가운 뼈 같았고 표면이 거친 가시 같기도 했다. 갈고리모양으로 험악하게 휘어 있는, 적어도 살아 있지 않은 무엇.

고모.

주방에서 나오던 소년의 엄마가 고모를 불렀다. 다급하고 초조한 목소리였다.

그 애를 가만둬요. 저리 비켜요.

그러나 고모는 꿈쩍도 하지 않은 채 소년을, 소년의 누나를 들여다보았다. 소년의 배가 차게 식었다. 소년의 누나가 깔고 앉은 쿠션이, 이불 귀퉁이가 뜨겁게 젖기 시작했다. 왈각왈각, 소리와 함께 지린내가 솟았다.

정말.

소년의 고모가 입을 뗐다. 양손으로 누나의 뺨을 꽉 움켜쥔 채였다.

정말로, 너희들 때문이었니?

새까맣게 탄 뼛조각이 달각달각 밀려났다. 웃자란 뼈와 덜 자란 뼈가, 방향을 잃은 뼈와 도망치다 지레 부러진 뼈가 함부로 부딪는 소리. 작게 균열이 생기고 점점 더 굵고 반듯한 금이 그어지더니 이내 겹쳐진 금들이 거대한 공동으로 변해가는 소리를, 소년은 빠짐없이 듣고 있었다.

쟤들이 걔들이야. 바로 그 애들.

상점가의 수군거림이 되살아났다.

그래도 그게 오죽했으면.

학교에서의 미심쩍어하던 얼굴들이 일렁거렸다.

꼭 그렇지만은 않지 않나. 애들이란 게 아무래도.

남매의 뒤에서 모호하게 얼버무려지던 문장들이 한꺼번에 밀려들었다.

소년은 이제 알 수 있었다. 소년과 소년의 누나 안에서 어떤 세계가 완전히 막을 내렸음을. 희망이나 기적이나 오래오래 행복하게 살았습니다 같은 것들을 간직하고 있던 세계가 지금, 흔적도 없이 사라져버렸음을. 소년은 도도의 발가락과 두두의 발뒤꿈치를 간신히 바닥에 붙이고 섰다. 서서히 땅이 흔들리기 시작했다.

요정

운동장

사건과 사건 이후

류보선 군산대학교 국어국문학과 교수

안보윤의 「여진」을 읽는 일은, 안보윤 소설을 읽는 일이 항용 그러하 듯, 결코 유쾌한 일은 아니다. 솔직하게 말하면 불편하고 불쾌한 일에 가 깝다. 안보윤의 소설이 우리 사회 한켠에서 벌어지는, 그러나 인정하기 힘든 원장면에 가까운 무시무시하면서도 참혹한 사건이나 장면을 격렬 하게 전시해 독자들이 감당하기 힘든 '잔혹성의 미학'을 지속적으로 구 현해왔다면, 그래서 그것이 안보윤의 장르가 되었다면, 안보윤의 「여진」 은 그러한 안보윤 소설의 특이성이 그대로 관철된 작품이라 할 수 있다. 그렇다. 우리는 안보윤의 이번 소설 「여진」에서도 피가 튀고 폭력이 난 무하는, 우리가 원초적으로 억압하고 폐기처분하고자 하는 무시무시하 고도 공포스러운 실재들과 정면으로 맞닥뜨리게 된다. 그런데 여기서 한 가지 유념할 사실은 안보윤의 소설이 불편한 이유가 단지 과잉의 폭력과 엽기의 격렬한 현시에만 있지 않다는 점이다. 안보윤의 소설은 처참하고 잔혹한 과잉의 폭력, 그것도 특히 사회적 약자들에게 가해지는 과잉의 폭력을 집중적으로, 그리고 격렬하게 전시하되 그 실재적 사건들을 비유적으로 맥락화한다. 안보윤 소설은 자신의 소설이 집중적으로 그려내는 악몽에 가까운 사건들이 우리의 현실에서 벌어지는 일들에 비하면 오히려 '비교적 안녕한' 경우이거나 '사소한 문제들'에 불과하다고 말한다. 그렇게 어마어마한 폭력을 그려놓고는 '비교적 안녕한 하루'라니! '사소한 문제들'이라니! 하지만 안보윤 소설은 그러한 과잉의 폭력을 '사소한 문제들'이라고 단호하게 말한다. 안보윤 소설에 따르면 그만큼 우리 사회 곳곳에서 무자비한 폭력이 일상적으로 벌어지고 있을 뿐만 아니라 그런데도, 아니 그래서인지 우리 사회 전체는 그런 과잉의 폭력을 '사소한 문제'로 바라본다, 그 폭력이 주로 사회적 약자, 성적 소수자, 사회적으로 '쓸모없는 실존'으로 격하된 존재들에게 가해지는 까닭에 그런 인식이 가능함은 물론이다. 약자에게 가해지는 과잉의 폭력이, 아니 약자들에게만 가해지기 때문에, 그 무자비한 폭력이 '사소한 문제들'로 받아들여지는 시공간, 그런 까닭에 더욱더 과잉의 폭력이 일상화되고 확대 재생산되는 구조적 폭력의 시공간. 이것이 안보윤 소설이 우리 시대를 바라보는 시선이다. 그러므로 안보윤의 소설 읽기가 불편한 것은 안보윤 소설이 우리 시대의 잔혹극을 반복하고 있어서만이 아니라 보다 중요하게는 그 잔혹극을 아이러니하게 바라보는 안보윤 소설의 시선에 있다고 할 것이다. 안보윤의 소설은 한 눈 밝은 평론가의 말대로 '사회의 가장 취약한 경간'에 해당하는 존재들에게 더욱 증폭되는 과잉의 구조적 폭력을 우리 시대의 핵심적인 증상으로 진단하고 그 공포와 재앙의 현장을 집중적으로 묘사한다. 그러므로 안보윤의 소설을 읽는 일이 불편한 것은 오히려 당연하며, 안보윤의 「여진」 읽기가 불편한 것 역시 같은 맥락이다.

그렇다고 「여진」이 안보윤 이전 소설의 단순한 반복은 아니다. 안보윤 소설의 장르적 특성을 공유하면서도 「여진」만의 어떤 '나눌 수 없는 잔여'가 있다. 크게 두 가지다. 「여진」만이 가진 두 가지 차이를 밝히려면 우선 이 소설의 제목으로 쓰인 '여진'이란 단어에 주목할 필요가 있다. 「여진」은 '윗집에 사는 70대 노부부를 과도로 스물세 차례나 찔러 살해한' 사건을 다룬 소설이다. 「여진」은 이 엽기적이면서 '잔혹한' 사건을 다루면서도 조금은 독특한 방식으로, 그리도 안보윤답지 않은 패턴으로 서사화한다. 「여진」은 이 광기의 사건을 서사의 중심으로 설정하지 않는다. 단지 전경화로 깔아놓고 초점은 다른 곳에 둔다. 바로 '사건 이후'다. 「여진」은 '과잉의 폭력' 사건 이후 관련 인물들이 사건을 내면화하는 과정을 집중적으로 묘사한다. '과잉의 폭력' 그 장면을 격렬하게 현시하는 대신 그 이후를 집중적으로 다룰 뿐인데, 그런데 뜻밖의 일이 일어난다. '과잉의 폭력' 그 사건이 훨씬 더 무시무시한 것으로 드러난다. 예컨대 이런 식이다. 「여진」은 앞서 말했듯이 '윗집에 사는 70대 노부부를 과도로 스물세 차례나 찔러 살해한' 충격적인 사건을 다룬다. 이 사건은 충격적인 사건이나, 그러나 우발적인 사건이기도 하다. 위층에서 아이들과 할머니가 '도도두두 놀이'를 한다. 당연히 아래층에 사는 사람은 견디기 힘들다. '시끄러워서 도무지 견딜 수가 없'었던 아래층 사람이 '경고의 말을 하'기 위해 위층으로 올라간다. 그러나 순간 이들은 감당할 수 없는 광기에 휩싸이고 잔혹한 살인이 벌어진다. 한데 이 잔혹한 살인 사건은 이후 더 공포스러운 사건으로 증폭된다. 피해자는 피해자이기 때문에 '사소한 잘못'을 인정하지 않으며("자, 똑바로 봐. 이렇게 비쩍 마른 애가 뭘 어떻게 했다고? 당신이 내 부모를 처참하게 살해할 만큼의 소리를, 고작 이런 애가, 이렇게 작은 애가 낼 수 있다는 거야?"), 가해자는 가해자대로 살아남을 길을 찾기 위해 자기합리화를 시도한다("남자는 적당한 각도를 변호사에게 배우기라도 한 것처럼 자리에 꼭 맞는 꼴로 멈춰 있었다. 기억이, 안 납니다. 미안합니다. 두서없이 되뇌는 쉰 목소리 때문에 남자는 심지어 반성하고 있는 것처럼 보이기도 했다."). 사건이 법정으로 옮겨가고 법리 싸움이 벌어지면서 양측 사이의 적대감은 더욱 배가된다. 이런 상황에서 가장 치명적인 상처를 받는 것은 '도도두두 놀이'를 했던 아이들이다. 아이들은 어른들의 싸움 혹은 가해자와 피해자 사이의 법리 싸움에 실제 벌어졌던 일을 이야기할 기회를 놓칠 뿐만 아니라 자신들의 사소한 놀이가 결국 할머니와 할아버지의 죽음의 한 원인이 되었다는 사실에 충격을 받는다. 아이들은 '이중억압'의 극한상황에 놓이고 어쩔 수 없이 자기학대의 길로 접어든다. 결국 사건 이후 남겨진 이들은 모두가 병적 공포의 상태에 빠져든다. 사소한 놀이 때문에 목숨을 잃을 수 있다는 공포감은 물론 끓어오르는 대상 없는 적대감 때문에 언제 무슨 일을 저지를지 모른다는 두려움에 휩싸인다. 이처럼 「여진」은 지진이 일어난 그 시점이 아니라 지진이 일어난 후 또다시 닥쳐오는 지진들을 핍진하게 묘사한다. 그를 통해 벌어진 사건도 사건이지만 그 사건을 자기 관점에서만 전유하면 그 사건은 더욱 치명적으로 것으로 작동할 수 있다는 점을 충격적으로 제시한다. 잠깐 중간 정리를 하자면 「여진」은 사건의 성격은 사건 이후가 결정한다는 것을, 말하자면 데리다가 차연이라는 개념을 통해 전달하고자 했던 깨달음을 그야말로 문학적으로 재현한다.

'본진'보다는 '여진'에 초점을 맞춘 「여진」은 소설 그 자체로서도 큰 의미가 있지만, 안보윤 소설의 역사에서도 중요한 의미를 지닌다. 물론 두 가지다. 우선 '억압된 것들의 귀환' 혹은 '업젝션들에 대한 격렬한 전시'를 통해 우리 '사회의 가장 취약한 경간'에서 이런 과잉의 폭력이 끊임없이 발생하고 있음을 비유적으로 묘사하던 안보윤의 소설이 「여진」에 이르러 이 '억압된 것들의 귀환'에 왜 우리 모두가 주목해야 하는지에 대한 역사철학적인 모색을 행하기 시작했다는 점이다. 한 개인에게 가해지는 폭력이 얼마나 치명적인지를 보여주는 단계에서 소수자들에게 가해지는 그 치명적인 폭력에 관심을 갖고 그 폭력적 구조를 해체하지 않으면 그 것이 그 이후 얼마나 더 지독한 폭력을 불러올 수 있는지를 작가 자신의 역사철학적 맥락에서 문맥화하기 시작했다고나 할까. 「여진」이 안보윤의 소설사에서 중요한 의미를 지니는 또 하나의 요소는 이 연쇄적인 폭력 혹은 폭력의 연쇄를 어떻게 끊어낼 것인가에 대한 암중모색이 엿보인다 는 점이다. 그야말로 엽기적인 살인 사건 이후 등장인물들은 크게 두 부류로 나뉜다. 자신의 잘못은 전혀 돌아볼 생각도 하지 않고 오로지 상대방에 대한 혐오감을 키워가는 부류와 그것이 비록 결정적인 것은 아니더라도 자신이 행한 일을 반추하고 죄책감에 빠지는 경우. 후자에 해당하는 경우는 '아이들'이다. 비록 이들은 상징질서 안에서 진실을 말할 수 없는 이중억압의 상황 때문에 지독한 자기학대의 상태에 빠져 있지만, 「여진」은 이들에게서 일말의 희망을 발견한다.

> 소년은 이제 알 수 있었다. 소년과 소년의 누나 안에서 어떤 세계가 완전 히 막을 내렸음을. 희망이나 기적이나 오래오래 행복하게 살았습니다 같은 것들을 간직하고 있던 세계가 지금, 흔적도 없이 사라져버렸음을. 소년은 도 도의 발가락과 두두의 발뒤꿈치를 간신히 바닥에 붙이고 섰다. 서서히 땅이 흔들리기 시작했다. (216쪽)

이처럼 「여진」은 죄책감에 시달리는 '아이들'에게서 서로에 대한 혐오 감 때문에 폭력의 악순환에 빠진 세상을 구원할 힘을 발견하거니와, 이 러한 일말의 희망에 대한 열망은 이전의 안보윤 소설에서는 보기 힘들었던 요소이며, 이는 안보윤의 소설이 또 한 차례 진화하고 있음을 알려주는 표지라 할 수 있다.

이미 여러 번 쓴 말이지만 한 번만 더 반복하자. 안보윤의 소설은 결코 읽기 편한 소설이 아니고, 이번의 「여진」 역시 마찬가지이다. 하지만 안보윤의 소설을 읽을 때마다 감내해야 하는 불편함과 불쾌함에도 불구하고 안보윤의 소설을 읽는 것을 멈춰서는 안 된다. 오히려 정독하고 재독할 필요가 있다. 안보윤의 소설에는 우리 '사회의 가장 취약한 경간'에 해당하는 존재들의 실존 형식이 격렬하게 현시되어 있는 동시에 파국을 향해 치닫는 이 폭력의 연쇄 고리를 끊어낼 일말의 희망을 엿볼 수 있으므로.

몰 : mall : 沒

임성순

—

1976년 전북 익산 출생. 성균관대학교 국문과 졸업.
『컨설턴트』로 제6회 세계문학상을 수상하며 등단. 장편소설 『문근영은 위험해』 『오히려
다정한 사람들이 살고 있다』 『극해』 『자기 개발의 정석』이 있음.

몰 : mall : 沒

전역하고 돌아온 집 마당이 낯설었던 건 봉선화가 피었기 때문일 것이다. 전투화를 벗어 마루 밑에 밀어넣고, 고무신을 꺼내 신는 동안 슬레이트 지붕은 빗소리로 요란했다. 시멘트 블럭 담 밑으로 작은 화단에 모처럼 핀 봉선화는 꽃잎에 맺힌 물방울의 무게로 고개를 자꾸 꾸벅거렸다.

"누나는?"

"일."

"복학 안 했어?"

"다음에. 재개발 시작하면 이사가야 하고, 너 복학하려면 학비도 필요하고."

"내 학비는 내가 벌어."

"무슨 수로?"

나는 아버지가 남긴 고무신을 구겨 신고 괜히 화단 바깥에 두른 벽돌을 발끝으로 걷어찼다. 마당 한귀퉁이의 시멘트를 깨고 벽돌을 둘러 화단을 만든 건 아버지였다. 정원을 갖고 싶다는 누이의 소원 때문이었다.

"뭘 하든."

"그래. 그럼 난 가게 가봐야 하니까 배고프면 부엌에서 알아서 챙겨 먹어. 전역 축하해."

　군이 마중 나올 필요 없다고 해도 부대 앞까지 무리해서 왔던 어머니
는 저녁 식사 시간 전 일하는 가게로 돌아갔다. 시멘트 블럭 담장 사이로
난 샛길로 살이 부러져 삐뚤어진 어머니의 푸른 우산이 갸웃하곤 사라졌
다. 처마 밑에 쪼그려 앉아 하릴없이 낙숫물을 손으로 받아보는 동안 어
쩔 줄 모르는 마음에 다시 전투화를 신고 부대로 돌아가고 싶었다. 비에
젖은 봉선화부터 슬레이트를 두드리는 빗소리까지, 2년 반 만에 돌아온
집은 온통 견딜 수 없는 것들뿐이었다. 이를테면 앞집 진수네 대문 옆 스
프레이로 그려진 큼지막한 검은 엑스 표시가 그랬다. 진수네가 떠난, 그
래서 철거하면 된다는 것을 철거반에 알리는 표시였다. 여름이 끝나기
전 내가 살던 이 동네는 사라질 예정이었다.

　낡은 우비를 입고 언덕배기를 따라 좁은 골목을 내려갔다. 비탈길 중
턱에선 귀신 할매라 부르던 담뱃가게 할머니 집을 포클레인이 부수고 있
었다. 포클레인 팔이 대들보를 밀어젖히는 동안 무한궤도 아래 검게 변
색한 슬레이트가 산산조각났다. 그리고 보니 우비의 주인도 아버지였다.
어머니는 지난 3년간 아무것도 버리지 못했구나. 구멍이 나 축축해지는
옆구리를 확인하곤 그냥 그런 생각을 했다.

　인력사무소 소장은 등록금 이야기를 하자 플라스틱 잿떨이에 침을 뱉
은 후 담배를 비벼 껐다.

　"학교를 등록금만 가지고 다닐 수 있나. 짧고 쎄게 벌어야 겠네. 전역
한 지 얼마 됐다고?"

　"여섯 시간 정도……."

　"에이급이네. 기분이다, 씨발! 내일부터 시장 입구에 있는 용덕약국 앞
으로 여섯 시까지 나와. 곰방 일 시켜줄게. 원래 초짜는 못 버텨서 잘 안
주는데 짬도 안 빠진 신삥이니까 어떻게 되겠지. 늦지 마라. 늦으면 파이

다."

소장은 큰 인심이라도 쓰는 것처럼 이렇게 말하고는 내 주민등록번호를 서류에 적었다.

"삐삐는 있어?"

"삐삐요?"

"하긴, 막 전역한 놈이 있을 리 없지. 신경 쓰지 마. 삐삐라도 있으면 주말에 급한 현장 일을 할 수 있거든. 이게 제법 쏠쏠해. 뭐 나중에라도 생기면 등록하면 되고."

나는 복사한 주민등록증을 돌려받았고, 그렇게 곰방 일을 시작했다.

곰방은 현장에서 물건을 옮기는 일을 말한다. 벽돌, 타일, 목재, 철근, 모래, 시멘트 포대까지 옮길 것들은 많고 많았으니까. 처음 일했던 곳은 벽돌로 된 빌라 신축 현장이었다. 시멘트 벽돌들이 파레트에 가득 실려 우릴 기다리고 있었다. 지게의 줄이 살 속으로 파고드는 동안, 몸은 내 뜻과는 달리 휘청거렸다. 한 발 한 발 내딛을 때마다 발판이 울렁거렸고, 몸을 기댄 지팡이도 따라서 흔들렸다. 지고 있는 짐이 너무 무거우면 엉치뼈가 저린다는 걸 그날 처음 깨달았다.

"아시바(비계 : 높은 곳에서 공사를 할 수 있도록 임시로 설치한 가설물) 타는 꼴이 똥줄 타는 모양이네."

"아, 젊은 놈이 왜 이리 힘을 못 써!"

"죄송합니다."

굵은 땀방울을 훔치며 나는 떨리는 다리에 애써 힘을 주었다.

"박 소장 말만 믿고 에이급이라고 해서 데려왔는데."

"에이급은 무슨. 찜통에 처앉아 있는 생닭마냥 육수를 질질 뽑는구만."

"더 열심히 하겠습니다."

"열심히 하지 말고 잘 해! 잘 하라고!"

나를 절망하게 했던 건 아저씨들의 구박보다도 채 열 시도 지나지 않은 시곗바늘이었다. 어깨는 이미 빨갛게 변했고, 허벅지는 걸을 때마다 사시나무처럼 떨렸다. 그런데 점심까지는 두 시간이나 남았던 것이다. 딱, 점심, 점심까지만 버티자. 군에서 배운 몇 안 되는 쓸 만한 것 중 하나는 뭐든 버티면 끝나기 마련이라는 것이었다.

그렇게 하루를 견디고 집으로 돌아와 신발도 벗지 않고 툇마루에 쓰러졌다. 근육통에 달뜬 채 누워 있는 동안 여름의 긴 저녁 햇살이 비추는 집 안은 고요했다. 깨진 사이다 병이 박힌 블록 담장 위로 봉선홧빛 잔광이 반짝 빛나는 동안 꽃은 바람에 하늘거렸다. 문득 왜 봉선화가 낯설었는지 깨달았다. 예전엔 누이가 늘 손톱에 꽃물을 들였기에 화단 봉선화에는 꽃송이가 남아 있지 않았더랬다.

마지막 꽃물을 들인 게 언제였지?

어린 시절 우린 제법 각별한 오누이였다. 누이는 봉선화 물을 들일 때마다 동생인 내 손가락도 늘 챙겼다. 물론 내 의지와는 무관했지만. 언젠가 비닐 봉지가 양손에 칭칭 감긴 채 낮잠에서 깨어난 적도 있었다. 손가락까지 빨갛게 물든 나는 울음을 터뜨렸고, 누이는 금방 지워질 거라고 거짓말을 했다. 손톱은 더디 자랐고, 여름 무더위가 한풀 꺾일 때서야 붉은빛은 희미해졌으며, 또래 아이들은 이런 놀림을 멈췄다.

사내가 손에 꽃물 들였대요!

개구진 누이는 그때마다 나 대신 놀리는 아이들의 머리끄댕이를 잡아챘다.

그랬던 우리는 이제 소 닭 보듯 변했다. 꽃물을 들이기엔 너무 바쁜 걸까 아니면 이미 너무 나이를 먹은 걸까? 어느 쪽도 슬펐다. 아버지의 3주기, 누이는 아직도 졸업을 위한 마지막 한 학기를 끝내지 못하고 있었다.

"괜찮아. 다음 날 나오면 그걸로 곰방 자격은 충분하니까."

일을 잘 못해서 죄송하다는 내게 소장은 호탕한 웃음 뒤 이렇게 덧붙였다.

"자세가 됐네. 걱정 마. 여름 끝나기 전에 니 학비는 내가 만든다."

그 약속처럼 소장은 좋은 날도 궂은 날도 날 현장에 보냈다. 뭉친 근육은 풀릴 날이 없었고 새마을금고 통장의 숫자도 쑥쑥 올라갔다. 힘들었지만 할 만했다. 군에 있는 것과 다를 바 없었으니까. 생각 따윈 필요도 없이 쌓여 있는 무언가를 옮기라는 곳까지 옮기면 하루가 갔다. 그해 여름, 유난히 많은 일이 있었지만 세상이 어떻게 돌아가든 내 알 바 아니었다. 내 한몸뚱이도 아침에 일으키기 버거웠으니까.

"이거 붙여."

잠결에 누군가 내 앞머리를 쓸어올리는 것이 느껴졌다. 길고 가는 손가락이었다. 선선한 바람이 이마에 닿자 나는 심호흡을 했다. 술과 담배 냄새가 와락 밀려왔다. 그리웠다. 퇴근한 아버지에게서 나던 바로 그 냄새였다. 고개를 들어보니 방문턱 앞에 누이가 쪼그려 앉아 있었다. 누이의 볼은 발그레 달아올라 있었다.

"이제 왔어? 뭐야?"

"파스! 용덕약국이 닫았더라고. 시간이 몇 신데 벌써 닫아! 내가 두드려서 셔터 열고 사 왔지."

누이는 악동처럼 개구지게 웃었다.

"취했으면 들어가 자. 난 괜찮으니까."

"괜찮은 놈이 밤마다 끙끙거려? 너 땜에 엄마까지 잠을 설쳐. 괜히 골병 들지 말고 복학 준비나 해."

"일이 아직 안 익어서 그래. 다음 주면 괜찮을 거야."

"니 학비는 내가 준다니까."

"누나나 졸업하시지. 한 학기만 더 다니면 되잖아."

"괜찮아. 정말 괜찮아. 이제 중도금까지만. 나머지는 담보대출 받을 수 있댔어."

괜찮다고 말하는 누이의 말끝에는 한숨이 따라왔다.

동네의 재개발이 결정되고, 조합이 결성되고, 개발을 하느냐 마느냐, 누가 주도권을 쥐느냐를 놓고 지난한 과정이 있었다. 조합장은 두 번이나 바뀌었고, 아버지와 어머니는 이웃들과 함께 노란 띠를 머리에 두르고 몇 번이나 구청으로 달려갔다. 정치인의 한마디, 조합장의 한마디에 우리는 천국과 지옥을 오갔고, 그때마다 아버지는 술병을 비웠다. 집 뒤 켠에 차곡차곡 쌓여가던 빈 병을 팔려면 리어카가 필요해졌을 무렵 아버지는 쓰러졌고 어머니는 벽제 화장장에서 아버지 이름을 부르며 혼절했다.

"그놈의 아파트가, 아파트가 니 아버지를 잡아먹었다."

상복도 벗지 않고 안방을 걸레로 훔치던 어머니는 토하듯 중얼거렸다. 냉골이 된 안방에 번개탄 불을 붙이려고 불쏘시개를 찾아 우편함을 뒤졌을 때 꽂혀 있던 광고지 사이에서 조합 안내문이 나왔다. 아버지가 그토록 기다리던 시공사가 결정됐다는 소식이었다. 아버지가 없었으므로 입주금과 이사 갈 집을 구할 돈은 없었고, 그토록 원했던 분양권은 결국 떴다방에 팔아야 할 터였다. 딱지 프리미엄이 아버지의 장례비 정도는 될까? 이렇게 될 일에 아버지는 왜 그렇게 바득바득 매달렸던 것일까? 그때 누이가 나섰다.

어떻게든 해볼게요. 그냥 팔고 말면 너무 억울하잖아요.

어머니는 말렸지만 누이는 완강했다. 아파트를 분양받지 못하면 아버지의 죽음이 아무런 의미가 없다고 믿는 것만 같았다. 그때 처음 알았다. 너무 큰 희망은 절망만큼이나 무섭다는 걸. 돈을 쓰지 않는 것이 내가 할 수 있는 최선이었으므로 군대로 도망갔고, 금방 될 거라는 재개발은 몇 번의 보상 협의가 결렬되고 시공사가 바뀌고 나서야 철거 일정이 잡혔다, 누이는 어느새 이 집의 가장이 되어 있었다.

"이 누나 걱정도 하고 우리 막내도 다 컸네."

"겨우 한 살 더 많은 주제에 잘난 척은."

"너도 사회 생활 하니까 알겠지. 사는 게 이렇게 힘들고 치욕스럽다. 아빠도 그랬을까?"

취한 사람 특유의 높은 톤으로 즐거운 듯 말하는 누이의 목소리는 물기에 젖어 있었다. 힘들다는 건 알고 있다. 하지만 어떤 치욕을 말하는 걸까? 나는 누이가 무슨 일을 하는지 묻지 않았다. 늘 집에서 가장 일찍 나가고 가장 늦게 돌아왔다. 하지만 물을 수 없었다. 무엇을 알게 될지 두려웠으니까. 나는 누이의 손을 바라보았다. 가지런히 겹쳐진 손가락에는 투명한 매니큐어가 발라져 있었다.

"이제 꽃물은 안 들여?"

"무슨 소리야, 갑자기?"

"화단에 피었잖아. 봉선화."

누이는 툇마루에서 내려와 플라스틱 슬리퍼를 끌며 화단 앞으로 가 쪼그려 앉았다.

"아, 폈구나. 올해도."

"심은 거 아니야?"

"곧 허물 집에 누가 꽃을 심니. 아빠 죽은 후로 화단은 아무도 안 건드렸어. 근데 꽃도 안 따니까 씨앗이 생겨서 매년 피는 거지."

"이제는 안 들여? 꽃물."

누이는 갑자기 고개를 숙이고 웃음을 터뜨렸다. 그러고는 투명한 매니큐어가 칠해진 자신의 손을 바라보았다.

"중학교 2학년 때였나? 옆자리 아파트 사는 애가 내 손가락을 보고 그

러는 거야. 너 되게 촌에 사는구나. 이런 것도 하고. 실은 그때부터 창피
했어. 꽃물 들이는 거. 아파트로 이사가자고 노랠 불렀던 것도 그때부터
였나. 근데 아빠는 바보같이 매년 봄이면 딸 손가락에 물들이라고 봉선
화 씨를 뿌렸지. 딸이 자라는 건 모르고."

누이의 목소리에 따라 밤 공기는 가냘프게 떨렸다.

"진짜…… 내가 창피해서…… 손에는 못하고, ……그렇다고 꽃도 안
딸수 없어서…… 새끼 발가락에만…… 했었어. 친구들은 모르니까."

밤은 조용했고, 누이의 어깨는 들썩였다. 무엇을 할 수 있을까. 누이는
스스로를 감싸 안은 채 웅크리고 있었고, 투명한 손톱만 밤별처럼 반짝
였다. 방문을 닫았다. 구석에선 파스가 든 비닐 봉지가 조용히 고개를 숙
이고 있었다. 어두운 밤 서울 하늘 아래 우리 가족만 남겨진 것 같았고,
아버지의 그림자는 짙고 길었다. 그리고 이제 누이는 매니큐어를 바른
다.

"아이고, 민중 사본까지 복사해둔 확실한 사람들이라니까!"

이상한 날이었다. 원래 약국 앞에 사람들이 모이면 공사장 사람들이
찾아와 필요한 인원수를 불렀고, 갖고 있는 기술별로 팔려 나갔다. 하지
만 그날 아침은 소장이 직접 나와 다른 일은 받지 않았다. 미리 연락을
돌렸는지 자주 본 낯익은 아저씨들이 모두 보였고, 다들 삼삼오오 모여
담배를 피웠다.

"신분증 사본은 이따가 우리 애들이 받으러 올 테니까 잘 전달해주시
고요. 저는 소장님만 믿습니다."

"믿어주시면 저야 영광이죠."

인력사무소야 원래 아쉬운 쪽이지만 현장 사람들에게 소장이 굽실거
리는 일은 좀처럼 없었다. 젊은 시절 주먹 좀 썼다는 소장은 거친 현장
사람들을 상대해야 하기에 나름 강단이 있었다. 그런 사람이 무슨 이유

에선지 2:8로 가르마를 탄 검은 양복에게 연신 허리를 굽혔다. 오른손에 호두 두 개를 쥔 검은 양복은 소장에겐 눈길조차 주지 않은 채 모인 사람들의 얼굴을 하나하나 노려보며 우두둑우두둑 소리가 나도록 호두를 굴렸다. 승합차들이 나타난 것은 바로 그때였다. 봉고와 그레이스란 이름의 승합차 여섯 대는 약국 앞에 모여 있는 50여 명의 사내를 삼키듯 태웠다.

"씨벌. 어디 허벌나게 큰 현장으로 가나."

하루 벌어 하루 소주를 마시는 것으로 유명한 덕팔 아저씨는 붉은 코를 유리창에 바짝 디민 채 창밖으로 스쳐 지나는 한강의 풍경을 바라보고 있었다.

"아이고, 우리야 일당만 받으면 우찌 안 되겠나."

칠용 씨는 코를 파 딱지를 자동차 시트 아래 붙이며 이렇게 답했다. 둘 다 곰방 일을 했기에 몇 번인가 같은 현장에 간 적이 있었다.

"아야, 날도 허벌나게 더븐데, 저번처럼 설치지 말레이. 오늘 니가 몬한 일은 내일 노가대가 한다 안 하나."

코딱지를 붙이는 모습을 들킨 것이 멋쩍은지 칠용 씨는 내게 이빨을 보이며 미소를 지었다. 팔도를 떠돌았다며 늘 요령을 피우는 그는 같이 일하기 좋은 사람은 아니었다. 하지만 탈수에 걸리지 않으려면 소금을 먹어야 한다고 알려준 것은 칠용 씨였다.

"썩을 놈, 그래서 너랑 사람들이 일을 안 하는 거야. 벽돌 같은 건 장당 돈을 받는데, 맨날 삐대기나 하니까 푼돈이나 챙기지."

페인트공이었지만 냄새가 싫다고 곰방 일을 하는 만수 아저씨는 칠용 씨의 낡은 전투화 앞코를 툭 걷어찼다.

"성님은 그카니까 하나만 알고 둘은 모른다 카는 기라. 노가대는 골병 들면 지만 손해지."

"임마, 내가 뺑끼칠(페인트 칠) 왜 안 하는데. 담배 피우는데 뺑끼 냄새까지 맡으면 폐에 빵꾸 난다드만."

"성님아! 곰방질 데마찡(일당) 땡긴다고 렝가(벽돌) 3만 장씩 올리믄 늙어가 관절염으로 걷지도 몬합니다."

"하이고. 그래. 니똥 굵다. 벽에 똥칠할 때까지 살아라."

그사이 덕팔 아저씨는 앞뒤로 몸을 흔들었다. 술 생각이 간절하면 나오는 버릇이었다.

"어딘지 모르지만 참 때 탁배기 한 사발만 나와라. 그럼 내가 현장소장 똥꾸멍도 빨아준다."

아저씨들이 떠드는 동안 조수석에 앉아 있는 검은 양복은 아무 말이 없었다. 호두 굴리는 소리만 우두둑 우두둑 반복될 뿐이었다.

"씨벌, 이게 뭐꼬?"

코를 움켜쥔 칠용 씨는 승합차에서 내리며 대뜸 이렇게 말했다. 다들 말은 없었지만 같은 생각이었다. 차 문을 여는 것과 동시에 쓰레기 썩는 냄새가 코를 찔렀다. 승합차가 멈춰선 곳은 다름 아닌 거대한 쓰레기산의 정상 한가운데였다. 누르고 누른 쓰레기는 모여 마치 단단한 산처럼 변해 있었다. 이곳이 어딘지는 금방 깨달았다. 얼마 전 매립 종료를 선언한 난지도의 정상이었다. 더는 어쩔 수 없는 이 거대한 쓰레기 산을 처리하는 문제를 놓고 전문가들이 모여 논의하고 있다는 뉴스를 부대에서 얼핏 봤다. 검은 양복은 앞으로 나섰다.

"내려서 5열 종대로 집합!!!"

하지만 아저씨들은 무슨 되지도 않는 소리냐는 표정으로 적당히 무리 지어 담뱃갑부터 뽑아 들었다. 그러고는 심란한 표정으로 담배 한 대씩 입에 문 채 오늘 현장에서 무슨 일을 할 것인가를 놓고 심오한 논쟁을 벌였다.

"개념을 밥 말아 먹었나. 쓰레기 일에 곰방을 불러?"

"그럼 일당도 파이 아니야? 잡부 일당 받고는 일 못 하지."

"쌍놈들. 곰방도 기능공이라고! 이 씨부럴 놈들!"

가장 흥분한 것은 만수 아저씨였다. 벽돌을 하루에 몇만 장씩 나르는 그는 현장에서 곰방 재벌로 통했다. 날씨 좋으면 한 달에 돈 천은 우스웠다. 그러면서도 담배는 늘 빌려 피웠다.

"어허, 돗대는 마누라도 안 준다 안 합니까."

만수 아저씨가 칠용 씨에게 담배 구걸을 하는 동안 검은 양복은 미간을 찌푸린 채 무언가 싫은 소리를 하려다 입을 다물었다. 괜히 쓸데없는 일로 힘을 빼기 싫은 눈치였다. 그저 손목시계로 시간을 확인하고 혼잣말로 중얼거렸을 뿐이었다.

"왜 안 와. 이 자식들은."

이 자식들이 모습을 드러낸 것은 담배 한 대가 다 타기도 전이었다. 주차된 승합차 뒤쪽으로 경찰 버스 두 대가 요란한 엔진 소리를 내며 나타났다. 아저씨들 얼굴엔 당황한 기색이 역력했다. 난지도, 경찰 버스, 검은 양복, 노가다, 곰방. 도무지 이해가 안 가는 조합이었으니까. 지금 무슨 일이 일어나고 있는지 알고 있을 검은 양복은 미간을 찌푸린 채 호두만 굴렸다. 버스 문이 열리기 무섭게 나보다 서너 살쯤 많아 보이는 전경 소대장이 검은 양복 앞으로 튀어나왔다.

"충성! 과장님, 죄송합니다. 버스가 길을 잘 못 들어서……."

순간 빡 소리가 났다. 소대장은 얼굴을 감싸쥔 채 바닥에 쓰러졌다. 삽시간에 아저씨들 목소리가 조용해졌다.

"이 새끼야! 내가 우스워? 우습냐고! 포클레인 기사들도 아직 안 왔고, 경찰이란 놈들은 나보다 늦게 나타나고."

"죄송합니다. 시정하겠습니다."

경찰 소대장은 후다닥 일어나 머리를 숙이고 차려 자세로 섰다. 얼마

전 부대에서 흔히 보던 익숙한 광경을 사회에서 다시 보니 묘한 기분이었다.

"이 새끼들 그쪽에선 30분 후부터 차들을 보낸다는데, 여긴 준비가 하나도 안 됐잖아! 나서서 준비해야 할 새끼는 나보다 늦게 쳐오고! 포클레인은 니네 계장이 담당한댔지?"

"제가 바로 확인해보겠습니다."

"지금 시국이 어느 땐데 정신 상태가 썩어빠져서……. 빨갱이 같은 새끼들. 일단 애들부터 준비시키고, 니네 계장은 오자마자 나한테 튀어오라고 해."

주위를 살피자 어느새 아저씨들은 모두 담배를 끄고 있었다. 소대장이 지시를 내리기도 전에 경찰들은 눈치 빠른 분대장들의 지시에 따라 열을 맞췄다. 소대장과 용무를 마친 검은 양복은 아저씨들을 향해 돌아섰다.

"너, 기준. 5열 종대!"

고개를 돌렸을 때 이미 아저씨들은 열을 맞추고 있었다.

우리는 그렇게 쓰레기 산 위에 앉았다. 우리 왼쪽으로는 같은 수의 경찰이, 오른쪽으로는 포클레인이 있었다. 쓰레기 산 위에 열을 맞춰 늘어선 10여 대의 포클레인은 어찌 보면 장관이었다. 어디서 구해 왔는지 모를 우유 상자를 전경들이 붙여 단상을 만들었고, 검은 양복은 그 위에 올라 발을 툭툭 두 번 털었다.

"에. 다들 알겠지만, 지금 국가적 위기 상황이다. 이런 국난의 때에 나라에서 여러분들의 도움이 필요하다. 다들 대한민국의 국민으로서 오늘 하는 위대한 국가적 책무에 충실해주길 바란다. 그리고 오늘 일은 어디 가서 떠들지 마라. 혓바닥 삐끗 잘못 놀리면 남산에서 날 만날 테니까. 너희들 민증번호는 이미 복사 떠서 남산에 있다. 딴 생각 하지 말고."

대학에 입학한 뒤 다들 민주화니, 통일이니, 민족을 떠들었지만, 그런 건 시간 있는 친구들이나 하는 일이라 생각했다. 그런 나도 남산 이야기는 알고 있었다. 쌍팔년 학생회장이 남산에 갔다가 반병신이 됐네, 3년 전 단대장은 똥오줌을 못 가리네, 하는 풍문은 흔하다 못해 식상한 레퍼토리였다. 현장에서 술 취해 싸우는 아저씨들조차 걸핏하면 남산에 있는 오촌이나, 기무사나 보안사에 있다는 육촌을 들먹였다. 그런 남산이, 남자들이 호기 부릴 때나 신화처럼 불쑥 튀어나오는 남산이, 실제로 내 앞에서 호두를 굴리고 있었다.

"10분 후 트럭이 온다. 거기엔 무너진 백화점 잔해들이 실려 있다. 니들이 할 일은 거기서 시신을 찾는 거다. 지금부터 포클레인 한 대에 노가다 둘, 경찰 둘이 붙어서 소대장 지시에 따라 구역을 나눠 시신을 찾는다. 시신만 찾는 게 아니야. 신분을 증명할 소지품. 민증, 학생증, 사원증, 지갑, 시계, 안경, 입고 있는 옷가지, 잘 챙겨라. 백화점이니까 여러 물건들이 섞여 있을 테니 시신하고 함께 있는 신분을 입증할 소지품을 챙기란 말이다. 알았나?"

"네."

"씨발! 목소리 좆 같네. 알았냐고!!"

"네!!!!"

"질문은 소대장에게 해라. 경찰 지시에 따라 조를 나누고, 조 편성이 끝나면 분대장 통제하에 트럭이 올 때까지 담배 한 대씩 펴."

검은 양복은 우유 박스에서 내려갔다. 그 뒤 전경 소대장과 쥐색 점퍼를 입은 계장의 지시에 따라 우리는 조를 짰다. 아침 햇살이 쓰레기 산 위로 쏟아졌다. 볕을 등지고 멀리 덤프트럭들이 뽀얀 흙먼지를 일으키며 다가오고 있었다.

무너진 백화점에서 무슨 일이 있었는지는 뉴스조차 보지 못하던 나조차 알고 있었다. 한동안 현장에 오면 아저씨들은 그 이야기밖에 하지 않았다.

"씨벌, 그 회장 새끼 면상이 아주 철판이드만. 그 씹새끼가 지껄이는 거 봤어?"

"응. 뭐, 나한테 뭐라고 하지 말라고, 백화점이 무너저서 자기 손해도 막심하다고 했었나?"

"그 정도 되니까 기둥에 철근도 빼먹고, 건물이 무너져도 지만 도망가지."

"지만 도망간 거면 괜찮게. 마지막 지시가 물건들 빨리 빼라는 거였다며. 밑에 놈들한테는 아직 괜찮으니까 영업 끝날 때까지 사람들 대피시키지 말라고 시키고."

아저씨들이 가장 분노했던 건, 도망치기 직전 회장이 내렸다는 기다리라는 지시였다. 그들은 화를 냈지만, 내겐 그조차 낯설었다. 어쨌든 부자들이 사는 동네였으며 나와는 무관한 일이었으니까. 아저씨들처럼 TV 화면으로라도 직접 무너진 건물을 봤다면 다른 감정을 느꼈을지도 모르겠다. 하지만 우리 동네는 난시청 지역이라 TV도 제대로 나오지 않았고, 철거를 앞두고 유선방송국도 철수해 TV를 켜면 화면엔 비만 내렸다. 무너진 백화점은 내게 세계 반대편에서 일어난 비극과 다름 없었다.

며칠이 지나자 아저씨들도 변했다. 무너진 백화점보다 관련된 중견 건설사와 하도급 업체들이 연쇄 도산할 것이라는 소문이 더 걱정이었다. 그렇게 되면 당장 현장의 일용직 노동자들부터 먹고살 길이 막막해질 터였다.

"까놓고 말해 복권 당첨된 거 아이가."

"그리 말하는 거 아니다. 사람이 죽었는데."

작업 들어가기 전 화제가 된 것은 유가족들이 받게 될 보상금 이야기였다.

물 : mall : 浽

임성순

"보상이 3억이라 카든데에."

"확정된 것도 아니라고 하더라고.

"우에 됐든 그란 목돈을 언제 만져봅니꺼."

"모르죠. 우리 같은 사람이야 큰 돈이지만, 그 백화점은 부자들이 가는 곳이라면서요."

"그래도 그긴 아이다. 부자들이 단돈 10원에 더 벌벌 떠는기라. 만수 성님 봐라! 지 돈으로 담배도 안 산다."

"어허, 말뽄새 봐라. 담배랑 사람 죽는 거랑 같아? 돈이 목숨보다 소중하냐고."

"하모요. 돈 없어가 죽는 놈이 천지삐까립니데이."

그사이 덤프트럭은 쓰레기 산 위로 무너진 백화점 잔해를 부려놓았다. 트럭들은 열을 맞춰 끊임없이 몰려왔고, 쓰레기 산 위에서는 잔해가 쏟아지며 나오는 먼지와 트럭이 일으키는 먼지가 뒤섞여 앞도 제대로 볼 수 없었다. 우리는 조별로 부려진 잔해 앞으로 갔다. 쓰레기 산 위에 흩뿌려진 회백색의 콘크리트와 철근 덩어리들은 위태하고 기이해서 일종의 설치미술처럼 보였다. 전경 소대장이 호루라기를 불었다. 작업 시작을 알리는 소리였다.

덥고 냄새가 나는 일이라는 것 빼면 다른 현장보다는 수월했다. 다른 곳은 무언가를 짓는 일이었지만, 여기선 무너진 것을 헤집을 뿐이었으니까. 수백 명이 죽은 무너진 건물이라 했지만 막상 눈에 들어오는 것은 콘크리트와 철근들뿐이었다. 짊어져야 할 짐도 없었고, 올라가야 할 계단이나 비계도 없었다. 물론 잔해들을 조금 파내자 다른 것들도 보이기 시작했다. 내가 일하던 구역에서는 무너진 벽체를 포클레인이 밀어젖히자 옷가지들이 쏟아져 나왔다. 불어로 된 큼지막한 이니셜이 박힌 고급 여성복 브랜드였다.

"피껍데긴 줄 알았더니 광이네. 이거 새건데 우리 마누라나 하나 챙겨다 줄까?"

만수 아저씨는 밍크코트를 들어보였다.

"이런 거는 함부로 손타믄 동티납니데이."

나는 옷 하나를 집어들었다. 가격표에 유난히 0이 많은 빨간 블라우스였다. 레이스에서는 희미하게 그을음 냄새가 났다.

"으어어, 씨발! 이게 뭐야!"

하얀 무언가를 발견하고 자리에 주저앉은 것은 덕팔 아저씨였다. 옆에서 부서진 철근을 치우던 전경이 서둘러 달려왔다. 덕팔 아저씨가 발견한 것은 팔이었다. 부러진 하얀 마네킹 팔. 근처에 있던 아저씨들이 한바탕 웃었다. 다들 지나칠 정도로 웃었다. 너무나 쾌활해서 이 웃음 아래 두려움이 있다는 걸 둔감한 나조차 알 수 있었다.

어느 정도 체계가 잡히자 포클레인의 작업 소리만 요란했다. 말은 하지 않았다. 다들 이곳에서 무슨 일이 일어났는지 실감하기 시작했던 것이다. 핏자국이 남아 있는 철근 콘크리트 덩어리도 있었고, 알 수 없는 검붉은 얼룩이 있는 한 짝의 신발과 터진 쇼핑백이 나왔다. 옆 조에서는 처음으로 짓이겨진 누군가의 허벅지를 발견했다. 포크레인이 거대한 팔로 끊어진 기둥을 들어내자 뭉그러진 시신의 나머지가 모습을 드러냈다. 고개를 돌렸지만 끔찍한 광경은 눈꺼풀에 새겨진 것처럼 선명했다. 쓰레기 냄새 사이로 처음 맡아보는 역한 악취가 마치 머릿속에 달라붙을 것처럼 파고들었다. 팔다리에 소름이 돋았다. 동시에 짊어진 것 하나 없는 어깨가 자꾸 아래로 처졌다. 기둥을 들고, 시멘트를 파헤치고, 철근을 끊고, 무너진 잔해 위를 오가고…… 사방은 소음으로 가득했지만 동시에 고요했다. 누군가 유류품이나 시신의 일부를 발견하면 조용히 손을 들었다. 그러면 담당 경찰 분대장이 검시팀을 불렀다. 그들이 달려와 찾아낸 시신을 수습하는 동안 쉴 수 있었지만 말하는 사람은 없었다. 그저 담배만 연신 빨아댈 뿐이었다. 다들 줄담배를 피워댔으므로 점심이 되기 전에 계장은 추가로 담배를 돌렸다.

정오가 되자 우리는 밥을 먹기 위해 비탈을 내려갔다. 비탈 아래는 흰 천막이 처져 있었고, 병원 소독약 냄새가 모든 것을 지워버릴 기세로 밀려왔다. 머릿속까지 크레졸로 소독되는 기분이었다. 그 안에선 흰 가운이나 국과수 조끼를 입은 아저씨들이 우리가 발견한 시신의 조각들을 말 그대로 퍼즐처럼 짜맞추고 있었다.

"뉴스로 볼 땐 이 정돈 줄 몰랐는데."

"거기엔 그냥 무너진 잔해만 나오잖아."

"성님, 지는 몬 먹겠는데예."

"안 들어가도 먹어야지. 일하려면. 안 그러냐? 막내야."

"네."

밥을 먹을 수 없다는 이들을 이해할 수 없었다. 위에서 긴장한 탓에 배는 너무 고팠고 밥도 맛있었다. 쓰레기 산 앞이었지만 악취와 뒤섞인 소독약 냄새에 코는 마비되어버렸다. 후루룩 한그릇 비운 나는 마음 같아선 한 공기 더 먹고 싶었지만 눈치가 보여 수저를 내려놓았다. 많은 아저씨들은 뜨는 둥 마는 둥 수저 자국도 안 남은 밥 공기를 내려놓고 나보다 먼저 일어났다. 보통은 현장에서 식사를 마치면 아저씨들은 등을 댈 수 있는 곳이면 어디나 누워 눈을 붙였다. 그런데 다들 원래 자리로 돌아가기 시작했다. 오후 일과가 시작되고 나서야 가장 늦게 엉덩이를 떼는 칠용 씨마저 이미 무너진 백화점 잔해 주변을 서성이고 있었다. 유족을 위해 저렇게 노력하는 게 옳은 일이겠지. 이 모든 것이 남 일처럼 생경했던 나도 무딘 죄책감에 떠밀려 올라갔다. 그리고 그들이 무엇을 하고 있는지 보았다.

아저씨들은 무너진 잔해에서 귀금속과 금시계 따위를 줍고 있었다. 동티가 난다고 싫은 소릴 했던 칠용 씨는 금가락지를 챙기고 있었고, 만수아저씨는 무얼 찾았는지 앞뒤 주머니가 불룩했다. 나는 눈앞에 펼쳐진 광경을 어떻게 받아들여야 할지 몰라 황망했다. 칠용 씨는 나와 눈이 마주치자 예의 이빨이 보이는 미소를 지으며 변명했다.

"이기는 동티 안 난다. 금이라카는 기가 원체 부정을 안 타는 기라. 녹도 안 슬고. 난리통에도 죽은 놈, 금니도 떼간다 안 카나."

나는 대답 대신 반사적으로 고개를 끄덕였다.

"싸게 챙기라! 지나뿔면 후회한데이."

그랬다. 내 주제에 이렇게 구경만 하는 것이 주제 넘은 짓일지도 몰랐다. 운 좋게 다이아몬드 반지라도 줍는다면 누이는 더는 일을 하지 않아도 될 터였다. 운까지 필요하지도 않았다. 눈앞에 당장 보이는 금붙이 몇 개만 주워도 방학 내내 짊어져야 할 벽돌이 수만 개는 줄어들 터였다. 주인은 없었다. 이제 매몰되어 사라질 것이었다. 불편한 것은 얄팍한 양심과 알량한 자존심뿐이었다. 그럼에도 차마 낄 수 없었다. 달아올라 화끈거리는 얼굴로 몸을 돌려 달아날 수밖에 없었다. 돌아서며 검은 양복과 마주쳤다. 아지랑이가 피어오르는 쓰레기 사면에 서 있는 검은 양복은 땀조차 흘리지 않고 있었다. 그저 모든 걸 알고 있다는 표정으로 호두를 굴릴 뿐이었다. 그 순간 이해했다. 저기서 줍게 되는 금붙이들은 공짜가 아니었다. 그것은 침묵의 값이었다. 오늘 보고 겪을 일에 대한 비밀을 묶을 오랏줄이었다. 평생 따라다니겠지. 아무것도 줍지 않은 내게까지. 비밀은 무거웠으므로 갑자기 손목이 저렸다.

손을 발견한 것은 오후 작업이 끝나갈 무렵이었다. 쓰레기 산 위로 포클레인과 작업 인원들의 그림자가 길어졌고, 이미 수색이 끝난 조는 모여 앉아 담배를 피우고 있었다. 우리 조도 마지막 한 무더기의 잔해만을 남기고 있었다. 포클레인의 팔이 무너진 기둥을 들추자 깨어진 천장 구조물이 나왔다. 석고보드 잔해가 뒤섞인 으깨진 환기구와 전선을 걷어내자 화장품 매대였을 나무판들이 박살난 병 조각들과 함께 나왔다. 나는 별것 없다는 수신호를 보냈고, 포클레인은 아마도 상판이었을 꺾어진 콘크리트 판을 젖혔다. 그 아래 손이 있었다. 무너진 벽체 구조물 세 개가 겹치는 틈 사이로 마치 인사라도 하는 것처럼 사람의 손이 삐죽 나와 있었다. 나는 혹시나 마네킹일까 싶어 가까이 다가갔다. 유심히 보자 분명히 알 수 있었다. 새끼손가락과 약지에 누이처럼 봉선화 꽃물을 곱게 들인, 사람의 손이었다. 아름다운 그 빛깔에 뜨겁고 붉은 무언가가 아랫배부터 차올라왔다.

늦지 않았을지 몰라.

초조한 마음이 입안에서 타들어가고 발걸음이 빨라졌다.

어쩌면 늦지 않았는지도 몰라.

땅 밑에서 보름을 넘게 버티고 살아남았다는 광부의 이야기가 떠올랐다.

지금까지 살아온 삶을 송두리째 거는 심정으로 나는 틈 사이로 나온 손을 향해 손을 뻗었다. 그리고 그 손에, 틈사이로 내민 손에 있는 힘껏 깍지를 꼈다. 깍지낀 손가락 마디마디 사이로 시간이 얽혔다. 앞으로 없을 간절한 마음으로 나는 잡은 손을 당겼다.

손만 쑥 올라왔다.

너무나 이상하게, 아니. 어쩌면 당연하게도 그것은 잘린 손이었다. 내가 발견한 것은 그러니까 오직 손뿐이었다. 거짓말처럼 팔목에서 잘린 그저 손뿐이었다.

누이의 손 같았다. 누이의 손가락처럼 가늘었으며, 누이의 손처럼 아름다웠다. 심지어 누이의 손처럼 보드라웠다. 다만 차갑고 끈적끈적할 뿐이었다. 조금의 온기라도 전하고 싶은 마음에 움켜잡았다. 움켜잡자 분명히 알 수 있었다. 검지와 맞닿은 중지에 굳은살이 있었다. 너무 오래 글을 쓰면 생기는 볼펜 굳은살이라 부르던 바로 그 살이었다. 식도를 타고 올라왔던 안타까움이 갈 곳을 잃어 목울대에 퍼덕거리는 동안 머리가 어지러웠다. 검시반을 불러야 했는데 목소리가 나오지 않았다. 나는 잡은 손을 들고 비틀거리며 콘크리트 잔해들 사이로 나왔다. 바람 빠지는 소리만 목구멍에 맺혔다, 흩어져버렸다. 오후의 열기로 달아오른 쓰레기 산에서는 아지랑이가 피어올랐고 때문에 쓰레기장 풍경은 자꾸 이지러졌다. 흩어지고 짓이겨진 풍경 속에서 오직 차가운 손만 너무나 선명했다.

손은 말하고 있었다. 상고를 졸업하고 얻은 첫 직장이었다. 하루에 아홉 시간 매대를 지켜야 했고, 나처럼 힘들었으며, 누이처럼 치욕을 느끼는 때도 있었다. 그 순간에도 미소를 지어야 했다. 백화점이니까. 손님은 왕이니까. 그렇게 집에 돌아가도 펜을 놓을 수 없는 꿈이 있었던, 나 같은, 누이 같은, 어쩌면 누이였을지도 모를 한 사람의 손이 구해달라며 내 손을 꽉 움켜잡고 있었다.

"막내야. 그거 놔라."

"그래."

"아가 더위 먹은 모양인 갑네."

고개를 돌리자 다가오는 아저씨들의 모습이 보였다.

"잡았어요! 손을 내밀어서 내가 잡았다고요!"

"그래. 잡았어."

"근데, 구할 수가 없어요……. 손을 잡았는데…… 왜? 왜?"

절망감이 뜨겁게 뺨을 타고 흘러내렸다.

"잡았다고요. 분명히…… 이렇게 잡았어요."

"그래. 잘했어."

"그런데…… 왜…… 그런데 왜?"

칠용 씨가 움켜잡은 손가락을 억지로 벌렸다. 덕팔 아저씨가 그 손을 빼앗아 검시반을 불렀다. 차가운 손이 떠난 자리를 움켜쥐자 내 손이 느껴졌다. 따뜻한 손이었다. 그 따뜻함이 너무 미안해 더 뜨거운 눈물이 쏟아져 나왔다. 만수 아저씨는 고개 숙인 내 머리를 와락 안았다. 알고 있었다. 난 그저 죽은 이의 손을 발견했다. 내 일이었고, 할 일을 했을 뿐이었다. 그럼에도, 그럼에도 이 죄송하고 부끄러운 마음은 철거된 담배가게나, 무너진 백화점처럼 산산조각 나버린 채 쓰레기 섬 아래로 서서히 가라앉고 있었다.

"사내였을까?"

승합차 속의 침묵을 깬 건 덕팔 아저씨였다. 칠용 씨가 미간을 찌푸렸다. 한강에 반사되는 햇살이 따가웠다. 황혼에 물든 돌아오는 길은 퇴근 차량들로 꽉 막혀 있었다.

"손만 보고 우에 알겠습니까?"

"여자일 거예요. 꽃물 들였잖아요. 손에."

나는 누이처럼 붉던 그 손 끝을 떠올렸다.

"꽃물?"

"봉선화요."

"아이다."

"네?"

"니가 잘몬 본 거다. 그기 꽃물이 아이라 멍든 기다. 손끝에 피멍 들어가 불그죽죽하게 된 기라 안 카나."

"아."

나는 고개를 돌렸다. 아, 피멍이었구나. 피멍 같은 노을이 서쪽 하늘에 펼쳐져 있었다. 쓰라린 붉은빛과 함께 아린 보랏빛이 멍든 검청빛 하늘 아래 욱신거리고 있었다.

"막내야. 백화점이 왜 무너졌는지 아냐?"

만수 아저씨가 갑자기 물었다.

"부실공사 때문에요?"

"아니야. 무너진 쇼핑몰을 쓰레기장에 버리는 놈들이 있는 나라니까, 그러니까 백화점이 무너지는 거야."

인과가 뒤바뀌어 있었지만 어쩐지 납득할 수 있었다.

"그라믄 뽀사진 건물은 어데 버립니까? 쓰레기장에 버려야지."

"쓰레기장에 버리면, 흙으로 덮어버릴 거 아니야. 그러면 잊어버린다. 사람은 간사한 동물이라 잊어버린다고. 봐라, 또 무너진다. 분명히 또 무너진다고."

손을 펼쳐보았다. 백화점이 무너졌다. 무너진 건물 아래 사람들이 있었다. 정말 막을 수 없었을까? 정말 구할 수 없었던 걸까? 누구도 구하지 못한 손이 거기 있었다. 침묵의 오랏줄에 묶인 채 쓰레기 산 아래서 영영 돌아오지 못할 이들을 함께 묻었던 공범의 손이 거기 있었다. 나는 흔들리는 승합차 창에 기대어 눈을 감았다.

한 섬이 보인다. 섬의 이름은 난지(蘭之) 혹은 동거차(東巨次)이리라. 그곳에서 누군가 손을 뻗는다. 살고 싶은 간절한 마음에 내민 고운 손이다. 기다리라 해 기다렸고, 잡았으나 구하지 못한, 내 누이였고, 가족이었고, 내 아이, 혹은 나 자신이었을지 모를 꽃 같은 손이다. 움켜잡았으나 스르르 빠져나가버린 차가운 손이다. 그리고 깨닫는다.

망각했으므로 세월이 가도 무엇 하나 구하지 못했구나.

매몰되어 사라질 것들에 대하여

유예현   서울대학교 박사과정 수료

'세월호 이후', 문학은 무엇을 할 수 있는가, 그리고 무엇을 해야 하는 가. 이 질문은 작금의 한국 문단에 던져진 화두이다. 세월호 참사는 많은 작가들로 하여금 '아우슈비츠 이후에도 서정시를 쓴다는 것이 가능한가' 라는 아도르노의 물음을 되묻게 한 것이다. 여기 놓인 임성순의 「몰 : mall : 沒」 또한 작가가 이에 대해 진지하게 자문하고, 응답한 결과물로 보인다. 이 소설은 표면적으로는 삼풍백화점 붕괴의 사후 처리 과정을 담담한 어조로 그리고 있다. 그러나 좀 더 들여다보면, 이 소설에 삼풍백 화점 참사와 세월호 참사가 겹쳐져 있다는 것을 쉽게 알 수 있다. 삼풍 백화점 붕괴는 한국전쟁 이후 가장 큰 인사 사고였음에도 그에 대한 기 억은 점점 사라지고 있다. 그 무너진 자리에 들어선 아파트 단지와, 전혀 다른 곳에 세워진 위령탑이 보여주듯이. 그리고 그것은 어떤 면에서는 '세월호'보다도 애도되지 못했다는 점에서 문제적인 사건이다. 따라서 「몰 : mall : 沒」의 흥미로운 지점은, '세월호 이후' 삼풍백화점 참사를 다시금 소환하고 있다는 데 있다.

작가는 표면에 세월호 대신 삼풍백화점을 내세움으로써, 두 사건이 불러일으키는 기시감을 포착한다. 소설에서도 그려지는 것처럼, 두 사건은 반복되어서는 안 될 대형 재난이었다. 그 둘은 부정부패와 비리, 욕망에서 기인한 인재(人災)였다는 점은 물론이거니와, 기다리라는 명령을 내린 컨트롤 타워의 모습, 유가족들의 보상금을 복권 당첨으로 환원하는 대중들의 태도 등에 있어서 무서울 만큼 똑같았다. 특히 "망각했으므로 세월이 가도 무엇 하나 구하지 못했구나."라는 마지막 구절은 '세월'호를 절묘하고도 노골적으로 연상시키고 있다. 이전에 삼풍백화점 참사가 있었는데도 왜 세월호 참사를 막지 못했는가. 그것은 망각 위에서 이미 예정된 미래가 아니었을까. 그뿐만이 아니다. 이 소설은 철거로 인해 곧 무너지고 사라질 동네를 배경으로 한다는 점에서, 용산 참사나 도시 재개발과 관련된 숱한 사건들까지도 은밀하게 환기시킨다.

'몰 : mall : 沒'이라는 표제에 쇼핑몰(mall)이라는 뜻과 침몰하고, 매몰되고, 없어진다는(沒) 뜻이 뒤엉켜 있는 것은 바로 그 이유 때문일 것이다. '沒'은 죽음이나 망각을 의미하기도 하며, 명사 앞에 붙어서 그 명사가 뜻하는 내용이 전혀 없음을 나타내기도 한다. 이처럼 '몰 : mall : 沒'이라는 단어의 의미망은 이 소설의 의미를 더욱 중층적으로 구성해준다. 그것은 한 글자 혹은 한 단어로 쓰이고 발음되지만, 그 뒤에 어마어마한 기억과 서사를 품고 있다. 도시 개발의 명과 암, 높은 마천루를 짓는 일과 집들을 무너뜨리는 일, 그리고 붕괴와 침몰의 의미를 함께 아우르고 있는 것이다. 그래서 그것은 세월호 참사나 삼풍백화점 참사라는 개별적 사건을 넘어선다. 즉, 이 소설은 '세월호 이후' 문학이면서도, 그 사건이,

그리고 그와 비슷한 무수한 사건들이 반복될 수밖에 없었던 근본적인 원인에 대해서 건드리고 있다.

철거를 통한 낡은 집들의 무너짐과 재개발을 통한 높은 아파트의 건설. 높은 백화점과 그 붕괴. 난지도에 쌓여가는 폐기물들과 기억 밑으로 침몰하는 잔해들의 이미지. 이 소설은 이렇듯 부수고 짓고, 쌓이고 무너지는 것들의 대비로 읽을 수 있다. 소설은 재개발로 인한 변화와 상실에 대한 거부감으로 시작된다. 재개발을 앞둔 어느 동네. 철거를 알리는 엑스 표시와 누이가 더 이상 꽃물을 들이지 않아 마당에 남겨진 봉선화는 '나'에게 낯설고 견딜 수 없는 것들로 다가온다.

누이는 졸업을 위한 마지막 학기를 끝내지 못한 채, 아파트로 이사하기 위한 중도금과 '나'의 학비를 벌며 가장 노릇을 하고 있다. 누이는 이제 봉선화 꽃물을 들이는 대신, 가장으로서 돈을 벌기 위해 전력투구한다. '내'가 보기에 누이가 바득바득 가장 노릇을 하는 이유는 아파트를 분양받지 못하면 아버지의 죽음이 무의미해진다고 생각하기 때문이다. 물론, 아파트에 사는 친구의 놀림 이후 누이가 봉선화 꽃물을 창피하다고 여기고 아파트로 이사 가자고 노래를 부르게 되었다는 점은, 아파트에 대한 누이의 욕망 또한 누구나 가질 수 있는 소박한 것임을 보여준다. 재개발 광풍 속에는 아버지와 누이의 아파트에 대한 꿈, 좀 더 잘 살고 싶은 소시민들의 꿈도 있었던 것이다. 그러나 오래된 건물들이 사라지고 근사한 초고층 아파트와 빌딩이 들어선 자리는 과연 누구의 것이 될까. 소설에서 정작 생전의 아버지가 그토록 원하던 시공사가 결정되었을 때는 입주금이 없었다. 그리고 재개발 보상 협의는 몇 번이나 결렬되었고, 시공사가 바뀌고 나서야 겨우 철거 일정이 잡혔다. 이는 누이의 꿈이 이뤄지고, 가족들이 아파트를 분양받는 것이

요원하리라는 점을 암시한다. 왠지 그들은 삶의 터전과 추억을 잃고, 더 열악한 환경 속으로 내던져질 것만 같다. 개발주의가 유포한 근사한 미래라는 판타지가 삼풍백화점과 함께 허망하게 무너져 내렸듯이. 그래서 누이의 꿈은 소설의 한 구절처럼 절망만큼이나 무서운, 너무 큰 희망인 것이다.

한편, '나'는 군대 전역 후 학교 등록금을 벌기 위해 공사 현장에서 물건을 옮기는 '곰방일'을 시작한다. 아이러니하게도, 재개발에 거부감을 가진 '내'가 건설 현장에서 건물을 짓는 일을 하게 된 것이다. 마치 '나' 역시 아파트와 백화점을 쌓아 올린 공범이기라도 하다는 듯. 이 소설에서 '나'는 세상에 대한 무관심으로 무장한 채, "내 학비는 내가" 벌겠다고 말한다. 자신의 학비를 스스로 벌고자 하는 것은 희생하는 누이의 짐을 덜어주기 위한 것이기도 하지만, 타인에 대한 부채감으로부터 자유롭고자 하는 태도의 발로로도 읽을 수 있다. 아버지의 죽음 앞에서도 '나'의 최선은 군대로 도망가는 것이었다. '나'는 대학에서도 민주화니, 통일이니, 민족을 떠드는 것은 시간 있는 친구들이나 하는 것이라 생각했다. 현장일은 버거웠지만 적응할 수 있었다. 군에 있을 때와 마찬가지로 생각 따윈 필요 없었기 때문이다. 곰방일에는 무엇을 어디로, 그리고 왜 옮기는지에 대한 물음이 필요없다. 그래서 한 몸뚱이 주체하기도 버거운 '나'는 "그해 여름, 유난히 많은 일이 있었"음에도 불구하고 세상 돌아가는 일에 더욱더 무관심해져 갔다. 백화점 붕괴 뉴스에 분노를 표출하는 일조차 '내'겐 낯설다. 이토록 세상에 대해 무관심한 것은 일차적으로는 동네가 난시청지역이기 때문이지만, 본질적으로는 희생자들은 '나'와 무관한 부자들이며, '내'겐 뉴스를 보고, 그 사건에 분노할 여유조차 없다고 생각했기 때문이다. 그래서 '나'는 무너진 백화점을 자신과는 온전히

작품 해설 - 머릿속에 사라진 것들에 대하여

동떨어진 지구 반대편 비극과 동일시한다.

일에 적응해가던 '나'에게 어느 "이상한 날"이 닥친다. 난지도로 끌려가, 무너진 삼풍백화점의 잔해들 속에서 시신과 그 신분을 증명할 소지품을 찾는 임무가 주어진 것이다. 그 순간, '나'의 세계에 무너진 백화점이 들어온다. 이 소설에서 난지도라는 공간은 매우 중요하다. 1960년대 경제개발 이후 서울 인구 폭증과 함께 늘어나는 쓰레기를 처리할 곳이 필요했고, 1978년부터 난지도 쓰레기 매립이 시작되었다. 즉, 당시 난지도는 도시 개발의 욕망과 그로 인해 발생한 서울의 각종 폐기물들이 집결된 곳이었다. 믿기지 않을 수도 있지만, 실제로 난지도는 성수대교 붕괴, 마포구 아현동 가스 폭발, 삼풍백화점 붕괴 등 대규모 사건의 잔해를 처리하던 곳이었다. 시신을 비롯한 참사의 잔해들이 폐기물들 위에 함부로 내던져질 수 있다는 불편한 진실, 그것은 재난 자본주의의 민낯을 그대로 보여준다.

난지도에서의 경험은 '나'에게 변화를 가져온다. "니 학비는 내가 만든다"고 호언장담한 소장이 결국 검은 양복과 경찰 조직과 연결되어되어 있다는 점은 '나' 또한 잔해들을 함부로 난지도에 내다버리는 일, 나아가 백화점이 무너진 사건과 철저하게 무관하지는 않다는 점을 보여주는 것이기도 하다. 나를 위해 희생하는 누이는 물론, 자본과 국가권력, 죽은 자까지. 결국 '나'는 이 세상과 무관하기는커녕, 학비를 버는 행위를 매개로 거미줄처럼 얽혀 있었던 것이다. 끝내 '나'가 다른 아저씨들처럼 잔해 가운데서 귀금속을 줍는 사람이 되지 못하는 것은, '나'의 무딘 죄책감이 점점 예리하게 변모하고 있음을 보여준다. '나'는 비밀에 대한 침묵의 무거움을 예감하면서 공범 의식과 죄의식을 느낀다. 무언가를 짓는 다른 현장과는 달리 잔해들을 파헤치는 작업은 육체적으로는 전혀 무겁지 않았다. 그럼에도 불구하고 "짊어진 것 하나 없는 어깨"가 자꾸만 아래로 처지는 것은 그 무거움을 잘 보여주는 것이다.

잔해 속에서 어떤 손을 발견한 '나'는 어쩌면 늦지 않았는지도 모를, 타는 목마름으로 간절히 그것을 잡아당긴다. 그러나 '나'는 잘린 손뿐인 그 누군가를 살릴 수 없었고, 손이 구해달라고 '내' 손을 꽉 움켜잡는 듯한 환각에 시달린다. 그리고 봉선화 꽃물을 들인 듯한 그 손이, "나 같은, 누이 같은, 어쩌면 누이였을지도" 모른다는 점을 깨닫는다.

> 한 섬이 보인다. 섬의 이름은 난지(蘭之) 혹은 동거차(東巨次)이리라. 그곳에서 누군가 손을 뻗는다. 살고 싶은 간절한 마음에 내민 고운 손이다. 기다리라 해 기다렸고, 잡았으나 구하지 못한, 내 누이였고, 가족이었고, 내 아이, 혹은 나 자신이었을지 모를 꽃 같은 손이다. 움켜잡았으나 스르르 빠져나가버린 차가운 손이다. 그리고 깨닫는다.

> 망각했으므로 세월이 가도 무엇 하나 구하지 못했구나. (245쪽)

이제 '나'는 더 이상 아무 생각도 없이, 할 일만 하며 살 수는 없다. 그 손의 주인은 더 이상 타인이 아니라 바로 나의 누이이자, '나'였기 때문이다. '나'는 이러한 공감을 통해 어떠한 책무를 깨닫는다. 그런데 이것은 검은 양복이 '나'와 아저씨들을 "대한민국 국민"으로, 재난을 "국가적 위기 상황"과 "국난의 때"로 호명하면서 부르짖던 "국가적 책무"와는 다른, 새로운 공동체에 대한 책무여야 할 것이다. 또한 '나'는 그저 연민이나 시혜의 관점에 서 있을 수 없다. 구원해달라는 그 '손'을 끝내 잡아주지 못했기 때문에. 그리고 재난이 반복되는 시스템을 방관한 것에 대한 부끄러움 때문에. '나'는 사건에 대한 공모자요, 연루자임을 의식하고, 미안함과 수치의 감정을 느끼게 된 것이다. 이는 살아남은 자의 스스로에 대한 치열한 심문을 함축하고 있다는 점에서 중요하다.

그런데 흥미로운 것은, "얼마 전 매립 종료를 선언한 난지도"가 등장하기 전까지는 '삐삐'라는 소재 외에는 소설의 시간적 배경을 드러낼 만한 것이 거의 없다는 점이다. 동생 학비를 벌기 위해 일을 하는 누이의 모습은 1960~1970년대를 배경으로 했다고 해도 무방할 것이며, 막노동으로 학비를 마련하는 대학생은 2010년대에도 존재한다. 또한 재개발 사업으로 원주민들이 떠난 동네의 풍경은 오늘날에도 찾아볼 수 있다. 이는 과거와 달라진 것이 하나도 없다는 것과 과거의 비극이 또다시 일어날 수 있다는 것을 말해준다. 개발이라는 미명 하에 국민들의 안전이 자본의 논리와 손쉽게 거래되는 한, 1970년대도, 1990년대도, 바로 지금 이 시간도 별반 다르지 않을 것이다. 그것은 우리의 과거이자, 현재이자, 미래일 것이다. 재난이 일상화되고, 그것마저 자본주의의 회로 속에서 처리되는 재난 자본주의 시대에, 삼풍백화점도 세월호도 결코 다 지나간 일처럼 치부될 수 없다. "무너진 쇼핑몰을 쓰레기장에 버리는 놈들이 있는 나라니까, 그러니까 백화점이 무너지는 거야."라는 만수 아저씨의 말처럼, 작가는 비단 부실 공사나 국가 안전 시스템의 탓이 아니라, 생명의 존엄과 윤리를 쓰레기장에 버리는 놈들 때문에 재난은 끊임없이 반복되어왔다고 말한다. 그리고 그 반복의 고리를 끊는 것은 무너지고, 매장되고, 은폐되어 사라진 것들, 즉, 망각된 것들을 마주하고 기억하는 행위를 통해서만 가능하다고. 이처럼 「몰 : mall : 沒」은 "매몰되어 사라질 것"들에 대한 소설이다.

병원

임솔아

—

시와 소설을 쓰며
장편소설 『최선의 삶』과 시집 『괴괴한 날씨와 착한 사람들』이 있음.

병원

지갑에서 명함을 꺼내주며 여자는 물었다.

"정유림 씨, 어제 통화했는데. 기억하죠?"

명함에는 '마포구청 사회복지과'라고 적혀 있었다. 그들은 과장과 팀장이라고 자신들을 소개했다.

"자기가 그런 거네. 맞지?"

과장이라는 사람이 다짜고짜 물었다. 유림은 환자복 주머니에 손을 넣었다. 손목에 꽂힌 호스에서 유림의 빨간 피가 조금씩 역류하고 있었다. 과장이 서류가방에서 차트를 꺼냈다.

"이틀 전인 10월 31일, 감기몸살 때문에 알약을 120개 넘게 드셨네요? 자해는 보험 혜택 못 받는 거 알고 있었지? 자해를 질병이라고 신고하는 거, 거짓말로 나라에서 병원비 타먹는 거, 이거 부정수급이에요. 몰랐어요?"

주머니 속의 실밥을 유림은 만지작거렸다. 팀장이라는 사람이 유림의 주머니에 손을 불쑥 넣었다. 유림의 손을 끄집어냈다. 그러고는 유림의 손을 도닥거렸다.

"괜찮아요, 정유림 씨. 얘기해도 괜찮아."

"제가 지금 사정이 있어서요."

"한 달 지나면 생일이시네. 만 19세 생일 지나면 기초생활수급자 만료되는 것도 알지? 이제부터는 소년소녀가장이 아니에요. 엄연히 성인이고 어른이에요. 평생 나랏돈 받아서 살 거예요? 아니잖아. 본인 행동 정도는 책임지고 살아야지."

"저도 알죠. 사정이 있어서요."

"이번 건은 자해로 처리할 수밖에 없어요. 법대로 하면 처벌 대상인데 넘어가주는 거예요."

과장이 일어섰다. 팀장도 따라 일어섰다. 유림의 손을 꼭 쥔 채 팀장은 말했다.

"정신병력이 인정되면 자해도 보험 혜택 받을 수 있어요. 정신과에 찾아가봐요. 잘 말하면 진단서 써줄 거야."

팀장은 유림을 끌어안았다. 많이 힘들게 살아왔다는 거 알고 있다고, 귀에 대고 말하고서 팀장은 갔다.

유림은 유독 힘들게 살아왔다고 생각하지 않았다. 살아가다 보면 누구나 힘든 순간이 있는 만큼, 딱 그 정도만큼만 힘들게 살았다고 생각했다.

유림은 자신을 소년소녀가장이라고 생각하지 않았다. 유림에게는 아버지와, 고모들과, 삼촌과, 할머니가 있었다. 집안 사정 때문에 함께 살지 못하는 것뿐이었다. 기초생활수급자를 시켜달라고 한 적도 없었다. 엄마, 아빠, 라는 말을 배우기 이전부터 유림은 기초생활수급자로 지정되어 있었다. 나랏돈을 받아서 살아본 적도 없었다. 유림의 기초생활수급비는 전주에 사는 할머니가 생활비로 사용해왔다. 병원비를 지급받은 적도 없었다. 병원에 갈 만큼 아픈 적이 없었다. 아프면 약국에서 약을 사 먹었다. 약을 먹어도 아프면 그냥 아팠고, 아프다가 저절로 나았다. 배탈이거나 몸살 같은 것들이었다. 고등학교를 진학하지 않았으니 교육비를 지급받은 적도 없었다. 서울로 상경한 이후로는 홍대에 위치한 베이커리 아카데미에서 파티세 견습생으로 일해왔다. 6개월만 지나면 3년을 채우게 되고, 수료증이 나오기로 되어 있었다. 수료증이 발급되면 정식 파티세로 고용될 기회도 생길 거였다. 유림은 오래전부터 스스로를 어른이라고 여겼다. 적금통장을 만들기 위해 은행을 찾아갔을 때, 휴대폰을 구입하기 위해 대리점을 찾아갔을 때, 보건증을 갱신하기 위해 보건소를 찾아갔을 때, 유림은 소년소녀가장 예우를 받았다. 반응은 대부분 셋 중 하나였다. 손을 움켜쥐고 꺼안아대며 친한 척을 하거나, 잘못을 저지른 사람처럼 유림의 눈동자를 응시하지 못하거나, 반말을 섞어 쓰며 예비 범죄자 취급을 하거나. 그리 나쁠 것은 없었다. 유림의 이름으로 받는 혜택들을 친척들이 골고루 사용하고 있는 대가를 치르고 있을 뿐이었다. 공짜는 없으니까.

유림은 1층 원무과에 들렀다. 현재까지의 병원비를 확인했다. 254만 원이었다. 베이커리 아카데미 대표에게 전화를 걸었다. 감기몸살 때문에 입원을 했다고 말했다. 이틀만 더 결근하게 해달라는 부탁과, 가불을 해달라는 부탁을 했다. 두 가지 중 한 가지 부탁만을 대표는 들어주었다. 그런데, 감기몸살 때문에 입원을 했다고? 대표는 몇 번이고 물어보았다. 어느 병원이냐고도 물어왔다. 유림은 다른 병원의 이름을 댔다.

유림은 간호사 데스크에 들렀다. 정신과 상담을 예약했다. 두 시간 뒤에 상담이 가능하다고 간호사는 답했다.

소독약 냄새가 끼쳐왔다. 냄새의 위치를 찾아내려는 듯 유림은 주변을 두리번거렸다.

"불안하세요?"

정신과 의사는 손깍지를 꼈다. 턱을 괴었다.

"어디서 약 냄새가 나서요."

"약 냄새가 난다."

정신과 의사는 손깍지를 풀고 메모를 했다.

"왜 죽고 싶었어요?"

"죽고 싶었던 적은 없어요."

"죽으려고 한 게 아니다."

유림은 죽으려고 했다. 잘 살고 싶었지만 죽는 것밖에는 방법이 없다고 생각했다. 유림은 베이커리 아카데미 대표로부터 호출을 받은 적이 있었다. 가로수길에 위치한 독일식 수제 햄버거샵에서 일하라고 대표는 명령했다. 아카데미 대표는 서울 곳곳에 가게를 갖고 있었다. 한 가게에 일손이 부족해지면 베이커리 아카데미 견습생 중에서 일손을 충당했다. 대표의 명령을 거절할 수 없었다. 명령을 거부한 견습생은 트집을 잡혀 아카데미에서 해고되어야 했다. 견습생들은 수료증을 받고 싶어 했다. 대만식 빙수 전문점에서, 멕시칸 레스토랑에서, 한정식집에서, 유림은 대타로 일해본 적이 있었다. 짧으면 3일, 길면 한 달. 새 직원이 채용되면 유림은 아카데미로 돌아왔다. 수제 햄버거샵에서 유림은 프렌치프라이 만드는 일을 배정받았다. 여섯 단으로 쌓여 있는 대형 튀김기에서 쉴 새 없이 프렌치프라이가 튀어나왔다. 타이머를 맞추고 열두 개의 다이얼을 돌리고 감자를 동시에 집어넣고 동시에 꺼냈다. 출근 이틀 전에 전달된 기계 작동법을 달달 외워두었지만, 몸은 머리를 따라가주질 않았다. 가게 바깥까지 대기 손님 줄이 길게 늘어섰던 토요일, 유림은 여덟 시간 동안 쉬지 않고 다이얼을 돌렸고, 다이얼을 잘못 돌리는 실수를 저질렀다. 연기가 치솟았다. 검은 연기가 순식간에 차올랐다. 유림은 소화기를 가져와 튀김기에 분사했다. 튀김기가 작동을 멈췄다. 흰 연기가 뿌옇게 차올랐다. 유림도 감자들도 싱크대도 하얀 분말로 뒤덮였다. 손님들은 일제히 가게를 뛰쳐나갔다. 가게는 영업을 중단했다. 독일에서 직수입해 온 튀김기를 고치려면 최소한 열흘이 걸린다고 했다. 유림은 대표로부터 튀김기를 고치는 데 드는 비용과 열흘 동안 가게 문을 닫아야 하는 데서 오는 손해를 배상해야 한다는 통보를 받았다. 베이커리 아카데미에서 견습생으로 지내온 세월을 감안하여 대표는 특별한 혜택을 주겠다며, 몇천만 원에 달하는 손해배상 청구 대신 수료증이 나올 때까지 6개월간 무급으로 일하는 것으로 이 사태를 종결 짓겠다고 했다. 유림은 당장 월세를 내야 했다. 매일 밥을 먹어야 했다. 매일 버스를 타야 했다. 무급으로 6개월을 생활한다는 것이 유림에게는 불가능했다. 우편함에 꽂혀 있는 전기료와 도시가스 고지서를 바라보다가 유림은 지갑을 열어보았다. 지갑에 있던 돈으로 약을 샀다.

"죽으려 했던 것은 맞아요."

"계속 말씀하세요."

"뭘요?"

"하던 말씀 계속 해보세요."

소독약 냄새는 의사에게서 나는 것 같았다. 유림은 코를 킁킁거렸다.

"저는 상담 받으러 온 게 아니라 부탁드릴 일이 있어서 왔어요. 정신과 진단서를 받게 되면 제가 보험 혜택을 받을 수 있대요."

의사는 책상에 볼펜을 내려놓았다.

"보험료 때문에 정신병력 진단서가 필요하다는 건가요?"

"네."

"가족관계가 어떻게 되죠?"

"아버지하고, 고모들하고, 삼촌하고, 할머니 계세요."

"아버지는 알고 계세요?"

"아뇨."

"연락할 보호자가 있나요?"

"아뇨."

"아버지께 먼저 말을 하세요. 보호자의 동의를 받고 나서 써드리겠습니다."

"아버지가 제 보호자는 아니에요. 제가 이틀 뒤에는 꼭 퇴원해야 해요. 베이커리 아카데미에서 견습생으로 일하고 있는데 2년 6개월 동안 한 번도 빠지지 않고 출근을 했어요. 이틀 뒤에 돌아가지 않으면 해고가 될지도 몰라요. 한 번만 도와주세요."

"그렇다면 더욱 빨리 아버지께 연락을 하셔야겠네요. 내일 다시 오세요."

의사는 모니터를 향해 시선을 돌렸다. 의자를 책상으로 밀어 넣던 자세 그대로 허리를 숙인 채 유림은 인사를 했다.

"다시 오겠습니다."

원무과에서 알아보니 상담비는 30분에 6만 원이었다.

유림이 들어서자마자 의사는 아버지에게 연락을 했느냐고 물었다.

"수술동의서도 아닌데, 아버지의 동의가 꼭 필요하지는 않지 않나요? 진단서라는 건 보호자가 아니라 선생님께서 판단하시면 되는 거 아닌가요. 보호자의 의견에 의해 정신병력 진단서를 쓰면 안 되는 거 아닌가요."

"당연히 안 되죠. 거짓 진단서를 써달라고 하면 안 되는 겁니다. 아시겠어요? 안 되는 것을 해드리려고 보호자 동의를 말씀드린 것 아닙니까."

의사의 목소리가 날카로워졌다. 의사는 검지와 중지를 펴보였다.

"저한테는 원칙이 있어요. 딱 두 가지 원칙이에요. 두 가지 원칙 중 한 가지가 충족되면, 저는 정신병력 진단서를 써드립니다."

의사는 한쪽 검지로 펴고 있던 검지를 짚었다.

"첫 번째 경우. 정신병력이 인정되어야 할 것. 정신병력을 상담 두 번으로 단정 짓기는 어려워요. 이해하시겠어요?"

유림은 고개를 끄덕였다. 의사는 손가락을 옮겨 중지를 짚었다.

"두 번째 경우. 정신 상태가 정상이어야 할 것. 유림 씨처럼 보험료 지급과 관련하여 저를 찾아오는 분들이 있어요. 그때마다 저는 그 사람의 정신 상태를 살핍니다. 완전히 정상이라고 판단될 때에만 정신병력 진단서를 써줍니다. 거짓이지만, 윤리적인 거짓입니다. 저는 정신과 의사로서, 비윤리적인 거짓 진단서는 쓰지 않습니다. 이해하시겠어요? 그렇다면, 정상이라는 것은 어떻게 판단하느냐. 폭력성이 엿보이느냐 아니냐로 판가름합니다. 조금이라도 폭력성이 감지되는 경우, 저는 진단서를 쓰지 않아요. 제 거짓 진단서가 악용되어 또 다른 폭력을 낳는 결과가 되어버릴 수 있기 때문이죠. 자해라는 것은 스스로에 대한 폭력성의 발현이라고 볼 수 있어요. 자신을 해할 수 있는 사람은 타인도 충분히 해할 수가 있죠. 추후 타인을 향해 폭력성이 발현되지 않으리라는 보장이 없어요. 타인을 해할 수 있는 사람에게는 거짓 진단서를 써줄 수 없습니다. 저는 정유림 씨에게 진단서를 써줄 수 없어요. 아시겠어요? 다만 정유림 씨를 보호하고 이끌어갈 정상적인 어른이 있다면, 그 어른을 믿고서 진단서를 쓰겠다는 겁니다. 단순히 의견을 묻겠다는 것이 아니라, 정유림 씨의 폭력성을 책임질 보증인이 필요하다는 거예요, 보증인이."

"저는 폭력적인 사람이 아니에요. 다른 사람에게 해를 입히고 싶지 않다고 생각하며 살았어요. 폐를 끼쳐도 상관없었다면, 약 같은 건 안 먹었을 거예요."

"지금 저에게 폐를 끼치고 있지 않습니까?"

의사는 손바닥을 펴서 문 쪽을 향해 뻗었다. 단호한 손짓 때문에 유림은 자기도 모르게 우물쭈물 일어났다.

이튿날 유림은 다시 정신과를 찾아갔다.

"자해를 하는 사람은 명백하게 정상이 아니라는 말씀이잖아요? 정상이 아니라는 것이 명백하다면, 제가 미쳤다고 써주시면 되잖아요. 제게 필요한 게 그거거든요."

"조리 있게 말씀하시는 걸 보니 미치지는 않은 것 같네요."

"미쳤다는 건 도대체 어떤 건데요?"

"가장 기본적이고 확실한 증상은 환각을 본다거나 환청을 듣는다거나."

"환각과 환청만으로요?"

"그런 것들 때문에 일상생활이 망가지느냐 아니냐."

"제 일상이 망가지지 않았더라면 병원에 오지 않았을 거예요."

"정유림 씨는 자신의 폭력성에 대한 원인을 외부로 전가하고 있어요. 어떤 것들 때문에 피해를 입었다는 생각이나 어떤 것들에 대한 원망 같은 것이 바로 잠재적인 폭력성을 내포하고 있다는 징후로 볼 수 있죠. 제가 도와드릴 수 있는 건 없습니다."

유림은 원무과로 향했다. 병원비는 327만 원으로 늘어나 있었다.

"돈을 안 내고 그냥 나가면 어떻게 되나요?"

원무과 직원에게 물어보았다.

"돈 안 내고 가시면 안 되죠."

"안 되는데 가면 어떻게 되나요?"

"범죄자가 되는 거죠."

"범죄자."

유림은 병원 정문으로 걸어갔다. 자동문이 열렸다. 자동문 앞에 서서 유림은 병원 바깥을 내다보았다. 은행잎들이 길바닥에 아무렇게나 나뒹굴고 있었다. 어떤 잎들은 바닥에 짓이겨졌고, 어떤 잎들은 짓이겨진 잎 위를 유유히 굴러갔다. 어떤 잎들은 굴러가는 잎 위로 떨어져 내렸다. 자동문이 닫혔다가 다시 열렸다. 유림은 내일 날짜로 상담을 다시 예약했다. 병실로 돌아갔다. 베이커리 아카데미는 브레이크타임을 가질 거였다. 유림이 주방 작업대에 앉아 레시피 노트를 정리하던 시간이었다. 침대에 앉은 채 유림은 몸을 돌렸다. 허리를 구부려 손을 뻗었다. 침대 아래 바구니에서 노트를 꺼냈다. 빼곡하게 적어둔 레시피들을 읽어나갔다.

레시피들이 다 지나가고 빈 페이지가 나타났다. 유림은 새로운 레시피를 적어야겠다고 생각했다. 자기 자신에 대해 적기 시작했다. 정신과 전문의 ○○○ 선생님께. 안녕하세요, 정유림입니다. 유림은 다음 페이지에 다시 적었다. 존경하는 정신과 전문의 ○○○ 선생님께. 안녕하세요, 환자 정유림입니다. '존경하는'과 '환자'를 붙이고 나자, 윤리적인 거짓이라는 그럴듯한 단어가 유림의 머릿속을 지배했다. 유림에게는 가족이 있었고, 유림은 자신을 소년소녀가장이라고 생각해본 적이 없었지만, '제게는 가족이 없습니다. 저는 소년소녀가장입니다.'라고 유림은 적었다. 유림의 손이 유림의 생각보다 더 빨리 문장들을 적어내고 있었다. 그럴듯한 비주얼로 접시를 장식할 때처럼 유림의 손은 능란했다. 저는 태어나자마자 가족으로부터 버려졌습니다. 아버지는 현재 다른 가정이 있고, 저를 자식으로 여기지 않습니다. 나라에서 다달이 지원해준 기초생활수급비로 생활해왔습니다. 소년소녀가장으로 살아가는 것은 힘든 일입니다. 많이 힘들게 살아왔습니다. 유림의 손아귀에 힘이 들어가기 시작했다. 글씨체가 점점 어른스러워졌다. 제 처지에 대한 불만 때문에, 저도 모르게 어떤 폭력성이 제 안에서 싹텄나 봅니다. 자해는 스스로에 대한 폭력성의 발현이라는 말씀, 추후 타인에게도 해를 끼칠 수 있다는 말씀, 곰곰히 곱씹어보았습니다. 저는 그동안 제 상황을 원망하기만 하면서 살았습니다. 저 자신에 대해 돌아보지 못했습니다. 그런 저 자신을 숨기기에 급급했습니다. 그래서 선생님께 치기 어린 말들을 늘어놓았던 것 같습니다. 사실 저에게는 고마운 분들이 많습니다. 유림은 큰 소리로 웃기 시작했다. 어깨를 들썩거리면서, 들썩거리는 박자에 맞춰 문장이 써

내려가졌다. 주변 분들의 호의와 도움이 없었더라면 저는 지금까지 살아올 수조차 없었을 것입니다. 그 사실을 제가 잊어버렸던 것 같습니다. 제 선택이 얼마나 배은망덕한 일이었는지를 뼈저리게 깨닫고 있습니다. 저는 스물이지만, 어린아이에 불과합니다. 보증인이 되어줄 사람은 주변에 없지만, 제게는 지금 저를 보호해줄 어른이 꼭 필요합니다. 유림은 너무 웃어서 눈물이 나기 시작했다. 손등으로 눈매를 찍어내며 호흡을 가다듬었다.

"뭘 그렇게 재미나게 써? 즐거운 일이 있나 보네."

텔레비전을 보고 있던 옆 침대 아주머니가 유림을 향해 고개를 돌렸다.

"네."

유림은 씩씩하게 대답했다. 부정적인 태도를 버리고 새 삶을 살고 싶다는 둥, 폭력성을 인정하고, 반성하고, 고쳐나가겠다는 둥, 도와주신 분들께 은혜를 갚아가며 살겠다는 둥, 한 번만 기회를 달라고 간청했다. 이 은혜를 평생 잊지 않겠다며, 앞으로는 스스로의 행동에 책임을 지는 사람으로 살겠다는 맹세까지 곁들였다.

다음 날 아침 8시 30분, 유림은 아카데미 대표로부터 문자로 해고를 통지받았다. 메시지의 마지막에는 '네가 말한 병원에 어제 전화했는데, 그런 이름 없다더라'라고 적혀 있었다. 대표는 유림의 전화를 받지 않았다.

9시 정각 문을 여는 시간에 맞춰 유림은 정신과를 찾아갔다. 허리를 90도로 굽히고 두 손을 공손하게 내밀었다. 의사에게 편지를 전했다. 의사는 찬찬히 유림의 편지를 읽었다. 의사의 표정이 부드러워졌다.

"정유림 씨. 정신병력이 있으면 앞으로 개인보험에 아예 가입이 어려울 수도 있어요. 취업도 제한적일 테고요. 그래도 괜찮겠어요?"

유림은 고개를 끄덕였다.

"결혼을 하려고 한다거나, 이민을 가려고 한다거나, 교통사고를 당하게 된다거나, 형사 혹은 민사 소송에 휘말리게 된다거나. 그 외 유림 씨가 앞으로 살아가면서 겪게 될지도 모를 온갖 사건 사고에서 이 진단서한 장이 아주 불리하게 작용할 수도 있어요. 그래도 정말 괜찮겠어요?"

"네. 괜찮아요. 꼭 부탁드리겠습니다."

의사는 책상 밖으로 나왔다. 유림의 등을 토닥였다. 소독약 냄새가 끼쳐왔다. 진단서를 써주겠노라며 의사는 말했다.

"정유림 씨는 정상입니다."

감사하다는 인사를 여러 번 하면서 유림은 밖으로 나왔다. 병실에 돌아가 옷을 갈아입었다. 레시피 노트를 챙겼다. 원무과에 찾아가 퇴원 절차를 밟았다. 병원비 청구서에는 19,170원이라고 적혀 있었다. 자동문이 열렸다. 유림은 병원 밖으로 걸어 나왔다. 은행나무 아래 벤치에 어린 여자아이가 누워 있었다. 두 손을 깍지 낀 채 배 위에 올려두고서 흥얼흥얼 노래를 부르고 있었다. 여자아이의 표정은 은행나무 그늘에 가려져 보이지 않았다. 복숭아뼈의 윤곽과 얼기설기 엉켜 있는 정강이의 파란 핏줄이 보였다. 여자아이 곁에는 끊임없이 한 방울씩 떨어지는 노란 링거액이 링거대에 걸려 있었다. 유림은 주머니에서 퇴원서를 꺼내 펼쳐보았다. 지금 당장 아카데미로 달려가 퇴원서를 대표에게 전달해야 했다. 입원을 했다는 사실을 증명하고 대표를 설득해야 했다. 그러나 무슨 말을 안 해야 할까. 124개의 알약을 어떻게 삼켜냈는지, 어떻게 혼자 집을 나서서 병원까지 왔는지, 위 세척을 받으며 얼마나 많은 물을 게워냈는지, 정신과 의사에게 제출한 편지는 어떤 내용이었는지. 이것들을 말하지 않고 유림은 대표를 설득해야 했다. 대표가 받아들일 수 있는 답만을 말해야 할 것이다. 여자아이가 벤치에서 일어섰다. 아이는 도로의 가장자리에 쌓여 있던 은행잎을 한 장 집어 가슴 주머니에 꽂았다. 그리고 병원 정문으로 들어갔다. 여자아이가 누워 있던 그 자리에 유림은 누웠다. 점퍼 주머니에 손을 넣었다. 2만 원을 내고 남은 거스름돈 830원이 만져졌다.*

*마지막 장면은 윤동주의 시 「병원」을 변용했음.

병원, 익숙한 절망의 세계

임희현　서울대학교 박사과정 수료

1. 윤동주의 「병원」과 임솔아의 「병원」

임솔아의 작품 말미의 풍경과 겹쳐 있는 윤동주의 시 「병원」은 1940년 12월 발표된 작품이다. 시의 전문을 인용해보면 다음과 같다.

살구나무 그늘로 얼굴을 가리고, 병원 뒤뜰에 누워, 젊은 여자가 흰 옷 아래로 하얀 다리를 드러내 놓고 일광욕을 한다. 한나절이 기울도록 가슴을 앓는다는 이 여자를 찾아오는 이, 나비 한 마리도 없다. 슬프지도 않은 살구나무 가지에는 바람조차 없다.

나도 모를 아픔을 오래 참다 처음으로 이곳에 찾아왔다. 그러나 나의 늙은 의사는 젊은이의 병을 모른다. 나한테는 병이 없다고 한다. 이 지나친 시련, 이 지나친 피로, 나는 성내서는 안 된다.

여자는 자리에서 일어나 옷깃을 여미고 화단에서 금잔화(金盞花) 한 포기를 따 가슴에 꽂고 병실 안으로 사라진다. 나는 그 여자의 건강이―아니 내

건강도 속히 회복되기를 바라며 그가 누웠던 자리에 누워 본다.[1]

작품에서 화자는 병원 뒤뜰에 누워 있는 젊은 여자를 바라보고 있다. 아마 이 여자는 폐병을 앓는 것 같다. '바람조차 없는' 살구나무 가지처럼 홀로 누워 일광욕을 하는 여자에게서, 나는 자신의 병을 알아주지 않은 의사에게 화도 낼 수 없는 자신의 모습을 발견한다. 그렇기에 여자가 가슴에 '금잔화'를 꽂고 사라질 때, 나는 그 여자가, 그리고 나 자신도 회복되기를 빈다. 그녀가 누웠던 자리에 내가 누워보는 것은 여자에 대한 나의 공감과 동일시를 보여주는 행위라고 보아도 무방할 것이다.

그런데 임솔아가 바라보고 있는 병원의 풍경은 윤동주가 바라보는 풍경과 비슷하면서도 묘하게 다르다. 건강의 회복을 바라는 윤동주의 '나'와는 달리, 임솔아의 「병원」 속 화자 '유림' 역시 자신의 병을 인정하지 않는 의사와 대면한다. 그러나 유림이 병원 밖에서 발견한 것은 젊은 여자가 아니라 링거를 맞고 있는 어린 여자아이다. 여자아이가 누웠던 벤치에 누워, 유림은 건강의 회복을 걱정하는 대신 점퍼 주머니에서 병원비를 정산하고 남은 거스름돈을 발견한다.

그렇다면 윤동주의 「병원」과 임솔아의 「병원」의 간극은 무엇을 의미하는 것일까. 젊은 여자 대신 어린아이가 등장하고, 830원만 남은 자신의 잔고를 먼저 감당해야 하는 유림의 세계는 임솔아가 바라보는 작금의 '젊은이'들의 세계와 맞닿아 있다. 작가는 어른이 되기를 강요받지만 어른이 될 수 없는 청춘들의 무기력함을, 자신의 삶을 책임지느라 미래를 저당잡히고도 '거스름돈 830원'밖에 남기지 못하는 절망을 윤동주의 「병

작품 해설 · 병원, 익숙한 절망의 세계

---

1   윤동주, 「병원」, 1940.12, 권영민 편, 『윤동주 전집』, 문학사상사, 2017, 89면.

원」에 더해놓는다.

2. 어른이 될 수 없는 '어른이'들

윤동주의 「병원」이 병원을 나오는 '나'의 이야기에서 시작된다면, 임솔
아는 병원에 입원한 유림의 시점에서부터 이야기를 풀어나간다. 소설은
약을 먹고 자살을 시도한 유림이 우여곡절 끝에 퇴원하는 과정을 담담한
어조로 서술하고 있다. 자살 시도에 실패한 유림이 맞닥뜨린 현실은 냉
혹하다. 유림을 찾아온 사회복지과의 과장과 팀장은 자해를 감기몸살로
속여 보험금을 받는 것이 '부정수급'이라고 나무라며, 어른이 되려면 "본
인 행동 정도는 책임지고 살아"(255쪽)가야 한다고 말한다. 그러나 그 기
준에서 본다면 유림은 이미 한 명의 훌륭한 어른이다. 유림은 오래전부
터 누구의 도움도 없이 살아왔으며, 자신의 삶에 마지막까지 책임을 지
기 위해 자살을 선택했다. 열심히 살아보려고 노력하면 할수록 빚과 책
임이 늘어가는 삶을 스스로 정리하는 것, 그것이 유림이 자살을 선택한
이유다.

> 유림은 죽으려고 했다. 잘 살고 싶었지만 죽는 것밖에는 방법이 없다고
> 생각했다. (257쪽)

죽음으로써 자신의 삶을 책임지려고 한 시도가 실패한 뒤, 유림은 이
제 '진짜' 어른들이 말하는 방법으로 자신의 행동을 책임져야 한다는 사
실을 깨닫는다. 그렇다면 그들이 말하는 어른이 되는 방법은 무엇일까.
그것은 바로 '거짓'을 말하는 것이다. 보험 혜택을 받기 위해 정신병력이

있다는 거짓 진단서를 제출해야 하고, 그러기 위해서는 완강한 의사에게
자신의 삶에 대해 거짓으로 꾸며내야만 하는 것이 그 증거다. 거짓을 말
할수록 유림의 글씨체가 어른스러워지는 대목은 작가가 생각하는 거짓
과 어른 되기의 상관관계를 보여준다.

'존경하는'과 '환자'를 붙이고 나자, 윤리적인 거짓이라는 그럴듯한 단어
가 유림의 머릿속을 지배했다. …(중략)… 유림의 손아귀에 힘이 들어가기
시작했다. 글씨체가 점점 어른스러워졌다. (262쪽)

이 과정을 통해 유림은 비로소 그들이 말하는 '진짜' 어른의 윤리를 습
득한다. 그러나 절망스러운 것은, 그럼에도 불구하고 유림이 그 '진짜'
어른으로 살아갈 길이 너무나 요원하다는 것이다. 19세 생일을 앞둔 유
림은 곧 어른이 될 것이지만, 유림에게 어른이 될 것을 종용하는 저들과
같은 어른이 될 수는 없다. 유림이 먼저 어른이 된 이들에게 '공손하게',
'허리를 굽히고' 부탁해야 겨우 삶을 영위할 수 있다는 점은 이를 증명한
다.

허리를 90도로 굽히고 두 손을 공손하게 내밀었다. 의사에게 편지를 전했
다. 의사는 찬찬히 유림의 편지를 읽었다. 의사의 표정이 부드러워졌다.
(263쪽)

삶의 무게를 오롯이 혼자 짊어질 것을 강요당하면서도 동등한 어른으
로 존중받지 못하고, 언제나 그들에게 자신의 딱한 사정을 설명하고 양
해를 구해야 하는 청춘들은 어른이 아니라 그저 '거짓말에 능숙해진 어
린아이'로 존재할 뿐이다. 그렇다면 어째서 유림과 같은 젊은이들은 이
렇게나 무력한 처지가 되었나. 그것은 여자아이가 가고 난 뒤 벤치에 몸

을 눕히고 거스름돈을 만져보는 유림의 행동과 무관치 않다.

3. '830원' 이후의 삶

　기성세대들은 언제나 "자기 자신을 책임질 수 있어야 어른"이라는 명목 아래 유림과 같은 청춘들을 착취하고, 그들 위에 군림한다. 이때 '유림들'을 더욱 무력하게 만드는 것은 '거스름돈 830원'이 보여주는 삶의 절박함이다.

　소년소녀가장이 받아야 할 혜택을 친척 어른들에게 빼앗기고, 수료증이 필요한 견습생의 상황을 악용당해 하지 않아도 될 일을 하면서도 오히려 빚을 지고, 병원비를 대지 못해 가짜 진단서를 끊음으로써 미래의 삶을 저당잡힌 유림의 삶은 지금의 청춘들의 녹록치 못한 삶과 크게 다르지 않다. 자신의 삶을 책임지는 한 명의 어른이 되기 위해 자신의 몫으로 겨우 거스름돈 830원밖에 남기지 못한 유림의 이야기는, 그래서 1940년에 씌어진 윤동주의 「병원」보다도 서글프고 처절할 수밖에 없다. 자신의 병이 낫기를, 그리고 다른 사람의 병이 낫기를 바라는 것조차 이제 사치와 다를 바 없는 감정이 되어버렸다. 오히려 유림이 걱정해야 하는 것은 '거스름돈 830원' 이후의 삶이다. 당장의 월세를 내고, 매일 밥을 먹고 버스를 타기 위해, 유림은 자신의 고통을 숨기고 아무 일도 없었다는 듯 복귀해야 한다. 살기 위해서는 "살아가다 보면 누구나 힘든 순간이 있는 만큼, 딱 그 정도만큼만 힘들게 살았다"(255쪽)고 생각하며 자신의 고통을 외면해야 한다.

그러나 무슨 말을 안 해야 할까. 124개의 알약을 어떻게 삼켜냈는지, 어떻게 혼자 집을 나서서 병원까지 왔는지, 위 세척을 받으며 얼마나 많은 물을 게워냈는지, 정신과 의사에게 제출한 편지는 어떤 내용이었는지. 이것들을 말하지 않고 유림은 대표를 설득해야 했다. 대표가 받아들일 수 있는 답만을 말해야 할 것이다. (264쪽)

그러나 다시 살아가기 위해 자신의 절망을 삼키고 그들이 '받아들일 수 있는 답'만을 말해야 하는 유림은 언제까지 자신의 삶을 책임질 수 있을까. 유림은 이 익숙한 절망의 세계를 벗어날 수 있을까. 병원비를 걱정하는 '이상한' 어린아이가 되어버린 유림이 다시 자신의 병을 걱정하는 '젊은이'가 될 수 있는 날은 언제일까. 여기에 도달하는 길은 여전히 요원하기만 한 것 같다.

245

그들의 이해관계

임 현

—

2014년 『현대문학』 신인 추천으로 등단.
소설집으로 『그 개와 같은 말』이 있음.

그들의 이해관계

1

한번은 해주가 무얼 보았다고 해서 화를 낸 적이 있었다. 왜 자꾸 그런 말을 하느냐. 보이긴 뭐가 보인다는 거냐. 봐라, 나도 지금 같이 보는데 아무것도 없지 않느냐. 생각해보면 그렇게까지 화를 낼 필요는 없었는 데 나름대로 나도 지쳤던 게 아닐까, 모르는 사이에 내가 해주를 많이 견디고 있었구나 싶었다. 그러니까 그게 다 뭐였나 되짚어가다 보면 별의별 게 다 떠오르고, 서운한 것들, 아쉽고 섭섭한 것들, 뭔지 모르게 해주가 마구 우기던 것들만 기억나서 더 화가 났다. 그러다가도 나중에는 좋았던 것, 괜찮았던 것, 해주가 내 뒤통수를 부드럽게 쓸어주던 장면 같은 게 함께 떠올랐으므로 괜히 별것도 아닌 일에 화를 낸 내 잘못이 더 크다는 쪽으로 매번 결론 내렸다.

또 하루는 어디서 도라지가 좋다는 말을 들었던 게 기억나 분말로 된 것을 구입한 적이 있었다. 보름쯤 전부터 해주의 증세가 심해지기 시작하더니 밤에는 잔기침이 그치지 않았다. 병원에 좀 가보는 게 어떻겠냐

해도 바쁘다고만 하고 뭐가 그렇게 바쁘냐, 바쁜 것도 건강할 때 바쁠 수 있는 거 아니냐, 잔소리했다. 그런데도 해주는 알았다거나 걱정 말라거나 하는 말 없이 줄곧 해야 할 일이 있다고만 해서, 옆에서 자꾸 그러면 자다가 내가 깬다고, 오늘도 여러 번 그랬다고, 왜 이렇게 이기적이야, 같이 사는 사람 생각도 하고 그래야 하는 거 아니냐는 말도 해버렸다. 그럴 의도가 아니었으나 너무 모질게 대했다는 생각에 종일 신경이 쓰였다. 서운해하던 표정이 떠올라 낮에 잠깐 전화했는데 내가 하려는 말은 다 듣지도 않고 해주는 "간다고, 가. 지금 가고 있잖아." 하더니 바로 끊어버렸다.

가루로 된 도라지라 물에 타 먹기도 좋고, 국이나 찌개에 넣어도 좋을 것 같았다. 그러나 정작 해주만은 좋아 보이지 않았는데 기운도 없어 보이고 후두가 많이 부었다고만 했다. 병원에서 그런 말을 듣고 와서인지, 아니면 좀처럼 서운한 감정이 줄지 않아서인지, 사 온 것에는 하나도 관심을 보이지 않았다. 대신 뜨거운 유자차만 여러 번 우려 마셨다. 무안한 마음에 우리 집에 이런 게 있었느냐고 물었으나 아무 대답도 하지 않았다.

그로부터 사나흘이 지난 뒤에 나는 해주와 함께 병원에 갔다. 그러지 말라는 걸 억지로 내가 따라나섰는데 거기 의사가 부기가 조금도 가라앉지 않았다며 내시경 화면을 보여주었다. 드물긴 한데 심각한 것은 아니라고 했다. 그러니까 모르고 보면 부은 것 같지만, 본래부터 그런 모양이더라는 설명이었다. 그래도 염증이 있는 건 맞으니까 약은 계속 복용해야 한다고도 했다. 지금에 와서 생각해보면, 나는 그때 내가 제대로 들었던 게 맞는지 되묻고 확인했어야 했다. 그러니까 그 의사의 말을 우리가 똑같이 들었는데도 해주는 어딘가 나랑 다르게 이해한 것 같았다. 아무래도 그래서였다고 생각한다. 이후로 해주는 계단을 오르거나 무거운 걸 들어야 할 때 평소보다 더 힘들어했다. 자주 입맛이 없다고도 하고 공기 좋은 곳에서 사는 게 어떻겠느냐, 그런 곳이라면 건강에도 좋고 여유로울 것 같지 않으냐 계속 물어서 사람을 귀찮게 했다. 한번은 술 약속이 있어서 밤늦게 들어간 적이 있는데 미리 전화를 해두었음에도 불구하고 불 꺼진 거실에 해주는 우두커니 앉아 있었다. 그러고는 왜 자꾸 자기를 혼자 두는 거냐며 전에 없이 큰 소리를 내기도 했다. 그리고 나는 그때마다 해주가 지금 무얼 떠올리는지 알 것 같았다. 그게 나를 더 당혹스럽게 만들었다. 그러니까 내 경우, 선천적으로 그런 후두를 가졌다는 게 무슨 질병은 아니고, 다만 일반적인 사례와는 다른 것일 뿐 나쁠 건 별로 없다는 의미로 여겼던 것에 반해, 해주는 보다 무겁고 심각한 의미로 받아들였다. 그걸 장애나 기형처럼 어딘가 비슷한 듯 전혀 다른 의미로 곡해해서 들었던 게 아닐까. 그래서 저러는 게 아닌가.

그러나 그런 말들은 해주에게 전혀 할 수 없었다. 병원을 빠져나오던 그날 나는 이미, 불안해하는 해주의 등을 두드리며 괜찮을 거라고 위로했는데 해주는 그런 나를 가만 바라보기만 했다. 그 순간에는 그게 너무 슬퍼 보이고 무얼 뜻하는 줄은 몰랐다. 그랬으므로 빠른 보폭으로 줄곧 나를 앞장서 걸어가는 해주를 가만 내버려두었던 것이다. 그런데도 나는 왠지 무언가를 하고 있다는 기분이었다. 무슨 이유 때문인지는 잘 모르겠으나 그게 다 해주를 위하는 거라고, 그걸 지금 내가 하고 있다고 믿었던 것 같다.

해주에게 크게 화를 내던 날도 그랬다. 나는 그런 대처가 우리의 상황을 조금 더 괜찮게 하는 데 일조할 거라 생각했다. 그날 우리는 카페에 있었다. 손님들이 많아 복잡했고 주문을 하는 데만도 줄이 길어서 오래 기다려야 했다. 음악 소리도 크고 웃음소리, 말하는 소리가 컸다. 옆에 앉은 여자도 "뭐라고? 좀 더 크게 말해봐. 잘 안 들려. 방금 그거, 그거 다시 말해보라고." 하더니 밖으로 나가버렸다. 대로 가까운 데 있어서 이따금 경적 소리도 크게 들렸다. 그런데도 해주만큼은 조용했다. 간혹 무언가를 말하긴 했으나 그때마다 제대로 알아듣지 못해서 뭐라고? 되물으면 아니라거나, 됐다거나, 별거 아니었다는 식의 대답만 돌아왔다. 모처럼 함께 외식도 하고 여기저기 구경도 하고 들어갈 생각이었다. 무엇이라도 해서 해주의 기분을 나아지게 하고 싶었으나 정작 해주는 아무 노력도 하지 않았다. 그때 내가 제대로 들었더라면 어땠을까. 아니면 어서 말해보라고, 그 별거 아닌 게 도대체 뭐였느냐고 집요하게 물었다면 달랐을까 생각한다. 어쩌면 그랬어야 했는데 그러지 못했던 게 아닌가. 정말 아무것도 아닐 수는 있어도 그럼에도 당시의 해주가 진짜 말하고 싶은 게 무엇인지는 알게 되었을 거라고. 사소한 것에서 시작해서 그 순간 우리에게 가장 필요한 것들로 이어지지 않았을까. 우리도 다른 사람들처럼 시끄럽게 떠들고 웃고 그랬어야 했는데 그러지 못했다.

대신 전화를 받으러 나간 여자가 돌아왔고 어딘가 산만하게 주변을 살피기 시작하더니 무언가 급히 해주에게 물어왔다. 테이블에 지갑을 두고 갔는데 못 봤냐는 것이었다. 같이 있던 남자가 챙겨 가더라고 해주가 대답했을 때 여자는 몹시 당황해했다.

"누가요? 그게 누구예요? 나는 처음부터 여기 혼자 왔는데 누굴 말하는 거예요? 왜 그런 걸 보고도 가만 있었어요? 남의 물건을 가져가는데 왜 가만 뒀어요?"

그 일에 대해서라면 나는 여전히 여자의 부주의가 더 잘못이라고 생각한다. 해주가 책임질 만한 일은 아니고 그건 우리 일이 아니지 않느냐고 반박할 수도 있었다. 가만 듣고만 있을 게 아니라 왜 애먼 사람에게 그러느냐고 따지고 화를 냈어야 했다. 아니라면 무시할 수도 있었다. 바쁘다거나 미안하다거나 그런 말로 끝낼 수 있었다. 그러나 상황을 더욱 애매하게 만든 것은 해주의 태도 때문이었다. 카페의 매니저를 호출하고 매장 내에 설치된 카메라를 확인하기를 먼저 요구한 것도 해주였다. 화면에서 여자가 내내 혼자 앉아 있다가, 누군가와 통화를 하다가, 급하게 빠져나가는 것을 다 보았는데도 해주는 그렇지 않다고 주장했다. 명백하게 확인 가능한 것이 있는데도 그런 것은 하나도 믿지 않은 채 지갑을 들고 가는 남자만을 가리켰다. 그러고는 아까 이 사람과 분명 같이 들어오지 않았느냐고, 그걸 자기가 보았다고 우긴 것도 모두 해주 혼자뿐이었다. 어느 순간에 이르러 나는 참지 못하고 화를 냈다. 그만 좀 하라며 해주의 팔을 끌어당겼다. 중요하지도 않은 일로 소란 좀 피우지 말라고 소리쳤다.

"보긴 도대체 뭘 봤다는 거야."

해주와 달리 내게는 실제로 그 남자와 여자가 동행했는지 여부는 하나도 중요하지 않았다. 오히려 다른 것들, 해주가 자꾸 그렇게 말함으로써 생기게 될 문제들, 그러니까 지갑을 잃어버린 여자가 의심할 수도 있을 만한 것, 도리어 우리를 지목하고 그것으로 하게 될지 모르는 불필요한 해명들이 나는 더 염려됐던 것이다. 그런 일들에 대해서라면 미리부터 대비하고 준비하고 차단해야 했다.

그랬는데도 상황은 왜 더 나쁘게만 흘러갔나.

왜 하나도 좋아지지 않고 이렇게 될 수밖에 없었나.

무얼 하긴 했는데 그게 해주가 아니라 다 나를 위해서 그랬던 걸지도 모른다. 해주가 분명 보았다고 했을 때, 아무도 보지 못한 걸 왜 혼자만 봤느냐고 따질 일이 아니었다. 왜 너만 계속 다르게 듣냐고, 괜한 일에 제발 걱정 좀 하지 말라고 안심시키려고 애쓸 게 아니었다. 무엇보다 화를 내던 해주를 말릴 게 아니라, 뭐가 그렇게 너를 암담하게 만들었느냐고 물었어야 했다. 말해보라고, 그게 뭐든 같이 견디자고. 아니면 그냥 옆에서 가만 듣다가, 듣고 싶은 말을 해주는 것도 나쁘지 않았을 텐데, 너무 내 말만 해버렸다는 생각에 외로워졌다. 그걸 해주 혼자 견뎠다는 생각에 미안했다.

이제 와서 나는 우리가 더 오래 같이 살았더라면 어떻게 됐을까, 자주 상상한다. 그랬다면 좋은 것과 나쁜 것, 얻을 수 있는 것과 잃게 될 것 들을 구분하다가 결국에는 크게 싸웠을 거라고, 그런 날들이 지루하게 반복되다가 집히는 게 무엇이든 던지고 부수고 그랬을 거라고, 살면서 우리가 진짜 그랬던 적은 한 번도 없지만 아마 결국에는 그렇게 되지 않았을까. 붙잡거나 매달리는 일 없이 서로에게 할 수 있는 가장 매정한 말로 상처를 줬을지 모른다. 가능한 최악의 경우로 흘러가다가 매일매일을 후회하고 지난날에 좋았던 것도 실은 하나도 좋지 않았다고 고백하는 그런 사이가 되어버리지 않았을까. 그럼에도 그게 무엇이든 더 괜찮아 보였다. 아무리 나쁜 상상을 해도 지금보다는 더 나은 결말 같아서 나를 몹시 슬프게 만들었다.

그런 뒤에는 늘 미안한 것들만 남았다. 내가 하거나 하지 않았던 일들이 떠올라서 괴로웠다. 그러니까 그로부터 며칠이 지나 혼자 좀 쉬고 오겠다는 해주를 말리지 않았던 거, 어디든 한적한 곳이 좋겠다는 말에 그러라고 되려 반색했던 거, 다음 날 일찍 버스 터미널까지 해주를 배웅했는데 예약도 없이 도착한 시간은 어중간했다. 그랬으므로 다음 배차 시간을 기다리며 뭐라도 먹거나 마시거나 했을 수도 있었을 텐데 급하게 남는 차편을 구해 해주를 태웠던 거, 얼마 지나지 않아 비가 내리기 시작했고 그런 풍경이 맑은 날보다 더 좋을 거라는 통화나 잠깐 했을 뿐, 무엇도 대비하지 못했던 것 등등.

사고가 있었다. 해안을 따라 이어진 도로였고 한가운데 전복된 차량이 있었는데 그것을 확인할 수 없을 만큼 안개가 짙었다고 했다. 다중 추돌 사고로 이어진 탓에 여러 명이 크게 다치거나 사망했다. 뉴스 속보를 통해 신원이 확인된 명단이 방송되었고 거기에는 해주의 이름도 들어 있었다.

해주를 잃고 해주가 없다는 사실만으로도 납득하기 힘든데 보다 현실적인 문제들이 산재해 있었다. 관공서에 들러 신고서를 작성하고 통신사나 각종 계약 건들을 해약했다. 그때마다 사유를 물어서 그간의 정황을 설명하고 어색한 위로를 들어야 하고 다시 실무적인 절차와 과정을 숙지해야 했다.

나로서는 도무지 이해할 수 없는 것들이 남들에겐 당연하게 보이는 것들도 견디기 어려웠다. 예를 들어 종종 다리가 저려서 밤에 잠들기 어려웠는데 진찰 결과 특별한 이상은 발견되지 않았다. 뜨거운 물에 반신욕을 하면 좋다거나 우유나 멸치에 수면을 촉진하는 효과가 있다는 말은 많이 들었으나 누군가는 그것 말고 육류를 먹어야 한다고 했다. 단순히 불면증이 심하다고만 했을 뿐인데 내 손을 붙잡고 햇빛을 자주 쐬고 특히 고기를 먹으라고, 이럴 때일수록 잘 먹고 잘 버텨야 한다고 조언해주었다.

그러다 기어코 참지 못하고 은행에서 화를 내버렸다. 도장이 어디 있는지 모른다며 고함을 질렀다. 다시 말해요? 그게 어디 있는지 진짜 모른다니까. 그것 모두 그 사람이 보관하고 관리했는데 내가 그걸 어떻게 압니까. 몇 번을 말해야 알아듣겠어요? 그런 사람이 사고를 당했다고. 어디 있는지 나한테 말하지도 않고 갑자기 죽어버렸다니까. 그런데도 왜 나를 배려하지 않나. 나를 왜 좀 더 성의 있게 대하지 못하느냐고 창구 앞에서 목 놓아 울었다.

지하철에서 누군가 내 무릎을 두드린 적도 있었다. 중년의 여자였고 무거워 보이는 가방을 껴안고 있었는데 옆에 앉은 내게 주의를 주었던 것이다.

"그런 거 하지 마요."

나는 여자를 빤히 쳐다보았다.

"사람 많은 데서 왜 자꾸 혼잣말해요. 무섭게 왜 그래요. 그러지 마요. 그런데 아까부터 뭐라는 거예요?"

여자의 물음에 그러나 나는 아무 대답도 하지 못했다. 방금까지 내가 무슨 말을 했는지, 정말 하긴 했는지, 그게 어떤 종류였는지 전혀 몰랐기 때문이었다. 대신 나는 여자를 자세히 바라보았다. 어떤 표정으로 나를 쳐다보고 있는지, 내가 어떻게 보이는지, 그것으로 지금의 내 상황이 얼마나 나빠져버렸는지 등은 알 것 같았다. 여자는 잠깐 가방을 뒤적이더니 무언가를 꺼내 내밀었다.

"읽어봐요, 도움이 될 거예요."

그리고 나는 오랜 시간 그것을 쥐고 있었다. 내려야 할 곳은 이미 지나친 뒤였으나 여자가 내린 뒤에도, 내 옆에 다른 사람이 앉았다가 다시 자리가 비워진 뒤에도, 그것으로 정말 무언가 도움을 받겠다는 심정으로, 종교 단체에서 나눠주는 손바닥만 한 그 홍보 책자를 오래 붙잡고 놓지 못했다.

한동안 나는 해주가 그렇게 될 수밖에 없었던 이유가 무엇인지에 대해 알고 싶었다. 사고와 관련된 기사들을 검색하고 혹시나 누락된 정황은 없는지 살피고 원인을 규명하고자 했다. 왜 이런 일이 우리에게 벌어졌나. 우리가 대체 뭘 잘못했다고. 그럴수록 분명해지는 것이 생겼다. 그런 일들은 너무 쉽게 일어나버린다. 그냥 그렇게 되어버린 많은 일들 중의 하나였을 뿐이다. 상황은 자꾸 나쁘게 돌아가는데도 내가 할 수 있는 건 별로 없었다. 그러니까 나의 어떤 행동도 사고의 직접적인 원인은 될 수 없었다. 함부로 미안해하기도 어려웠다. 뭘? 내가? 내가 무슨 잘못을 했지? 찾을 수 있을 만한 게 별로 없었다. 나와 상관없는 일에 가까웠고 책임질 만한 어떤 것도 발견되지 않았다.

대신 이런 제목의 기사를 읽을 수는 있었다.

'참사를 피한 기적의 버스 운전사, 부당 해고당해.'

사고 당일 해당 노선을 운행 중이던 고속버스가 예정에 없이 경로를 벗어났다는 내용이었는데 열두 명의 승객이 탑승해 있었고 그 덕분에 모두 무사했다는 게 요지였다. 그런데도 사측에서는 운전사에 대해 문책성 징계를 내렸다고 덧붙였다. 규정 위반에 따른 절차라고는 하지만 상황을 고려하지 않은 무리한 처분이라고 기사는 지적하고 있었다. 그리고 당시 승객의 인터뷰로 이어졌다.

"지나친 결정이라고 생각해요. 아니면 우리더러 그냥 사고를 당하라는 말인가요? 사고를 피했다는 이유로 해고를 한다는 게 말이나 되는 일이냐고요."

좀처럼 나는 그게 머릿속에서 떠나지 않았다. 무언지 모르게 화가 난 탓에 밤새 뒤척이기도 했다.

지나치다고?

너무하다고?

이불을 박차고 일어나 거실을 서성거리고, 집 안의 문 달린 것들은 모조리 열어 환기를 시키기도 하고, 찬물을 뒤집어썼는데도 도무지 참을 수가 없어서 포털 사이트에서 그 기사를 다시 검색하기도 했다. 1인 시위 중이라는 운전사의 사진이 가장 먼저 눈에 들어왔다. 그러고는 어김없이 그 제목, '기적'이라는 그 단어 앞에서 시선이 또 한 번 멈춰버렸던 것이다. 기적? 기적이라니. 사고를 피하는 게 기적이라면 그렇지 않은 쪽은 무엇인가. 기적의 반대말이 뭐야. 상식적으로 이해할 수 없는 일, 그게 기적 아닌가? 그러면 뭐, 해주는 그래도 된다는 말인가? 그게 다 상식적이고 일반적인 일이었다는 건가? 그냥 그럴 수 있는 사고였다는 거야, 뭐야.

전체적으로 보자면 일종의 절대량 같은 게 있어서 그게 늘 유지되고 있는 건 아닐까. 확률상으로 이상할 게 하나도 없는데 다만 엄청나게 큰 분모와 상대적으로 매우 작은 분자 값의 문제일지도 모른다. 그럼에도 누군가는 항상 복권에 당첨되는 것처럼 사고를 당할 누군가가 반드시 필요했던 건 아닐까.

그런데

왜?

왜 하필 그게 해주였나.

나는 아무나 붙잡고 따지고 싶었다. 이래도 되는 거냐고 고함을 지르고 행패도 부리고 아주 이해할 수 없는 행동을 하면서 그런데도 내가 지금 상식적으로 보이느냐고, 묻고 싶었다. 누가 더 몰상식한 거냐고. 엄연히 죽거나 다친 사람들이 있는 사고인데도 기적 운운하는 당신들이 더 너무한 거 아니냐고. 그래서 내가 이런다고.

버스 운전사의 사정에 대해서라면 어렵지 않게 알아낼 수 있었다. 인터넷 커뮤니티 사이트마다 그를 구명하기 위한 서명을 받고 있었는데 이와 관련해서 그의 조카라는 사람이 올려둔 게시글이 있었다.

"저희 삼촌이 억울한 일을 당했습니다. 도와주세요."

그러나 내가 알고 싶은 점은 오로지 한 가지뿐이었다. 해주와 무엇이 달라서 그는 사고를 피할 수 있었나. 그런데도 그런 내용은 하나도 없이, 회사 측의 주장과 다르게 ○○운수는 최근 경영난에 시달리고 있었다, 라든지, 배차 시간이 빠듯해서 여타 다른 업체에 비해 근무 여건이 좋지 않았다느니, 노사 간의 협의가 원만하게 진행되지 못했는데 그 때문에 이전에도 사소한 결격을 핑계 삼아 직원들을 가차 없이 해고했다, 작성자의 삼촌도 유사한 케이스였는데 그래서 억울하다, 같은 호소로만 가득했다.

지하철역에서 10분가량 걸었을 뿐인데 주변에 보이는 것들이 많이 달 랐다. 공터가 넓었고 대체로 낮고 노후한 건축물들뿐이었다. 운수회사까 지는 아주 먼 거리는 아니었으나 그곳까지 가는 내내 나는 마음이 무거 웠다. 만나서 무얼 해야 하나, 무얼 내가 할 수 있나, 소리를 지를까, 멱 살은 잡아도 되는 건가, 그런데 무엇 때문에? 무슨 이유로 이러는 거냐 고 물으면 뭐라 대답해야 하지? 나를 왜 화나게 하냐고? 아니면 왜 함부 로 살아남았느냐고? 해야 할 게 무엇인지도 모르면서 나는 무작정 그곳 으로 향했던 것이다. 그리고 차고지 앞에 이르렀을 때에야 입구에서 홀 로 시위 중인 그 남자를 발견할 수 있었다.

나는 그가 더 건장한 사내이기를 바랐다. 회사 로고가 박힌 낡은 외투 가 아니라 보다 점잖은 차림이었다면 달랐을까. 내가 있는 쪽으로 성큼 걸어올 때는 뒤돌아 도망치고 싶었다. 건네는 전단지를 뿌리치고 공공장 소에서 사람들 불편하게 이게 다 뭐 하는 짓이냐고 매몰차게 대하고 싶 었다. 그러나 남자의 왜소한 체구는 어딘가 절실해 보이는 데가 있었다. 원하지 않는데 저절로 두 손으로 받게 하고 고개가 숙여지고 고생이 많 다고, 힘내라는 말도 함께 하게 만들었다. 남자가 필요 이상으로 내게 고 마워했다. 진심이라고는 조금도 없는 가벼운 말에 기운을 얻은 것 같았 다. 그게 나를 부끄럽게 했다. 그게 아니었다면, 나는 그대로 집으로 돌 아갈 수도 있었다. 제법 바람이 차갑긴 했으나 가까운 편의점에 들러 따 뜻한 음료를 고르지 않았을 거고, 그걸 굳이 돌아가 남자에게 내밀지도 않았을 거고, 이것은 진짜 나의 호의에서 비롯된 행동이라는 점을 들키 고 싶어 하지도 않았을 것이다. 그리고 무엇보다 이미 다 알고 있으면서 도 모르는 척, 혹시 기사에서 봤던 그분이 아니냐고 묻지 않았을 것이다.

남자는 원래도 그렇게 말이 많은 사람인가 싶을 정도로 하려는 말이 많았다. 전단지에 적힌 것을 아주 외워버린 것처럼 고생한 것도 많고 억울한 것도 많고 그런 사람을 부당하게 해고했으니, 해야 할 말은 더더욱 많은데 좀처럼 아무도 들어주지 않는다고 했다. 취재를 나온 기자가 몇 있긴 했으나 달라진 건 전혀 없다고도 했다.

"인터넷 매체라 구독률이 떨어진다고 하더군요."

보도 경계석에 남자와 나란히 앉은 나는 조용히 고개를 끄덕였다. 해주의 일이 아니었더라면 나 역시 있는 줄도 몰랐을 낯선 명칭의 언론사였다. 더욱이 커뮤니티 사이트마다 보았던 호소문은 흔하게 볼 수 있는 종류의 것이었다. 사람을 금세 정의롭게 만들었다가 비슷한 게시글에 묻혀 빠르게 잊힐 만한 사연이었다.

"대부분은 듣고 싶은 말을 들으려 하는 것 아니겠습니까."

나는 남자의 옆모습을 힐끗 훔쳐보았다. 음료를 마시느라 목울대가 울렁거렸다. 그게 내심 서운하다는 뜻인지, 그런 기사를 기억하고 있는 내가 자신과 비슷한 부류의 사람처럼 보인다는 건지, 모르는 사람이 지금 우리를 보면 해고를 당한 쪽이 나라고 잘못 오해할 수도 있겠네, 하고 생각했다. 그리고 내가 진짜 듣고 싶었던 말이 무엇인지 떠올렸다.

"그런데 어쩌다 그렇게 된 겁니까?"

어쩌다가 당신은 사고를 피하고 살아남았나. 그것은 줄곧 내가 가장 묻고 싶었던 말이었으나 의도를 들키고 싶지는 않았다. 나는 무심한 척 멀쩡한 직원을 함부로 해고하는 회사 측의 부당함을 함께 지적하는 중에 지나듯 물었다. 옆 사람이 아니라 지나는 것도 별로 없는 빈 도로 쪽으로 고개를 돌렸다. 그런데도 이번에는 남자가 나를 바라보고 있다는 것을 느낄 수 있었다.

남자는 잠깐 무언가를 생각하다가 여전히 나를 보는 줄 알았는데 실은 내가 보는 것을 함께 보다가 누군가 지나갔고 들고 있던 전단지를 서둘러 쥐여주고 다시 돌아와서는 "선생님은 기적을 믿는 편입니까?" 하고 물었다. 그러자 멈춰 있던 무언가가 다시 내 가슴을 빠르게 두드리기 시작했다. 들키지 않기 위해 나는 빈 캔을 움켜쥐었다. 바닥에든, 남자에게든 그대로 던져버리고 싶었으나 아직 들어야 할 말이 내게는 남아 있었다. 대신 아니라고, 나는 보다 상식적인 쪽이라고만 대답했을 뿐이다.

3

왜, 그런 날이 있지 않습니까. 좋은 쪽이든 나쁜 쪽이든 자꾸 그렇게 되어버리는 거. 기가 막히게 신호에 한 번도 걸리지 않는다거나, 라디오에서 때마침 듣고 싶은 노래가 나온다든가, 기다린 것도 아닌데 시계가 정확히 11시 11분을 가리키기도 하고 뭐 그런 거. 그럴 때 나는 기분이 이상합니다. 지금 뭔가 잘못되었구나 싶거든요. 뭔지 모르게 벗어난 느낌이 듭니다.

버스라는 게 그렇습니다. 정해진 노선이 있고 그걸 따라야 하거든요. 우체국 지나서 시청, 은행 다음에 주공아파트, 그래야 하는 거거든요. 우체국에서 주공아파트로 가는 더 빠른 길을 내가 알고 있어도 그냥 돌아가야 합니다. 택시와 달리 손님이 어디에서 내릴지, 또 어디에서 기다리고 있을지 이미 정해져 있는 일 아닙니까.

한번은 시내버스 모는 오경남이가 나를 찾아온 적이 있었습니다. 센터를 통해 민원이 자주 들어왔는데 그 때문에 사내 평가가 좋지 않았습니다. 몇 차례의 경고에도 불구하고 개선될 기미는 조금도 없이 자꾸 정차해야 할 곳을 지나쳤습니다. 태워야 할 사람을 태우지 않는 게 무슨 대중교통이냐고 항의가 심했습니다. 내려야 할 곳에서 내려주지 않아서 중요한 시험을 놓칠 뻔했다는 수험생도 있었습니다. 시청에 정식으로 신고하겠다는 걸 적지 않은 위자료로 겨우 달랬다는 말도 들렸습니다. 그 위자료의 금액만큼 감봉을 당했는데도 도무지 나아지지 않던 그 오경남이가 나를 붙잡고 그래요. 귀에서 자꾸 뭐가 들린다고. 지난번에는 중학생들

서넛이 뒷자리에 앉아서 크게 노래를 불러대서 혼을 낸 적이 있다고 했습니다. 몇 정거장 지나지 않아 도로 그러기에 괘씸한 마음에 정류장도 아닌 곳에 버스를 세웠다고도 했습니다. 다른 손님은 더 없었으므로 그냥 참을 만도 했을 텐데 그게 너무 가깝게 들리더라는 겁니다. 그러니까 마치 일부러 더 들으라는 듯이요.

"그런데, 형님. 내가 딱 이렇게 돌아보는데 말입니다. 뒤에 아무도 없는 거예요. 전에 이미 다 내려버린 거지. 그럼 이건 다 뭔가 싶어서 순간 뒷골이 다 쭈뼛해집디다. 그런데도 노랫소리는 계속 들리고 둘러봐도 아무도 없고⋯⋯."

그런 말을 하는 오경남이 나는 걱정되었습니다. 그랬으므로 그의 손을 붙잡고 나도 그렇다고 나도 요통이 심해서 밤새 종아리가 저릿저릿하다고, 인천노선 장 씨가 전립선염으로 고생하는 걸 너도 알지 않느냐고, 다들 그렇다고 그런 거 한둘 앓지 않는 버스 기사가 어디 있느냐고, 달랬습니다. 그러고는 중요한 건 그런 게 아니라 앞으로의 일이라고 조언했습니다. 자꾸 그렇게 규칙을 준수하지 않으면 노조 쪽에서도 뭘 어떻게 도울 수가 없지 않으냐. 조심해야 할 것들, 그렇지 않을 경우 생기는 문제들, 그럼에도 괜찮아질 가능성들, 지금부터라도 잘하면 된다, 해고라는 게 또 그렇게 쉬운 일이 아니다, 잘해라, 더 잘해야 한다, 같은 말을 하는데도 오경남의 굳은 표정은 풀리지 않았습니다.

"문제는요, 내가 지금은 그걸 좋아하게 됐다는 겁니다. 계속 듣다 보니까 그게 또 나쁘지가 않아요. 집중하게 되고 더 듣게 되고 그러다 보니까 자꾸 놓쳐요. 멈춰야 할 곳에서 멈추지 못하고 지나치게 되잖아요."

오경남이 해고를 당한 것은 그로부터 한 달이 채 지나기도 전이었습니다. 정차지를 놓치는 것은 큰 문제가 아니었습니다. 태우지 못한 승객이 생길 수는 있겠지만, 뒤에 오는 버스가 있었고 그걸 타면 될 일이었습니다. 그러나 노선을 벗어났을 때는 전혀 다른 문제가 되었습니다. 누구도 기다리지 않고 내릴 사람도 없는 곳으로 오경남은 비스를 운행했습니다. 내부순환로를 타고 동부간선로 쪽으로, 자동차 전용 도로를 달리는 유일한 시내버스가 되었습니다.

나는 그렇습니다. 사람이 좋은 쪽이든 나쁜 쪽이든 어느 한쪽으로 너무 치우치게 되면 결국엔 경로를 벗어나 버리게 된다고 생각합니다. 어느 한쪽이 자꾸 좋아진다, 라는 것은 누군가 나쁜 쪽을 떠안게 된다는 것 아니겠습니까. 본래는 공평하게 나눠서 나쁜 일을 상쇄시킬 수 있는 문제인데도 누군가 한쪽만 너무 갖게 되는 것 아니겠습니까. 그런데 사람들은 좋은 것만 생각하고, 좋은 것을 더 가지려고 하고, 웬일인지 신호에 한 번도 걸리지 않았다는 것은 반대로 뒤따르는 누군가가 줄곧 신호에 걸리고 있다는 말인데, 그 사람이 나보다 더 급한 사정이 있을 수도 있는데, 그것으로 더 나빠지는 경우가 있을지도 모를 일인데 그냥 좋은 일을 좋아하더라, 이 말입니다.

오경남이 경로에서 벗어났을 때 남은 사람들이 느낀 그 기분이 무엇이었겠습니까. 회사에서 점진적인 인원 감축을 공표한 지 이틀 만에 오경남의 버스가 예정에도 없는 먼 곳으로 가버렸다는 말을 들었을 때, 그 묘한 안도감이 다 무엇 때문이었겠습니까. 그게 왜 나에게는 좋은 일이라고 생각했을까요. 누구도 그런 말을 하지는 않았으나 그 덕분에 당분간 우리가 괜찮을 거라고 믿었던 것 아니겠습니까.

이후, 오경남을 찾아간 적이 한 번 있었습니다. 일자리를 알아보는 중이라고 했습니다만 그러나 내 편에서 할 수 있는 말은 별로 없었습니다. 고작 도울 게 있다면 돕겠다고 했더니 그러더군요.

"요즘엔 말이오, 형님. 그게 더 선명하게 들려요. 그런데도 그걸 따라 부르기는 어렵단 말이지. 며칠 안 들려서 종일 기다린 적도 있습니다. 하루는 심심하고 적적해서 그 노래라도 너무 듣고 싶은 거지. 혼자서 좀 불러볼까, 했는데 도무지 기억이 안 나. 그게 뭐였나, 뭐였더라, 하는데 어느 순간 다시 들리는 겁니다. 들을 때는 이게 참 분명한데 나중에는 하나도 안 떠오르고 전에는 들리는 것만 해도 무서웠는데 지금은 듣기에 참 좋습디다."

그러고는 괜찮다고 했습니다. 아주 다 나쁜 것만은 아니라며, "그러니까 너무 미안해하지 마요, 형님" 하고 나를 다독였습니다. 그 말이 나를 휘청거리게 했습니다. 나는 말입니다, 그런 말이나 듣자고 오경남을 찾아간 게 아니었습니다. 어떻게 그랬겠습니까. 사람이 그래서는 안 되잖아요.

그런데 선생님, 살면서 그런 것을 필요로 할 때가 있지 않습니까. 알맞게 불행하고 적당하게 행운을 누리다가 누군가를 위해 휘청거려주는 것, 그렇게 함으로써 필요한 사람에게 필요한 것을 전해주는 그런 거. 오경남의 해고로 내가 어떤 행운을 누렸다는 말을 하려는 게 아닙니다. 그런 상황에서도 오경남이 스스로를 지나치게 한쪽으로 기울였다는 것, 그것으로 무언가 내게 몰아주려 했다는 것, 전혀 기대하지 않았던 곳에서 받은 그 위로가 내게는 여전히 이해할 수 없을 만큼 낯설더라는 겁니다.

사고가 있던 그날은 오전부터 서해안 방면의 고속버스 운행이 예정되어 있었습니다. 안개가 짙다는 예보를 듣긴 했으나 그런 날씨야 이미 흔했으므로 그렇게 큰 사고로 이어질 줄은 전혀 몰랐습니다. 무엇보다 터미널을 막 빠져나왔을 때, 들리기 시작한 그것이 무슨 종류의 것인지 나는 미처 몰랐습니다. 다만 오디오의 볼륨을 키워둔 건 줄로만 알고 서둘러 줄였는데도 조금도 달라지지 않았습니다. 그러니까 그 노랫소리 말입니다. 오경남이 들었다는 그것. 승객 중에 누가 부르고 있는 건 아닐까, 괜히 그런 것에 신경을 쓰고 있는 것 아닌가 싶어서 나는 룸미러를 통해 뒷좌석을 살폈습니다. 그러나 너무 이른 시간이었고 대부분은 잠들어 있을 뿐, 아니더라도 특별히 소란스러울 것 없이 조용했습니다. 그게 나를 몹시 당혹스럽게 만들었습니다. 내가 무얼 듣는 거지? 지금 듣고 있는 게 다 뭐야? 라디오를 켜고 아무 채널이나 맞춘 뒤 볼륨을 키웠습니다. 그랬는데도 들리는 것은 여전히 줄어들지 않고, 시끄럽게 무슨 짓이냐는 항의만 들었습니다.

"손님, 그런데 무슨 소리 안 들려요?"

"뭐가요? 무슨 소리요? 자는 사람 깨우지 말고 조용히 좀 갑시다."

내게는 분명하게 들리는 이것이 누구에게도 들리지 않는지 이후로는 아무도 깨지 않았습니다. 나는 무서웠습니다. 버스 안에 승객들과 함께 있는데도 어딘가 외따로이 나만 떨어져 있는 것만 같고 남들은 다 저기 있는데 나만 왜 여기 있나, 왜 이렇게 되어버렸나. 그래요, 어딘가 치우쳤다는 그 기분. 뭔가 잘못 돌아가고 있었습니다. 오경남이 그랬던 것처럼 이대로 경로를 벗어나게 되는 건 아닐까. 정신을 똑바로 차리자. 함부로 사로잡히지 말고 안 들리는 척하자. 다른 것을 듣자. 휴게소에 예정보다 이른 시간에 도착해서 커피를 두 잔 마시고 자양강장제도 마시고 세수를 했습니다. 특별히 귀도 꼼꼼히 씻고 이제는 들리지 않는지 여러 번 확인했습니다만 나아진 게 전혀 없었습니다. 몸 어딘가에서 울려오듯 귀를 막아도 들렸습니다. 어딜 가든 나와 함께 그것이 따라다녔습니다.

운전대를 다시 잡기가 나는 겁이 났습니다. 이대로 다른 곳으로 가게 되면 어떡하나. 목적지가 아니라 전혀 다른 곳에 도착하게 될 것을 상상하니 아찔했습니다. 대신 보이는 것을 더욱 집중해서 보았습니다. 전면을 주시하고 이정표를 확인하고 놓치지 않기 위해 모든 신경을 곤두세웠습니다. 들리는 것은 애써 외면한 채 보이는 것만을 보았습니다. 누가 나를 부르는 것도 모르고 저기요, 기사님, 하는데도 가야 할 방향만을 바라보았습니다. 그 사람이 내 어깨를 두드렸을 때 나는 화들짝 놀랐습니다.

"부르는데 왜 대답을 안 해요. 여기 한 명 덜 탔다니까요."

상황은 자꾸 나쁘게만 흘러갔습니다. 다른 것에 정신을 놓고 있는 사이, 승차 인원을 점검하지 못한 탓이었습니다. 어쩌면 더러 있을 만한 사소한 실수일지도 모릅니다. 그러나 남들에게 들리지 않는 것을 듣는 사람에게는 그런 작은 실수조차 얼마든 치명적인 것이 될 수 있었습니다. 가까운 분기점으로 빠져나가 되돌아가야 했습니다. 챙기지 못한 승객을 서둘러 태우고 사과를 하고 원한다면 적당한 위로금을 주며 무마할 수도 있었습니다. 그런 갖가지 대책을 세우며 나는 급하게 휴게소로 차를 돌렸습니다. 그러나 내가 두고 온 승객을 찾을 수는 없었습니다. 여러 차례 경내 방송이 이어졌으나 누구 하나 나타나지 않았습니다. 대신 잠깐 자리를 비웠던 관계자가 돌아와 좀 전에 어떤 여자분이 찾아왔었다고, 타고 온 버스를 찾지 못해서 한참을 헤매더라고 일러주었습니다.

"뒤따라오던 다른 버스에 다행히 자리가 남아서 그걸 태워 보냈어요."

다행이라니. 누구에게 다행이라는 뜻이었을까요. 분명 가장 나쁘게 된 건 내가 아니었습니다. 어느 순간 들리던 것이 들리지 않았습니다. 주변의 어지러운 것들을 차분하게 정리할 수 있었습니다. 어쨌든 목적지까지 승객을 태워 간 다른 수단이 있었으니까요. 필요하다면 왜 정해진 시간에 돌아오지 않았느냐며 책임을 떠넘길 수도 있었습니다. 다른 사람들로부터 왜 이렇게 오래 버스를 지체시키냐고 항의를 받는다면, 양해를 구할 것이고 지금까지의 정황을 설명할 생각이었습니다. 괜한 한 사람 때문에 여러분의 소중한 시간을 낭비하게 해서 죄송하다고요. 그러나 아무도 그런 불만을 제기하지 않았습니다. 대신 내가 버스로 돌아왔을 때, 상기된 목소리의 승객이 다급하게 외쳤습니다.

"저기요, 어서 뉴스 좀 틀어봐요."

버스에 다시 시동을 걸고 비치된 텔레비전의 채널을 조절하는 동안에도 나는 무슨 영문인지 몰랐습니다. 항공 촬영된 도로의 사정은 엉망이었습니다. 여전히 다 걷히지 못한 인개 때문에 구조 작업이 더뎌지고 있다는 앵커의 설명에도 무엇이 어떻게 돌아가고 있는 줄 전혀 몰랐던 겁니다. 전복된 버스에서 검은 연기가 치솟는 게 보였습니다. 그런 차량들이 많았고 예정대로였다면 우리도 거기 있어야 했습니다. 누군가 조용히 전화기에 대고 하는 소리가 들렸습니다.

"아니야, 아빠. 괜찮아. 울지 마. 난 괜찮다니까. 지금 그거 나 아니라니까."

그런 말로 상대방을 안심시켰습니다.

버스 안은 적막했습니다. 통화하는 소리, 설명하고 달래고 안심시키는 소리가 이어지다가 어느 순간 무척 고요해졌습니다. 가만히 자기 자리에 앉아 뜻밖의 행운을 이해해보려고 하는 듯했습니다. 너무 무거운 정적 탓에 나는 차라리 그 노랫소리가 다시 들리길 바랄 정도였습니다. 무언가 다른 데 정신을 쏟을 만한 게 필요할 만큼 그 승객의 안부만 걱정되었습니다. 앞서간 그 버스는 어떻게 된 걸까. 괜찮겠지? 괜찮을 거야, 괜찮지 않을 가능성이 더 커 보이는데도 자꾸 그렇게만 믿고 싶었습니다. 무엇보다 그 여자가 아니었다면 우리는 어떻게 됐을까. 그러나 아무도 그 여자 덕분이라고 말하지 못했습니다. 우리가 누린 그 다행스러운 순간을요, 함부로 무엇이라고 결정할 수 없었습니다. 어떻게 그래요. 혹시라도 그 사고로 나쁜 일을 당했을 수도 있는데, 그 사람에 대해 책임을 지게 될지도 모르는 말을 어떻게 할 수 있었겠습니까. 다만, 놀라운 일이라고만 믿었습니다. 상식적으로는 도무지 이해가 가지 않는 일들이 우리에게 일어나버렸다고.

4

만약 쥐고 있던 것이 빈 캔이 아니라 빈 병이었다고 하더라도 나는 지금처럼 잔뜩 구겨버렸을 것이다. 그런데도 아무것도 모르고 쥔 것을 더 세게 쥐려 했을 것이다. 나는 그게 진짜 해주였다는 말을 하려는 게 아니다. 남자가 태우지 못한 그 유일한 승객이 해주였고, 거기에 대해 남자가 책임질 만한 소지가 있다는 주장을 하려는 게 아니다. 그것은 아직은 알 수 없고 앞으로 내가 알아가야 할 문제였다. 다만 지금 내가 알고 있는 것, 사고를 피한 그 버스 안에 해주가 없었다는 사실만큼은 분명했다. 해주는 왜 아니었나.

남자도 마찬가지였을 것이다. 그런데도 내게 미안해했다. 해주도 모르고 내가 누구인지도 모르는 사람이 무릎을 꿇고 고개를 숙이며 미안하다고 말했다.

267

"그런데 아무도 내게 그걸 묻지 않았거든요. 그때 왜 그랬냐고, 왜 왔던 길을 되돌아갔냐고 묻지 않고 다행이라고만 했습니다. 대신 나는 이해할 수 없는 일이 있었다고, 무언가 들리는 것이 있어서 가야 할 곳으로 가지 못했다는 말만 하는데도 사람들이 그걸 다 알아들어요. 그냥 안다고, 그럴 때가 있다고, 어떤 큰 힘이 기적처럼 도울 때가 있다고. 그런 사람들에게 내가 무얼 더 설명할 수 있었겠습니까. 대개는 믿고 싶은 것을 믿으려 하는 것 아니겠습니까. 아니라면 비난당할 게 두려웠는지 모릅니다. 그게 무서워서 나는 다 말할 수 없었습니다. 그 여자의 사정에 대해서라면 그냥 괜찮을 거라고 믿기로 했습니다. 그런데…… 선생님은 아니잖아요. 그게 궁금한 거잖아요. 내 말이 듣고 싶은 거잖습니까. 왜요? 그게 왜 궁금해요? 무슨 말이 듣고 싶은데요? 그러면 그 여자는 어떻게 된 겁니까. 선생님은 알고 있지 않습니까. 그런데 나는 정말 몰랐거든요. 일이 그렇게 될 줄은 전혀 몰랐습니다. 알았다면 달랐을까요? 내가요, 지금 하는 일이 어떻게 될 줄 미리 알았더라면 어떻게 됐겠습니까? 다 알면서도 그 사고 지점을 향해, 정해진 노선대로 그냥 운행해야 하는 겁니까? 그걸 내가 어떻게 선택할 수 있었겠습니까? 그러니까…… 그런 것들이 나는 다 미안해지더란 말입니다."

울먹이는 남자를 일으켜 세우는 대신 나는 그와 마주 앉았다. 마주 앉아 그의 등을 두드렸다. 그런 말 하지 말라고, 그런다고 내가 더 괜찮아지는 것도 아닌데 너무 미안해하지 말라고 다독여주었다. 여전히 해주는 보고 싶고, 그립고 아픈 것들은 조금도 줄지 않았으나 그때는 그런 것들이 몹시 필요해 보였다.

해주를 떠올리면 그때 우리에게 가장 필요했던 것은 또 무엇이었나, 후회하게 된다. 왜 그러지 못했나. 한번은 새벽에 내 머리를 자꾸 쓰다듬어서 잠을 설친 적이 있었다. 뒤통수가 납작해서 만지면 기분이 이상하다고 해주가 그랬는데 이렇게까지 반듯한 걸 왜 여태 말해주지 않았느냐며 신기해했다. 별것 아닌 걸로 또 유난이라고 핀잔했으나 그때는 그냥 가만 내버려두었다. 내 손을 끌어간 해주가 자기 뒷머리를 쓰다듬게 해서 정말 나랑 다르네, 대꾸만 하고 어느 순간 다시 잠이 들어버렸다. 그랬다가도 또 얼마 안 있어 옆에서 자꾸 건드는 바람에 도로 깨기를 반복했으나 천장을 보며 바로 눕지 않고 엎드린 채 더 많은 뒤통수를 내어주었다. 누가 나를 만지는 감촉이 나쁘지 않았다.

그날 저녁, 해주가 혼자서 좀 쉬고 오겠다는 말을 했을 때도 그런 기분은 여전했다. 그랬으므로 거길 왜 가려는 거냐고 묻지 않았다. 거기가 어디냐고, 누가 거기 있는 거냐고, 무얼 준비하는 사람처럼 새벽부터 서두르는 이유가 대체 다 뭐냐고. 그런 것들을 전혀 알지 못했으므로 해주의 장례식 내내 모르는 남자가 나타나 나보다 더 슬퍼할 것이 두려웠다. 그러는 순간에도 누군가는 내 손을 붙잡았고, 등을 두드려주고 함께 울고 그랬으나 이런 의심들에 대해서라면 함부로 터놓고 이야기할 수 없었다. 그랬다면 더 많은 위로를 들었을 것이다. 무언가를 더 이해하려 들었을 테고, 그것으로 우리를, 해주와 나를 더 안타깝게 만들었을 거라고 생각한다.

그들의 이해관계 은희

원인이 이유를 덮지 못할 때

양재훈 문학평론가

아무런 이유도 없는데 모든 것이 달라 보이는 일을 겪은 적이 있는가? 어쩌면 그때 당신은 세계의 진실에 한 발짝 다가섰던 것일지도 모른다. 당신이 알고 있는 세계의 모습이 거짓이며 진실은 어딘가에 따로 존재한다는 〈X-파일〉 같은 이야기를 하려는 것은 아니다. 한참 앞선 문명을 바탕으로 지구인을 실험 대상으로 삼는 외계인이나 우리가 알지 못하는 곳에서 세계를 움직이는 검은 손 따위는 아마도 없을 것이다. 정확히 말하면, 설사 그런 것이 있다고 하더라도 〈X-파일〉은 허구로 만들어진 오락거리일 뿐 그것이 진실의 지위를 얻을 수는 없다. 유전자 조작으로 만든 날개 달린 말이 페가수스가 아닌 것과 같다. 어딘가에서 날개 달린 말이 발견된다고 해도 마찬가지다. 그것은 새로 발견된 종의 동물이지 신화 속의 그 페가수스가 아니다. 이름이야 페가수스로 붙여지겠지만.

여기서 말하려는 세계의 진실은 감춰진 사실이 아니라 구성적 거짓에 관한 것이다. 우리의 사고는 언어의 구조에 의해 정해진 방식을 따르며,

따라서 우리가 세계를 인지하는 방식 역시 언어에 의해 매개되어 있다. 문제는 언어를 통해 포착된 세계가 실제 세계와 일치하지 않는다는 데 있다. 하지만 이는 불완전한 언어가 완전한 세계를 정확히 반영할 수 없어서가 아니다. 사태는 반대에 가깝다. 세계는 그 자체로 완결되어 있지 않은 비−총체인 데 반해 언어를 통해 포착할 수 있는 것은 완결된 대상에 한하는 것이다.

비−총체로서의 세계를 완결시키는 것은 주체의 몫이다. 주체가 세계에 실제로 무언가를 행한다는 것이 아니라 완결된 세계라는 표상이 주체의 행위에 의해 만들어진다는 뜻이다. 정신분석학은 이런 행위를 환상이라고 부른다. 환상은 미완의 상태로 존재하는 세계를 완결된 것으로 표상할 수 있게 하는 구성적 거짓이다. 태초에 환상이 있었고, 그것에 의해 세계가 창조되었다. 물론 이때의 세계는 당신과 상관없이 바깥에 존재하는 세계가 아니라 당신이 그 안에서 살아가기 위해 가져야 할 표상으로서의 세계다. 그것은 당신의 바깥에 있는 것도 당신의 안에 있는 것도 아니다. 그것은 세계가 당신의 눈에 보이는 방식과 이를 바탕으로 당신이 그것에 작용하는 방식 사이에 존재한다. 때문에 진실은 저 표상이 일그러지는 사태를 통해서만 일별할 수 있다.

이제 처음의 질문으로 돌아가자. 별다른 이유 없이 세상이 달라 보이는 일을 겪은 적이 있는가? 그렇다면 당신은 세계의 진실에 다가섰던 것일지도 모른다. 사람들의 눈에 감춰진 비밀 따위가 아니라 당신의 눈에 비친 세계의 일관성이 당신도 모른 채 구성해낸 환상에 의존하고 있다는 진실 말이다. 이것이 바로 정신분석학이 인간의 가장 근원적인 감정이 불안이라고 말하는 이유다. 저 불안한 사실은 평소에는 잘 숨어 있다가도 어떤 계기를 만나면 제 그림자를 드러낸다. 그럴 때 대부분의 사람들

작품 해설 원인이 이유를 알지 못할 때

은 대수롭지 않게 넘기고 평범한 일상으로 돌아가지만, 간혹 거기에서 돌이킬 수 없는 균열이 생긴 일상을 목도하는 사람들이 있다. 「그들의 이해관계」는 그런 세 사람의 이야기를 담고 있다.

첫 번째 사람은 해주다. 해주의 계기는 보통 사람들보다 큰 후두에 있었다. '나'의 서술을 믿는다면 해주는 후두가 부었다는 말을 들은 뒤 모든 일에 대해 (지금 이 단어를 쓰는 것은 썩 내키지 않는 일이지만) '예민'해졌다. 얼마 후 다시 찾은 병원에서 후두가 부은 것이 아니라 본래 그런 모양이라는 말을 들었지만 해주의 불안은 오히려 더 심해졌다. 선천적으로 큰 후두를 가졌지만 심각한 것은 없다는 말을 선천적 장애나 기형의 의미로 받아들였기 때문이다. 해주의 입장에서 생각해보면, 그의 불안이 더 커진 것은 실재하는 통증에도 불구하고 후두가 부어 있지는 않다는 말이 그런 후두를 가졌으니 당연히 아플 수밖에 없고 치료의 여지도 없다는 말로 들렸기 때문일 것이다.

해주의 고통에도 불구하고 (남편 내지 동거 중인 연인으로 보이는) '나'는 그것을 대수롭지 않게 여기고 있었다. 해주가 '예민'해진 것은 이 때문일 것이다. 선천적으로 큰 후두를 그가 겪고 있는 고통과 연결지어 생각하는 자신이 이상한 것이 아님을 확인받고 싶었던 것이다. 커피숍에서의 에피소드는 이를 잘 보여준다. 지갑을 잃어버린 여자와 CCTV에 찍힌 장면이 모두 여자와 지갑을 가져간 남자가 일행이 아님을 증언하고 있음에도 해주는 끝까지 여자가 남자와 같이 들어왔음을 고집스레 주장한다. '같이 있던 남자가 여자의 지갑을 챙겨 갔다'는 자신의 기억에 오류가 있었음을 인정하는 것이 자신이 '비정상'임을 시인하는 것과 같아 보였기 때문일 것이다.

자신이 남들보다 큰 후두를 가졌음을 알게 된 이후 해주의 일상은 돌이킬 수 없이 망가졌고, 이는 죽음의 계기가 된다. 해주의 죽음은 '나'의 일상에 균열을 낸다. 그의 일상은 해주의 죽음을 중심으로 재편되고, 그 결과 전에는 이해할 수 없었던 해주의 신경증적인 행동들을 그대로 반복하게 된다. 하지만 남들보다 큰 후두를 가진 데 대한 불안이 문제였던 해주와 달리 그의 신경증적 행동들에는 해주의 죽음에 대한 죄책감이 개입해 있다. 해주의 신경증이 아직 일어나지 않은 일에 대한 불안에 기초한다면 그의 그것은 이미 지나가버린 것에 대한 회한에 기반을 두고 있는 셈이다.

해주의 죽음 이후 '나'는 자신이 달리 행동했다면 결과가 달라졌을지도 모른다는 생각에서 벗어나지 못한다. 물론 그가 해주의 죽음 이전에 해주를 이해하는 것은 불가능했고, 그러니 더 낫게 대응할 수 있었을 가능성 따위는 없었다. 그러나 이해할 수 없는 해주의 행동에 대해 조용히 지켜보며 해주의 불안을 위로하려 하기보다 차라리 도대체 왜 그러느냐고 따지고 싸우다 관계가 파국을 맞았더라도 지금보다는 더 나은 결말이었을 것이다. 이 점이 그를 해주의 죽음에서 더욱 벗어날 수 없게 만든다. 차라리 자신의 잘못이라면 시간은 걸리겠지만 반성과 회개를 거쳐 조금씩 일상을 회복할 수 있을 것이다. 그런 경우 문제가 되는 것이 있다면 반성의 진정성이다. 그러나 "나의 어떤 행동도 사고의 직접적인 원인은 될 수 없었"으므로 그는 "함부로 미안해하기도 어"렵다. 그의 죄책감은 자기 책임이 없는 일에 대한 것이어서 오히려 기존의 세계 인식 방법 안에 통합되지 못한다.

세계를 바라보는 방식, 정신분석학이 '상징계'라 부르는 것 안에 통합될 수 없는 죄책감을 갖게 된 '나'가 그로부터 빠져나올 수 있으려면 왜 해주가 그런 일을 당해야 했느냐는 질문에 대한 답이 마련되어야 한다.

물론 원인은 명백하다. 안개가 짙은 해안도로에서의 다중 추돌 사고는 언제라도 일어날 수 있는 일이다. 하지만 이 경우 문제가 되는 것은 원인의 차원에 있지 않다. 왜 하필 해주가 죽어야 했느냐는 질문은 원인이 아니라 이유라고 불러야 할 것에 관한 것이다. 상징계 안에 통합될 수 없고, 따라서 해주의 죽음이라는 거대한 사건에서 어떤 의미도 찾을 수 없다는 점이 문제가 된다.

자신의 비-책임과 관련되어 있는 해주의 죽음을 상징계 안으로 통합할 방법을 찾아내기 위해 '나'는 "사고와 관련된 기사들을 검색하고 혹시나 누락된 정황은 없는지 살피고 원인을 규명하고자" 한다. 그러나 원인에 대한 이유의 초과분은 끝내 해소되지 않는다. 대신 그는 자신과 마찬가지로 그 사건으로 인해 해소되지 않는 이유를 갖게 된 버스 기사를 만난다. 실수로 고속도로 휴게소에 남겨둔 여자 승객을 다시 데리러 가는 바람에 사고를 피할 수 있었던 기사는 다른 버스를 대신 탔다가 사고를 당한 승객의 죽음에 대한 죄책감을 지니고 있었다. '나'가 해주의 죽음에 책임이 없었던 것처럼 승객의 죽음 역시 기사와는 무관하다. 기사가 달리 행동했더라도 승객이 사고를 피할 수는 없었다. 실수 없이 승객을 태우고 출발하든 남겨둔 승객과 상관없이 운행을 계속하든 그의 버스는 사고에 휘말렸을 테고 여자 승객뿐 아니라 다른 사람들도 죽거나 크게 다쳤을 것이다. 논리적으로 산출되는 여자 승객의 죽음에 얽힌 인과관계 속에 자기 자리가 없음에도 기사는 승객이 죽고 자신이 살아남은 이유에 대한 질문에서 벗어날 수 없었다.

죽은 여자 승객이 해주인지는 알 수 없고, 설사 해주가 맞다 해도 기사의 행동은 그의 죽음과 무관하지만, 그럼에도 그는 '나'에게, "해주도 모르고 내가 누구인지도 모르는 사람이 무릎을 꿇고 고개를 숙이며 미안"해한다. 그를 "일으켜 세우는 대신 나는 그와 마주 앉"아 그의 등을 두드리며 "그런 말 하지 말라고, 그런다고 내가 더 괜찮아지는 것도 아닌데 너무 미안해하지 말라고 다독"인다. 여기에서 '나'가 기사를 일으켜 세우지 않고 마주 앉았다는 점은 중요하다. 이는 '나'가 이유의 초과분 앞에 무너져 내린 일상으로부터 기사를 끌어올리려 하지 않고 그의 자리로 내려가 그와 눈높이를 맞추고 있음을 뜻한다. '나'가 기사를 다독이며 하는 말이 '나는 괜찮다'가 아니라 '그런다고 내가 괜찮아지지는 않는다'라는 사실 역시 중요하다. 역설적으로 바로 그렇기 때문에 기사는 자신이 '비-책임'을 갖는 [1] 죄를 용서받을 가능성을 얻게 된다. 함께 사고를 피한 사람들이 그 사태를 '뜻밖의 행운'으로 여기며 휴게소에 남겨졌던 승객에 대한 (비)책임을 떨쳐내려 했던 것과 반대로, 용서가 포함되지 않은 '나'의 다독임은 그것을 조금도 덜어내거나 가리지 않고 있기 때문이다. 그리고 그럼으로써 '나' 역시 어떤 원인으로도 해소될 수 없는 이유의 초과분과 그것을 해소하기 위해 원인을 규명하려는 노력의 악순환에서 벗어날 가능성을 얻게 된다. 이는 이유의 초과분을 해소하는 것이 아니라 그것이 원인으로 해소될 수 없다는 사실을 받아들임으로써 가능해진다. 요컨대 균열이 생긴 일상을 봉합하려 하는 것이 아니라 그로 인해 일상이 무너진 자리에서 새로운 세계 인식의 방법을 구축하기 시작한 것이다.

　지나치자면 무심결에 넘길 수 있는 일들로 인해 일상에 생긴 균열에 사로잡힌 세 사람의 이야기를 살펴보았다. 이 이야기를 통해 균열 없는

1　비-책임이 있다는 말과 책임이 없다는 말은 서로 다르다. 책임이 없다는 말은 책임이 있음에 대한 부정(不定)으로, 그것과의 사이에 어떤 빈틈이나 공통 공간도 남겨두지 않는다. 그러나 비-책임이 있다고 말하면 그의 책임이 아님에도 불구하고 그에게 책임이 없지 않다는 뜻이 된다. 정확히 해주의 죽음에 대해 '나'가, 자신이 피했던 사고에 대해 기사가 갖는 죄책감이 바로 이 비책임의 영역에 속한다.

일상의 자리에서 섣불리 건네는 위로의 무책임함을 읽을 수도 있고, 자신의 행동과 무관한 일에 대해 생기는 책임에 대한 질문을 읽을 수도 있다. 특히 최근 우리 사회는 용산 참사나 세월호 등 우리가 (비)책임을 가질 수밖에 없는 일들을 겪었으므로 그와 연결지어 생각해볼 수 있을 것이다. 또는, "해주의 장례식 내내 모르는 남자가 나타나 나보다 더 슬퍼할 것이 두려웠다"거나 "함부로 터놓고 이야기할 수 없"는 의심을 가졌다는 서술 등에 착안해 작중화자인 '나'의 서술을 전면적으로 의심하면서, 그에게서 비책임에 충실한 태도가 아니라 그로부터 벗어나기 위한 변명거리를 찾는 무책임을 읽어볼 수도 있을 것이다. 선택은 오롯이 독자의 몫이다.

그 여름

최은영

—

1984년 경기 광명 출생.
2013년 『작가세계』 신인상에 당선되며 작품활동 시작. 소설집 『쇼코의 미소』가 있음.

그 여름

1

이경과 수이는 열여덟 여름에 처음 만났다.

시작은 사고였다. 운동장을 가로질러 가던 이경이 수이가 찬 공에 얼굴을 맞았다. 안경테가 부러지고 코피가 날 정도의 충격이었다. 이경은 쩔쩔매는 수이와 함께 양호실과 안경점에 갔다. 고친 안경을 쓰고 수이의 얼굴을 봤을 때 이경은 처음 안경을 맞춰 썼던 때를 떠올렸다.

뿌연 갈색인 줄 알았던 나뭇가지에는 회색의 가느다란 줄무늬와 흰 동그라미 무늬가 있었고, 가지 위로 돋아난 이파리들은 흐리멍덩한 녹색이 아니라 여린 잎맥이 뻗어나가는 투명한 연둣빛이었다. 모든 것이 또렷하게 보였지만 바닥이 돌고 있는 것처럼 어지러웠다. 그때의 기분을 이경은 수이의 얼굴을 보면서 똑같이 느꼈다.

안경점 밖으로 나오자 햇볕이 유난했다. 둘은 읍내를 걷다 다리 중간까지 건너서 걸음을 멈췄다. 7월의 공기는 뜨거웠지만 다리 아래로 흘러가는 강물은 시원한 바람을 실어왔다. 전날 비가 내려 강물은 불어 있었고, 물속에 뿌리를 박고 자라는 식물들의 잎사귀는 검은빛에 가까운 초록색이었다. 그 잎잎이 무성했다.

수이는 다리 난간에 몸을 걸치고 강물을 가만히 응시했다. 말을 걸어도 되나 싶을 정도로 몰두해서 강물을 보았다. 날갯죽지가 긴 새 한 마리가 유속이 빠른 강 위를 위태롭게 날고 있었다.

"저 새 이름 알아?" 이경이 물었다.

"저 회색 새?"

"응."

"왜가리."

꿈에서 깨어난 것 같은 표정으로 수이는 이경을 바라보며 답했다. 각질이 심하게 일어난 입술과 검붉게 탄 얼굴에, 두 눈만은 반짝이고 있었다.

둘은 다리 위에서 이런저런 이야기를 나누었다. 대부분 이경이 묻고, 수이가 답하는 식이었다. 이경은 2반이었고, 수이는 9반이었다. 이경은 문과반이었고, 수이는 예체능반이었다. 이경은 인흥면에 살았고, 수이는 고곡면에 살았다. 이런 우연이 아니었다면 서로 얼굴도 모르고 지냈으리라고 수이는 웃으며 말했다. 듣기 좋은 목소리라고 이경은 생각했다. 집으로 돌아와서도 이경의 귓가에는 수이의 목소리가 맴돌았다.

다음 날 수이는 이경의 교실 앞으로 찾아왔다. 손에는 250밀리리터짜리 딸기우유가 들려 있었다. 우유를 내밀면서 수이는 쑥스럽게 웃었다.

"몸은 좀 괜찮아?"

"응. 괜찮아."

이런 식의 짧은 대화를 나누고 수이는 운동장으로 갔다.

그 주 내내 수이는 딸기우유를 들고 왔다.

"몸은 좀 괜찮아?"

"응. 정말 괜찮아."

그렇게 말하는 이경의 얼굴에도 결국 웃음이 돌았다. 아침에 학교에

갈 때면 이경은 오늘도 수이가 찾아올 것인지 기대했고, 수이가 오지 않더라도 상심하지 말자고 스스로를 달래기도 했다.

창가에 서서 밖을 보면 운동장을 달리고 있는 축구부 애들이 보였다. 창이 끌어당기기라도 하는 것처럼 이경의 시선은 자꾸 창가로 향했다. 같은 유니폼을 입고 같은 머리 스타일을 한 애들 사이에서도 수이를 찾아내는 건 어렵지 않았다. 이경은 운동장을 몇 바퀴씩 돌고 숨을 몰아쉬는 수이의 모습을, 진지한 표정으로 패스 연습을 하는 수이의 얼굴을 바라봤다.

청소 당번을 끝내고 집으로 돌아가던 그 주 토요일 오후였다. 멀리 보이는 다리 난간에 수이가 기대서 있었다. 축구부의 하얀 유니폼을 입고, 운동화를 신고, 운동 가방을 든 채로. 이경은 바닥을 보고 걸어가면서 어색한 그 순간을 피하려 했다. 다리에 다다랐을 때 수이가 작은 목소리로 이경을 불렀다.

"김이경."

이경은 고개를 들어 수이를 봤다. 무슨 말이든 해야 한다는 압박 때문에 오히려 아무 말도 할 수가 없었다.

"집에 가?" 수이가 물었다.

"응."

"왜 늦게 가?"

"청소 당번이라서."

"점심은 먹었어?"

"아니."

"그럼 나랑 점심 먹을래?"

수이는 이경의 얼굴을 제대로 쳐다보지도 못하고 그 말을 했다. 그 자신 없는 표정과, 억지로 힘을 끌어올려 짧은 문장을 말로 풀어내는 모습을 이경은 가만히 바라봤고, "뭐 먹을래?"라고 대수롭지 않은 척 대답했다.

둘은 라면을 먹고, 형광 색소가 잔뜩 들어간 3백 원짜리 슬러시를 마시면서 읍내를 걸었다.

"너 바쁘니?" 수이가 물었다.

둘은 시가지에서 4킬로미터쯤 떨어진 둔치로 걸어가 지서댐이 코앞에 보이는 계단 위에 책가방을 놓고 앉았다. 걸으면서 흘린 땀이 둔치에서 불어오는 시원한 강바람에 말랐다. 강물은 어느 쪽으로 흐르는지 짐작할 수 없을 정도로 잔잔했다.

둘은 별말 없이 커다란 콘크리트 댐을 바라봤다. 매미 소리가 들렸고, 작고 투명한 풀벌레들이 다리 위로 올라왔다. 콘크리트 계단이 부서진 자리에 길쭉하게 자란 강아지풀이 팔다리를 간질였다. 교복 치마가 땀에 젖은 허벅지에 달라붙었다. 이경은 수이 쪽으로 고개를 돌렸다. 수이는 다리를 꼬고 턱을 괸 채로 이경을 바라보고 있었다.

"눈동자가 갈색이구나." 수이가 말했다.

"어릴 때 애들이 개눈이라고 했었어." 그렇게 말하는 자신의 목소리가 미세하게 떨리고 있다고 이경은 생각했다.

"신경 쓰니, 그런 말?"

이경은 고개를 저었지만 그건 사실이 아니었다. 누군가가 자신의 눈동자 색을 인지하고 그 말을 전할 때 이경은 언제나 옅은 수치심을 느꼈다. 개눈. 이상한 눈.

수이는 이경의 눈을 가만히 바라보고만 있었다. 자신을 그렇게 바라보는 사람은 처음이었다. 사람이 사람을 이렇게 오래 바라볼 수 있구나. 모든 표정을 거두고 이렇게 가만히 쳐다볼 수도 있구나. 그렇게 생각하면서 이경은 자신 또한 그런 식으로 수이를 바라보고 있다는 것을 알았다.

손가락 하나 잡지 않고도, 조금도 스치지 않고도 수이 옆에 다가서면 몸이 반응했다. 철봉에 거꾸로 매달린 것처럼 어지럽고 속이 울렁거렸다. 수이의 손을 잡았을 때, 세상에 이보다 더 좋은 건 없으리라고 생각했다. 창고 구석에서 수이를 처음 안으면서 이경은 자신이 뼈와 살과 피부를 가진 존재라는 것에 감사했고, 언젠가 죽을 때가 되면 기억에 남는 건 이런 일들밖에 없으리라고 확신했다.

둘이 함께한 첫해의 여름은 그렇게 흘렀다. 수이는 훈련 외의 시간을, 이경은 보충수업 외의 시간을 모두 서로를 만나는 시간으로 사용하려 했다. 숨어서 서로의 몸을 만지는 건 어려운 일이었지만 이경의 집이 비는 날엔 그곳에서 만나기로 하면서 그런 어려움은 줄어들었다.

그들은 오래도록 키스했다. 혀와 입술의 맛, 가끔씩 부딪치는 치아의 느낌, 작은 코에서 나오는 달콤한 숨결에 빠져서 시간이 어떻게 흘러가는지조차 인지할 수 없었다. 자신의 몸이라는 것도, '나'라는 의식도, 너와 나의 구분도 그 순간에는 의미를 잃었다. 그럴 때 서로의 몸은 차라리 꽃잎과 물결에 가까웠다. 우리는 마시고 내쉬는 숨 그 자체일 뿐이라고 이경은 생각했다. 한없이 상승하면서도 동시에 깊이 추락하는 하나의 숨결이라고.

둘은 사이좋은 자매처럼 같이 낮잠을 자기도 했다. 수이는 잠든 이경의 모습을 가만히 바라보는 일을 좋아했다. 얕은잠을 자면서도 이경은 수이의 시선을 느꼈고, 눈을 뜨면 자신을 쳐다보는 수이의 검은 눈동자를 볼 수 있었다. 같은 베개를 베고 서로의 눈을 마주볼 때면, 이경은 수이의 눈 속에서 수이의 얼굴을 담은 자신을 보았다. 그들은 따뜻하고 몽롱하게 서로의 눈 속에 잠겨 있었고, 그럴 때 말은 무용했다.

여자를 좋아하는 여자가 있다는 사실을 이경은 들어 알고 있었다. 초등학교, 중학교 때 아이들이 '레즈'라는 단어를 어떤 뉘앙스로 말하는지도 알았다. 레즈, 라는 말을 뱉을 때 아이들의 얼굴에 어리던 웃음은 레즈비언이 어딘가 은밀하고 야릇하며 더럽고 무섭고 우스운 사람들이라는 뜻을 담고 있는 것 같았다. 자신에 대해 확실히 알지 못했을 때였는데도 이경은 아이들과 함께 웃을 수가 없었다.

수이와 함께 있을 때 이경은 자신이 다른 몸으로 태어난 것 같았다. 눈으로 볼 수 있는 풍경과 코로 들이마시는 숨과 피부에 닿는 공기의 온도까지도 모두 다르게 느껴졌다. 모든 감각기관이 한 꺼풀 벗겨진 느낌이었다. 수이를 만나기 전의 삶이라는 것이 가난하게만 느껴졌다.

하지만 수이는 '조심해야 한다'고 말했다. 같이 다니더라도 딱 붙어 걷지 말고, 운동장 스탠드에도 떨어져 앉자고 했다. 그런데도 자꾸 몸이 수이에게 다가갔고, 그럴 때면 수이는 차가운 표정으로 이경을 바라봤다. "이거 놔." 그렇게 말하고 뚝 떨어져서 걸어가는 수이의 뒷모습을 볼 때면 이경은 버려지고 무시당한 것만 같은 기분에 눈물이 났다. 수이에게 말도 없이 발걸음을 돌려서 자기 집으로 간 날도 여럿이었다. 그 문제로 둘은 자주 싸웠다. 이경이 친한 친구에게 자신의 연애에 대해 말하고 싶어 했을 때도 수이는 화를 냈다.

"상대가 너라는 건 말하지 않을 거야."

"걔가 알아채지 못할 것 같아? 그게 나라는 걸?"

수이는 얼굴이 새빨개지도록 화를 내고 한동안 말을 하지 않았다. 하지만 언제나 먼저 사과하는 건 수이였다.

수이는 자기 정체성이 밝혀진 뒤 모두로부터 외면당하는 꿈을 자주 꿔왔다고 했다. 자신은 어린 시절부터 스스로에 대해 알았다고. 세상에 여자를 좋아하는 여자가 있다는 사실을 알기 전부터도.

"나는 내가 무서웠어."

그때가 수이가 자신의 가장 깊은 마음을 보여준 순간이었다.

이경과 수이가 사귄 지 백 일이 되던 무렵이었다. 그날도 강 위 다리 난간에 기대어 이야기하고 있는데 어떤 키 큰 여자가 웃으며 그들 쪽으로 걸어왔다. 이경을 쳐다보는 여자의 얼굴에 묘한 미소가 어렸다. 속을 아프게 찌르는 웃음이었다.

"사귀는 애니?"

여자는 그렇게 말하고 수이의 어깨를 툭 밀고 지나갔다. 중심을 잃은 수이가 이경 쪽으로 쓰러졌다. 여자가 시야에서 사라질 때까지 수이와 이경은 아무 말도 하지 않은 채 난간을 두 손으로 꼭 쥐고 있었다. 귀 끝까지 빨개진 수이가 이경을 보며 쓴웃음을 지었다.

"누구야?"

"중학교 선배." 수이가 조용히 말했다. 둘은 아무 일이 없었던 것처럼 말하고 행동했지만 그 일로 서로가 크게 상처받았다는 사실을 알았다. 여자는 수이가 사람이 아닌 것처럼 밀쳤어. 수이의 말이 맞았다는 걸 이경은 그제야 깨달았다. 이 작은 동네에서 수이와 이경은 조심하고 또 조심해야 했다.

같이 스쿠터를 타면 어떨까, 라는 생각이 든 건 그 여름이 다 지나가기 전이었다. 차고에서 스쿠터를 끌고 나오는 이경을 보고 수이는 인상을 찌푸리며 웃었다.

"너 날라리구나. 이런 거 타고 다니고."

"내가 어딜 봐서 날라리야."

"나쁜 짓만 골라서 하고."

"너한테 배웠지."

"정말 나쁘다. 나쁜 애야, 너."

'나쁘다'라는 말이 이경은 마음에 들었다. 수이 앞에서라면 얼마든지 더 나빠질 수 있을 것 같았고, 그러고 싶었다. 이경은 수이를 태우고 가장 긴 경로를 따라 스쿠터를 몰았다.

무력감에 잠길 때, 이경은 그때의 일을 기억한다. 강을 따라 돌고 돌아가던 길에서 나던 물냄새와 풀냄새, 오래된 스쿠터의 엔진 소리와 자신의 허리를 감싸 안던 따뜻한 팔의 감촉, 합숙소 근처까지 오고서도 아쉬워서 스쿠터에 앉았다 내렸다를 반복하던 수이, 그때 수이가 짓던 우스꽝스러운 표정, 집으로 돌아갈 때 스쿠터 백미러로 보이던, 점점 작아지던 수이의 모습.

사랑을 하면서 이경은 많은 일들을 사랑에 빠진 사람의 입장에서 이해할 수 있었다. 수이의 단단한 사랑을 받고 나니 그렇게 두려워하던 사람들의 시선과 자신에 대한 판단이 예전만큼 겁나지 않았다.

고등학교를 다니던 내내 이경은 머리를 검은색으로 염색해야 했다. 머리카락이 갈색이어서 교칙에 위반되었기 때문이다. 뿌리부터 다시 갈색머리가 자라나면 선도부에 불려가서 훈계를 듣고 그 부분을 검게 염색해야 했다. "넌 눈도 갈색이구나?" 자신을 바라보던 선도부장의 찌푸린 얼굴 앞에서 이경은 더이상 주눅들지 않았다. 당신은 사랑이 부족하구나. 아무도 당신 같은 사람을 사랑해주지 않을 테니까. 그 찌푸린 얼굴을 이경은 속으로 비웃을 수 있었다.

짧은 가을과 긴 겨울을 지나는 동안 이경과 수이는 더 깊은 이야기를 나눴다. 고등학교를 졸업하면 이곳을 떠나자는 이야기, 같은 도시로 가서 살자는 이야기였다. 수이는 어른이 되면 돈을 많이 벌 거라고 말했다. 대학팀에 들어가서 졸업 후 실업 선수로 뛰고, 그후에는 운동 관련 사업을 할 거라고 했다.

이경이 보기에 그즈음 수이는 너무 애쓰고 있었다. 훈련 시간 외에도 체육관에 가서 혼자 근력 운동을 했고, 이경과 데이트하던 주말까지도 모두 훈련에 쏟아부었다.

여자 축구팀이 있는 학교가 얼마 없었기에 수이는 남자중학교 선수들과 연습 시합을 하기도 했다. 그런 날이면 수이는 어느 때보다도 침울해졌다. 처음에는 이유를 몰랐지만 시간이 지나면서 이경도 차차 그 사정을 알게 됐다. 남자 선수들이 경기 중에 여자 선수들의 몸을 만진다는 것이었다. 다른 선수들도 그런 일들을 겪지만 그저 욕을 하고 털어버리는 분위기라고 했다.

문제 제기를 한 수이에게 코치는 오히려 불쾌해했다. 운동선수가 운동이나 하면 되지 다른 일에 신경을 쓴다는 반응이었다. 그런 소리 할 시간에 운동이나 열심히 하라고. 남자애들은 원래 다 그런 거고, 짓궂은 장난에 감정적으로 대응하는 건 유치한 일이라고 했다. '짓궂다'는 말이 무슨 뜻인지 줄곧 생각해왔다고 수이는 이경에게 말했다.

"비열한 말이라고 생각해. 용인해주는 거야. 그런 말로 자기보다 약한 사람을 괴롭힐 수 있는 권리를 주는 거야. 남자애들은 원래 그렇다니."

수이가 그런 말을 할 때 이경은 어떻게 답해야 할지 알지 못했다. 눈물이 날 정도로 화가 나서 당장이라도 그 코치와 남자애들을 찾아가 정강이를 걷어차주고 싶었다. 그런 일을 겪고 혼자 그 말들을 곱씹었을 수이를 생각했다. 그렇게까지 참아가면서 운동을 해야 하나. 훈련이라는 명목으로 허벅지에 멍이 들도록 맞아가면서, 모욕적인 말을 들어가면서까지 해야 하는 가치가 있나.

"수이야, 힘들면 관두면 돼. 네가 참아가면서 사는 거 싫어." 이경은 자주 그렇게 말했다.

수이의 경기를 보러 간 적이 있었다. 관람객도 별로 없는 썰렁한 구장에서 이경은 이리저리 달리는 수이의 모습을 지켜봤다. 선수들은 모두 긴장한 표정으로 경기에 임했다. 후반전까지 무득점으로 이어지던 경기는 연장전에서 상대편이 1점을 넣으면서 끝났다. 수이 팀 벤치 뒷자리에 앉아서 경기를 보는 내내 이경은 고통스러웠다. 연장전으로 가게 되면서 힘들게 숨을 쉬는 수이를 보는 것이 괴로웠고, "야, 이수이!" 외치는 감독의 날카로운 목소리가 듣기 싫었다.

미드필더인 수이는 경기 내내 쉬지 않고 집중했다. 그런데도 공을 뺏겨 공격에 실패했고 쉽게 자리를 내줘서 상대 팀 공격을 제대로 막아내지 못했다. 두 팀 모두 비등비등한 실력이었지만 수이는 구장에서 뛰는 스물두 명의 선수 중에 가장 부진한 선수로 보였다. 무슨 일인지 감독이 선수 교체를 하지 않아 수이는 벌을 받듯 연장전까지 그 상태로 뛰어야 했다. 그 모습을 자신이 보고 있다는 사실을 알기에 더 괴로웠을 것이라고 이경은 생각했다.

그 경기 이후 수이는 더 치열하게 훈련에 매진했다. 무언가가 되어야겠다고 생각해본 적이 없었던 이경으로서는 그렇게까지 해서 꿈을 이루려는 수이를 이해하기 쉽지 않았다. 이런 어려움을 다 겪고 나서야 이룰 수 있는 꿈이라면 포기하는 것이 더 나으리라고 생각했다. 매일 긴장 속에서 연습해야 하고, 경기에 들어가고, 자기 의지와는 무관한 경기 결과로 평가받아야 하는 일이라면.

"힘들면 그만두면 되잖아."

"그게 말이 되니." 수이가 대답했다. "그게 말이 된다고 생각해?"

"그래도……."

"아무것도 모른다, 넌."

수이는 화가 난 채로 집에 가버렸고, 한동안 이경에게 찾아오지 않았다.

이제 이경은 안다. 축구는 수이에게 선택하고 말고의 문제가 아니었다. 수이의 선택이었다고 하더라도 아주 적은 수의 선택지 중에서 고른 일이었을 것이다. 수이에게 축구는 세상과 자신을 연결시켜줄 수 있는 단 하나의 끈이었다. 그런 수이에게 이경은 선택에 대해 말했다. 자신에게 주어진 선택지가 수이보다 훨씬 더 많았다는 사실을 조금도 이해하지 못한 채로.

수이는 이미 중학교 3학년 때 십자인대 부상을 입었었다. 재활을 했고 조심했지만 고등학교 3학년 여름에 그 부위를 다시 다쳤다. 남자 중학생들과의 연습 경기에서 일어난 일이었다. 아무런 악의도 없었다던 중학생의 '장난'으로 수이는 돌이킬 수 없는 부상을 입고 말았다. 수이는 합숙소에서 짐을 빼고 부모의 집으로 돌아갔다. 더이상 과격한 운동을 해서는 안 된다는 최종 통보를 듣고 나서였다.

이경은 당시 수이가 어떤 상실을 경험했는지 짐작도 할 수 없었다. 그런 자신의 무지가 답답하고 괴로웠다. 자신이 할 수 있는 일은 수이를 스쿠터에 태워 돌아다니는 것뿐이었다. 그런 날이면 다리 위에 스쿠터를 세워놓고 하류로 흘러가는 강물을 한참 바라보기도 했다.

밤의 강물은 금속의 표면 같았고, 강변에 우거진 나뭇잎들은 바람에 흔들리는 검은 깃털들 같았다.

"계속 보면…… 정말 이상해." 수이가 말했다.

"뭐가?"

"강. 너무 큰 물이잖아."

"응……."

"자꾸 보고 있으면 이상해서."

"겁이 나나 보다."

수이는 조용히 고개를 젓고는 다리 난간을 두 손으로 꽉 움켜쥐었다. 수이의 시선은 강물을 향하고 있었지만 텅 빈 것처럼 보였다. 분명 강물을 보고 있었지만 아무것도 보지 않는 것 같았고, 두려워하면서도 매혹된 듯 보였다. 이경은 쳐다보지도 않고 내내 강물에 시선을 고정하고 있었다.

2

　스무 살 봄, 이경과 수이는 서울로 이주했다. 이경은 서울 한복판에 있
는 대학의 경제학과에 입학했고, 수이는 서울 외곽의 직업학교에서 자동
차 정비 일을 배우기 시작했다. 수이는 부모로부터 어떤 경제적 지원도
받지 못했다. 이경은 기숙사에 당첨되었지만 수이는 보증금 없이도 계약
이 가능한 '잠만 자는 방'에서 서울 생활을 시작해야 했다.

　천식이 있는 이경은 습하고 환기가 잘 되지 않는 수이의 방에 오래 머
무르지 못했다. "더 있을 수 있어." 이경은 말했지만, 수이는 한 시간도
지나지 않아 눈물 콧물을 흘리는 이경을 붙잡을 수 없었다.

　만족스러울 때까지 서로의 몸을 안고, 만지고, 같이 잠들 수 있는 시간
은 그래서 언제나 부족했다. 성인이 되고 고향을 벗어나면 모든 일들이
그전보다는 나아질 거라고 생각했지만 상황은 오히려 악화된 듯 보였다.
수이는 직업학교를 다니면서 고등학교 선배가 개업한 갈빗집에서 설거
지 아르바이트를 했다. 부모로부터 학비를 지원받고, 틈틈이 용돈도 받
는 이경은 그런 수이 앞에서 할 말이 없었다. 학교 앞 밥집에서 아르바이
트를 하기는 했지만 그야말로 여분의 돈을 마련하기 위한 일이었지 수이
처럼 절박한 돈벌이는 아니었다.

　직업 훈련과 아르바이트를 병행하느라 수이는 언제나 바빴고, 데이트
는커녕 전화도 마음놓고 오래 하지 못했다. 이경이 문자를 보내도 수이
에게서 곧바로 답을 받지 못하는 때가 많았다. 이경은 기숙사 침대에 누
워서 수이와 함께 지냈던 시간들을 그리워했다. 사랑하는 수이를 다른
사람을 그리워하듯 그리워한다는 사실에 새삼 서글퍼졌다. 함께 스쿠터
를 타고 다니던, 자신의 집에 누워서 성인이 된 뒤의 자유로운 삶에 대해
이야기하던 그 시간이 쓸쓸하게 기억됐다. 눈을 감으면 흰색 유니폼을
입고 운동장을 뛰어다니던 열여덟의 수이가 보였다. 고작 2년 전의 일이

었지만 훨씬 더 오래된 일처럼 느껴졌다.

대학교 첫 여름방학이 시작되었다. 이경은 한강 변에서 자전거를 타기 시작했고, 레즈비언 바에도 처음 가보았다. 같이 가자는 이경의 제안에 수이는 시간이 없다고 하다가, 시간이 나도 그런 곳은 가기 싫다고 말했다. 너랑 나만 있으면 되지 왜 굳이 그런 곳까지 가야 하는지 모르겠다고 했다.

이경은 직업학교 앞에서 수이를 기다렸다. 기숙사에서 버스를 타고 한 시간 30분은 가야 했지만, 수이가 보고 싶은 마음이 차오르면 그렇게라도 해서 찾아갔다. 수이의 수업이 끝나면 둘은 김밥천국에 가서 오므라이스나 김치볶음밥 같은 음식을 시켜 먹었다. 이경은 어두운 조명 밑, 수이의 까만 손톱을 가만히 바라봤다. 바짝 깎은 손톱에 기름때가 껴 있었고, 손끝도 기름기로 반질거렸다. 머리카락과 목은 온통 땀에 젖어 있었다.

이경은 수이가 언제나 하루를 최대치로 살아낸다고 생각했다. 어릴 때부터 운동을 시작하면서 자기 한계를 극복해나가는 것에 익숙해진 사람이라고. 단 하루도 허투루 보내지 않고, 누구에게도 의지하지 않으려 하고. 이경의 눈에 수이는 힘들어도 힘들다는 말을 하지 못하는 사람처럼 보였다.

"일 많이 힘들지 않아?" 이경이 물었다.

"배우는 건데 뭐."

수이는 그렇게 말하고 오므라이스를 허겁지겁 먹었다.

"천천히 먹어. 저녁 좀 대충 때우지 말구."

수이는 별 대답 없이 이경을 향해 웃어 보였다.

"돈은 좀 있니."

"너보단 많지." 수이는 그렇게 말하고 윙크했다.

그런 수이를 보며 이경은 대학에서 알게 된 아이들을 생각했다. 자기 주량에도 안 맞는 술을 잔뜩 마시고 울기도 하면서 주정하는 아이들을. 별로 궁금하지도 않은 자신의 일대기를 주절주절 늘어놓는 아이들을. 자신의 약점을 부끄러움 없이 노출하는, 억눌리지 않은 아이들의 자아가 이경은 신기했었다. 십자인대가 나가도, 평생의 꿈이 시들어버려도 그 슬픔을 한 번도 토로하지 않았던 수이가 그제야 이경은 낯설게 느껴졌다.

"나한텐 말해도 돼. 힘든 일 있으면."

"나 그렇게 안 힘들어. 진짜야. 배우는 것도 재밌고."

"수이야."

"시험만 끝나면 같이 놀러 가자. 어디 갈까? 너 바다 보고 싶다고 했잖아."

텔레비전에서는 한국과 독일의 월드컵 4강 경기가 재방송되는 중이었다. 그해 여름은 어디를 가든 월드컵 이야기밖에 들리지 않았다. 음식점에서도, 술집에서도, 거리에서도 매일 한국의 월드컵 경기가 재방송됐다. 수이와 음식점에 들어가면 이경은 수이가 텔레비전을 등지고 앉도록 텔레비전이 보이는 쪽에 자리를 잡았고, 수이의 흥미를 끌 만한 이야기를 하면서 방송이 들리지 않는 것처럼 행동했다. 세상이 작당한 듯이 아직 아물지 않은 수이의 상처를 들쑤시는 것 같았다.

"다음 월드컵은 독일에서 한다더라." 수이가 말했다.

"그래?"

"응. 그렇대. 그때 같이 갈래? 그때 되면 둘 다 여유도 생길 테고, 여름 휴가 내면 될 테니까."

"그러자."

"약속했어."

그렇게 말하며 웃는 수이의 얼굴에 두려움이 비친 것 같다고 이경은 생각했다. 수이는 무엇을 두려워하는 것일까. 자신의 장래일까, 돈일까, 나와의 관계일까, 그 모든 것일까. 수이는 늘 미래에 관해서만 이야기해왔었다. 마치 자기는 과거나 현재와 무관한 사람이라는 듯이 성인이 되면, 대학에 가면 벌어질 미래의 일에만 관심이 있었다. 그리고 지금 수이는 4년 뒤의 우리에 대해 이야기하고 있어. 그것도 한 치의 의심 없이 기다려온 미래에 배반당한 적 있는 수이가.

이경은 일주일 동안 고향집에 내려가 있었다. 수이는 자격증 시험 준비 때문에 같이 갈 수 없다고 말했지만 이경은 수이에게 다른 문제가 있다는 것을 직감했다. 수이는 자기 가족에 대한 이야기를 별로 하지 않았고, 가족에 대한 질문 자체를 거북해했다.

고향의 모든 공간은 수이와의 기억으로 뒤덮여 있었다. 수이와 이곳에서 함께 보낸 시간은 고작 1년 반 정도였지만, 그 시간의 밀도는 수이를 만나기 전의 17년을 압도했다. 강 위의 다리, 학교 운동장, 읍내 거리…… 수이를 만나지 않았더라면 이 공간은 책가방을 메고 도시락 가방을 들고 오갔던 외로운 곳으로만 기억되었을 것이었다.

이경은 댐이 보이는 둔치 쪽으로 스쿠터를 몰았다. 읍내에서 4킬로미터밖에 떨어져 있지 않지만 그곳은 수이와 이경이 가장 멀리 갈 수 있는 곳이었다. 그곳에서 그들은 조금이나마 자유로울 수 있었다. 이경이 계단 위에 앉은 수이의 무릎을 베고 누워 있기도 했고, 수이가 이경의 무릎을 베고 눕기도 했다. 수이의 무릎에 누워 올려다보던 하늘과 수이의 얼굴이 떠오른 순간, 어떤 생각이 이경을 스치고 지나갔다. 이제 그곳에 수이와 다시 올 순 없을 거라는 예감이었다.

그곳은 수이가 자신에 대해서, 자신의 감정과 생각에 대해서 가장 많이 이야기한 공간이기도 했다. 이경은 수이에 대해 더 많이 알고 싶었고 그래서 많은 질문을 했다. 수이는 가족에 대한 이야기만 제한다면 거의 모든 질문에 성실하게 답했다. 왜 운동을 시작하게 되었는지, 가장 좋아하는 교사는 누구인지, 가장 친한 친구와는 어떻게 만나게 되었고 지금은 어떤 관계를 유지하고 있는지, 이경과 다리에 서서 처음 이야기했을 때 어떤 심정이었는지, 그 이후로 이경을 얼마나 보고 싶어 했는지.

수이가 자신에 대해 이야기하지 않게 된 건 언제부터였을까. 수이는 어느 순간 자신에 대해 말하는 법을 잊은 사람처럼 변해 있었다. 부상을 당했을 때도, 의사에게서 더 이상 축구를 할 수 없다는 진단을 받았을 때도 수이는 좀처럼 입을 열지 않았다. 자동차 정비 일을 시작했을 때도 마찬가지였다. 왜 그 일을 택했느냐는 말에 수이는 어깨를 한 번 으쓱했을 뿐이었다. 수이에 대해 더 알고 싶었고, 수이가 매일 어떤 생각을 하며 지내는지 궁금했지만 대답 없는 질문을 계속하는 건 어려운 일이었다.

둔치의 계단에 앉아서 이경은 서울에 올라온 뒤로 계속해서 부정하던 사실을 인정했다. 나는 수이와 만나면서도 이렇게 외로웠구나. 벽을 보고 말하는 것처럼 막막했었구나. 너에 대해 더 알고 싶었는데, 더 묻고 싶었는데, 너의 생각과 감정을 조금이라도 나누고 싶었는데 그게 잘 되지 않았어.

이경은 레즈비언 바 사장이 추천한 인터넷 카페에 가입했다. 기숙사에 혼자 있는 시간 동안 카페에 올라온 이야기들을 읽고 채팅을 하면서 이경은 수이가 아닌 다른 사람들과의 관계에서도 소속감을 느낄 수 있다는 것을 알아갔다. 용기를 내서 오프라인 정모에 나갔다. 서로 나이도 다르고 하는 일도 가지각색인 사람들과 바에 모여 같이 술을 마시고 떠들어대면서 이경은 수이와 함께할 때 느낄 수 없었던 자유로움을 맛봤다.

새로 사귄 친구들은 이경을 좋아하는 것처럼 보였다. 부정적인 메시지를 전하거나, 훈계하려거나, 비꼬듯이 말하지 않았고, 이경과 보내는 시간을 진심으로 즐거워하는 것 같았다. 수이는 술을 단 한 잔도 마시지 않앉지만, 새로 사귄 친구들은 아침해가 뜰 때까지 이경과 함께 술을 마셨다. 술을 마시면 긴장이 풀어지고 작은 농담에도 웃음이 났으며 함께 있는 사람들을 하나하나 껴안아주고 싶어졌다. 수이를 생각하면 그립고도 화가 나서 눈물이 났다.

그중에서도 이경은 누비와 가까웠다. 스물네 살의 웹디자이너인 누비는 주로 민소매 블라우스에 원색의 긴 치마를 입고, 긴 머리는 까만 끈으로 묶고 다녔다. 이경은 이제 누비의 얼굴이 잘 기억나지 않는다. 하지만 걸어갈 때의 뒷모습만은 어쩐지 생생하게 기억한다. 걸을 때마다 높게 묶은 머리와 치맛단이 저 나름의 리듬으로 살랑살랑 움직이던 모습을.

누비와 이경은 술자리에 가장 늦게까지 남곤 했다. 친구들이 술에 취해서 하나둘씩 집에 돌아가고 나면 남은 안주를 먹으면서 일상을 이야기했다. 사는 곳도 지하철로 두 정거장 거리라서 첫차를 기다리며 편의점에서 같이 컵라면을 먹기도 했다.

"애인은 언제 보여줄 거예요?" 누비가 말했다.

"언젠가 오겠죠."

"우리랑 친한 거 질투하지 않아요?"

"그런 거 안 해요, 수이는. 자기 할 일도 바쁘니까."

"이것 좀 더 먹어요."

누비가 라면 면발을 덜어 이경에게 건넸다.

"수이는요." 이경은 이렇게 말하면서 어색함을 느꼈다. 누군가에게 수이에 대해서 이야기하는 건 처음이었다. "자기 얘길 잘 안 해요. 그리고 한 번도, 제 앞에서 울었던 적도 없어요."

이런 이야기를 할 만큼 친한 사이는 아니라고 생각하면서도 한번 말문이 터지자 걷잡을 수가 없었다.

"수이가 저를 믿지 못해서 그런 건 아니겠지만…… 그런데도 자꾸 그런 생각이 들어요. 내가 아닌 다른 사람이어도 그랬을까. 나보다 섬세하고 성숙한 사람이라면 수이도 저절로 마음을 열지 않았을까…… 수이가 얼마나 외로울지, 제가 아무것도 몰라서 아파요. 걘 지금 무슨 생각을 하고 있을까요."

오랫동안 생각해오던 일이었지만, 막상 말로 뱉고 나니 경솔한 행동으로 느껴졌다.

"예전 애인이랑 5년을 만났어요. 통신에서 만났죠. 다른 애들도 모르는 이야기를 해볼까요." 누비의 얼굴에 피로한 미소가 어렸다. "5년 만나는 건 꽤 어려운 일이잖아요. 그것도 어릴 때 만나서 이만큼 온 거니까. 우린 모든 걸 함께 했어요. 그 사람은 어떤지 모르지만 저는 제 모든 걸 다 보여줬던 것 같아요."

편의점 창으로 보이는 세상이 점점 더 밝아지고 있었다.

"그리고 그 사람도 저에게 그랬죠. 확신할 수는 없지만 다른 사람에게는 절대로 말할 수 없는 부분을, 보이고 싶어하지 않는 부분을 저에게 보여줬어요. 저는 그 사람을 위로했고, 그 사람도 저를 위로했죠. 어떻게 우리가 두 사람일 수 있는지 의아할 때도 있었어요. 네가 아픈 걸 내가 고스란히 느낄 수 있고, 내가 아프면 네가 우는데 어떻게 우리가 다른 사람일 수 있는 거지? 그 착각이 지금의 우리를 이렇게 형편없는 사람들로 만들었는지도 몰라요."

누비는 남의 이야기를 전하듯이 덤덤하게 말을 이어갔다.

"자주 싸우고, 자주 헤어졌죠. 그 사람이 처음 헤어지자고 했을 때가 기억나네요. 두 달 사이에 10킬로가 빠지고 심장이 너무 빨리 뛰어서 잠도 제대로 자지 못했어요. 그 사람, 두 달 지나고 다시 돌아오더군요. 둘이 붙잡고 후회하고 울었지만, 그 순간뿐이었죠. 영화의 속편 같은 거더군요, 헤어지고 다시 만난다는 건. 본편이 아무리 훌륭하고, 그래서 아쉬워도 소용없는 일이잖아요. 결국 모든 게 점점 더 후져지는 거지. 그 속에 있는 나 자신도 너무 초라해 보이고."

이야기를 마치고 누비는 활짝 웃어 보였다. 희미한 햇살이 누비의 얼굴을 비췄다.

그런 대화를 나눈 지 얼마 되지 않아 이경은 누비의 옛 애인을 만나게 됐다. 모임의 친구가 연출한 연극이 레즈비언 바에서 열리던 날이었다. 연극이 시작되기 전 레즈비언 싱어송라이터가 기타를 치면서 노래했고, 여자 가수들의 뮤직비디오가 한쪽 흰 벽에 상영됐다. 이경은 바에서 일을 도왔다.

호리호리하고 키가 큰 사람이 입구로 들어왔다. 회색 남방을 입었는데, 윗단추 두 개 정도를 풀어서 긴 목이 더 부각되어 보였다. 손목에는 은색 시계를 차고 있었다. 그녀는 무표정한 얼굴로 테이블에 가방을 두고 이경 쪽으로 걸어왔다. 시원한 향수 냄새가 났다.

"병맥주 주세요. 아무거나."

이경은 병맥주의 뚜껑을 따서 그녀에게 건넸다.

"아꼬 안녕." 그녀는 이경 옆의 아꼬에게 인사를 하고 구석에 가서 내내 가만히 서 있었다.

"은지잖아. 누비 옛 애인. 누비가 쟤 때문에 많이 울었어. 서로 연락 안 한다고 들었는데 여기 왜 왔나 몰라." 아꼬가 말했다.

누비는 은지 쪽으로는 고개도 돌리지 않고 다른 사람들과 열심히 이야기했다. 은지는 다시 이경 쪽으로 와서 맥주 한 병을 더 달라고 말했다. 맥주를 건네받고 은지는 이경 바로 앞 스탠드에 자리를 잡았다.

"누구 기다리는 사람 있어요?" 은지가 물었다.

"그쪽은요?"

"아까부터 입구를 보셔서 물어봤어요."

"애인 기다리고 있었어요."

"그렇군요."

연극은 한 시간 정도 진행됐다. 할머니 레즈비언들의 이야기였는데, 2002년에서 50년이 지난 2052년이 배경이었다. 어린 시절부터 50년을 만나온 레즈비언 커플이 결혼식을 준비하면서 과거를 회상하는 내용이었다. 역할은 할머니였지만, 주인공을 맡은 두 배우는 모두 20대였고, 의상이나 메이크업, 연기 모두 배우 나이에 맞췄다. 마치 할머니들 속에 그 20대 여자들이 그대로 남아 있다는 듯이. 둘은 처음 만났던 해에 찍은 사진과 영상들을 관객과 함께 봤다.

커플이 하얀 드레스를 입고 손을 잡은 채로 같이 행진하면서 연극은 끝났다. 서른 명 정도의 관객들은 둘에게 꽃가루를 뿌려주고 오래도록 박수를 쳤다. 다들 코를 훌쩍이면서 배우들에게서 눈을 떼지 못했다. 연극이 끝나고도 몇몇은 바에 남아서 뒤풀이를 했다.

수이는 새벽 1시가 되어서야 바에 왔다. 이미 어느 정도 사람이 빠져서 이경도 바에 앉아서 쉬고 있었다. 수이는 티셔츠에 무릎까지 오는 반바지를 입고 검은 얼룩이 진 러닝화를 신고 있었다. 평소와 같은 차림이었지만 이경은 수이의 옷차림이 무성의하다고 생각했고, 수이에 대해 그렇게 생각했다는 사실에 놀랐다.

이경의 친구들은 수이를 반갑게 맞았다. 술을 마시지 않는 수이를 위해서 무알코올 칵테일을 만들어줬다. 수이는 칵테일을 조금씩 마시면서 약간 피곤한 표정으로 주변을 둘러봤다. 그런 수이에게 이경의 친구들은 돌아가면서 이런저런 것들을 물어보았다. 수이가 이 공간을 불편해하고 있다는 것을 눈치로 알아차리곤 모두 더 과장해서 쾌활한 척을 하고 있다고 이경은 생각했고, 문득 그런 상황이 부끄러워졌다.

"수이씬 몇 학번이에요?" 아꼬가 물었다.

"저 학생 아니에요." 수이가 답했다.

"맞다. 알고 있었는데 너무 학생처럼 보여서……." 아꼬가 말끝을 흐렸다.

"저 대학 안 갔어요. 머리도 나쁘고 돈도 없고 그래서." 수이는 무표정하게 말했다.

수이답지 않은 말이었다. 수이가 저렇게 비꼬는 투로 말하는 것을 이경은 들어본 적이 없었다. 짧은 순간이었고, 대화 주제가 바뀌어서 다들 웃고 떠들고 했지만 수이는 내내 침묵했고 질문을 받으면 겨우 대답하는 수준으로만 대화에 참여했다. 아무리 피곤하다고 하더라도 친구들 앞에서 그런 식으로 자신에게 무안을 줄 수는 없는 일이라고 이경은 생각했다.

집으로 돌아가는 길에도 수이는 내내 말이 없었다.

"피곤하니." 이경이 물었다.

"……"

"수이야."

"응?"

"아꼬 말에 꼭 그렇게 대답해야 했어?"

"……"

"그냥 웃으면서 넘어갈 수 있는 일 아니야? 무안해하잖아, 다들. 일부러 그런 것도 아닌데."

"……"

"그러면 너도 상처받지 않아?"

"넌 모르잖아."

수이가 작은 목소리로 말했다.

"이경이 넌 모르잖아."

그렇게 말하고 수이는 이경을 보고 웃었다. 그 웃음이 '넌 나보다 훨씬 편하게 살아왔잖아'라고 힐난하는 표정처럼 느껴졌다.

"네가 네 이야기를 해주지 않는데 내가 어떻게 널 알 수 있겠어."화가 날수록 이경의 목소리는 차분하게 가라앉았다. "다들 너에게 잘해주려고 했어. 근데 넌 모두를 무안하게 했지……."

수이는 아무 대답 없이 건너편 길을 응시하고 있었다.

"네가 재네를 보는 표정을 봤어. 표정 관리가 안 되더라, 너. 한심하고 이상한 사람들이라는 표정으로."

"난 그냥 그렇게 시끄럽고 사람 많은 곳이 싫었어. 그래서……."

"이런 게 싫었으면 그냥 싫다고 말하고 안 왔음 됐을 거야."

"여기에 네가 있잖아."

"재들은 적어도 자기 이야기, 숨기지 않고 해. 힘들면 힘들다고 말하고 싫으면 싫다고 말하고. 넌 아니잖아. 그렇게 못 하잖아."

"비교는 하지 마라, 이경아."

수이는 그렇게 말하고 큰길가로 걸어갔다. 잘 가라는 말도 없이, 잘 가 겠다는 말도 없이, 뒤도 한 번 돌아보지 않고 빠른 걸음으로 이경으로부 터 멀어져갔다. 이경은 문득 이 모든 일들이 지겹고도 피로하게 느껴졌 다. 수이는 나 말고는 만나는 친구도 없지. 같이 운동하던 친구들과도 더 이상 연락을 하지 않는다고 수이는 말했었다.

그날, 이경이 수이에게 느꼈던 감정은 부끄러움이었다. 초라한 옷차림 에 더러운 러닝화, 새로운 사람들과 쉽게 어울리지 못하는 촌스러움, 자 기 학력을 부끄러워하는 것 같은 모습까지도 부끄러웠다. 친구들 앞에서 멋진 애인을 보여주지 못한 것 같아 부끄러웠다. 부끄러움을 느꼈다는 걸 인정하기 싫어서 이경은 수이 탓을 했다. 수이를 다른 사람들의 시선 으로 판단했다는 사실을 인정하고 싶지 않아서였다.

3

그해 겨울, 수이는 보증금 5백만 원을 마련해 이경의 기숙사와 가까운 거리의 원룸으로 이사했다. 직업학교 졸업을 앞두고 견습생으로 카센터에서 일을 시작했고, 시간이 날 때마다 달리기를 했다. "돈이 좋아." 수이가 말하면 "정말 돈이 최고"라고 이경이 동의했다. 보증금 5백만 원은 이경과 수이의 관계를 부드럽고 편안하게 해주었다. 웃풍도 없고, 깨끗한 부엌과 샤워실이 딸린 집에서 이경과 수이는 서울에 올라온 지 1년 만에 아무 걱정 없이 서로를 안고 잘 수 있었다.

그해 겨울이 얼마나 따뜻하고 충만했는지 이경은 기억한다. 아직도 눈을 감으면 수이의 집이, 가습기가 뿜어내던 하얀 증기가, 김이 서려 뿌연 유리창에 수이가 손으로 찍어놓은 아기 발바닥 모양의 낙서가 보이는 것 같다.

운동을 관두면서 수이의 얼굴과 몸은 조금씩 변했다. 예전에는 단단하기만 했던 몸이 조금 부드럽고 물렁해졌고, 날카롭던 얼굴선이 둥그스름해졌다. 그런데도 입을 약간 벌리고, 완전히 의식을 잃은 채로 아이처럼 자는 모습은 예전과 똑같았다. 수이는 베개에 머리를 대자마자 잠에 빠지고는 낮게 코를 골았다. 이런 수이의 모습을 아는 건 자기뿐이라는 생각에 이경은 부드러운 기쁨을 느꼈다.

일을 시작하고서부터 수이는 자기 일에 대해서 여러 이야기들을 했다. 자동차 엔진과 부품에 대해 이야기할 때 수이의 눈에는 어느 때보다도 밝은 빛이 돌았다. 수이가 말하는 도중에 이해하기 어려운 단어가 나오면 이경은 놓치지 않고 질문했다.

"토크가 뭐야?"

"회전 힘이야. 한 축을 이용해서 물체를 돌리는 힘. 토크가 강하면 순간적인 힘이 좋다는 거야." 수이는 기다렸다는 듯이 이경의 질문에 답했다.

그해 겨울을 지나면서 이경은 수이가 자신과는 여러 면에서 다른 사람이라는 점을 깨닫게 됐다. 수이는 자동차를 포함한 기계에 매력을 느꼈고, 정리정돈과 청소를 열심히 했으며 외모를 가꾸고 새로운 사람을 만

나는 일에는 어떤 관심도 없었다. 반면 이경은 자기 자신에 대해 알아가는 일을 좋아했고, 다른 사람들에 대해서도 관심이 많았다.

이경은 서서히 깨닫게 됐다. 수이가 자신에 대해 별로 말하지 않았던 건 수이의 그런 성향 때문이라고. 수이는 '자기 자신'이라는 것에 대해 이경만큼의 생각을 하지 않는지도 몰랐다. 수이는 생각보다 행동이 앞서는 사람이었고, 선택의 순간마다 하나의 선택을 하고 그에 따른 책임을 지려고 노력했다. 자신의 선택에 따른 결과에 대해서는 어떤 변명도 하지 않는 것이 수이의 방식이었다. 수이는 자동차 정비 일을 하면서 그것이 자기 인생에 어떤 의미로 작용하는지를 그다지 중요하게 생각하지 않았다. 자신이 선택한 일이니까 최선을 다해 수행할 뿐이었다. 반면 이경은 끊임없이 자신의 행동이 어떤 의미인지 생각하려고 했고, 어떤 선택도 제대로 하지 못해서 전전긍긍했다. 자신이 무엇을 하고 싶은지조차 알지 못했는데, 자신이 어떤 선택을 하더라도 결국 후회가 더 크리라는 것만은 확신할 수 있었다.

수이가 아닌 다른 사람을 좋아한다는 것을 이경은 상상할 수 없었다. 수이는 이경이 태어나 처음으로 사랑한 사람이었고, 다른 사람에게는 그 비슷한 감정조차 느껴본 적이 없었으니까. 그래서 이경은 은지에 대한 자기 감정을 이해할 수 없었다. 수이를 사랑하면서 어떻게 은지에게 심하게 끌릴 수 있는지 알 수 없었고, 뒤죽박죽이 된 마음으로 자주 울었다.

이경이 은지를 다시 만난 건 스물한 살의 봄이었다. 학교 앞 빵집에서 아르바이트를 시작하고 얼마 되지 않아서였다. 계산을 마친 은지가 이경에게 물었다.

"누비 친구 맞죠?"

"네?"

"저번 가을에 아꼬랑 누비랑 같이 있지 않았어요?"

은지는 그렇게 말하면서 이경을 빤히 바라봤고, 이경은 얼떨결에 고개를 끄덕였다. 그제야 혼자 바에 앉아서 맥주를 마시던 은지의 모습이 흐리게 떠올랐지만, 같은 사람이 맞는지 확신할 수 없었다. 그저 키가 크고 뼈대가 가는 사람이었다는 것만이 기억날 뿐이었다. 어두운 곳이었고, 아주 잠깐 본 사이인데도 어떻게 자기 얼굴을 기억하는지 의아했다.

"기억 못 하시는구나." 은지는 애써 웃었다.

"기억나요. 그때 바에 앉아 계셨죠."

이경의 대답을 듣고 은지는 고개를 끄덕였다.

"저 여기 바로 앞에서 일해요. 저 병원에서."

"저도 여기 대학 다녀요."

"그건 저도 알아요. 몇 번 봤어요."

마주 보고 서 있는 것이 어지러울 정도로 아름다운 사람이라고 이경은 생각했다. 매끄러운 피부에, 짙은 눈썹은 깨끗하게 정리되어 있었다. 작은 속쌍꺼풀에 눈꼬리가 조금 위로 올라가 있었는데, 아주 예민하고 신경질적인 사람이라는 느낌을 줬다.

"손이 왜 이래요?"

이경은 흉한 모습을 들켰다는 부끄러움에 손을 주머니에 넣었다. 그전 아르바이트를 할 때, 달궈진 돌솥에 덴 자국이었다.

"보여줘봐요, 손."

이경은 손을 꺼내 보여줬다.

"어디에 뎄구나. 물집이 터져서……. 소독이라도 좀 했어요?"

은지는 가방에서 주머니 하나를 꺼냈다. 알코올에 젖은 솜으로 상처 부위를 소독하고, 연고를 바르고, 반창고를 붙였다.

이경이 은지에게 끌리기 시작한 순간은 그렇게 짧았다.

빵집의 통유리창으로는 대학병원 입구가 보였다. 이경은 4시부터 9시까지 그곳에서 일했고, 은지는 거의 매일 빵집에 들렀다. 흰 셔츠에 청바지를 입고 흰 운동화를 신은 모습이 그림 같았다. 끈이 긴 크로스백을 옆으로 메고 진열대를 골똘히 바라보는 은지를 이경은 가만히 바라봤다. 자신의 시선을 그녀가 눈치챌지 모른다는 것을 알면서도 눈을 떼지 못했다.

"어디 살아요?" 계산대 앞에 선 은지가 물었다.

"충무로요."

"통학은 안 힘들어요?"

"버스 한 번이면 와요."

"그렇구나."

은지는 무슨 말을 하려다 말고 창가 테이블로 갔다. 6시. 마지막 햇빛이 창으로 쏟아져 들어오는 시간이었다. 그곳에 앉아서 그녀는 천천히 빵을 먹었다. 카운터에서 계산을 하고, 포장을 하면서도 이경은 그녀에게서 눈을 뗄 수 없었다. 그녀는 비스듬하게 앉아 바깥을 바라보고 있었다. 빵을 반쯤 먹고는 쟁반에 내려놓고 가만히 밖을 쳐다보다 다시 빵을 집어 천천히 먹었다. 다리를 창가 쪽으로 꼬고 이경에게서 등을 돌린 채여서 얼굴을 제대로 볼 수 없었지만, 그런 이유로 이경은 은지를 마음놓고 바라볼 수 있었다.

"또 봐요."

쟁반을 카운터 위에 올려놓으면서 은지는 늘 그렇게 말했다. 또 봐요. 그녀가 밖으로 나가면 그녀를 볼 수 있었다는 행복감과 그만큼 더 커진 그리움에 마음이 얼얼했다. 가끔 은지가 오지 않는 날이면 시간은 더디게 갔고, 작은 일에도 쉽게 침울해졌다.

이경은 그날도 그런 날인 줄 알았다. 퇴근을 하려고 정리하고 있는데 은지가 빵집 안으로 들어섰다.

"저녁은 먹었어요?" 은지가 물었다.

이경은 고개를 저었다.

"그럼 같이 먹어요."

그렇게 말하고 은지는 밖으로 나갔다. 빵집 밖에서 자기 쪽을 보고 있는 은지의 모습이 이경은 낯설었다. 이경은 그녀에게서 한참을 떨어져서 걸었다. 오랜만에 걸어보는 사람처럼 자기 걸음걸이가 어색하게 느껴졌다.

"빵 많이 좋아하시나 봐요."

이경의 말에 그녀는 대답 없이 웃기만 했다.

"공짜 빵 받으면 드릴게요."

그녀는 잠시 웃다가 "그런 거 있으면 이경 씨 애인 줘요"라고 말했다.

은지와 이경은 샤브샤브집에 갔다. 맑은 육수에 깨끗한 야채와 고기를 익혀 먹으니 속이 든든하고 개운했다. 값싼 백반집의 자극적인 순두부나 제육볶음과는 전혀 다른 맛이었다.

"그때 그 연극 어떻게 봤어요?" 은지가 물었다.

"50년 뒤에는 여자끼리도 결혼할 수 있을까…… 너무 늦은 건 아닌가 싶기도 하고. 다른 곳도 아닌 한국에서 그런 일이 일어날까 싶고……."

"전 그게 좋았어요. 주인공 둘이 작은 추억들을 나누는 장면이. 너무 이상주의적인 이야기라고 비판할 수도 있겠지만, 그 시간을 같이 견뎠다는 게……."

그런 말을 하면서 비스듬히 테이블 구석을 바라보는 은지의 모습을 보면서 이경은 문득 아득해졌다.

누가 먼저 그러자고 말한 것도 아닌데 그들은 목적지도 없이 종로 거리를 걸었다. 시간이 있는지 없는지도 묻지 않았고, 지금이 몇 시인지도 묻지 않았다. 사람이 많은 구간을 지날 때는 팔이 부딪치기도 했다. 그렇게 무작정 길을 걷다 보니 세종로 칭경기념비각이 나왔다.

"손은 다 나았어요? 흉은 안 졌고?"

이경은 오른손을 그녀 앞으로 뻗었다.

"선생님 덕분에 다 나았죠."

"내가 왜 선생님이에요."

"그럼 뭐라고 불러요."

"이름 부르면 되잖아요."

그렇게 말하고 은지는 부드러운 표정으로 이경을 바라봤다. 웃지 않고 있을 때는 예민하고 날카로워 보이던 눈에 장난기가 어려 있었다. 이경은 망설이다 입을 열었다.

"은지, 씨."

"좋네요. 그렇게 부르니까."

"은지 씨."

은지는 가만히 서서 이경을 바라봤다. 더이상 차갑지 않은 바람이 불었다. 바람에 은지의 짧은 머리칼이 이리저리 날리고 있었다. 당신도 알고 나도 알고 있어. 이경은 생각했다. 걷는 것 말고는 하는 일도 없지만 그저 같이 있어서 좋다는 것을, 어딜 가고 싶어서가 아니라 그저 헤어지기 싫어서 이러고 있다는 것을. 이경은 은지가 자신의 마음을 읽어내리라는 걸 알았다. 이토록 서로에 대해 아무것도 모르면서 말하지 않고서도 순간의 감정을 이해할 수 있다는 사실도. 둘은 마주서서 서로의 눈을 가만히 바라보고 있었다.

"자꾸 생각이 났어요."

이경이 말했다. 은지는 골똘한 표정으로 이경을 보고 있었다. 당신, 이라는 목적어 없는 문장이었지만 그녀는 그에 대해 묻지 않았다. 마치 이경의 마음을 다 알고 있다는 듯이, 아니, 아무것도 모른다는 듯이.

당신은 어떻게 이렇게 생겼을까. 이경은 생각했다. 얇은 피부, 가느다란 머리카락, 마른 입술을 달싹거리는 모습이 아름다웠다. 약간 안쪽으로 몰린 왼쪽 눈동사와 웃지 않아도 위로 올라간 입꼬리와 작은 턱. 이런 얼굴을 본 적이 없어. 그 얼굴이 차가울지, 따뜻할지 손을 뻗어 만져보고 싶었다.

그날 이후 이경은 얕은잠을 겨우 이어 자면서 온갖 꿈들을 꿨다. 얼굴에 커다란 뾰루지가 났고 계단을 올라가다 이유 없이 몇 번 엎어졌다. 다른 사람의 말을 집중해서 들을 수가 없었다. 은지의 웃는 얼굴이, 이경의 얼굴을 똑바로 쳐다보고 또박또박 말하는 모습이 눈앞에서 떠나지 않았다. 아무리 물을 마셔도 입이 말랐고 밥맛이 없었다. 이러다 말겠지, 싶었지만 시간이 지날수록 모든 정신이 그녀를 다시 만나고 싶다는 요구에 집중되었다. 보고 싶어 몸이 아팠다. 혹시나 문자나 전화가 올까 싶어서 핸드폰을 손에 꼭 쥐고 잤다.

은지와 자주 만났던 것은 아니었다. 네 달 동안 둘은 고작 여섯 번을 만났다. 그런데도 그 여섯 번의 데이트는 13년이 지난 지금까지도 이경에게 분명한 인상으로 남아 있다.

은지는 별로 망설이지도 않고 자기 이야기를 털어놓았다. 자긴 딸만 넷인 집의 셋째 딸이라는 것, 부모로부터 진심 어린 사랑을 받아보지 못했다는 것, 그래서 자기도 자신을 어떻게 좋아해야 하는지 몰라 아직도 힘들다는 말을 은지는 점심으로 무얼 먹었는지 말하듯 대수롭지 않게 했다.

"이런 얘기 아무한테나 막 하고 다녀요?" 이경이 묻자 은지는 눈을 내리깔고 웃었다.

"나도 사람 봐가면서 말해요. 그리고 이경 씨는 아무나가 아니니까."

은지는 가족이 다 모인 자리에서 동생에게 아웃팅을 당해 아빠와 삼촌들에게 몰매 맞은 이야기도 아무렇지 않게 했다. 머리카락이 뭉텅이로 뽑히고 이마가 찢어져 꿰매야 했다는 이야기였다.

"단 한 명이 필요했어요. 단 한 명. 내 편을 들어줄 단 한 사람. 때리지 말라고 말해줄 사람. 그런데 모두 다 구경만 하는 거죠. 남자 어른들의 일이니까 끼어들 수 없단 듯이."

은지는 자기 머리칼을 장난스레 헝클어뜨렸다.

"괜찮아요. 이제 보지 않고 사니까. 지금이 중요한 거 아니에요? 보고 싶은 사람만 보고 살아도 짧은 인생인데."

은지는 그 말을 하고 이경을 빤히 쳐다봤다.

은지는 한참 동안 이경을 찾아오지 않았다. 같이 밥 먹을 사람이 없어서 빵집을 찾아오고, 심심하니까 함께 걸었을 뿐인데 나 혼자 애가 타고 입이 말랐구나, 당신은 내게 마음이 없지, 하고 이경이 생각하는 날이면 그녀는 다시 찾아왔다. 자기가 무슨 짓을 하고 있는지 조금도 알지 못한다는 태연한 얼굴로. 이경이 얼마나 엉망이 된 마음으로 그녀와 함께 밥을 먹고 길을 걷는지 그녀는 짐작도 못하는 것처럼 보였다. 시간이 흐르고 그녀에 대한 마음이 커질수록 이경의 속은 점점 더 어두워졌다. 창가에 앉아 천천히 빵을 먹는 은지를 보는 것조차도 고통스러웠다.

수이는 은지의 존재를 이경에게 들어 알고 있었다.

"아꼬 친구 있잖아. 그 병원 간호산데, 혼자 밥 먹기가 싫은가 봐."

이경이 말하면 수이는 그저 고개를 끄덕였다. 이경은 수이에게 어떤 행동도 숨기지 않았다. 이경의 말 그대로 이경과 은지는 가끔씩 저녁을 같이 먹고 일상적인 대화를 하고 종로 일대를 걸었을 뿐이니까. 단지 이경의 마음만은 그런 행동이 수이를 배신하는 것임을 잘 알고 있었다. 아무것도 속이지 않았지만 사실 모든 것을 속인 것과 마찬가지라고. 이경은 은지를 만나지 않기로 마음먹었다.

이경은 학교에서 조금 떨어진 곳에 있는 피자집으로 아르바이트를 옮겼다. 수이에게는 빵집에 이상한 손님들이 많이 들어서 피곤하다는 거짓

밀을 한 후였다.

아르바이트를 관두기 전날, 이경은 은지와 같이 저녁을 먹고 인사동 골목길을 걸어다녔다. 같은 골목을 몇 번 왕복하다가 이경이 말했다.

"저는 운이 좋은 편이었던 것 같아요. 아무 시행착오 없이 수이를 만났으니까."

"그래요."

"자기가 좋아하는 사람이 자기를 좋아해주는 경우는 별로 없잖아요. 그렇게 서로를 알아보고 사랑할 수 있다는 게 지금 생각해보면 정말 운이 좋았다고밖에는……"

"그래요. 좋아 보여요, 이경 씨." 은지가 말했다. 웃고 있었지만 약간의 화가 묻은 말투였다. 자기를 바라보며 웃는 은지의 아름다운 얼굴을 이경은 똑바로 쳐다볼 수 없었다.

"그럼 저는 먼저 가볼게요." 이경은 그렇게 말하고 뒤도 한 번 돌아보지 않은 채 큰길로 걸어갔다. 안국역까지 같이 가기로 했지만, 그곳에서는 아무렇지 않은 얼굴로 헤어질 수 없을 것 같았다. 이렇게 미리 사라지는 편이 낫다고 생각했다.

그날 밤, 이경은 잠들지 못하고 수이 곁에 누워 있었다.

"빵집에서 얼마나 일한 거지?"

"이번 학기 내내 했으니까 네 달 됐지."

"그 일이 확실히 고생이었나 봐. 너 그동안 살이 너무 많이 빠졌어."

"맞아."

이경은 그렇게 대답하고 베개에 얼굴을 묻었다. 울음이 치받쳐서 목울대가 뻐근해졌다.

"너 우니, 이경아."

"아니."

"그런 것 같은데."

자신을 걱정해주는 수이를 마음으로 배신했다는 사실과 이제 더이상 은지를 볼 수 없다는 사실이 하나로 뒤섞여서 이경은 참았던 눈물을 터뜨렸다. 수이는 아무 말 없이 이경의 등을 쓰다듬었다.

"수이야."

"응."

"난 욕심꾸러기들이 싫었다."

"알아."

"막 욕심내고 그런 사람들 있잖아. 만족을 모르고."

"그래."

"수이 넌 나를 사랑하지."

"그럼."

"수이 네가 없는 곳에 행복은 없어."

그 말을 하기 전까지 이경은 수이가 없는 곳에 행복은 없다고 진심으로 믿었었다. 하지만 막상 그 생각을 말로 표현하고 나니 그 말이 껍데기만 번지르르한 거짓처럼 느껴졌다.

작은 소리로 코를 골며 자고 있는 수이 옆에서 이경은 잠들지 못하고 누워 있었다.

수이를 만나기 전, 세상이 얼마나 삭막하고 외로운 곳이었는지 이경은 기억했다. 자기를 좋아해주는 사람도 없었고, 무리를 이뤄 다니는 아이들과 좀체 어울릴 수 없었던 기억. 아무리 아이들을 따라 하려고, 비슷해지려고 노력해도 그렇게 되지 않았고, 자기 자신이라는 존재를 애써 바꿔보려 했지만 불가능했으며 그렇다고 바뀌지 않는 자신을 사랑할 수 있는 것도 아니었다.

수이와의 연애는 삶의 일부가 아니었다. 수이는 애인이었고, 가장 친한 친구였고, 가족이었고, 함께 있을 때 가장 편하게 숨쉴 수 있는 사람이었다. 수이와 헤어진다면 그 상황을 가장 완전하게 위로해줄 수 있는 유일한 사람은 수이일 것이었다. 그 가정은 모순적이지만 가장 진실에 가까웠다. 그런 수이에 비하면 은지는 얼마나 가볍게 잊을 수 있는 사람인가. 그녀의 아름다운 얼굴과 부드러운 말투는 얼마나 쉽게 지울 수 있는 허상에 가까운가.

혹시나 연락이 올까 싶어 겁이 났지만 은지에게서는 아무런 연락도 없었다. 마음을 독하게 먹었으면서도 은지를 마음에서 몰아내는 일은 어려웠다. 한순간만이라도 얼굴을 볼 수 있으면 좋겠다는 생각에 병원 쪽으로 향하는 발걸음을 멈추는 일도, 은지에게 문자를 보내고 전화를 하고 싶은 마음을 참는 것도 힘들었다.

그리고 은지는 이경을 찾아왔다.

은지는 이경의 집으로 가는 길목, 대한극장 앞 벤치에 앉아 있었다. 은지는 이경을 발견하고 자리에서 일어나 이경 쪽으로 걸어왔다. 이경은 골목길로 발걸음을 돌렸다. 백 미터 달리기를 했을 때처럼 심장이 빠르게 뛰면서 귀에서 쿵쿵대는 소리가 울렸다. 이경은 상가 건물로 숨어들어가서 2층 계단에 앉았다.

'이경 씨는 나를 봤어요. 난 이경 씨가 인사도 하기 싫을 정도의 사람이 된 거죠.'

은지의 문자였다. 이경은 그 문자가 은지의 일부라도 되는 것처럼 핸드폰 액정을 가만가만 만져봤다. 한 달 만에 은지의 얼굴을 볼 수 있었다. 그 한 달이 얼마나 길고 괴로운 시간이었는지를 이경은 은지의 얼굴을 마주친 순간 이해했다.

'놀랐다면 미안해요. 이러려고 온 건 아니었어요.'

얼마 지나지 않아 은지는 다시 문자를 보내왔다.

'보고 싶었어요.'

이경은 아직도 이 문자를 받았을 때 느꼈던 캄캄한 기쁨을 기억하고 있다. 당신은 나보다 더 못 견딜 정도였는지도 모른다고, 나 혼자만의 고통은 아니었다고. 그렇게 이경은 은지의 고통을 감각하고 행복해할 수 있었고, 그것만으로도 충분할지 모른다고 생각했다. 이경은 그 자리에서 은지의 문자를 다 삭제해버린 뒤 어떤 답도 보내지 않았다. 이미 은지의 번호는 지워버린 상황이었지만, 머릿속에서까지 지울 수는 없었다.

얼마나 그곳에서 그렇게 있었을까. 상가에서 나와 집에 가는 길에 이경은 건물 유리창에 비친 자신의 모습을 봤다. 해골처럼 마른 얼굴에 막대기 같은 다리, 쪼글쪼글한 무릎. 마음 같아서는 은지에게 전화를 걸고 싶었다. 한 번만이라도 은지를 안아보고 싶었다. 그렇게 한 번만이라도 은지를 몸으로 감각한다면 여한이 없으리라는 생각이 발작처럼 들었고, 그 생각에 잠식당할 것 같은 두려움에 수이에게 전화를 했다. 수이가 아무것도 눈치채지 못하리라고 믿으면서.

그다음 날부터 이경은 고열에 시달렸다. 침을 삼키기 어려울 정도로 목이 부었고 가만히 누워 있으면 바닥이 한쪽으로 기울어져서 몸이 아래로 굴러떨어질 것 같았다. 겨우 잠이 들면 괴이한 이미지들이 눈앞에 떨어지는 꿈을 꿨다. 병원에 가서 주사를 맞고 약을 타 왔지만 증세는 나아지지 않았고, 밤이 되면 누군가가 머리를 발로 걷어차는 것 같은 두통이 찾아왔다. 죽조차 제대로 먹을 수 없는 지경이 되어서야 이경은 수이의 부축을 받아서 병원에 입원했다. 눈을 뜨자 자기를 보고 있는 수이의 얼굴이 보였다가, 다시 눈을 뜨니 밤이었다. 보조침대에 누워 자는 수이의 모습을 이경은 가만히 바라봤다.

"정신 좀 들어?" 이경의 기척에 잠에서 깬 수이가 물었다.

"이리 와." 이경의 말에 수이는 병상 위로 올라가 그 옆에 누웠다.

"볼살이 다 빠졌네." 수이는 손가락으로 이경의 얼굴을 조심스레 쓰다듬었다.

"디 못생겨졌시."

"그러네."

수이는 그렇게 말하면서 이경의 코를 검지로 꾹 눌렀다. 둘은 서로를 바라보고 있었다. 서로의 눈을 통해 신기한 세상을 바라볼 수 있다는 듯이, 골똘히 서로의 얼굴을 마주봤다.

"말 안 해도 돼. 너 목 다 부었잖아."

수이의 말에 이경은 고개를 끄덕였다.

"너 꼬박 열두 시간 잤어. 수액을 그렇게 맞아도 화장실 한 번을 안 가고. 탈수가 있었나 봐. 영양 상태도 좋지 않다고 의사가 혼냈어. 너랑 같이 사는 언니라고 했거든. 내가 네 동생처럼 보이진 않잖아?"

이경은 웃으며 고개를 끄덕였다. 얼마나 시간이 지났을까. 수이가 입을 열었다.

"날 용서해줄래."

수이는 그렇게 말하고 입술을 깨물었다.

"내가 널 힘들게 했다면. 그게 뭐였든 너에게 상처를 주고 널 괴롭게 했다면."

이경은 고개를 저었다. 그때 이경은 수이의 오해에 마음이 아팠다. 네가 아닌 다른 사람에 대한 갈망 때문에 이렇게 되어버린 것인데. 용서를 구해야 하는 쪽은 네가 아니라 나라고.

시간이 지나고 나서야 이경은 수이의 그 말이 단순한 오해에서 비롯한 것만은 아니었으리라고 짐작했다. 수이는 이미 그때 이 연애의 끝을 보고 있었는지도 모른다. 무너지기 직전의 연애, 겉으로는 누구의 것보다도 견고해 보이던 그 작은 성이 이제 곧 산산조각 날 것이라는 예감을 했는지도 모른다. 그랬기에 최선을 다해서 마지막을 준비했는지도 모른다.

말도 안 되는 용서를 비는 수이를 보며 이경은 어떤 말을 해야 할지 알지 못했다. 너에겐 아무 잘못이 없어, 넌 나에게 상처를 주는 사람이 아니야, 라는 말조차 수이에게 상처를 입힐 것 같아서였다. 이경은 아무 말도 하지 않은 채로 수이의 동그랗고 부드러운 뒤통수를 어루만졌다. 아무리 애를 써도 웃음이 나오지 않았고, 그건 수이도 마찬가지였다.

4

눈을 뜨니 보조침대에 앉아 있는 은지의 얼굴이 보였다. 은지는 가방을 무릎 위에 올려놓고 어색하게 굳은 채로 앉아 있었다. 이경은 자리에서 일어나 앉아 은지를 바라봤다.

"어떻게 왔어요?"

"전화했어요. 수이 씨가 받더군요. 병원이라고."

"수이한테 뭐라고 했어요?"

"이경 씨 친구라고 했죠. 수이 씨도 절 알더군요. 얘기 들었다고."

"……"

"이렇게 아프다니 놀라서……." 은지의 목소리가 떨렸다.

"……놀랄 것 없어요. 찾아올 일도 아니었고."

"이경 씨."

은지의 모습이 또렷이 보이지 않았지만 이경은 안경을 끼지 않았다. 안경을 끼고 은지를 본다면, 그 아름다운 얼굴을 다시 본다면 자기가 무슨 말을 하고 어떤 행동을 할지 장담할 수가 없어서였다.

이경은 은지에게 쉰 목소리로 천천히 말했다. 수이에 대해, 수이가 자신에게 준 새로운 삶이라는 선물에 대해, 수이와 자신이 만든 세계가 얼마나 견고하고 완전한지에 대해, 그곳에는 누구도 개입할 수 없다는 사실에 대해.

그렇게 말하면서 이경은 그 말이 진실하지 않다는 것을 알았다. 은지를 설득시키기 위해 한 말이었지만, 그 말은 오히려 숨겨둔 자신의 마음을 수면 위로 떠오르게 했다.

은지는 이경이 이야기를 끝내자 다시 연락하겠다는 말을 남기고 병실을 나섰다. 바람이 심하게 불던 날이었다. 그때 이경은 스물한 살이었고, 자신이 절대 할 수 없다고 생각했던 선택을 목전에 두고 있었다. 이제 손을 뻗으면 모든 것은 무너지고 망가질 수밖에 없을 것이었다. 스물하나의 이경이 수이에게 줄 것은 그것밖에 없었다.

그 일은 지금도 이경에게 악몽으로 반복된다.

꿈에서 이경은 그때의 자신의 모습을 창이 달린 엘리베이터 안에서 바라본다. 말하지 말라고, 이제 그만 말하라고 아무리 소리쳐도 그 소리는 스물하나의 이경에게 닿지 않고, 엘리베이터는 갑자기 높은 층으로 올라갔다가 아래로 떨어지기를 반복한다. 그곳에서 빠져나갈 수 있는 방법은 없다. 그리고 그 모든 층에는 그때의 이경과 수이가 있다. 그들은 아직도 함께 있다. 이경의 꿈속에서, 오로지 그 고통스러운 순간의 모습으로만.

이경은 수이의 일터 맞은편 골목길에 쭈그리고 앉아서 수이를 기다렸다. 창이 얇은 슬리퍼를 신은 발에 아스팔트의 열기가 그대로 전해졌다. 골목길에서는 시큼한 음식물 쓰레기 냄새가 코를 찔렀다. 이경은 쓰레기 봉투에서 흘러나온 오렌지빛 액체를 바라봤다. 이 여름이 너무 길었다.

수이는 이경을 발견하고 손을 흔들었다. 이경도 수이에게 손을 흔들었다. 수이는 머리를 왼쪽, 오른쪽으로 조금씩 기울이며 뛰어왔다. 축구할 때의 습관이었는데, 마치 발 앞에 공이 있는 것처럼 달리는 자세였다. 수이는 기분이 좋을 때만 그렇게 달렸다.

둘은 자주 가곤 했던 술집으로 갔다. 감자전, 소주 한 병, 콜라 한 병을 주문하고 둘은 마주 보고 앉아 있었다. 감자전이 나오기 전에 수이는 500CC 잔에 담긴 얼음물을 다 마셨다. 술집으로 걸어오는 동안 수이는 평소와는 달리 많은 말을 했다. 잠시라도 말의 공백이 있으면 큰일이라도 날 것처럼 다급하고도 절박하게.

"할 말이 있어."

자리에 앉아 이경은 수이에게 말하기 시작했다. 이경의 말을 듣는 수이의 얼굴은 그저 차분해 보였다. 수이는 팔짱을 끼고 가만히 이경의 이야기를 들었다.

이경은 수이가 최소한으로 상처받기를 바랐다. 그래서 수이에게 은지에 대해 말하지 않기로 했고, 그것이 수이를 위한 일이라고 철저히 믿었다. 수이를 속이기로 마음먹은 순간 이경은 자기 자신조차 완벽하게 속일 수 있었다. 이경은 자신의 기만이 선의의 거짓말이라고 믿고 싶었고, 실제로 그렇게 믿었다. 그 거짓말이 비겁함이 아니라 세심하고 사려 깊은 배려에서 나온 것이라고 생각했다.

배려라니. 지금의 이경은 생각한다. 배려라니. 그 거짓말은 수이를 위한 것도, 자신을 위한 것도 아니었다. 단지 끝까지 좋은 사람으로 남고 싶은 욕심이고 위선일 뿐이었다는 것을 그때의 이경은 몰랐다. 수이는 그런 식의 싸구려 거짓을 받아서는 안 될 사람이라는 사실도.

이경은 그때 수이에게 무슨 말을 했는지 기억한다.

우린 서로 너무 다른 사람들이 되었어. 너도 느끼고 있었겠지. 서울에 올라온 이후로 모든 게 다 변해버렸잖아. 넌 네 얘기를 나에게 하지 않잖아. 네가 날 좋아하는지도 모르겠어. 내가 너에게 가장 좋은 사람인지도 모르겠다. 널 위해서 따로 뭘 해줄 수 있는 것도 아니고. 넌 나보다 더 좋은 사람을 만나야 해. 네 잘못은 없어. 다 나 때문이야.

그 위선적인 말들을 이경은 기억한다. 아무 대답 없이 고개를 숙이고 있는 수이에게 이경은 괜찮으냐고 물어보기까지 했었다. 수이는 가만히 고개를 끄덕였다.

"살다 보면 이런 일도 있는 거니까…… 다들 이렇게 사는 거니까…… 그러니까 너도 너무 걱정하지 마."

분노도, 슬픔도, 그 어떤 감성도 읽을 수 없는 무미건조한 말투로 수이는 말했다. 무엇이 수이를 체념에 익숙한 사람으로 만들었을까. 이경은 시간이 지나고 나서 생각했다. 걱정하지 말라니, 그것이 버림받는 사람이 할 수 있는 말일까.

"너 때문이 아니야. 넌……."

"이렇게 좋은 일은 없다고 생각했어. 나에게 이런 좋은 일이 생길 리 없다고…… 널 영원히 만날 수 있다고는 기대하지 않았어. 그럴 주제가 아니니까…… 이제 네가 아플까 봐 다칠까 봐 죽을까 봐 더는 걱정하지 않아도 되겠지. 그런데도…… 아니야. 다 지나가겠지. 그럴 거야."

수이의 목소리는 점점 작아지다가 나중에는 겨우 알아들을 수 있는 정도로 줄어들었다. 자기 앞에 이경이 있다는 사실을 잊은 것처럼, 혼잣말하듯 말했다. 처음에 이경을 향하던 시선은 테이블 모서리에 가 있었다. 이경은 테이블 위에 올라온 수이의 손을 잡았다. 수이는 포개진 두 손을 정물을 응시하듯이 가만히 바라보기만 했다.

"마음먹었으면 돌아보지 말고, 가." 수이는 작은 목소리로 중얼거렸다. "가. 가줘."

다음 날 이경은 수이에게 받은 물건들을 정리해서 수이의 집으로 가져갔다. 수이를 기다리면서, 수이 집에 있는 자기 물건도 정리했다.

수이는 자정이 넘어서야 들어왔다. '대성카센타'라는 로고가 박힌 초록색 폴로 셔츠를 입고 있었다. 현관 앞에 서 있는 이경을 수이는 잠시 쳐다봤다. 자신을 보는 눈빛에 미움이 조금이라도 묻어 있기를 바랐지만 수이는 이경을 보고 엷게 웃었다. 그러고는 화장실에 들어가서 천천히 샤워를 하고 나왔다.

"밥은?"

"먹고 왔어. 너는?"

"나도 먹었어."

"짐은 다 쌌어?"

그때 자신을 바라보던 수이의 얼굴이 어땠는지 이경은 정확히 기억하지 못한다. 단지 얼굴이 많이 상해 보였다는 것, 자신을 보고 싶지 않지만, 그런 마음을 읽힐까 봐 애써 자신을 바라보던 눈은 기억난다. 혹시나 이경이 마음을 바꾸진 않을지 기대하는, 어떻게 그들이 이렇게 끝날 수 있는지 아직 실감할 수 없다는 눈빛이었다. 수이는 창가 아래에 앉았다. 이경은 박스를 하나 내밀었다. 대부분은 서울에 올라온 후에 수이가 이경에게 쓴 편지와 엽서였고, 수이가 빌려준 CD와 책들도 들어 있었다. 수이는 그 박스를 물끄러미 바라봤다.

"이걸 왜 날 줘. 갖든 버리든 네가 알아서 해."

"그래도……."

박스는 수이와 이경 사이에 놓였다. 둘은 멀찍이 떨어져 앉아서 그 박스를 바라보고만 있었다. 새벽 2시가 다 된 시간이었다.

"열여덟에 널 만났어. 열여덟 7월에."

침묵을 깨고 수이는 박스를 바라보며 말했다.

"행복했었어. 그때만 말하는 게 아니라 너랑 같이 지냈던 시간 전부 말이야."

자꾸 목이 잠겨서 수이는 헛기침을 했다.

"이경이 너도 날 불쌍하게 생각했는지 모르겠다. 그래, 다른 사람들 기준으로 보면 나, 안된 사람인지도 모르지. 형편없는 부모에, 부상당해서 운동도 관둬야 했고, 대학은 엄두도 못 내고. 그냥 밖에서 보면 말이야. 이런 인생 살고 싶다는 생각은 안 들겠지."

수이는 이경을 보며 작게 웃었다.

"근데 아니었어. 나 너랑 만나면서 세상 누구도 부럽지 않았다. 부상 때문에 운동 관둔 것도 괜찮았어. 그만큼 운동 좋아했던 것도 아니었으니까. 아니, 싫었지. 지긋지긋했어. 근데 할 수 있는 게 그거밖에 없으니까 했던 거야. 그거라도 잡고 살아야 했으니까 그랬던 거야. 대학 못 가도, 운동 계속 못해도 아무렇지 않았어. 이경이 네가 날 좋아하는데, 내가 널 사랑하는데, 보고 싶을 때 언제고 널 볼 수 있는데 내가 뭘 더 바라. 참 힘들게 사는구나, 누가 그렇게 말하면 속으로 비웃었지. 나 사실 힘들지 않는데, 바보들, 그러면서."

거기까지 말하고 수이는 한동안 아무 말도 하지 않았다. 옆집에서 남자와 여자가 싸우는 소리가 들려왔고, 누군가가 현관문을 세게 닫는 소리도 들려왔다.

"이경아."

"응."

"우리 처음 만났던 날 기억해?"

"그럼."

"내가 찬 공에 맞았잖아."

"그래. 안경 부러지고 코피 나고."

"주저앉아 울었었지. 눈물이랑 코피랑 섞여서 턱밑으로 떨어지고."

"그게 내 첫인상이었겠네."

수이는 고개를 끄덕이고 이경을 가만히 바라봤다. 자기가 찬 공에 맞아서 코피를 흘리던 열여덟 이경을 보던 표정으로, 자기가 다친 것처럼 놀라고 아픈 사람의 얼굴로. 그렇게 이경을 보던 수이의 눈에 눈물이 고였다.

"수이야."

"이제 네가 날 부르는 소리도 들을 수 없겠지."

그 말을 하고 수이는 오래 울었다. 어떻게든 울지 않으려고, 말을 이어가려고 노력했지만 잘 되지 않았다. 수이는 시위하듯 우는 것이 아니었다. 이경을 공격하기 위해서, 이경에게 죄책감을 주기 위해서 감정을 과장하는 것이 아니었다. 수이는 단 한 번도 자기 상처를 과시한 적이 없었다. 자기 상처로 누군가를 조종하는 일이 가장 역겹다고 믿는 사람처럼 그런 가능성 자체를 차단했다. 누구도 원망하지 않으려 했고, 그게 무엇이든 모든 것을 삼켜내려 했다. 그런 수이가 소리내지 않으려고 애쓰며 울고 있었다.

이경은 벽에 등을 대고 앉았다. 수이의 울음이 자신의 마음을 아주 조금도 돌려놓을 수 없다는 사실에 놀란 채. 수이 또한 이경의 그런 마음을 알았을 것이다. 이경은 울 자격이 없었다.

"잘 자."

수이는 그렇게 말하고 불을 껐다. 동이 트기까지 이경은 한숨도 자지 못한 채 뒤척였다. 수이가 화장실에 들어가는 소리, 샤워를 하고 나와 드라이어로 머리를 말리는 소리, 현관문을 닫고 나가는 소리를 들었다. 수이가 돌아볼까 봐 이경은 수이의 뒷모습을 바라볼 수조차 없었다.

수이가 방을 나서고서야 이경은 참은 눈물을 흘렸다. '잘 자', 그렇게 말하면서 불을 끄던 수이, 그것이 이경이 마지막으로 본 수이의 모습이었다. 냉장고 안에는 언제 사다놓았는지 모를 딸기우유 팩들이 나란히 줄 서 있었다.

5

은지와의 연애는 1년도 가지 않아 끝났다. 은지는 누비를 잊을 수 없다고 말했다. 자신의 첫사랑, 5년을 만났던 사람에 대한 마음을 끊어낼 수 없다고 고백했다. 이경 또한 은지의 마음을 느끼고 있었다. 온전히 자신을 향하지 않는 마음은 은지가 아무리 숨기려 해도 드러나게 마련이었고, 이경을 얼게 했다.

종국에는 특별한 뜻이 없는 은지의 모든 말과 행동이 비수가 되어 이

319
그 요일 최은영

경에게 날아왔다. 은지가 뒤돌아 누워 있는 것조차도 이경을 슬프게 했다. 은지는 손끝 하나 움직이지 않고도, 말 한마디 하지 않고도 이경을 상처 입힐 수 있었다.

이경은 수이처럼 담담하게 상황을 받아들이지 못했다. 울면서 매달리고, 이렇게 쉽게 끝을 정하지 말라고, 한 번만 더 생각해보라고 빌었다. 이경은 자기가 이렇게 비굴해질 수 있는 사람이라는 것을 알고 놀랐지만, 매일매일 이렇게 살더라도 은지와 함께하고 싶었다. 내가 이런 인간이었나 자문했지만 과거의 자신이 어떤 사람이었는지조차 제대로 기억할 수 없었다.

은지를 알게 된 이후 한순간도 죄책감이나 불안함 없이 행복하지 못했다는 사실을 이경은 인정했다. 은지의 말처럼 이경과 은지는 너무 비슷한 사람들이었고, 그 이유 때문에 빠르게 서로에게 빠져들었지만 제대로 헤엄치지 못했으며 끝까지 허우적댔다. 누구든 먼저 그 심연에서 빠져나와야 했을 것이다. 하지만 그 또한 순간이었다. 은지와 함께했던 기억은 하루하루 떨어지는 시간의 무게를 버티지 못하고 부서져 흘러가버렸고, 더는 이경을 괴롭힐 수 없었다. 그렇게 시간은 갔다.

은지에게서 연락이 온 건 서른넷의 늦은 봄이다.

둘은 이경의 직장 근처 카페에서 만나 겨우겨우 말을 이어갔다. 지난 13년간의 일을 고작 한 시간 동안 요약해서 정리할 수는 없었고, 그럴 필요도 느끼지 못했다. "자기가 날 만나줄 줄은 몰랐어요." 그렇게 고백하는 은지에게서 이경은 이상한 안도감을 느꼈다. 은지는 더 이상 자신을 아프게 한 사람으로만 남아 있지 않았다.

"나는 변덕스러운 사람이었어요."

"알아요, 그 마음. 나도 그랬으니까." 이경이 답했다.

그 말을 하고 둘은 한참이나 말을 잇지 못했다.

"이수이 씨는 어떻게 지내나요."

"13년 전이 마지막이었어요."

"연락이 없었나요?"

그렇다고 말하려는데 입을 열 수가 없어서 이경은 그저 고개를 끄덕였다. 수이가 살아 있는지 죽었는지조차도 모르게 됐어요. 이경은 속으로 말했다. 둘은 커피 한 잔을 다 마시고 자리에서 일어났다. 은지와의 만남은 이경을 지난 시간으로 끌고 들어갔다. 수이는 다시 만날 수 없는 사람이었다. 한 번쯤은 마주칠 수 있지 않을까 생각했지만, 차라리 그런 우연이 없기를 바랐다.

수이는 시간과 무관한 곳에, 이경의 마음 가장 낮은 지대에 꼿꼿이 서서 이경을 향한 시선을 거두지 않았다. 수이야, 불러도 듣지 못한 채로, 이경이 부순 세계의 파편 위에 우두커니 서 있었다. 그곳까지 이경은 손을 뻗을 수 없었다. 은지를 만나지 않았다면 수이와 헤어지지 않았을까. 그 가정에 대해 이경은 자신이 없었다.

은지와 만나고 몇 달이 지나 이경은 고향집에 들렀다. 땀에 젖은 등에 티셔츠가 달라붙는 더운 날이었다. 엄마가 새로 산 스쿠터를 타고, 이경은 동네를 몇 바퀴 돌았다. 이경이 안경을 수리한 안경점도, 수이와 처음 점심을 먹었던 분식집도, 심지어 수이의 집도 이미 사라진 지 오래였다. 수이의 집이 있던 자리에는 짓다 만 콘크리트 건물이 붉은 철근을 드러낸 채 방치되어 있었다. 이경은 그것들을 지나 다리로 갔다.

이경은 다리 가운데에 스쿠터를 세워두고 다리 난간에 기대 하류로 흘러가는 강물을 바라봤다. 그곳에서, 시간으로부터 놓여난 것처럼 하염없이 강물을 바라보던 시절이 생각났다. 왜 우리는 그렇게 오래 강물을 바라보고 있어야 했을까, 서로 가까이 서지도 못한 채로.

그곳에는 '김이경', 그렇게 자신을 부르고 어색하게 서 있던 수이가, 강물을 바라보며 감탄한 듯, 두려운 듯 '이상해'라고 말하던 수이가, 그런 수이를 골똘히 바라보던 어린 자신이 있었다. 이경은 입을 벌려 작은 목소리로 수이의 이름을 불러보았다.

강물은 소리 없이 천천히 흘러갔다.

날갯죽지가 길쭉한 회색 새 한 마리가 강물에 바짝 붙어 날아가고 있었다. 이경은 그 새의 이름을 알았다.

이토록 평범한 첫사랑 이야기

김종욱　서울대학교 국어국문학과 교수

　모든 이야기가 그러하듯이 사랑의 이야기 또한 시작이 있고 끝이 있다. 말로 표현하는 것으로는 아쉬울 수밖에 없는 설렘이 잦아들고 나면, 사랑은 점차 편안해지고 익숙해져서 마침내 타성이 된 채 흩어진다. 그리고 헤어짐 뒤에 찾아왔던 자책과 회한과 슬픔조차 다시 심연 속으로 가라앉았다가 가끔씩 어느 외로운 날에 떠오른다. 사랑이 한 존재를 흔드는 엄청난 사건임에도 불구하고 사랑의 이야기는 이렇듯 평범한 운명을 걸어간다. 목숨보다 소중했다고 믿었더라도, 한 생애에서 경험할 수 있는 유일한 사랑이라고 믿었더라도 사랑의 이야기는 언제나 익숙하게 끝을 맺는다.

　최은영의 「그 여름」 역시 평범한 사랑 이야기이다. 서른 즈음의 나이에 접어든 한 여성이 13년 전의 슬프지만 아름다웠던 첫사랑의 기억을 떠올린다. 소설의 처음에서 우리는 이제 막 사랑에 젖어들기 시작한 두 사람이 함께 다리 위의 난간에 서서 흘러가는 강물을 바라보는 장면을 만난다. 그리고 소설의 끝에서 다시 다리 위의 난간에 서서 홀로 흘러가는 강물을 하염없이 바라보는 주인공을 만나게 된다. 13년의 세월이 흐르는 동안 강물은 여전히 소리 없이 천천히 흘러가고 있다. 하지만 우리는 알고 있다. 강물은 여전히 흘러가지만, 그 강물이 예전에 두 사람이 함께 바라보던 그 강물이 아니라는 사실을 말이다. 그때 두 사람이 함께 바라보던 그 강물은 이미 오래전에 어느 곳에 닿았거나 혹은 여전히 흘러가고 있을 것이다. 다만 내가 알 수 있는 것은 그때 그 강물이 어느 곳에 있는지 모른다는 것과 예전의 그 강물을 다시는 볼 수 없다는 것 정도일 터이다. 아무 것도 달라지지 않은 것처럼 보여도 모든 것이 달라져 있다. 흘러가는 강물이 싣고 간 것은 첫사랑이었고 행복이었고 시간이었다.

"이경과 수이는 열여덟 여름에 처음 만났다. 시작은 사고였다."라는 첫 대목이 말해주듯 사랑은 예기치 않은 방식으로 찾아온다. 문득 날아온 공에 맞아 안경이 부러지고 코피가 나듯이 사랑 또한 그러하다. 잔뜩 기대에 부풀어 마음을 졸이기도 하지만, 누구도 상상하지 못했던 모습을 하고 문득 찾아온다. 처음 안경을 맞췄을 때처럼 "모든 것이 또렷하게 보였지만 바닥이 돌고 있는 것처럼 어지러웠"던 그 느낌과 함께 사랑은 찾아온다. 이제 사랑의 마법에 붙잡힌 이경 앞에는 전혀 다른 세상이 펼쳐진다. 그동안 다른 세상이 존재해왔음에도 불구하고 그것을 보지 못했던 눈은 새롭게 만나는 세상에 매혹당한다. 수이와의 첫사랑은 그렇게 '사고'처럼 이경의 인생 속으로 들어왔다. 비단 사랑만이 그런 것은 아닐 것이다. 삶에서 만나게 되는 것들은 대부분 그렇게 예기치 않은 방식으로 찾아온다. 그래서 삶이 흥미진진하기도 하고 또 그만큼 어려운 것인지도 모른다.

이경이 수이와 사랑에 빠졌던 까닭을 말하기는 쉽지 않다. 이유 같은 것이 있어야만 사랑에 빠지는 것은 아니기에 그것을 말하지 않는 것이 올바른 일인지도 모른다. 하지만 짐작되는 바가 없는 것은 아니다. 이경의 학교생활은 그리 편안하지 못했다. 예컨대 고등학교를 다니던 내내 이경은 교칙에 따라 늘 검은색으로 머리를 염색해야만 했다. 원래 그녀의 머리카락이 갈색이어서 머리가 자라나면 선도부에 불려가 훈계를 듣고 난 후 뿌리부터 염색하곤 했던 것이다. 그녀의 머리카락 색깔이 본래 어떤 것이었는가는 그리 중요하지 않다. 그저 검은색만을 강요하는 학교의 규율이나 타인의 시선에 의해서 그녀는 늘 자신의 본래 모습을 포기하고 가면을 써야 했던 셈이다. 이런 일은 머리카락 색깔만은 아니었다. 사람들은 이경의 갈색 눈을 '개눈'이라고 놀리곤 했던 것이다.

그런 점에 주목해 본다면, 이경이 수이와 사랑에 빠진 것은 아무 이유 없는 우연적인 일이 아니다. 외모 때문에 자신감을 잃고 살아가던 이경에게 수이는 특별한 모습으로 다가왔다. 수이는 다른 사람들과 달리 이경을 있는 그대로 받아들인다. 이경은 자신을 가만히 바라보는 수이를 통해서 자신의 눈과 머리카락이 이상한 것이 아니라 사랑스러운 것이라는 사실을 처음 깨달을 수 있었다. 사랑은 문득 찾아왔지만, 또한 오랫동안 이경의 내면에서 준비되어 있던 셈이다. 그리하여 수이와 이경에게 사랑이란 강물 속에 비친 두 사람의 모습을 보는 것이었고, 상대방의 눈 속에 비친 내 모습을 보는 것이었고, 그 모습에서 다시 상대방의 눈을 찾는 것이었다. 우연처럼 맞닥뜨렸지만 내면에서 이미 준비되어 있었던 까닭에 서로 공명하여 이경을 사랑으로 이끌었던 것이다. 그래서 수이와의 사랑은 이경이 세상을 바라보는 눈을 완전히 변화시킨다. 타인의 시선에 흔들리는 불안정했던 삶을 단단하고 자신 있는 모습으로 만들어가는 것이다.

문제는 이경과 수이의 만남이 금지된 사랑이었다는 점이다. 물론 금지

된 것만이 사랑의 대상이 될 수 있는지도 모른다. 사랑은 언제나 나 아닌 것 혹은 내 바깥에 존재하는 것을 향한다. 그런 점에서 익숙하고 편안한 것 대신에 낯설고 불편한 것에 매혹당하는 것이 사랑이라고 할 수 있다. 사람들이 쌓아 올린 인종과 종족과 계급과 연령과 젠더의 장벽에 맨몸으로 부딪치는 모습을 위대하다고 말하는 것은 사랑이 본래 그러한 것이기 때문이다. 하지만 이경과 수이의 사랑을 바라보는 사회적 편견은 만만치 않았다. 두 사람의 사랑이 불길한 전조에 휩싸인 것은 이경과 수이가 사귄 지 백 일쯤 지날 무렵이었다. 두 사람에게는 성지라고 할 만한 다리 난간에서 사랑을 이야기하다가 만난 선배는 "속을 아프게 찌르는 웃음"을 띤 채 "사람이 아닌 것처럼" 수이의 어깨를 툭 밀치고 지나쳤던 것이다. 그것은 수이와 이경의 사랑이 세상에 쉽게 내보일 수 없다는 것을 알려주는 것이었다. 그들이 할 수 있는 일이란 기껏해야 사랑을 들키지 않게 조심하게 또 조심하는 것, 숨기고 또 숨기는 것밖에 없었다. 그리고 마을을 떠나 둘만의 공간을 만들자는 꿈을 위해 열심히 준비하는 것밖에 없었다.

그렇지만, 사람들의 방해를 받지 않고 둘만의 사랑을 키워나가겠다는 소망은 쉽사리 이루어지지 않는다. 운동선수가 되고 싶었던 수이는 연습경기 상대였던 남자 중학생들의 '짓궂은' 장난 때문에 크게 다쳐서 더 이상 운동을 할 수 없게 된다. 그래서 축구부를 그만둔 수이는 학교를 졸업한 후 자동차 기술을 배워 경제적으로 독립하고자 한다. 하지만 가난은 둘만의 공간을 가지겠다는 소박한 꿈이 실현되는 것을 오랫동안 방해했다. 그들의 소망이 이루어질 수 없었던 것은 가난이나 억압과 같은 외부적인 요인만은 아니다. 두 사람의 사랑에 회복할 수 없는 균열을 일으켰던 것은 두 사람 사이에 존재했던 차이들이거나 혹은 사랑을 대하는 태도 같은 것도 포함된다. 외부와 내부가 공명하여 찾아왔듯이 사랑은 같은 모습으로 사라져갔던 것이다.

　사랑한다고 해도 한 사람이 아닌 이상 이경과 수이 사이에는 수없는 차이가 있다. 예를 들면 이경은 수이를 끔찍이 아꼈기 때문에 수이가 힘든 일을 겪을 때마다 "수이야, 힘들면 관두면 돼. 네가 참아가면서 사는 거 싫어."라고 말하곤 했다. 그것은 이경이 수이를 사랑해서 한 말이지만, 수이에게 도움을 되는 것은 아니다. 무엇인가를 관둘 수 있다는 것은 다른 일을 할 수 있는 경우에만 해당한다. 하지만 수이에게 다른 선택이란 존재하지 않는 경우가 대부분이었다. 고향에서 이루어질 수 없는 사랑 때문에 수이는 서둘러 고향을 떠나기 위해 죽도록 운동을 했다. 설령 남자애들이 비열한 몸싸움을 하고, 훈련이라는 명목으로 온갖 모욕을 당한다고 해도 참아야 했던 것은 고향을 떠나기 위한 다른 방안이 없었기 때문이다. 자동차 일을 배웠던 것도 마찬가지이다. 부상과 함께 축구선수가 될 수 있다는 희망이 사라져버렸을 때 수이가 할 수 있는 오직 그 일밖에 없었던 것이다. 수이의 앞에 놓인 길은 언제나 하나뿐이었다. 힘들면 그 일을 그만두어도 괜찮다는 것은 더 이상 수이에게 위로가 될 수 없다. 다른 길을 갈 수도 있는 가능성을 지닌 사람과 오직 그 길을 가야만 하는 사람은 그렇게 다르다. 수이가 묵묵히 자신에게 주어진 일을 견디며 낙타처럼 살아가는 모습이 가슴 아픈 것은 바로 그 때문이다.

　이와 달리 이경은 살아가는 이야기를 사랑하는 사람과 함께 말하고 들어주는 것을 좋아했다. 그래서 일상을 함께 공유하는 것이 사랑이라고 믿었다. 수이가 즐거웠거나 슬펐거나 힘들었던 것들에 대해서 아무 말도 하지 않은 채 미래만을 이야기하는 것을 이해하기 어려웠다. 그때의 이경은 사랑하는 수이가 자신에게 아무런 도움도 요청하지 않고 묵묵히 삶

327

right
작품 해설 | 이토록 평범한 첫사랑 이야기

을 견뎌나가는 것을 보는 일이 참으로 견디기 힘들었던 것이다. 뿐만 아니라 이경은 다른 사람에게 자신이 사랑하는 사람이 얼마나 빛나는 사람인가를 보여주고 싶은 열망에도 불구하고 그들의 사랑은 한 번도 세상 속에서 빛나는 모습을 보여줄 수 없는 것이 아쉽기만 했다. 수이가 그러할 수밖에 없었다는 것을 이경이 깨닫는 것은 시간이 훨씬 지난 뒤의 일인 것이다.

이처럼 수이를 향한 이경의 사랑과 이경을 향한 수이의 사랑은 서로 다른 모습을 하고 있었다. 따라서 수이와 이경의 빛났던 사랑이 깨어진 것이 누구의 책임인지를 묻는 것은 어리석은 일이다. 차이가 두 사람의 사랑에 균열을 불러일으켰고, 그 균열이 끝내 파국으로 흘러간 것일 뿐이니 말이다. 그래서 더 많은 것을 얻고자 했던 이경의 욕망을 탓하는 것도 그리 적절하지는 않다. 수이가 갖지 못한 것을 탐하는 것이 아니었다고 설교를 풀어놓을 필요도 없다. 다만 이경은 그렇게 사랑을 하고 싶었던 것뿐이다. 결국 이경이 누비에게 자신의 사랑을 말하면서 "제가 아무것도 몰라서 아파요"라고 말하는 대목은 상대방의 모든 것을 알고 싶다는 욕망이 빚어내는 아이러니와 같다. 좀더 많이 사랑하고 싶다는 욕망은 항상 사랑의 파탄을 가져오는 전주곡이었던 것이다.

모든 차이에도 불구하고 사랑은 시작되지만, 그 차이를 뛰어넘을 수 있으리라는 믿음은 헛되이 사라진다. 우연히 찾아온 기적과도 같은 순간이 영원하리라는 믿음은 오직 한 번, 첫사랑에서만 가능한 환상이다. 그 순간이 지나고 나면 사랑 또한 변한다. 시간이 흘러도 변하지 않을 수 있는 것은 없다. 어떤 방향으로 어떤 속도로 변하고 있는지 모르지만, 원래 있던 자리에서 조금씩, 아주 조금씩 천천히, 그러나 돌아보면 엄청나게 많이 어긋나고 달라지게 만드는 것이 시간이다. 첫사랑이 지나고 나면 우리는 사랑의 그림자가 배신이라는 사실을 알게 된다. 설령 떠났던 사랑이 돌아온다고 하더라도 그것은 첫사랑이 아니라 두 번째 사랑일 뿐이다. 그러기에 누비가 말한 것처럼 되돌아온 사랑은 속편처럼 통속적일 수밖에 없다. 이제 영원한 사랑 따위는 환상이나 착각에 불과한 것으로 치부하고 더 이상 꿈꾸지도 않는다. 첫사랑을 영원히 잊지 못하는 것은 그 환상이나 착각이 소중하다는 것을 뒤늦게 깨달았기 때문일 것이다.

이경과 수이의 사랑 또한 그런 시간의 흔적 속에서 다른 첫사랑들과 다를 바 없이 조금씩 마멸되어갔다. 먼저 배신한 자와 늦게 배신한 자였음에도 불구하고 상대방을 비난하고 미워하다가 결국 아무것도 아닌 상태로 되돌아갔다. 아무것도 아니라고 말하는 것이 섭섭하다면, 그 시간들이 이후의 삶에 커다란 영향을 미쳤다고 말할 수도 있겠지만, 그렇다고 해서 현재가 바뀌는 것은 아니다. 이경은 수이를 사랑했고, 수이를 배신했고, 이제 다만 수이를 기억한다. 그런 점에서 「그 여름」은 첫사랑에 대한 환상과 그 환상의 소멸에 대한 이야기이다. 사랑의 대상이 조금 다른 모습을 띤다고 해도 그들이 만들었던 사랑 또한 내 첫사랑만큼 소중하고 위대했고 또한 평범했다. 그런 점에서 「그 여름」의 진짜 주인공은 시간이 아닐까 생각한다. 이제 다시는 경험할 수 없는, 그래서 첫 번째 사랑만이 가질 수 있는 광채가 멀리서 쓸쓸하게 우리를 부른다. 사랑의 대상이 누구였는지는 상관없다. 인종이 달라도, 계급이 달라도, 사상이 달라도, 성적 취향이 달라도 첫사랑은 언제나 아름답고 또한 슬프다. 누구도 이 평범한(!) 사랑을 비난할 자격을 지니고 있지 않다.

막차

최진영

—

2006년 『실천문학』 신인상으로 등단.
장편소설 『당신 옆을 스쳐간 그 소녀의 이름은』 『끝나지 않는 노래』 『나는 왜 죽지 않았는가』
『구의 증명』 『해가 지는 곳으로』, 소설집 『팽이』가 있음. 한겨레문학상, 신동엽문학상 수상.

막차

밤 10시만 넘어도 시내는 어둡고 썰렁해졌다. 술집을 제외한 대부분 상점이 문을 닫았고 휑한 도로에는 쓰레기 수거차가 지나다녔다. 그 시간 읍내로 들어가는 막차를 타는 사람은 거의 정해져 있었다. 시내에서 일하는 성인들과 시내 고등학교를 다니는 학생들. 취한 사람들만이 날마다 바뀌었다. 장과 남과 승지는 주중에 늘 막차를 탔고 매번 비슷한 자리에 앉았다. 장과 남은 같은 학교를 다닌 선후배 사이였다. 승지는 그들을 모르지 않았지만 모르는 척했다. 승지에겐 면허와 저축이 있었다. 출퇴근을 위해 경차 한 대쯤은 장만할 수도 있었으나 그러지 않았다. 승지는 큰 차를 무서워해서 큰 차를 타야 했다. 무서운 것 안에 있어야 했다.

버스가 정거장 가까이 다가왔다. 승지는 정거장 뒤편 어두운 골목에서 그날의 마지막 담배를 피웠다. 남은 신호등의 빨간불을 빤히 보면서 횡단보도를 건넜다. 정거장으로 달려오던 장은 의도치 않게 행인을 밀쳤고 사과하지 못했다. 막차를 놓치지 않으려면 때로 옳은 일을 무시해야 했다. 택시 기사들은 늦은 밤 읍내로 들어가기를 꺼렸고 당당하게 왕복 요금을 요구했다. 그들이 부르는 요금은 모텔의 하루 숙박비보다 비쌌다.

버스는 금세 시내를 벗어났다. 버스 기사의 운전은 거칠었다. 급정거와 급출발을 반복했고 의자에 앉은 사람도 두 손으로 앞 좌석을 잡아야 할 만큼 과속을 했다. 승지는 이어폰으로 음악을 들으며 창을 멍청히 쳐다봤다. 벌판에 쌓인 채 얼어붙은 눈덩이가 검은 들짐승처럼 보였다. 승지는 지난여름 막차를 놓친 날을 떠올렸다. 택시를 타기도 모텔에 들어가기도 싫었다. 시내에 몇몇 친구가 있었지만 하룻밤을 신세질 만큼 편한 사이는 아니었다. 승지는 큰 차를 무서워하는 만큼 사람을 어려워했다. 그래서 시내에서 가장 큰 PC방으로 갔다. PC방에는 사람이 많았다. 그날 승지는 70번 카드를 받고 70번 손님으로 앉아 아침이 올 때까지 좀비 영화를 찾아보다가 출근했다.

갑자기 버스 속도가 줄어 몸이 앞으로 심하게 쏠렸다. 승지가 귀에서 이어폰을 뺐다. 장과 남의 눈이 마주쳤다. 멈칫하던 버스 속도가 서서히 빨라졌다.

방금 뭐 이상하지 않았습니까?

장이 남에게 물었다. 승지는 검은 유리창에 비친 그들의 표정을 살피고 운전석을 바라봤다. 등받이에 가려 버스 기사의 머리도 몸도 보이지 않았다. 버스 실내등은 탁한 주황색이었다. 그 빛은 버스 내부에 진한 그늘을 만들었다.

뭐 처박은 것 같죠? 방금?

장이 목소리를 낮춰 남에게 다시 물었다. 남은 두 손을 모로 세워 눈가를 가리고 어두운 창을 내다보며 중얼거렸다.

그런 것도 같은데. 근데 아무것도 안 보여.

느껴졌는데. 뭐 박았는데. 소리도 났잖아요. 형님은 못 들었어요?

모르겠어. 버스 소음이 너무 심하잖아.

난 들었는데. 들은 것 같은데.

정 이상하면 가서 물어봐.

남이 눈짓으로 버스 운전석을 가리켰다. 비틀거리며 운전석 가까이 다가간 장이 버스 기사와 두어 마디를 주고받다가 자리로 돌아왔다. 승지는 이어폰을 손에 든 채 검은 창을 보며 장과 남의 대화에 집중했다.

아니랍니다. 아무 일 없다는데요.

그럼 됐네.

근데 아니면 어떡합니까. 거짓말이면.

운전한 사람이 아니라는데 뭘 그렇게까지 생각해.

뺑소니치고 가는 거면 실토를 하겠습니까. 저 사람이.

그럴 리 있냐. 자기 혼자 탄 차도 아니고 여기 사람이 몇이나 있는데. 그리고 나 저 아저씨 알아.

아는 사람이에요?

같은 교회 다녀서 얼굴 몇 번 봤어.

인사도 하고 그럽니까.

그 정도는 아니고.

장과 남은 대화를 나누며 운전석 쪽을 계속 흘금거렸다.

근데 저는 분명히 느꼈는데. 뭐 박았어요. 이 버스가.

……도로에 뭐라도 죽어 있으면 그럴 수 있지. 여기 로드 킬이 좀 있어.

에이, 형님. 죽은 거 밟는 거랑 멀쩡히 산 걸 처박는 거랑 느낌이 같습니까. 그럼 길에 뭐가 있어서 그거 피하느라 그랬다고 아저씨가 말했겠죠. 근데 저 아저씨는 날 이상하게 봤다니까요. 뭔 소리 하는 거냐고, 운전하는데 왜 방해하냐면서 따지듯이 그랬다니까요.

따졌다고?

장이 수차례 고개를 끄덕이며 말을 이었다.

그러니까 이상하다 이거죠. 그럼 우리가 느낀 거는 다 뭐란 말입니까. 분명 무슨 일이 있었는데 정작 운전한 사람은 아무 일도 없다는 듯 그러면. 뭐 켕기는 게 있으니까 오히려 따지듯이 그러는 거 아니겠어요?

야. 근데 생각해보면 그럴 수도 있다.

뭐가요?

자기 의심한다고 생각했을 거 아냐. 뺑소니친다고. 그럼 좀 빡칠 수도 있지.

의심이 아니라니까요. 형님도 느꼈잖아요. 나도 느꼈고.

증거가 없잖아. 니가 직접 봤어? 아니잖아.

형님도 이상하다고 했잖아요.

니가 자꾸 물어보니까 그랬지. 야, 니가 괜한 말해서 저 아저씨가 나한 테도 나쁜 감정 가지는 거 아냐? 일요일마다 교회에서 마주치는데 어떡하냐. 사람들 모여서 하는 말이 얼마나 무서운데.

형님이 물어보라고 했잖아요. ……근데요, 형님. 진짜 사고가 난 거면 그거 모른 척하는 우리도 공범 아니에요?

무슨. 내가 운전한 것도 아니고. 난 본 것도 들은 것도 없다니까.

느꼈잖아요.

느낌이 뭔 대수야. 그게 무슨 증거가 되냐. 뭘 쳤어도 개나 고라니 같은 거겠지 사람일 리가 없잖아. 여기가 원래 차 다니는 데지 사람 다니는 데도 아니고.

무슨 말이 그렇습니까. 차 다니는 길이 사람 다니는 길이지.

새끼, 되게 깐깐하게 구네. 여기가 원래 차 다니라고 만든 길이라 이거지.

그렇게 따지면 여기는 비행기 다니는 길이죠. 비상 활주로 아닙니까.

두 사람의 말을 들으며 승지는 지난겨울을 떠올렸다. 금요일 밤이었다. 퇴근 무렵 갑자기 일이 몰렸다. 막차를 놓치고 나서야 매장에 지갑을 두고 나왔다는 사실을 알았다. 핸드폰도 방전 상태였다. 매장은 주말에 문을 열지 않았다. 방법이 없었다. 겨울바람이 승지의 몸을 어두운 쪽으로 거세게 떠밀었다. 승지는 걸었다. 옆으로 커다란 차가 지나갈 때마다 절로 몸이 떨렸다. 기나긴 비상 활주로를 걸을 때 승지는 비행기 소리를 들었다. 거리를 가늠할 수 없는 소리였다. 하늘을 올려다봤다. 높은 곳에서 오리온자리가 선명하게 빛나고 있었다. 승지는 소리 내어 구구단을 외웠다. 암산으로 두 자릿수 곱셈을 했고 끝말잇기를 했다. 생각나는 크리스마스 캐럴을 모두 불렀다. 그래도 비상 활주로의 끝은 보이지 않았다. 고급 승용차의 하얀 전조등이 도로를 비추며 지나갈 때 눈 위에 찍힌 발자국을 봤다. 승지는 그 발자국에 자기 발을 댔다. 아주 크고 무거운 사람의 발자국 같았다. 자기보다 앞서 이 길을 걸어간 사람이 있을지도 모른다고 생각하자 무서운 마음이 조금 가라앉았다. 한참을 더 걷다가 논두렁에 처박혀 있는 검은 덩어리를 봤다. 아주 크고 무거운 무엇 같았다. 누가 버린 것인지 스스로 버려졌는지 알 수 없었다. 인적 없는 비상 활주로에서 자기보다 더 큰 발을 가진 누군가와 맞닥뜨린다면 반가워해야 하는지 도망쳐야 하는지도 알 수 없었다. 발자국이 주었던 안도감은 공포로 돌변했다. 승지는 달렸다. 미끄러져 넘어졌고 논두렁에 처박혔다. 벌떡 일어나 다시 달렸다. 날이 밝아서야 읍내에 닿았다. 승지는 이 길을 걸어서 건넌 적이 있다.

동물을 친 거면 사실대로 말하면 되는 거 아닙니까. 동물 친다고 잡아가는 것도 아닌데. 근데 저 아저씨는 아예 딱 잡아뗐다니까요. 이 동네 버스 기사들이 운전을 얼마나 지랄맞게 하는지 형님도 알잖아요. 내가 진짜 멀미가 나서 죽겠는데 민원을 넣어도 고쳐지지도 않고. 버스 회사에서 제대로 교육을 안 시켜서 그런 거잖아요. 여기 교통을 한 사람이 다 독식하고 있으니까.

됐다. 하루 이틀 일이냐.

그러니까요.

그러니까 그러려니 해야지. 너처럼 그렇게…….

어떻게 그러려니 합니까. 사람 목숨이 달린 일인데. 모든 기사가 저 아저씨처럼 난폭한 것도 아니고 아주 가끔 안전 운전하는 기사도 있다니까요. 형님 말대로라면 안전 운전하는 기사의 버스를 탔을 때는 '아 오늘은 내가 운이 좋구나' 그렇게 생각해야 됩니까? 그런 게 어떻게 운입니까. 당연한 게 어떻게 운이에요.

인마, 당연한 거는, 동물들 세계는 당연한 게 당연한데 인간 세계는 그렇지가 않아. 인간은 당연한 그거를 노력해야 돼.

무슨 말입니까?

괜히 일 크게 만들지 말란 말이야. 남의 인생 말고 니 인생이나 잘 살라고.

형님, 내가 지금 내 인생 살지 남의 인생 사는 것처럼 보여요?

남 일에 함부로 간섭 말라는 거야.

이게 어떻게 간섭입니까. 내가 탄 버스에서 벌어진 일인데.

여기 너만 있냐? 니가 그렇게 나대면 여기 가만있는 사람들은 다 뭐가 되냐 이거야.

남이 점퍼 주머니에서 핸드폰을 꺼내며 빈정거렸다. 버스가 크게 휘청거렸다. 핸드폰에 딸려 나온 지폐 몇 장과 담뱃갑이 바닥에 떨어졌다. 남이 바닥에 떨어진 그것들을 주우려는데 버스가 급정거를 했다. 남이 앞으로 고꾸라지며 의자에서 떨어졌다.

이봐요, 아저씨!

장이 소리를 질렀다.

에이 씨, 여기 왜 신호를 만들어놔서. 이런 데 신호등이 있으면 사고가 더 난다고. 뭘 제대로 알지도 못하는 사람들이 감 놔라 배 놔라 하는 통에 도로가 아주……

기사가 장 들으라는 듯 큰 소리로 중얼거렸다. 승지는 앞 좌석을 붙들고 창밖을 봤다. 빨간 표지판에 하얀·글씨로 사고다발지역이라고 적혀있었다. 신호등은 언제나 정확하다. 절대 실수하지 않는다. 그래도 사람들은 사고를 다발로 저지르고 다닌다. 여기 신호등이 생기기 전에도 사고는 빈번하게 일어났다. 승지는 이곳에서 죽은 사람을 안다. 누런 벼가 생명력을 과시하듯 쉬지 않고 일렁이던 계절이었다. 큰 차에 치이면 누런 논 저 멀리까지 날아간다. 벼 이삭마다 피가 튀어 멀리서 보면 마치 피처럼 보였다. 쌀값이 똥값이라 피를 솎지도 않고 그냥 둔다고 혀를 차던 사람이 있었다. 넘어진 자리에서 일어나 의자에 앉으며 남은 작은 소리로 짜증을 냈다. 그러다 지폐를 골똘히 쳐다봤다. 장이 핸드폰 액정을 켜서 지폐에 빛을 비췄다. 남의 손이 조금 떨렸다.

뭐냐 이거.

남이 중얼거렸다.

돈에 왜 이런 게 써 있냐.

그들이 무엇을 보고 있는지 승지는 궁금했다. 너무 궁금해서 그들의 지폐를 뺏고 싶었다.

이거 오늘 날짜 아니에요?

장이 남에게 물었다.

날짜는 오늘인데 연도가 없잖아.

다른 돈에도 써 있나 한번 봐요.

남이 지폐를 차례차례 넘겼다.

있네, 있어. 다 있네. 형님 이거 어디서 받은 돈이에요?

모르지. 언제부터 가지고 있었는지도 모르겠는데.

여기서 교통사고 났나 봐요. 목격자 찾겠다고 누가 써놓은 거 같은데. 돈이란 게 돌고 도니까요.

너 같으면 이런 장난 같은 거를 보고 신고를 하겠냐?

누가 이런 걸 장난으로 합니까. 얼마나 간절하면 이러겠어요.

에이, 재수없게.

남은 지폐를 거의 던지듯 장에게 줬다.

뭡니까?

난 그런 돈 만지기 싫다. 너나 가져.

됐습니다. 제가 무슨 거집니까.

장은 지폐를 남에게 다시 넘겼다. 남은 지폐를 바닥에 버렸다. 승지가 손을 뻗어 그 지폐를 집었다. 장과 남이 당황한 표정으로 승지를 쳐다봤다. 승지는 얼굴 가까이 지폐를 대고 그 위에 적힌 글자를 읽었다.

이상해요. 정말 이상해.

장이 승지를 흘깃거리며 중얼거렸다.

오늘 좀 그렇잖습니까. 형님.

몰라. 난 아무것도 모르겠고 모르고 싶으니까 넌 입 좀 다물어.

승지는 오래전에 듣고 단박에 외운 성경 구절을 떠올렸다. ……의인은 없다. 하나도 없다. 깨닫는 자도 없다. 하나님을 찾는 자도 없다……. 승지는 그 구절을 떠올릴 때마다 안도와 불안을 동시에 느꼈다. 없다. 없는 것이다. 승지는 죄책감이 무엇인가 생각했다. 죄책감보다 더 타당한 단어를 찾아내고 싶었다. 분명 있을 텐데 자기가 모르거나, 분명 있는데도 사람들이 외면해서 만들어내지 않은 단어를. 죄책감이 타당하다면 그다음 단어를 찾아내고 싶었다. 죄책감 다음에 오는 단어. 그다음을 몰라서 승지는 계속 거기에 머물러야 했다.

저기요. 그쪽도 아까 그랬죠?

장이 승지에게 물었다.

버스가 뭐 치고 가는 거 느꼈죠?

승지는 지난겨울의 크고 무거운 발자국과 검은 덩어리를 떠올렸다. 큰 차에 치이면 멀리까지 날아간다. 이 벌판에는 숨을 곳이 너무 많고 밤은 늘 까맣다.

인마, 그만하라니까. 그렇게 궁금하면 니가 다시 가보면 될 거 아냐.

남이 장에게 화를 냈다.

가요? 어디를요? 아까 거기를요? 어떻게요? 이거 막찬데?

내일 가서 확인해보면 될 거 아냐.

형님, 보세요. 이거는 막차고 내일까지는 아무도 안 탑니다. 그럼 저 아저씨가 오늘 밤에 차에 남은 흔적을 싹 지우고 현장에 돌아가서 시체든 증거든 없애버리면 결국 뭐만 남느냐. 우리만 남는다 이거죠. 근데 우리는 증거도 뭐도 없고 느낌만 있고.

또라이 새끼.

그렇다면 형님, 이게 어디 오늘만 있었던 일이겠느냐.

그만해.

우리가 대체 뭘 타고 있느냐.

남이 상스러운 욕을 하며 장의 머리를 내려쳤다. 창밖으로 읍내의 작은 불빛들이 보였다. 가로등 간격이 좁아지자 버스는 아주 조금 속도를 줄였다. 겨울바람이 불어 버스 창이 울었다. 승지는 지폐를 구겨 잡으며 내일을 생각했다. 여전히 막차를 탈 것이고 장과 남을 만날 것이다. 서로 알지만 아는 척하지 않을 것이다. 버스는 비상 활주로를 달릴 것이다. 그 길을 지나며 승지는 다시 떠올릴 것이다. 아주 크고 무거운 발자국을. 누런 논까지 날아가 잘 자란 벼 사이에 꽁꽁 숨어버린 우리 영지를. 때로 조금 울 것이다. 까만 창에 비친 자기 얼굴을 견딜 수 없어 눈을 감을지도 모른다. 그렇게 많은 밤, 승지는 죄책감 다음에 오는 단어를 찾아 헤맬 것이다. 그런 밤을 살고 또 살 것이다. 막차를 탈 것이다.

살아남은 자의 윤리

이만영 문학평론가, 고려대학교 기초교육원 초빙교수

1. 죽음, 아직 끝나지 않은 이야기

'세월호'는 이제 더 이상 특정 사건이나 사물을 지칭하는 고유명사가 아니다. 오히려 그것은 국가의 공백과 윤리의 좌초를 대변하는 보통명사로 우리에게 각인되어 있다. 세월호가 남긴 중요한 교훈은 타인의 죽음에 관한 사유가 윤리적 실천과 연동되어 있다는 데에 있다. 죽음을 방치하고 국민을 기만했던 정부에 대한 분노, 무책임한 정부와 우리가 연루되어 있다는 모종의 죄책감, 죽은 이들을 망각하지 않겠다는 결의에 찬 애도. 굳이 실례를 일일이 거론하지 않아도 될 만큼 2014년 이후 상당수의 소설은 이러한 정서들을 공유하고 있는데, 사실 우리가 '세월호'에 직접적으로 연루되어 있지 않았다는 점을 고려해볼 때 그러한 정서적 동요는 다소 의외라 할 만하다. 왜 의외인가? 우리가 세월호를 상기시키면서 느끼는 분노, 죄책감, 애도 등의 정서는 도무지 논리적인 층위만으로는

설명될 수 없는 정념에 해당되기 때문이다. 세월호 사건은 '죽은 자'와 '산 자' 사이에 가로놓여진 심연의 거리가 메워지는 그 불가능한 광경을 목도하게 한 매개적 사건이며, 어떠한 경험이나 지식 없이도 타인의 죽음에 대해 윤리적으로 사유하다는 것이 가능하다는 믿음을 극적으로 부각시켰다.

최진영의 「막차」는 이를테면 '세월호 이후'에 관한 소설이다. 타인의 죽음과 그에 대한 윤리적 성찰을 주요한 테마로 삼고 있다는 점에서 그러하다. 이 소설에서 "죄책감 다음에 오는 단어"를 끊임없이 찾고자 하는 '승지'의 욕망은, 우리에게 새로운 윤리의 가능성을 환기시킨다는 점에서 여러모로 의미심장하다. '승지'가 제기한 질문, 즉 '죄책감 다음에 오는 단어'가 무엇인가라는 질문은 우리가 타인의 죽음에 대한 윤리적 부채의식에 고착되어서는 안 된다는 일종의 선언처럼 읽힌다. 이 질문을 통해 읽어낼 수 있는 것은, 국가라는 이름으로 자행된 폭력에 맞서 연대하고 공생할 수 있는 윤리의 토대를 새롭게 구축해야 한다는 결연한 의지이다. 「막차」를 '세월호 이후'에 관한 소설이라고 지칭한 것도 바로 그런 이유에서이다. 고로 우리는 타인의 죽음 이후, 아니 세월호 이후에 마땅히 가져야 할 윤리적 책무가 무엇인지를 염두에 두면서 이 소설을 읽어야 한다.

2. 막차의 준칙

'막차'로부터 상기되는 것을 떠올려보자면 대략 이렇게 정리될 수 있을 듯하다. 귀가라는 단일한 목적을 가진 자들이 가까스로 탑승하고,

그 어떠한 사고나 결함 없이(혹은 사고나 결함이 있더라도) 반드시 목적지에 안착해야만 하는 그 무엇. 그런 의미에서 막차는 일상적 삶의 리듬을 가까스로 유지하고 있는 자들이 승차한 폐색된 담론 공간이라고 명명해도 그리 무리는 아닐진대, 최진영은 그와 같은 막차의 의미를 소설적으로 형상화해낸다. 이 소설에서 막차는 단일한 목적을 달성하기 위해서 어떠한 예외적 목소리도 허용하지 않는 불온사회를 지시한다. 즉, 막차는 획일적이고 폭압적으로 운용되는 사회 일반 내지는 타인의 죽음마저도 은폐하려는 비윤리적 공동체를 함축하고 있는 셈이다.

폭압적이고 비윤리적인 공동체가 유지되기 위해서는 일련의 준칙이 필요하다. 실제로 이 소설에 제시된 몇 가지의 준칙은 작품을 이해하는데 중요한 실마리를 제공한다. 먼저, "막차를 놓치지 않으려면 때로 옳은 일을 무시해야" 한다는 준칙. 이른바 '부정의(不正義)의 준칙'이라 명명될 수 있는 이 준칙은, 일상을 유지하기 위해서 어떠한 윤리적 성찰도 개입되어서는 안 된다는 논리가 내재되어 있다. 오로지 시간에 맞춰 막차를 타고 내리는 것, 그것만이 이를 탑승하는 자가 반드시 지켜야 할 첫 번째 준칙인 것이다. 다음으로 '남'이 말한 "남의 인생 말고 니 인생이나 잘 살라"는 준칙. 이러한 '개체화의 준칙'은 개체를 철저하게 고립되게끔 만드는 정치원리에 해당되는바, 이러한 준칙에 따라 막차에 탑승한 자들은 타인의 죽음을 은폐하거나 망각해야 한다. 따라서 막차에 탑승한 자들에게는 타인의 삶에 침투하거나 타인과 관계를 맺을 수 있는 가능성이 없다. 마지막으로 "느낌이 뭔 대수야. 그게 무슨 증거가 되냐."라는 '남'의 말에서 읽어낼 수 있는 '합리성의 준칙'. 버스가 뭘 치고 간 듯한 '느낌'을 받은 '장'은 '남'에게 뺑소니가 일어났을 가능성을 언급하지만, '남'은 그저 느낌일 뿐이라고 반박한다. 명확한 물증 없이 느낌만으로 뺑소니가 일어났다고 주장하는 것은 어불성설이라는 것이다. 이렇듯 '옳은 일'을 무시해야 하고, 남의 인생에 관심을 두지 않아야 하며, 공동체가 승인한 합리성의 규칙에 복무해야 하는 집단, 그것이 바로 이 소설에서 묘사한 '막차의 공동체'이다.

이 소설에서 세 가지 준칙에 대해 가장 적극적으로 반발하는 자는 '장'이다. '장'은 버스가 누군가를 치고 간 듯한 '느낌', 그러니까 타인이 죽었을 가능성에 대해 지속적으로 의문을 제기하는 자이다. "남일에 함부로 간섭 말라는 거야."라는 '남'의 설득에 현혹되지 않고 "이게 어떻게 간섭입니까. 내가 탄 버스에서 벌어진 일인데."라고 답하는 것에서 이를 읽어낼 수 있다. 버스가 치고 간 그 무엇에 대해서 의문을 제기하고, 증거가 아니라 '느낌'을 신뢰하는 그는 분명 파시즘적인 '막차 공동체'에 균열을 가하는 예외적 존재임에 틀림없다. 하지만 그에게는 막차의 '바깥'으로 나아갈 만한 역량이 없다. "그렇게 궁금하면 니가 다시 가보면 될 거 아냐."라고 '남'이 말했을 때, 그가 "아까거기를요? 어떻게요? 이거 막찬데?"라고 반문했던 것도 바로 그러한 이유에서이다. 그러니까 '장'은 타인의 죽음에 대해 죄책감을 느끼고는 있으되, 막차의 '바깥'을 나갈 수 없는 봉쇄된 주체의 형상을 띠고 있는 것이다.

그렇다면 '승지'는 어떠한가. 작품의 말미에 드러나는 사실이지만, '승지'의 동생으로 추정되는 '영지'는 막차에 의해 '살해'당했다. '승지'에게 있어서 동생의 죽음은 단순히 과거에 벌어진 일회적 사건이 아니다. 그것은 매일매일 막차를 탈 때마다 끊임없이 '승지'의 기억 속에 출몰하여 그를 요동치게 만든다. 심지어 '돌고 도는' 지폐를 통해서까지 말이다.

'영지'의 죽음을 기록해놓은 지폐가 '승지'의 손에 쥐어졌을 때, '승지'는 "죄책감이 무엇인가를 생각했다." 이처럼 '돌고 도는' 지폐는 '승지'의 기억 속에 침잠해 있었던 트라우마를 다시금 상기시키게 한다는 점에서, '억압된 것의 회귀(Return of the repressed)'를 의미하는 상징적 매개체라 할 수 있다. 이제 '승지'에게 남은 것은, 타인의 죽음에 관한 윤리적 사유를 한 단계 업그레이드시키는 것이다. 그것은 그저 죄책감, 즉 타인의 죽음에 대해 윤리적인 부채 의식을 갖는 것만으로는 충분하지 않다. "분명 있을 텐데 자기가 모르거나, 분명 있는데도 사람들이 외면해서 만들어내지 않은" 단어를 찾는 것, 그러니까 아직 도래하지 않은 윤리의 언어를 찾아내는 것이다.

3. 죄책감, 그 이후

버스는 비상 활주로를 달릴 것이다. 그 길을 지나며 승지는 다시 떠올릴 것이다. 아주 크고 무거운 발자국을. 누런 논까지 날아가 잘 자란 벼 사이에 꽁꽁 숨어버린 우리 영지를. 때로 조금 울 것이다. 까만 창에 비친 자기 얼굴을 견딜 수 없어 눈을 감을지도 모른다. 그렇게 많은 밤, 승지는 죄책감 다음에 오는 단어를 찾아 헤맬 것이다. 그런 밤을 살고 또 살 것이다. 막차를 탈 것이다. (360쪽)

이 소설의 마지막 부분은 미래진행형 문장들로 빼곡하게 채워져 있는데, 이는 분명 작가의 의도에 따른 것이라고 봐야 할 것이다. 이러한 문장을 통해 작가가 말하고자 했던 것은 무엇일까. '타인의 죽음'이라는 사건 속에 매몰되는 것이 아니라, 그 죽음을 통해 새로운 윤리적 사유의 도약을 도모하는 것이 무엇보다 중요하다는 목소리를 들려주고자 했던 것은 아닐까. 물론 위의 인용문을 통해 '승지'의 삶을 다음과 같이 예측해볼 수도 있을 것이다. '승지'는 계속해서 막차를 타는 인생을 반복하게 될 뿐이라고. 다시 말해 '죄책감 다음에 오는 단어'를 찾아 헤매지만, 결론적으로는 동생의 죽음에 대한 죄책감에 끊임없이 시달리게 될 것이라고. 그러나 그렇게 읽기에는 작품의 깊이가 그리 만만치 않다. 위의 인용문대로라면 '승지'는 비상 활주로를 매일 달리는 막차를 타면서 죽은 동생을 떠올릴 것이고, 동생을 죽음에 이르게 만든 막차를 계속해서 타야만 하는 자신에게 환멸을 느낄 것이며, '죄책감 다음에 오는 단어'를 찾겠다는 그 불가능한 과제를 반복적으로 수행하게 될 것이다. 여기에서 우리는 막차를 타는 행위가 '죄책감 다음에 오는 단어'를 찾아 헤매는 작업과 다를 바 없는 일임을 읽어내야 한다. 막차에 올라타야만 하는 이 창백한 현실을 견디면서 '죄책감 다음에 오는 단어'를 찾아내는 시간이 도래하기를 꿈꾸는 것, 그것이 바로 이 작품을 통해 작가가 말하는 '살아남은 자의 윤리'인 것이다. 물론 이 작품에서 말하는 '죄책감 이후에 오는 단어'가 무엇인지는 명확하게 알 수 없다. 하지만 최진영과 같은 명민한 작가라면 그 단어가 무엇인지를 명쾌하게 제시해주는 작업이 그리 미학적이지도, 윤리적이지도 않다는 점을 잘 알고 있을 것이다. 소설에는 답이 아니라 질문이 담겨야 한다는 오르한 파묵의 말을 상기시켜볼 때, 「막차」가 갖고 있는 소설적 미덕이 결코 작지 않음을 우리는 헤아릴 수 있어야 한다. 적어도 「막차」를 읽는 우리에게 중요한 것은 답이 아니라 질문이다. 최진영이 던진 질문은 요컨대 이러하다. 우리가 찾아야 할 '죄책감 다음에 오는 단어', 아니 우리가 견지해야 할 '세월호 이후'의 윤리적 태도는 무엇인가.

우리 사회의 현실을 반영하고
삶의 가치와 자기 정체성에 질문을 던지는
문제적 소설들 (since 2002)

2020 올해의 문제소설

강화길 | 오물자의 출현
김금희 | 기괴의 탄생
김사과 | 예술가와 그의 보헤미안 친구
박민정 | 신세이다이 가옥
박상영 | 동경 너머 하와이
백수린 | 아카시아 숲, 첫 입맞춤
손보미 | 밤이 지나면
윤성희 | 남은 기억
윤이형 | 버킷
정영수 | 내일의 연인들
최은미 | 보내는 이
최은영 | 아주 희미한 빛으로도

2019 올해의 문제소설

권여선 | 희박한 마음
김남숙 | 제수
김봉곤 | 시절과 기분
박민정 | 모르그 디오라마
박상영 | 재희
윤이형 | 마흔셋
이상우 | 장다름의 집 안에서
이주란 | 넌 쉽게 말했지만
장류진 | 일의 기쁨과 슬픔
정영수 | 우리들
정지돈 | Light from Anywhere
        빛은 어디에서나 온다
최진영 | 어느 날(feat, 돌멩이)

2018 올해의 문제소설

권여선 | 손톱
김금희 | 오직 한 사람의 차지
김연수 | 저녁이면 마냥 걸었다
박민정 | 바비의 분위기
박형서 | 외톨이
안보윤 | 여진
임성순 | 몰:mall:沒
임솔아 | 병원
임 현 | 그들의 이해관계
최은영 | 그 여름
최진영 | 막차

2017 올해의 문제소설

박민정 | 행복의 과학
백수린 | 고요한 사건
윤고은 | 된장이 된
윤이형 | 이웃의 선한 사람
이장욱 | 낙천성 연습
정미경 | 새벽까지 희미하게
정용준 | 선릉 산책
천희란 | 사이렌이 울리지 않고
최은미 | 눈으로 만든 사람
최은영 | 씬짜오, 씬짜오
하명희 | 불편한 온도
홍명진 | 마순희

2007 올해의 문제소설

김 숨 l 트럭
김인숙 l 조동옥, 파비안느
김중혁 l 유리방패
윤영수 l 광고맨 강과 그의 사랑하는 아들
이신조 l 앨리스, 이상한 섬에 가다
이혜경 l 한갓되이 풀잎만
정미경 l 내 아들의 연인
정지아 l 순정
천운영 l 소년 J의 말끔한 허벅지
한 강 l 왼손
한유주 l 죽음에 이르는 병
황정은 l 문

2006 올해의 문제소설

김원일 l 오마니별
김인숙 l 어느 찬란한 오후
김중혁 l 에스키모, 여기가 끝이야
박민규 l 코리언 스텐더즈
박정규 l 한나절의 수수께끼
손홍규 l 이무기 사냥꾼
유금호 l 그 강변, 야생 키니네 꽃
이응준 l 약혼
이화경 l 상란전
정이현 l 1979년생
조선희 l 파란꽃
최수철 l 창자 없이 살아가기

2005 올해의 문제소설

송경아 l 나의 우렁 총각 이야기
김경욱 l 나가사키여 안녕
김연수 l 이등박문을, 쏘지 못하다
김재영 l 코끼리
박민규 l 카스테라
박상우 l 화성
서하진 l 농담
이승우 l 사해
이현수 l 녹
정미경 l 무화과나무 아래
조경란 l 잘 자요, 엄마
천운영 l 그림자 상자

2004 올해의 문제소설

권지예 l 꽃게무덤
김인숙 l 그 여자의 자서전
김종광 l 김씨네 푸닥거리 약사
김 훈 l 화장
박규규 l 안녕, 먼 곳의 친구들이여
박정애 l 불을 찾아서
백민석 l 믿거나말거나박물지 둘
윤 효 l 눈이 어둠에 익을 때
이승우 l 사령
정미경 l 성스러운 봄
최일남 l 석류
천운영 l 명랑

2003 올해의 문제소설

강영숙 l 검은 밤
김경욱 l 거미의 계략
김종광 l 낙서문학사 창시자편
김향숙 l 감이 익을 무렵
이청준 l 들꽃 씨앗 하나
이화경 l 외국어
전경린 l 낙원빌라
전상국 l 플라나리아
정미경 l 호텔유로, 1203
정 찬 l 희고 둥근달
하창수 l 추상화
한승원 l 그러나 다 그러는 것만은 아니다

2002 올해의 문제소설

강석경 l 관
공지영 l 우리는 누구이며 어디서 와서
　　　　어디로 가는가
구효서 l 세상은 그저 밤 아니면 낮이고
김하기 l 미귀
박정규 l 에코르체 혹은 보이지 않는 남자
서하진 l 비밀
송하춘 l 그해 겨울을 우리는 이렇게 보냈다
윤후명 l 나비의 전설
이승우 l 검은 나무
이혜경 l 일식
조경란 l 동시에
천운영 l 눈보라콘

2018 올해의
문제소설